北京高等教育丛书

师德风采录

——首都师大人情真意切话师德

编委会主任　林培黎

主　　编　王景山

于　洸

首都师范大学出版社

CAPITAL NORMAL UNIVERSITY PRESS

图书在版编目（CIP）数据

师德风采录/王景山，于洸主编. —北京：首都师范大学出版社，2007.3
ISBN 978-7-81119-049-6

Ⅰ. 师… Ⅱ. ①王…②于… Ⅲ. 首都师范大学-优秀教师-生平事迹
Ⅳ. K825.46

中国版本图书馆 CIP 数据核字（2007）第 019333 号

北京高等教育丛书

师德风采录

SHIDE FENGCAI LU

编委会主任　林培黎

主　　编　王景山　于　洸

责任编辑　张成水

首都师范大学出版社出版发行

地　址　北京西三环北路 105 号

邮　编　100037

电　话　68418523（总编室）　68982468（发行部）

网　址　cnuph. com. cn

E-mail　master@cnuph. com. cn

北京嘉实印刷有限公司印刷

全国新华书店发行

版　次　2007 年 1 月第 1 版

印　次　2007 年 6 月第 2 次印刷

开　本　890mm×1240mm 1/32

印　张　13.375

字　数　358 千

定　价　28.00 元

《师德风采录》编委会

《师德风采录》主编、副主编

《北京高等教育丛书》

序　言

　　北京高等教育已经走过一百多年的光辉历程。在长期的实践中，特别是新中国建立以来的实践中，取得了令人瞩目的成就，积累了丰富的经验。中国近代高等教育起源于北京，北京的高等教育在全国高等教育中占有非常重要的地位。认真总结、深入研究北京高等教育的经验，对于当前高等教育的实践以及今后高等教育的改革和发展具有重要的意义。

　　新的世纪、新的千年已经到来，科学技术突飞猛进，知识经济已见端倪，国力竞争日趋激烈，科教兴国已经成为国人的共识，教育特别是高等教育面临着前所未有的机遇和挑战。抓住机遇，迎接挑战，是我们高教战线每一位同志的重大责任。为了研究和总结新中国建立前后北京高等教育的经验和教训，提高对高等教育工作规律性的认识，继承和发扬北京高等教育的优良传统，为了加强对新时期高等教育改革和发展的研究和探讨，经中共北京市委和市人民政府同意，我们组织编写了这套《北京高等教育丛书》。

　　编辑出版《丛书》的宗旨是：以马克思列宁主义、毛泽东思想、邓小平理论为指导，坚持党的基本路线和教育方针；坚持理论和实际相结合的原则，审视历史、立足现实、面向未来，从北京高等教育的实际出发，总结北京高等教育的重要经验，研究办学思想和教育规律，为实现北京高等教育的现代化和建设具有中国特色社会主义教育的新体系服务。具体讲：一是作为高等教育

1

研究的成果，为各级领导同志、广大教师和干部从事高等教育的改革发展及教学科研的实践和研究提供参考咨询；二是作为培养接班人的一种思想理论建设措施，为广大青年师生和干部学习、发扬高校的好经验、好传统提供有益借鉴；三是作为交流媒介，扩大社会宣传，争取各方面更多地了解和支持教育，共同为搞好北京高等教育的改革和发展出力。

《丛书》的内容分为办学、治学和育人三大类。办学，是指办高等教育所遵循的指导思想、办学方向和贯彻执行党的路线、方针、政策以及加强和改善党的领导、党的建设等方面的经验与探讨。治学，主要是总结和反映教师个人或集体在教学、科研园地上辛勤耕耘的突出成就、高尚品德和治学的思想与方法。育人，包括教书育人、管理育人、服务育人等方面的经验与探讨。

本《丛书》由首都长期从事高等教育的同志组成编委会，负责对编辑工作的指导，并得到各高等学校和市高等教育学会的大力支持，是共同努力的成果，在此对参加撰写、编辑的单位和作者表示衷心的感谢。

前　　言

　　加强师德建设是一件非常重要的事情。青年是祖国的未来，民族的希望。百年大计，教育为本；教育之本，重在教师；教师之本，首在师德。教书育人是学校教育的根本职能，切实提高教师的思想政治素质和师德素养，造就一支德才兼备的教师队伍，是关系到全面实施科教兴国和人才强国战略、把青年培养成中国特色社会主义事业的建设者和接班人的一件大事。根据上级领导同志关于加强师德建设的意见及现实情况的需要，首都师范大学关心下一代工作委员会建议学校组织编写一本关于师德方面的书籍，得到学校党委的高度重视和大力支持。党委认为这是一件很有意义的事情，一定要做好。在校党委的领导下，组织了编委会，确定了主编，制定了工作计划，在校报和校园网上刊登征文启事，发出约稿信，得到许多同志的响应，特别是一些离退休老干部、老教师的大力支持，寄来稿件。在组稿、阅稿、编辑本书的过程中，引起我们许多回忆和思考。

　　首都师范大学（原北京师范学院），是新中国建立初期，根据中共北京市委的决定，北京市政府创建的第一所高等学校。时任中共北京市委书记、市长的彭真说："北京师院是首都教育战线的工作母机。"作为一所市属重点大学，几十年来，学校矢志以服务首都基础教育为基本目的和首要宗旨不移，承担为首都基础教育造就高水平教师队伍和管理队伍的重任，在首都基础教育事业中发挥着人才培养、智力支持、社会服务等方面的重要作用。1954 年建校以来，累计培养了 10 万余名基础教育师资和各类人才，他们为首都的基础教育事业和现代化建设作出了重要贡献。目前，北京市中等学校具有大学本科学历的教师中，近60％来自首都师范大学；郊区中学的教师，首都师范大学的毕业生达80％以上。毕业生中有近千人担任着中学的领导工作。1100多人次获"全国优秀教师"、"全国模范班主任"、"北京市优秀教师"等各种奖励。还有不少毕业生奋战在其他各条战线，有的在党政机关担负领导工作。毕业生们认为，在校学习期间，教师们的高尚师德对他们起着潜移默化的作用，是学校的宝贵精神财富，应该弘扬与继承。加强师德建设是学校的一项重要任务，编写好这本弘扬高尚师德的书，是加强师德建设的一项措施，学校责无旁贷。

2006年3月，胡锦涛总书记发表《牢固树立社会主义荣辱观》的重要讲话，全面阐述了树立正确道德观的具体要求，作为教师，更应率先践行，彰显高尚师德。2006年教师节前夕，教育界都在认真学习胡锦涛总书记给全国模范教师、北京大学已故孟二冬教授女儿的回信。胡锦涛总书记在信中动情地说：你爸爸是一个普通的教师，但他为人师表的高尚品德却深深地打动了每一个人，给人以心灵的震撼。在他身上，不仅体现了学识的魅力，而且体现了人格的魅力。他的崇高精神和品德值得各行各业的人们认真学习。胡锦涛总书记的信，情真意切，内涵深刻，意义深远，充分体现了党中央对广大教师和教育工作者的亲切关怀，对教育事业和教师队伍建设的高度重视，是新形势下党中央对广大教师提出的新目标和新要求，为我们全面加强教师队伍建设指明了方向。我们一定要牢记总书记的殷切期望，弘扬孟二冬教授的崇高精神，把师德建设作为加强教师队伍建设的核心问题抓紧抓好，更好地落实"育人为本，德育为先"的要求，为培养好中国特色社会主义事业建设者和接班人而努力奋斗。

师德，是教师的职业道德，是教师世界观、人生观、价值观、荣辱观的体现，是教师素质、人格魅力的体现。师德的内涵非常丰富，教师们的实践告诉我们有几点是最基本的。一是爱心和责任心。教师工作中最大的事就是一个心眼为事业，一个心眼为学生。爱事业就要爱学生，爱学生就是爱事业。爱岗敬业，精益求精，是师德在教学工作中的主要体现。通过自己的教学，使学生知识有所积累，视野有所开阔，能力获得锻炼，智力得到开发，思想情操受到熏陶。教师的爱心和责任心，来自对理想的追求，对祖国的热爱，对教育事业的热爱，对学生的热爱。二是在授业、解惑中传道。教书育人是教师的神圣职责。教师不仅要通过教学传授知识，培养学生的学习能力，还要结合教学进行爱国主义、集体主义、社会主义和科学的世界观、人生观、价值观、荣辱观以及科学精神、科学态度、科学方法等方面的教育，培养学生的优良品德。三是身教重于言教，润物无声。汉代韩婴在《韩诗外传》里讲："智如泉涌，行可为表仪者，人师也。"用现在的话说，就是作为一名教师要德才兼备，又红又专。教师在教书育人过程中什么最有力量？教育家乌申斯基说："任何规章制度，任何人为的机关，无论设想得多么巧妙，都不能代替教育事业中教师人格的作用。"教师要处处以身作则，为人师表，"其身正，不令而行。其身不正，虽令而不从。"教师要以自己对祖国的热爱，对教育事业的热爱，对学生的热爱，对教育工作的认真负责精神，严谨、求实、创新的治学态度和优良学风，坚持操守、老实正派、团结协作的优秀品质，在潜移默化中，影响学生，引导学生，培养学生。四是薪火相传，高尚师德永续。作为一名教师，要善于从前辈教师身上，学习他们献身教育事业的红烛精神，为教书育人殚精竭虑的敬业精神，又要以自己的优秀师德影响年轻教师，影响学生，使高尚师德在传承中发扬光大。

　　"人类灵魂的工程师"是人们对教师的尊称，也是对教师的要求和期望。努力使广大教师都担负起"人类灵魂工程师"的神圣职责,是立校之本。首都师范大学建校以来,历届校党委和行政领导一贯重视教师师德建设,都把加强师德建设作为办好学校的一件大事,以"为学为师,求实求新"为校训,不仅倡导教师要有高尚的师德,而且对学生也持续进行师德教育。在师德建设方面,强调教师和学校工作人员要热爱教育事业,以高度的责任心和使命感做好工作;要教书育人,管理育人,服务育人;要热爱学生,以真诚的爱心全面关心学生健康成长;要以"学为人师,行为世范"为准则,身体力行,身教重于言教;要坚持教书与育人结合,既传做人、处世之道,也在授业、解惑中传道,既解治学之惑,也解做人、处世之惑;大力表彰先进,形成优良传统,让重视师德建设和高尚师德的优良传统在一代代教师中赓续发扬;在学生中倡导"明日教师,今日做起",按照明日教师的要求,全面提高自己的思想道德素质、科学文化素质、体魄健康素质等全面素质,成为有理想、有道德、有文化、有纪律的社会主义新人。2005 年,在保持共产党员先进性教育活动中,学校党委制定了《关于进一步加强和改进师德建设工作的意见》,采取一系列措施加强师德建设。当年 11 月,市委书记刘淇到学校调研保持共产党员先进性教育开展情况时,对此给予肯定,他说:"将师德建设作为教师先进性教育活动的重要抓手和突破口很有特色。"

建校 52 年来,首都师范大学广大教师和教育工作者在严谨治学、教书育人、管理、党建和思想政治教育等方面作出显著成绩,涌现出一批又一批师德高尚的优秀教师,受到师生们的赞誉和尊敬。部分离退休老同志和在岗的中、青年同志,将他们对师德的理解、感悟、追求、实践以及取得的效果写了出来,汇成此书,名为《师德风采录——首都师大人情真意切话师德》。学校党委十分重视、关心和支持本书的编辑出版工作,把它作为推动学校师德建设的一项措施。

　　奉献给大家的这本书有这样一些特点：文章的主人公，有建校初期的老干部、老教师，年龄最长的 91 岁；有 20 世纪五六十年代开始任教的教师；有奋战在教学、科研、管理第一线的中青年教师；也有在中学任教的毕业生。文章的主人公，有几位是已故去的老同志，有的是离退休的老教师，有的是在保持共产党员先进性教育活动中被推荐的优秀共产党员。有的文章是主人公自己写的，有的是别人写主人公的，但他们都是首都师大人。师德贯穿在教书育人、管理育人、服务育人的实践中，体现在许许多多看起来是"小而不起眼"的事情中，它是一种精神力量，润物无声。因此，收入本书的文章，不是"论师德"，而是力图以生动、感人的事例，情真意切话师德。文章中的记述，不是对主人公全面的介绍和评述；而是突出师德，展现的是师德风采。

　　如果本书对读者有所启示，那就是我们编撰者最大的心愿。对本书存在的不足，甚至差错，诚恳地敬请读者批评指正。

《师德风采录》编辑委员会

2006 年 9 月

目　　录

言传身教　魅力永存

——忆仓孝和的道德教育

李友芝

仓孝和（1923～1984），教育家、自然科学史家。1945年中央大学化学系毕业。1943年参加革命，1945年加入中国共产党，曾任中共南方局平津学委职青支部副书记、书记，北京第25中学校长、党支部书记；北京教师进修学院副院长；1954年主持筹建北京师范学院，历任教务长、党委副书记。改革开放后任中国科学院自然科学史研究所所长，1983年任北京师范学院院长。主要著作：《教育必须先行》、《自然科学史简编》，《自然科学史简编》于1989年获首届全国科技史优秀图书荣誉奖。

道德教育是永恒的主题，其内容丰富、深邃而隽永。教育既是培养当今社会各种人才的大事，也是坚定地面向未来的事业。教师以自己的品德和智力去创造人类特殊的精神产品——未来的新一代。北京师范学院（现首都师范大学）主要创建者、教育家、前院长仓孝和的道德教育和教师职业道德教育，是他一生教育思想和实践的重要组成部分。他对学生的言传身教，潜移默化，使学生耳濡目染，整整影响了一两代人。我在这里就他的道德教育实践和经验作些介绍。

一

为人民服务，为祖国建设服务，为教育事业服务，是仓孝和道德教育首要的和系列的内容，也是他个人一生不懈追求、科学实践的写照。

仓孝和以人民利益为重，以祖国需要为先。他在1941年考入中央大学化学系后，读了一些革命书籍和马列著作，决心要为祖国的富强和人民的利益而奋斗。他学习成绩始终名列前茅，毕业时系主任要留他任教，并拟送他出国深造；而他却毅然放弃这个机会，接受了党的紧急任务，带领二三百名大、中学生，历尽艰险进入中原解放区参加革命。

1946年仓孝和任教于北平育英中学。该校是誉满全市的名校，曾获全北平初中和高中会考第一名，校门高悬"双元"牌匾。北平解放后，仓孝和作为党的代表接管了育英中学，任化学教师、支部书记、校长等职。他带领师生员工，改造旧育英，全面提高教学质量，使该校成为当时北京市最好的10所中学之一。

年轻的新中国百废待兴，经济基础极为薄弱，需要大批的各类人才建设祖国、振兴中华。仓孝和经常通过报告和教学，积极鼓励和激发学生对祖国的热爱，坚定为新中国的富强而奋斗的信念和决心。他的专业知识博大精深，教学内容丰富新颖，教学方法生动活泼。同学们从他炯炯有神的眼神中，看出了他的和蔼与智慧，对他非常崇敬，对他的教学非常欢迎。他在发表的《关于通过化学教学进行爱国主义教育的一些意见》一文中，从旧中国的科学不能发展、科研与实际脱节的现实，谈到新中国青年学生"要树立科学研究必须为生产建设服务，为人民的实际需要服务的思想"。他揭露了帝国主义关于"中国仅仅是地大而物并不博"的谎言，向学生介绍了祖国鞍山的丰富铁矿，抚顺、本溪、阜新的丰富煤矿，陕西、甘肃、青海以及江南发现了石油等，鼓励学生热爱祖国，为祖国的建设，为人民的需要而努力学习。

他的言传身教和生动的道德教育"影响整整一代人走上了革命的道路"，一些人后来成为著名的科学家、院士、教授、教育家、作家、驻外使节、雕塑家、表演艺术家、运动健将等。有的学生受他影响选学了化学专业，如傅作义将军的一个儿子上了北京大学化学系，毕业后留校任教，在化学领域奋斗了整整一生，取得重大的成就。清华大学前校长梅贻琦的一个侄子，解放前去了美国，任康乃尔大学教授，80年代初回国后和几位同学一起看望仓孝和，仓孝和十分欣慰，亲自下厨做菜款待。仓孝和把一位大资本家的儿子引上了革命道路，介绍他入了党，并经常对他讲"不仅要保持革命的晚节，尤其不要忘记革命的初衷"，他后来成为清华大学的教授。中国科学院院士、欧洲科学院院士白以龙认为，仓孝和博大的教育胸怀，坚定的信仰和执著的追求，深刻的洞察力和分析力以及渊博的知识，强烈地影响着他，是他少年、青年、中年的师表，"终身难忘的引路人和心中的楷模"，为他的学习以及后来的工作和研究，打下了坚实基础。

仓孝和在北京师范学院经常强调要重视各学科教育的思想性问题。他和地理系主任褚亚平教授谈道："地理教育是进行辩证唯物主义和爱国主义教育的广阔天地。地理是一门跨界的学科，讲清人、地关系很重要；人是地的主人，地是人赖以生存的自然基础。"

二

仓孝和经常教育学生要把政治和业务结合起来，做又红又专的建设者。新中国建立初期学校里曾掀起一股"解放了，要革命，要工作"的弃学参军、参干的热潮，学生中的党员一度快走光了，几乎没有人能再安定地坐下来读书。仓孝和对此早有思想准备，他全面地、理性地分析这一现象，向学生说明新中国建立后，必然急需大量的各种专业技术人才。参军参干是革命，但党员能够带头报考北大、清华、师大，努力学习，以便攻下自然科学和技术堡垒，同样也是为了革命需要。由于他的正确引导，避免了学校工作的大动荡，事后证明这样的教育和做法，完全符合中央的精神。

在 20 世纪 50 年代中期以后，由于大搞阶级斗争和政治运动，学生不敢"认真读书"，教师和科研人员不敢钻研业务。仓孝和的一位学生对当时批判"白专道路"，不重视学习业务感到困惑、不理解，就去请教他。仓孝和明确地对他说："要学会分析问题，'专'并不是必然与'白'连在一起。试想如果白求恩没有精湛的医术，能很好地为抗日战士服务吗？"他还送给这位学生一本亲自题字的《唯物辩证法 100 例》，让他学会用辩证的思维方法，去独立地看待和处理各种实际问题。他总是帮助他的学生们，在人生的岔路口上认清方向，作出正确的行动选择。在北京师范学院，他针对学生中不敢言"专"，提出"专的要求是长期的还是短期的"问题，明确指出："红是要革命，专也是关系我们革命成败的问题。因为我们要搞建设……就需要专……要学习，有本领才能更好地进行建设。"

在 20 世纪 80 年代，随着经济和科技发展，对人的全面素质提出了更高的要求，仓孝和看到教师职业有了两点显著的变化：第一，教师的素质要求在提高，而社会地位却在下降；教师职业不能令人羡慕，这无疑是在"竭泽而渔"。第二，教师的职能发生了根本性的变化。教师不再是知识和技能的唯一传授者，他们还要会创造知识和技术；要对学生的全面发展进行引导、指导、辅导和疏导，"导"的作用要重于"传授"。因此他撰文呼吁社会要认识和注重"教育先行"、"师范优先"的道理。认为教师的工作是要不断改善和提高"人们的社会素质"，是一项复杂而艰巨并具有创造性的系统工程，是一项崇高的事业。教师的基本素质应该是"高水平的"，"在品德、学识各方面都应该是比较好的"。他批评那种"教师不用太专"的说法，认为教师要"通晓本学科的历史和发展，了解社会的需要，要继承人类的精神财富，而且要有所发展"。理科教师要提高文化科学史素养；不仅要知道科学的结论和结果，还要懂得科学的发现过程、科学的思维方法和工作方法以及科学大师们的人生观、世界观、价值观，高尚的品格。因此，教师掌握的知识要广博，要深；要有社会使命感和远大的抱负。教师"红的要求要更高一些"，"红是无止境的"。

他经常在开学典礼、学代会和团代会上鼓励学生们："要在学习期间培养道德观念和行动，毕业以后用以教育我们的中学生，培养他们的优美灵魂，使之成才。""要在德育上下工夫，忠诚于党的教育事业，以身作则，为人师表；德、智、体全面发展，成为又红又专的人民教师。"他还生动而风趣地寓意于古今中外的事例之中。他谈道："古往今来，很多大学问家、大科学家，也是大教育家。孔夫子，古代大学问家，被偶像化，尊为圣人，也是大教育家。荀子，伟大的唯物主义哲学家，同样是伟大的教育家。""外国的一些科学家、有学问的人，也有不少是教师出身的，如居里夫人就是教师出身。"他还以自己从教的乐趣告诉学生："对于一个教育工作者而言，最大的幸福莫过于亲眼看到自己的辛勤劳动所培养的人成长。"他还经常要求和鼓励教育管理干部要懂得管理科学，并具有高尚品德和富有奉献精神。

写到这里，我想起大思想家、教育家梁启超说过：园丁"手种一丛花卉"，"浇洒汗水，精心培育"，终有一天"他们会看到自己的辛劳、汗水，换来了他日祖国大地上绽开出一簇簇'文明

灿烂之花'。教师会感到一种精神上的升华与满足。""将至苦的
生涯视为至乐之境。"还有现代教育家陶行知留美归来，在南京
晓庄创办试验乡村师范学校，"捧着一颗心来，不带半根草去"。
仓孝和就是继承了这些古今中外教育家的美德，使"桃李满天
下，遗爱在人间"，这就是教师职业愉快而幸福的真谛。

三

在首都师范大学举行 50 周年校庆时，我看到了学校 50 年创
业和发展的一项项辉煌成果；看到了那一长串的教授和研究员的
名单，兴奋不已，感慨良多。他们中许多人都是北京师院毕业
的，是曾经聆听和接受过仓孝和教诲和鼓励的学生。我不能不
说，仓孝和在首都师大影响的也不止是一代人。有些理科教师认
为从仓孝和那里获益尤深的，是他的创新精神和科学态度。

创新精神和科学态度需要人们在学习、教学、研究和发明创
造中，能够摈弃因循守旧、故步自封、一味模仿和照搬的态度和
做法；学会去揭示事物发展的规律，探求事物的客观真理，尽可
能形成独到的、精辟的科学结论。创新精神和科学态度对于一个
高素质教师，特别是理科教师尤为重要。仓孝和常以这种精神和
态度去培养和影响学生和青年教师。

他的学生白以龙在中国科学院工作。在他去英国牛津、剑桥
大学做访问学者之前，去向仓孝和请教。仓孝和建议他到英国
后，要以科学的态度对待调查研究，体验马克思写《资本论》的
环境；要去卡文迪许实验室亲身了解现代物理学是怎样在那里发
展起来的；去大英博物馆和英格兰北部的工业城市，亲身体验马
克思主义是如何诞生的。白以龙都这样做了。白以龙说："后来
我的论著引起世界科学界的重视，在赶超世界先进水平方面作出
贡献。这一切都和仓先生对我的教育、培养和影响分不开的。"

　　仓孝和还以创新精神和科学态度，带领物理系的中青年教师，在北京师院创建了科学史学科。

　　仓孝和认为科学史是记述和阐释人类文化、科学技术传承和创新发展历史的重要学科，是人文学科、自然学科和科学技术交叉和沟通的桥梁。它蕴含和积淀着丰富的、深厚的文化内涵、人文底蕴和科学精粹，对于培养理科教师的科学思维、科学精神、科学工作态度和研究方法，科学的人文价值观以及文学艺术修养，具有较强的功能性和教育性。为在学校创建这一学科，1983年，仓孝和亲自在物理系研究生和中青年教师中系统讲授了自然科学史。他讲课中一个鲜明的特点，即比较重视对影响科学发展的社会因素的认识与分析，将视野扩大到从整个人类社会历史文化的角度，对科学活动作出系统理解和全面反思，在学术思想上有一定的创新性。他讲课内容丰富生动，将搜集到的重要资料、图片和名画等，与助教一起制作成 300 张幻灯片，在课堂放映，充满了历史感和形象感。他每周还用两个晚上给教师讲科学史概论，帮助他们学习专业英语和德语，使他们尽快成长。1984 年，物理系在全国高校中第一个取得物理学史硕士学位授予权，招收了研究生，当时清华大学、南开大学等大学的教师纷纷前来听课。仓孝和还设想建立自然科学史学系，从各系的优秀学生中选招本科生和研究生；同时，与中科院合作在我校建立一个以我校为主的，在全国领先的自然科学史研究中心。这说明仓孝和不仅具有渊博的知识和开阔的视野，同时更具有独立思考和勇于创新的精神。在他的创建和带领下，物理学史已成为首都师大在全国高校领先的优势学科。十几年来出版的著作有《物理学史简编》、《物理学思想史》、《20 世纪物理学史》等数百万字；培养出的研究生分布在国务院经济发展研究中心、中国科学院和其他大学。研究物理学史的申先甲和王士平两位教授，先后担任了全国物理学史专业委员会的主任委员。

今天人类社会正在走向进步与文明，繁荣与富强，和平与发展，和谐与团结。仓孝和的道德教育思想和内容，不仅符合当时主流社会关注的热点，同时也顺应时代发展的新潮流。他生动的道德教育给予了我们深邃的思想启迪和巨大的精神力量；而他在品格、精神、思想和行为方面的言传身教、潜移默化，更具有一种有形和无形的人格魅力，至今仍在他的学生、朋友、同事中熠熠生辉、广为传颂。时代不同了，道德教育的内容、热点和教育方法会随着时代的发展有所变化和侧重，但以上这些基本的内容，对于我们教师和学生，仍然是具有生命力和感召力。让我们沿着开创者和实践者形成的优良传统，去努力培养出 21 世纪需要的，具有创新精神和实践能力的一代新型教师和建设者。

（作者：李友芝 首都师范大学教育科学研究所原第一副所长）

师 德 的 丰 碑

——缅怀卓越的教育家傅任敢先生

马啸风　周发增

傅任敢（1905～1982），原名傅
举丰，出生于浙江湖州，长于祖籍
湖南湘乡。中国民主促进会会员。
1929 年毕业于清华大学教育心理系。
曾任长沙市明德中学教务主任，
1933 年起任清华大学校长办公室秘
书，抗日战争和解放战争时期兼任
设在重庆与长沙两地的清华中学校
长。新中国成立后，任北京市第十
一中学校长、北京市教育局视导员、
北京第四中学副校长。1954 年参加

北京师范学院（今首都师范大学）的筹建工作，历任教育教研室
主任、副教授、院教育工会主席，教育科学研究所教授、顾问。
曾任中国民主促进会中央文教委员会委员和北京市委员会常委。
1982 年病逝。代表性著作辑入《傅任敢教育文选》和《傅任敢
教育译著选集》等。

1982 年 1 月 24 日，傅任敢先生走完了 77 年既平凡又不平凡
的人生里程。在为他举行的追悼会上，他的朋友、同事、学生
400 多人到场或赠送花圈，其中包括蒋南翔、李锐、周培源、雷

洁琼、王淦昌、袁翰青等中央、北京市有关部门的负责同志和民进组织的代表。北京师范学院党委书记兼院长崔耀先在所致悼词中对傅先生的一生和业绩给予了公正的高度的评价："傅任敢同志是一位有影响的爱国、民主、进步的教育家，半个多世纪以来，他把自己的全部精力献给祖国的教育事业。无论是在从事教育工作、培养人才方面，还是在研究、宣传马克思主义教育理论方面，他都成绩卓著，多所建树，为发展我们的教育事业作出了宝贵的贡献。他的逝世是我们教育事业的损失。"

斯人长逝，精神永存，时隔四分之一世纪，傅先生的教育遗产和人格魅力依然活在我们心中。

执著进步理想的为人之道

"行为世范"。教师的品德端直方能为人师表，而一名教师做到了品格高尚，也就自然地形成了无声的榜样。傅先生一生的行事，堪称身教胜于言教的生动范例。

爱国爱教，矢志不渝。傅先生出身于书香之家，其父留学日本时参加了孙中山的同盟会，回到乡里多作兴学和赈灾之举，并与官府的害民行径发生过严重冲突。这些给了傅先生以积极的影响。中学时代，傅先生是在长沙度过的。目睹旧中国的积贫积弱、内忧外患、民生多艰，激发了忧国忧民之情。在五四新文化运动影响下，他常常阅读新书新报。一次，由于抨击校风不正受到打击，这成了他日后从教的最初动因。1925 年入清华教育心理系（该年清华首设大学部，招收四年制本科生），并且更名为傅任敢，取"任劳任怨、敢作敢为"之意。1926 年，孙中山逝世一周年，李大钊和陈毅来清华演讲，他听后颇获教益，从此不仅专心学术，也积极参加学生的进步活动。在担任清华第一级学生会主席兼学术委员和全校学生会主席时，两次带头推动校政改革。1926年北京学生发起"三一八"反帝爱国大示威，遭到武装镇压，死伤学生数十人，傅先生是清华游行队伍的组织者之一，是亲历险境的幸免者。1929年毕业，就职长沙明德中学，此后50余年，他始终工作在教育岗位上。傅先生深得清华大学校长梅贻琦的器重，被其称为"我的好学生"。在20世纪三四十年代直至50年代前期，凭着他广泛的社会关系，如欲摆脱清贫的教职，另谋高就，机会甚多。然而，他不求富贵荣华，全身心地投入教书育人的事业中，执著不变。其原因就在于他对国家、对教育、对青少年怀有赤子之爱。他说："教育的出发点是爱，""我们要有根基深厚的爱，教育才有着落。"爱国爱教，是傅先生一生立身处世的思想基础和动力源泉。

憎恨邪恶，刚直不阿。在旧中国，傅先生思想上追求进步，同情革命，反抗"三座大山"的压迫。1931年，傅先生在长沙明德中学任教务主任，兼英文、国文教员。蒋介石要来校参观，校方决定筹备盛大欢迎，并且停课进行童子军训练，而傅的英文课却始终未停，时人赞为"铁骨铮铮，蔑视权贵"。1937年7月日寇侵占北平，清华南迁，傅先生与其他5人受命留守护校。他们与日寇周旋，多次遭到压迫侮辱。敌酋企图入驻清华，傅先生冒着被缉捕的危险，设法通报美国领事馆向日军提出抗议。而为了支援抗日战争，他将成府小学（清华职工工会所办，傅兼该校校长）基金余下的1.6万大洋经由叶企孙教授支援了冀中抗日将军吕正操。1938年，清华大学校友在重庆筹建一所中学，梅贻琦则委派转到昆明的清华校长室秘书傅先生兼任重庆清华中学（简称"渝清"）校长。起初，他由于"极端憎恶伪政府时代的一切作风与表现"，"自己自始至终没有加入过国民党"，"想保持一片小天地中的清洁"，"后来才发展到有意掩护在学青年的自求进步"，并抵制当局的倒行逆施（《自传》）。原"渝清"地下党支部书记汪国桢在致傅先生家属的唁函中指出："（他）在当时国民党统治区白色恐怖局面下办学，顶住了当局的压力，不允许国民党、三青团进入学校"；他营救、慰问参加声讨南京政府示威游行的进步师生，"可见他是支持学生的正义行动的"；"他长校十年，清中没有一个共产党员、一个进步师生遭到国民党特务的残害，这是我们在清中学习过、工作过的共产党员永远要感谢他的"。傅先生的这种进步立场，招来了当局对他将有所不利之举的流言，但他置若罔闻，并无退缩。1946年梅贻琦又派傅先生到长沙，利用清华在当地建而未用的几座楼房兴建一所长沙清华中学（简称"长清"），一个国民党的风云人物想并吞该项房产，以派送傅先生出洋学习考察为诱饵，劝其放弃办学打算，两次均遭严词拒绝。在"长清"期间，国民党市党部给根本不是国民党员的傅先生发来一纸聘书，聘其为河西区党部筹备委员，傅先生在笑谈中当众将聘书撕成两片，说："谁去茅厕，可以拿去用。"傅先生的不畏权、不阿贵，于此可见一斑。

求真务实，埋头苦干。傅先生是个实干家，以"服务有真心，事业有专心，工作有恒心"自律。在抗击日寇烽火连天的岁月，在40年代后期的国统区，从事十分复杂的教育工作，其难度可想而知。傅先生在明德中学主持教务，在重庆创办清华中学，两校都较快地成为全国私立中学的佼佼者，而与张伯苓先生的南开中学（先建在天津，抗战时迁到重庆）相媲美。1950年，傅先生经清华学友吴晗副市长推荐，接受了北京市政府的任命，在南城贫民聚居的龙须沟地区创建一所公立完全中学（第十一中学）。他带领师生平地起家，短短一两年即初具规模，为该校的迅速发展打下了坚实基础，因此，受到市政府的嘉奖和表彰。1954年傅先生参加北京师范学院的筹建工作，任教育教研室主任。几位当年曾经与他共事的中青年教师回忆说："为了集中精力，他从城里搬到学校宿舍住，夜以继日地投入工作。不论是饭后的休息时间，还是紧张备课后的夜晚，傅先生经常把我们这些人叫去，商量如何收集整理有关资料，如何开好教育课程，提出他对教研室的设想和打算，并仔细听取我们的意见。""傅先生身为教研室主任，负责编写教育学讲义，还担负着两个百人大班的公共课教学任务。但他拿出很多时间和精力放在对我们的培养和提携上。他认真审阅我们的讲稿，听我们试讲，从教材处理、教法选择、课的组织结构及教态等方面进行具体指点和示范。我们这些青年人是在傅先生具体指导下走上讲台的。""1955 年秋天……有一次傅先生站在新建的教学楼上，满怀深情地说：党为了培养师资建了这样好的校舍，我们一定要好好干哪！教育教研室要作出成绩和贡献，就要协助院领导办好学院，办好附中，将来有了条件，还要办好附小和幼儿园。要办成'一条龙'。我们一定要把各级附校办好，办成教育科学研究的阵地，办出北京师院的特点来。他对祖国师范教育事业的责任感和事业心使我们深为感动。"（屈惠英等《何惧炎凉育英儒》）

宠辱不惊，坚忍不拔。傅先生心胸坦荡，不以个人得失为念。每获嘉奖，不自骄矜。如人们称其办学有方，他则谦虚地说："是学校的教师们好，是学生们好，我不过做了点组织工作而已。"至于他一生中遇到的困境，则以被错划右派为最大的厄运了。1958 年之初，进行"反右补课"，将傅先生关于办学体制的一次内部发言（详见下文）定为"大毒草"将他揪了出来。面对"你是反党反社会主义的右派分子"的指斥，傅先生觉得受到莫名的侮辱，愤然答道："士可杀而不可辱！"结果遭到通报全院和更为猛烈的批判。最终被戴了"帽子"，降职三级使用，所住校内的一间单人宿舍也被院方收回。随后又在"学术大批判"中被当作"资产阶级学术白旗"连根拔掉，被剥夺了从事教育学教学的资格。即使如此，傅先生从容镇定，对大女儿说："我被定成了右派，你要跟我划清界限，同时照顾好你母亲，带好两个妹妹。希望你们一如既往，该做什么就做什么，其余的事一律不必去想。"他自己则是白天挨批，晚上回家照常读书、写作。此后的八九年中，他先给生物系开过英语课，为教育教研室编过《毛主席教育言论集》等3册资料，1961年调至历史系资料室，参与《西方的没落》、《世界现代史资料》等著述的翻译，又独自译出了《历史学的理论与实际》。他自知短期内不可能再主持什么工作了，便紧握一支笔，默默地进行学术研究。当时，他已是五十几岁的人，因患脑血栓和心脏病不止一次住院治疗，却须天天坐班，从城里到学校早来晚归，路上两头走路，中间挤车。五口之家住在夫人供职中学提供的一间房。熬到女儿单位协助调房，才增为两间，但每逢假日，老少三代十余人，纷纷扰扰，他只能躲到厨房，坐在小板凳上干自己的事。就是在如此窘迫的环境中，在完成公家任务的同时，又应商务印书馆之邀，翻译了美国桑代克的《教育心理学》一书（原著三大卷，1100页），并且撰写了《夸美纽斯及其〈大教学论〉注释》，两部书稿合计不下七八十万字。书局已作了初审，预付了稿费，只待付梓印制。岂料"文革"爆发，书局的"红卫兵铁扫帚队"前来抄家，将两稿一并掠去，从此泥牛入海，永无消息。傅先生只得仰天长叹："可惜了！可惜了！""文革"中傅先生被当作"老右派"、"牛鬼蛇神"一再被打倒批斗，备受凌辱。大批师生到五七农场期间，他因病缠身留校做繁杂的后勤工作，仍抽暇潜心思索学术问题，记下大量笔记，终于顽强地挺了下来。《悼词》中说：傅先生"在解放后他所参加的政治运动中经受住了考验"，"在逆境中仍然怀着对党和人民的赤子之心，忍辱负重，认真工作"。为什么他能经受住20年的严酷考验？这是由于傅先生坚持对真理的追求，对党和国家的前途充满了信心。

鞠躬尽瘁，死而后已。1978年冬，中国跨入改革开放的新时期，傅先生被错划右派的问题随即也得到彻底改正。他欣然动情，写下了如下一段话："我从事教育事业已49年，现在虽已达

74 岁，还有些病，但我觉得如同我编的顺口溜所说的：'莫道人生七十古来稀，于今干到八十不出奇。天翻地覆万事新，七十少年数不清。'"老骥伏枥、志在千里之情跃然纸上。教科所同仁回忆说：他恢复工作走进教研室的第一天，便关心询问每个同志开课的情况，并建议让中青年多挑重担，促使他们迅速成长。为提高一些教师的外语水平，他不顾自己年老多病，亲自辅导专业英语，从不耽误一节课。傅先生在生前最后的两三年里，争分夺秒地做了许多工作，如修订再版图书，致力孔子研究，为联合国教科文组织翻译资料，撰写二十多篇论文，为《大百科全书》起草辞条，等等。1981 年 8 月外孙生日时，他靠在病床边吃力地写下一首勉励诗："七七衰翁未自弃，初升旭日更可喜；祖孙并肩齐迈进，争为四化尽绵力。"上述工作有些是在出现了心力衰竭的症状，又时当酷暑，挥汗勉力完成的。1982 年 1 月初，他病情危重，连笔也握不住了，仍盼望病情好转，计划出院回家后继续进行《中国师范教育史》、《〈学记〉译述普及本》、《孔子教育思想管窥》的编写。无奈上苍无情，18 天之后，他于北京军区总医院仙逝西去。

傅先生历经沧桑，而爱国忧民、品德高尚的人生行程，实为近百年来中国进步知识分子的一个生动缩影。

追求品位与创新的治学之道

"学为人师"。教师学高才能为师。而做学问离不开正确的世界观的指导，又必须恪守优良的治学规范。傅先生在这方面也堪称后人的表率。

傅先生于 20 世纪 20 年代就学于清华大学，又在校长办公室工作 15 年之久（1939 年以后主要分管校友事务）。清华严谨淳朴的学风、融通中西文化的传统以及唯真理是求的风尚，为他成为著名学者奠定了坚实的基础。求学期间他即有志于中外教育理论及实践的研究，撰写或翻译相关论文数十篇，并创办刊物，出任总编。当时便得到陶孟和、翁文灏、吴宓等著名学者的赞许，被誉为"著作等身的青年学者"。

傅先生富于多方面学养，有两项学术研究成果影响巨大而深远。一是 1933～1938 年期间翻译出版了夸美纽斯的《大教学论》、洛克的《教育漫话》等 5 种西方教育典籍，译文臻于信达雅，均被商务印书馆列为"汉译世界名著"。他认为夸美纽斯"在教育思想和教学理论上作出了划时代的贡献"，其"主要的教育学说包括在他的《大教学论》里"。傅的译本是该书传入中国的第一个译本，以后又一版再版。二是 1957 年出版了《〈学记〉译述》（将文言翻成白话，并加解说）。《学记》成文约在战国末年与汉初之间，"它不只是中国的一篇很全面的教育文献，也是世界上一篇很早很全面的教育文献。这是人类的宝贵财富，是我国的骄傲"。《〈学记〉译述》的出版，和《大教学论》的译介一样，选题切当，立意高远，同样引起了教育界的高度关注。在傅先生追悼会的灵堂外，悬挂着全国教育学研究会秘书长陈侠先生的挽联："学贯中西，移译教育名篇，几代学人思厚泽；术通古今，注释论学巨著，千年遗产畅流传。"这副挽联准确地概括了傅先生的学术造诣及其在学坛上的贡献，业内传诵一时。

新中国成立后，傅先生自觉学习马列主义毛泽东思想，其教育研究跨上了一个新境界。1951 年发表的《二二一制中学》、《再谈二二一制中学》等专论，对改革当时的中等教育学制提出自己的思路。1957 年，在《有关办好师范学院的四点意见》中，发表了对高师办学体制实际也是对所有高校办学体制的构想。他不赞成当时一些人提出的在高校实行"教授治校"，而倡导实施"党委领导，校长负责，依靠教师，发扬民主"的主张，不料这竟然成为将他划为右派的"根据"。令人欣慰的是，半个世纪之后，对照目前正在逐步建设的中国特色社会主义现代大学制度，人们不能不为傅先生的远见卓识所叹服。1980年针对全国师范教育工作会议上出现的某种有可能削弱师范教育的观点，傅先生旗帜鲜明地主张继续保持师范院校的独立体系，并切实加强领导，以更好地为基础教育服务。对于当时师范教育亟须解决的一系列根本性问题提出了建议，如："师范教育必须大力发扬它的师范性，就是既要提高它的学术和教学水平，又要提高它的示范性和教育研究水平，还要提高它的教学艺术水平。""高等师范院校应该大力开展科研工作，但要面向教学，面向中学。"（《关于办好高师院校的一些设想》）上个世纪七八十年代之交，傅先生为扭转"文革"中打倒一切、毁灭传统的错误，率先发表研究孔子教育思想的文章。又设想以"学点教学法漫话"的形式，撰文数十篇乃至上百篇，进而在此基础上，尝试建立有中国特色的教育教学法理论体系。惜乎仅仅完成14篇，傅先生即溘然长逝了。

　　傅先生的著译，据不完全统计（含未公开发表者），约200余万言。而在这有形的遗产之外，他的为学态度也是一笔宝贵的精神财富。首先，他明确强调教育科研应解决社会主义建设和改革中的现实问题。他身边的中青年教师回忆说："他经常讲：'理论研究是为了指导实践，学习古代外国的论著，也是借以为鉴，指导我们现实的工作，如果离开了这一点，那么从事理论研究，学习前人经验又有什么意义呢！'"其次，他热爱专业，对学术充满敬畏之情，淡泊名利，但求精品。他在《自传》中说："1933～1938年共译了五本书……我译这些书，自知销路是不会好的，但觉西洋教育思想史上的名著译出可能有点比较永久的价值。"足见他将传播和发展学术视为至高无上的神圣事业。为了发扬学术的不朽的价值，他勤勉踏实，甘于寂寞，精益求精，勇攀高峰。再有他实事求是，敢说真话，决不随波逐流，作违心之论。改革开放初期，政治思想环境已经宽松，一方面各种思想纷然杂陈，一方面人们对既往的极左仍心有余悸。当时有的编辑建议傅先生修改其论文的某些段落或提法，以追求时尚或回避敏感话题。傅先生认真思考后，态度鲜明地表示："我的文章可以不发表，看法却不能隐讳。""文责自负。正确的观点为什么不可以讲？如果错了，我当然要改。百家争鸣，学术才能进步嘛！"傅先生高屋建瓴、务求创新的治学风范，值得今人认真学习。

致力教育现代化的办学育人之道

傅先生是同时从事教育理论研究与办学实践的不可多得的学人。他走出象牙之塔，将教育理论付诸实施，身体力行。他的办学活动主要集中在上个世纪三四十年代的中等教育方面，其中特别是在重庆清华中学担任校长这一期间（1939～1950.2），业绩最为突出，其救国之心、革新之志、敬业之意，集中地反映了他作为教育实践家的崇高境界。

（一）救国的办学宗旨

傅先生投身于教育事业的出发点是爱国。他认为教育对于振兴中华、陶冶民众有巨大作用："教育是立国之本"，"国家的繁荣，靠一国的文化程度"，"办学是一种最好的社会服务"。具体到抗日时期，他明确主张教育为救亡图存服务："教育是立国的大事，是实现国家政策、凝固民族精神的主要工具"；"重庆清华中学……要分负抗战建国的重任，使命是很重大的"；"我们的教育理想是：学生要养成有健壮的体魄、高尚的道德和丰富的知识与才能，以服务人群、贡献社会"。诚然，旧中国的彻底解放，只能通过人民革命夺取政权才能实现。但傅先生兴办"渝清"的根本方针，是服务于抗日民族解放战争的，是顺乎新民主主义的文化潮流的，大方向正确，决定了"渝清"的成功。

（二）革新的教育举措

在半封建半殖民地的中国，为了实现教育救国、教育兴国的目的，必须对旧教育进行改革。

傅先生不是在世外桃源创建一所中学，他当时所处的社会环境是这样的：

20世纪40年代，中国共产党相继领导了抗日战争和第三次国内革命战争，相应地致力于建设民族的、科学的、大众的新民主主义文化。而蒋介石从1927年起，背叛了孙中山的新三民主义，搞了十年的清党剿共；在抗日战争期间虽然进入了抗日民族统一战线，却仍抛出所谓"溶共、防共、限共"的政策；到1945年，终于发动了反共反人民的全面内战。与此相应，他大力推行文化专制主义路线，有所谓"一个主义、一个政党、一个领袖"的"党化教育"。这就是当时政治和文化斗争的大背景。另外，从19世纪中叶以来，西学东渐，马克思主义也随之传播到中国来。学术、教育领域的各种思潮此起彼伏，大多属于资产阶级民主主义、自由主义的范畴。它们的代表人物，包括发起者和追随者，自身情况有别，思想行动各异，对他们的理论和活动需要具体分析评判。对于傅先生影响较大的，诸如康有为、梁启超的"教育救国"论，孙中山"三民主义"的文化方针，五四新文化运动提出的"民主、科学"的口号，蔡元培的"思想自由、兼容并包"论，梅贻琦的"通识教育、教授治校、学术自由"三大主张，晏阳初的"平民教育"、陶行知的"生活教育"等理念或运动。

从现实的政治、经济、文化背景出发，接受当时多种教育思潮的影响，再加上从古代及外国的教育理论中吸收营养，傅先生形成了自己办学思想的框架。在学校培养什么人、怎样培养以及采取什么样的教育内容和方法方面，他革除积弊，锐意革新，从两大方面作出了努力，即崇尚科学，提倡民主。

1. 崇尚科学

崇尚科学，首先指传授科技知识，张扬唯物思想，同时也指一切教育活动和措施都要讲求科学性、规律性。例如：

强调教育之本在育人，育人要全面落实"德、智、体、美并重"的原则，并且"要学生养成服务与劳动精神，叫他们尽量实践"，如参加战时服务、建校劳动、平时劳作、勤工俭学等。

注重师资。选聘德才兼备的教师。教师学识渊博，才能帮助学生打好学习基础，受益终身。同时又要求教师在做人方面以身作则，率先示范，对学生"约之以理，动之以情，导之以行"。

改革课程，删繁去芜，突出强化国文、数学、英语三门基础课。精选教材，高中有些文史教材自编，理科则多采外文原版。

讲究教法，因材施教，启发自觉，求得事半功倍之效。

重视养成教育。如培养学生阅读报纸的习惯和当众演说的能力，还要求学生（均在校住宿）每周写一封家信，二者均形成了传统。每当周末由各班级轮流主办音乐欣赏会、歌舞及话剧晚会，陶冶情操。依靠日积月累、循序渐进，学生的思想得到升华，智能得到提升。

重视爱的教育。实施"学校家庭化"，创设与当局规定迥然有别的导师制，导师与学生朝夕相处，从学习、思想、生活上给学生关怀、诱导和呵护，却不干涉学生的进步思想。又有"体训合一制"，是要求体育教师不只教课，还要指导课外运动并兼学生生活指导。全校师生间和同学间亲如家人，互敬互助蔚然成风。傅先生视学生如己出，把自己一楼一底的宿舍"困学斋"隔出一半，用作低年级女生宿舍，自己全家7口人挤在楼上楼下共20余平方米的狭小之地，终年忍受"小房客"们的纷乱杂沓之声，却从无怨言。

从严治校。"渝清"严格教学纪律，并且构建了井然有序的考试体系和不合格生留级制度。采取"彻底强迫的课外运动"措施，要求学生每天必须参加适合自己的健身活动，又把游泳定为毕业前的必考项目。学生统一穿着朴素的制服，男生不蓄发，女生短发齐耳，不许学生早恋。体现了严慈相济的原则。

2. 提倡民主

"渝清"将"民主"列入办学指导方针。认为民主既是手段也是目的，既是形式也是内容。

力创相对宽松的政治环境，冲淡"党化教育"的毒害。傅先生凭借自己在社会上的威望，不许三青团插足校内活动，阻止军训教官替国民党作政治鼓噪，课程里也不设"公民课"、"童子军课"、"军训课"等。他提出了一个"关心时事，不问政治"的口号，认为"时事是国家大事，抗日救国的大事，凡是有爱国心的人，都不能不关心"。而"不问政治"是让学生不要参加实际的政治活动，这虽然有其局限性，实则在当时环境下用心良苦：一是作为抵制专制独裁那一套染指"渝清"的盾牌，并且防备国民党当局有所借口到校滋事；二是劝说学生不要被人利用，误入反动组织的泥潭。实际上，学生上街进行反帝反蒋游行，校方每每派人赶去保护，傅先生则总是亲自为学生运动讲公道话，并且拒绝向当局交出"黑名单"。中共重庆市委1950年编写的《解放前的重庆概况》中，这样介绍傅先生："较开明，不大干涉学生思想活动，学校里的教师中多进步分子，学生甚活跃。"

鼓励兼收并蓄、思想开放。学校聘请各界名流作报告，讲演人的思想倾向左中右不一，学生可以在比较中学会独立地判断取舍。图书馆里既有国民党的《中央日报》，也有共产党办的《新华日报》（师生自订者多达二三百份），很多人自己拥有进步书刊。学生每晚集合时，可以登台讲述分析时事，畅所欲言。校友回忆说："校长以尊师敬老，讲孝悌，爱国家，爱民族的传统美德教育我们，用西方先进的民主、自由、科学、求实的思想开导我们，还传播解放区的信息和革命真理来启发我们，使学校办得很有特色，很有声望。"

管理民主化。学校提倡学生自治，设有学生自治会、膳食委员会和其他多个学生团体，均由学生自行选举产生并按民主程序管理相关事务。傅先生深信，通过自治机构，让学生亲自做一做，才懂得怎样行使民主，学到"民权初步"，从而具备自治能力。他把学生自治会等视作培养人才的另一所课堂。校内各个班级都办有壁报，傅先生常接见其编者，发布谈话，回答提问。他从不独断专行，凡拟订办学方针和措施，均广泛听取意见，与师生员工讨论，取得一致后才加以施行。每当期末，学生人手一份《期终意见表》，上面印有"善意批评，积极建议；知无不言，言无不尽"16 个字，学生想说什么都可以，无记名填写，以免顾忌。校方根据学生意见监督校政，改进工作，也增强了学生的民主观念，逐步形成民主素质。

（三）认真的办学作风

"认真"与"民主"并列为"渝清"的办学指导方针，反映了傅先生对作风问题的高度重视。他要求教职工任职"切实负责，力戒敷衍"，学生做事"求实和严格"，这是"渝清"取信于公众的保证，是办学成败得失的关键。"渝清"的办事效率很高，与傅先生身先士卒、一丝不苟关系极大。为除治臭虫，学校在炉灶旁砌起水泥框，蒸煮宿舍的木床；特辟一间疗养室，安排患肺结核的学生边学习边养病；除减免贫秀生（家境贫苦而品学兼优者）学费外，又协助占总数五分之一的贫困学生安排勤工俭学，不使辍学……凡此种种，无不饱含他对师生的关爱。为了尽可能增加营养，"渝清"的饭食常采用黄豆，上下午课间还让学生喝两次豆浆，傅先生则经常亲自检查豆浆的浓度。他不愧为学校里"认真"的第一人。

重庆清华中学在傅先生主持下，经过短短十余年，成了西南地区的名校。该校师生普遍认为，在解放前，重庆清华的成就与作风是得到了很高的赞美的，社会公认他成绩最优良、办事最认真、作风最民主、学生最前进。在那个特定的时间、环境等条件下，他的办学思想与实践独树一帜，不少决策为其他办学者所不肯为、不能为、不敢为，而恰恰是这种卓尔不群之处，使其成效罕有其匹。

傅先生桃李满天下。他在"渝清"的十余年中培养学生达4 000多人，这些学生离校后遍布祖国各条战线以至四海之外。上个世纪90年代以来，他们在参加校庆活动或傅任敢教育思想研讨时，往往情不自禁地道出这样一句话："傅先生，您的师恩难忘啊！"这"师恩"指的是他言传身教、诲人不倦的辛劳；是他匠心独运地从宏观到微观设计并执行了富于成效的教育方案，并对教学这门"最渊博最复杂的艺术"作了艰苦的探索，丰富了我国基础教育的理论和实践，至今仍有重要的借鉴意义；是他毕生义无反顾地肩负起为青少年健康成长、为国家为社会培育栋梁之才的重任。短短一句话不仅道出了傅先生弟子们的心声，也反映了教育界的共识。大家多么热切地期盼在21世纪之初的教育领域涌现出成千上万的像傅先生那样的教师和校长啊！

傅任敢先生是个普通的教育工作者，做过中学校长和高校教师，但是，他那自强不息、与时俱进的精神，放眼中外、融通古今的学术襟怀，刚毅果敢、埋头苦干的实践品格，甘为人梯、呕心沥血的美德，却是不平凡的。他在中国教育现代化的大路上，为实现科学、民主的目标，铺土填石，其功卓著，人们永远不会忘记他！

附记：

本文写作过程中，研读了傅先生夫人杨仁老师1998年转给首都师大的"任敢遗赠"图书。傅先生的三位女儿提供了有关傅先生的新编年谱和著译目录，并对撰稿给予大力协助，谨致谢忱。

本文所引材料很多出自重庆清华中学校友总会北京分会及《花溪简讯》编辑部所编《傅任敢校长纪念文集》，特此致谢。为节省篇幅，稿中对有些引文未能全部注明其作者和出处，敬希鉴谅。

（作者：马啸风 首都师范大学高教研究室原常务副主任

周发增《首都师范大学学报》（社科版）原常务副主编）

名师风范：大德曰生

——记恩师郝德元先生

方 平

郝德元，1915 年生，1938 年北平辅仁大学教育学院毕业，1950 年和 1955 年获纽约州立大学教育学研究院文学硕士和教育学博士学位，随即归国以报效人民教育事业。1956 年至 1989 年先后任北京师范学院副教授、教育科学研究所教授。主要著作有：《教育与心理统计》，1982 年获北京市哲学社会科学和政策研究优秀成果二等奖；《心理研究实验设计统计原理》（主编），1989 年获北京市哲学社会科学和政策研究优秀成果二等奖。被中华人民共和国人事部授予"早期归国有突出贡献专家"的称号。

"教育已成终身事业。自学与做人是学生的基本素质。尽管面临知识经济的挑战，教育终于要循序渐进，走教、学、做合一的途径。"这是我的恩师郝德元先生的执教名言。

2005 年是郝老先生 90 华诞之年，值此之际，师恩难忘，感悟先生之教诲，犹如昨日。

先生深受其父著名京剧表演艺术家、教育家郝寿臣老先生之影响，一生致力于教育事业，呕心沥血、孜孜不倦。1948年留学美国纽约大学学习"教育与心理测量统计"，1956年回国效力，倾注毕生之心血，为国内高等教育无私奉献50个春秋。先生品性豁达、治学严谨、精益求精、工作极有章法，每以学生的专业发展为己任，强调教学为学生服务的意识，注重理论在实践中所起的作用以及心理研究方法的操作性和实用性。1978至1989年期间在其身体健康状况欠佳的情况下，仍根据古今中外各派心理学理论与方法，进行全面阐释和分析评价，独自开创国内心理学界的丰碑之作——《教育与心理统计》等四部巨著，共计300余万字，充分体现了先生博大精深的理论素养与勇攀高峰的科研精神。

工善其事利其器　启之辟之立丰碑

先生生于1915年7月，祖籍北京，毕业于北平辅仁大学教育学院教育系。原任北京师范学院教育学科学研究所教授，曾兼任全国高等教育自学考试指导委员会考试研究委员、北京人才评价与考试中心专家委员。

从1956年到北京师范学院任教以来，与林传鼎教授共创了首都师范大学心理学学科，为后期心理学专业成为北京市"发展与教育心理学"重点学科建立了卓越的功勋。先生出版专著、教材、译著5部，1982年撰写了国内心理学界的丰碑之作《教育与心理统计》；之后又撰写了《教育科学研究法》（教育科学出版社1989年版）、《心理研究实验设计统计原理》（主编，北京师范学院出版社1989年版）。1989年被国家人事部授予"早期归国有突出贡献专家"称号。自1994年始，被美国传记所研究评议委员会邀为"终身评议和委员"；授予20世纪成就奖，载入《500有影响的领导者》；当选为1994年杰出人物，并授予国际

社会作出杰出贡献的成就金奖。同年获英国剑桥国际传记中心
"杰出教育业绩奖"，载入第 23 卷《国际传记辞典》；1996 年获
英国剑桥国际传记中心"杰出教育业绩奖"，载入第 3 卷《国际
业绩领袖》。

爱国忧民志高远　君子风范德艺馨

　　先生一生以教为乐，爱国忧民，七七事变后，参加英千里为
首的以辅仁师生为中心的京津两地的秘密文化团体、抗日地下组
织"华北文化教育协会"。先生时任"华北文化教育协会"总干
事、教师，力尽己能抗日爱国，尽显一代文人尽心国家之衷肠。
先生每每谈及此事，记忆犹新。在白色恐怖之下，不顾个人安
危，接受任务发展民间知名人士、北平鼎鼎大名的说书家连阔如
为会员。领命后，先生好生斟酌，回家动员父亲郝寿臣老先生亲
自出马。郝寿臣老先生爽快地答应前去拜见连阔如。经郝寿臣老
先生引见，先生择一吉日径直来到连阔如家，与连阔如交谈。连
阔如也是爱国志士，虽然时局动荡，生命危危，也是爽快答应，
加入华北文化教育协会。许是受慈父影响之故，先生爱国之情居
增未减，以至于学生骨子里也浸透着先生感触深厚的爱国意识。

　　子曰："志于道，据于法，依于仁，游于艺。"先生自幼承欢
父亲膝下，耳濡目染，懂事就爱唱戏，着意模仿，父亲希望先生
弃艺从文，数番劝教，先生生性孝顺，谨遵严命，从此饮读诗
书。但课余不离父亲左右，暇时随从父亲演出，偷学技艺。先生
天资聪颖，至 1938 年辅仁大学毕业时，父亲的唱、念、做、表，
模仿得惟妙惟肖，还能自我操琴，俨然一个行家里手。

　　1948 年，先生取得美国纽约州立大学入学许可书和助学金，
郝寿臣先生亲自送子登机，叮嘱儿子学成早日回国效力。先生在
美期间，一边工作一边学习，不负父亲厚望，先后获得文学硕士

和教育学博士学位。由于极爱京剧之故，先生于 1951 年创办了美国第一家京剧票房，取名"国剧雅集"。"雅集"积极发展，1953 年第一次公演。在"雅集"影响下，国粹京剧票房，在美国各地的华人社会已有几十家之多，而且越办越火。"雅集"创办活动至今，已有 40 余年历史，每年都有多次公演。先生在美首创京剧票房之功，至今令雅集同仁念念不忘而致函称颂。也表明先生对世族艺术、传统文化的毕生喜爱。

1950 年新春佳节，北京市委主办一场盛大招待会，郝寿臣老先生应邀剃须与萧长华合作演出《醉打山门》，戏毕，市委书记、市长彭真请二老到前台看戏，受到毛主席和周总理接见。毛主席说："听说你儿子在美国留学，叫他回国工作吧！"郝寿臣老先生欣然领命。先生学成后欣然奉父命归国，执教北京师范学院，讲授《教育与心理统计学》。

匹夫而为百世师　寓教而为天下人

先生 1956 年归国执教以来，博采众长，每与学生谈及做人与做学问之道理，恳切之情令人油然而生敬意。先生常要求学生做人正直，坚持原则，并身体力行。解放前，先生出任北平国立高工教导处主任时，由于这个学校对学生待遇优厚，常有高级官员希望走关系送其子女入校，但每每都被先生婉言拒绝，坚持入学一律平等。后来在北京师范学院招考研究生时，先生也一直恪守着这个原则。

先生豪迈爽直，治学严谨，工作、教学极其讲究章法。治学要循序渐进，走教、学、做合一的途径是先生一生追求的至点。先生从来最为关注学生的个性与专业发展，由此倍添了先生力排众议，突破讲授为主的传统教学模式的勇气与信心，时时体现了为学生服务的意识。先生的可贵之处，在于根据学生的个性差异进行启发式教学，权衡着用研讨的方式来着意培养学生独立分析与解决问题的能力，尤其是磨炼学生论文研究方法与思路上的严谨性，先生总是言辞恳切地告诫学生：论文最忌讳的就是雷同，做论文的过程就意味着对自己学习的一次检验，重要的是善于把握研究问题的历史脉络、背景进行深入挖掘；学习的目的不是为学而学，更多的是通过学习来掌握一套适合自己解决、处理问题的方法，适合自己在未来专业发展上受益。先生讲至此时，总会谈及在美留学期间所听到的一件事：有个学生做论文，论文即将完稿时才发现与人雷同，但还是忍痛割爱放弃了。以此为鉴，学生时时牢记先生之教诲，行中庸之道，反躬修己而感慨万千。

中庸庭堂，博大精深。先生执教于教育科学研究所，创立心理学学科之艰辛历历在目。先生当时身体欠佳，但一心念着心理学，倾全力立志于改善研究生课程的散乱状态，数千个晚上呕心沥血，从晚 6 点到 12 点进行写作，十几年如一日，条件之艰辛难以想象。1989 年，手写稿、国内心理学界的四部巨著（《教育与心理统计》、《教育统计学》、《教育科学研究法》、《心理研究实验设计原理》）等研究成果（1978～1989 年期间进行研究与写作的），终于问世，共计约 300 万字。其理论的构建，完善了对国内心理学方法学的研究、改进、发展与革新；为有效地进行科学理论和应用的研究，提供了正确的指导思想、科学的方法和最佳的手段；建构了国内心理学方法学从抽象到具体的完整理论体系，对国内心理学及其研究方法的演变与发展以及在科学研究实践中的选择与应用奠定了深厚的基础；开辟了前所未有的崭新的科学领域，对后期心理学方法学的发现与发展提供了重要的参考价值。

大德曰生中庸道　　人间至善悟众生

子曰："勿以恶小而为之，勿以善小而不为；苟志于仁矣，无恶也。"师德至上，感悟众生。1989 年先生在美国纽约州立大学担任客座教授时，慷慨解囊，用个人经费购置了大量的专业图书和相关的专业软件，赠送给教科院心理系，为简陋之教学条件尽个人微薄之力，尽显人师之风范。先生乐善好施，每每致力于公益事业，不惜为失学儿童倾囊相助。2004 年第三届"中国儿童慈善日活动"启动仪式上，先生将父亲的遗款和自己毕生积累共 10 万元全部捐出，接受采访时，先生写下《易经》中"大德曰生"四个字，说："帮助他人是人间最高的美德。"

先生载誉一身，低调处事，莫不令德，堪称后辈楷模。念先生 90 高龄，忆往昔先生教诲，感触颇深，今绕膝先生跟前，为先生之博大胸怀、才高八斗而折服！期颐在即，人间祥瑞。西汉王褒在《四子讲德论》中曰："今海内乐业，朝廷淑清，天符既章，人瑞又明。"衷心祝福先生乐融融也！您开创的学业正由我们这些弟子继承发扬，您昭示的人格魅力将在一代代后学中生根开花！您当年企盼富强的现代化中国正在一天天强大！

（作者：方平 首都师范大学教育科学学院教授）

怀念成庆华教授

杨生民

成庆华（1915～1993），中共党员。1936 年夏入北京大学史学系学习，1937 年七七事变爆发后，在北平图书馆自修。1940 年入辅仁大学插班学习，1943 年毕业。1942 年参加八路军总部直接领导的地下工作。抗战胜利后，在辅仁中学、朝阳法政学院任教。新中国成立后，任中等学校历史研究会总干事。1954 年北京师范学院成立，任历史系中国古代史教研室主任、教授、系党总支书记。1982 年离休。

参加八路军地下工作前后

我当学生时就听说过成先生抗日战争时就参加过八路军、共产党的地下工作。现在把我所了解的情况写在下面，以便后人学习先生的爱国精神和民族气节。我认为这是一个教师应有的思想品德。

1936 年夏天，成先生考上了北京大学史学系学习世界史。

第二年七七事变爆发，日军占领北平。先生拒绝到日伪举办的北大读书，而到北平图书馆研究室自修。这时他萌生了为国人写一部《中国通史》的念头，并抓紧时间写出了第一章《中国通史总论——中国历史传统论》，抗战胜利后的 1946 年曾在天津《益世报》等报刊上发表。

先生在北平图书馆研究室的自修生活，为日伪警宪所注意，多方盘查刁难。在此情况下，先生于 1940 年考入教会办的辅仁大学史学系"借读"，1943 年毕业。在辅仁大学"借读"，明显是先生受到日伪迫害的一种表现，但先生在自传材料中只是说在此"借读"，别的很少谈及。

抗日战争初期，先生有一次去延安和抗日根据地的机会，因病没有去成。后来有一位成先生的父亲在保定军官学校的老同学、老朋友王碧斋，由抗日根据地来北平开展地下工作，策动伪治安军高级将领的反正，从 1942 年起先生就义无反顾地参加了地下工作。

抗日战争胜利后，先生除在辅仁中学教历史课之外，在郑天挺等先生推荐下，又在朝阳法政学院任讲师，教历史课。当时成先生教课是很受欢迎的，再加上先生在天津《益世报》等报刊上不断发表了文章，受到了燕京大学教育长翁独健与北平历史语言研究所所长徐旭生的称赞。先生在学术方面前途光明。然而，这时国民党的特务却盯上了成先生。为了不暴露自己地下工作者的身份，先生遂自动离职。

解放战争时期，北平学界的进步分子，按党组织"要做联系和团结知识分子的工作"的指示，成立了以文化教育界人士为主的"三立学会"，负责人有翁独健、成先生等三人，会员有张岱年、任继愈、张恒寿等人。这个学会一直活动到北平和平解放后才因使命完成而终止。

"文革"后，我有次去成先生家看望他，和先生谈到抗日战争时家乡人民所受的苦难。先生对我说："国破家亡。国破了家怎么能不亡。抗日战争中我们家把家产都变卖光了，后来就靠我教书的工资度日。所以国破家亦亡是正常的现象。"他还说："我给我抗战中生的孩子起名汉昌，日本鬼子不是要灭亡我们吗？我们就要让中国昌盛起来。"

在和成先生交往过程中，我有一个疑问，就是先生抗日战争中所从事的地下工作，不仅机密性很强，而且风险性也很大，做这样的工作自然会受到组织上的高度信任，那么当时先生为什么没有入党呢？我退休以后，看了先生写的一份自传性的思想总结，终于解开了这个疑问。在这份材料中先生说，当时组织曾找他谈要解决他的入党问题。他则认为自己在理论方面学习得还不够，所以对组织上表示以后再说吧。因此他当时未在组织上入党。成先生终于在1956年加入了中国共产党。

总之，先生在抗日战争中不怕风险，不怕家庭贫困破产，为中华民族解放而斗争的精神，永远是值得我们后人学习的。

深入细致地对学生进行思想工作

成庆华先生不仅教学认真负责，得到了学生欢迎与好评，而且能认真、细致地做学生的思想工作，是教书育人的典范。这方面我个人有深切体会。

1959年暑假我在本校历史系毕业留校工作，后来成先生找我谈话，让我报考中山大学历史系研究生。在接到录取通知后，便按规定时间前去报到，恰巧正赶上中山大学正在开展反右倾运动，系领导带头检查自己的右倾思想，小组会上则是人人检查自己的右倾思想，在批评别人时上纲很高。再加上当时劳动的时间也很多，给我留下的印象是，这种时候去当研究生，与1957年"反右"后参加大跃进劳动锻炼也差不多，没什么研究的时间，既然如此还不如回校参加教学工作好。在这一思想支配下，我立即给成先生写了一封信，要求先生向领导汇报，调我回校当助教，参加教学工作。

我以为先生会同意我的意见。没有想到先生在接到我的信后，在几个月的时间里一连给我写了五封信，解决我的思想问题，体现了成先生对留校生的热忱关怀，也表现了他身上的反潮流的可贵的实事求是的政治品质。他在第一封信里说，新中国文化上的建设任务很重，为了将来能在这方面作贡献，就应提高学术水平，科研能力，让你去当研究生目的就是如此，等等。第二封信是说要虚心向导师学习，尊重导师的指导，还说想学习好，就要有"两耳不闻窗外事，一心只读圣贤书"的精神。从收到成先生的第一封信起我就知道先生不同意我回校教学。收到第五封信时，已经过了几个月，学校形势发生了很大变化，我的思想问题也就随之解决了。

当时我产生那样的思想问题并不奇怪，自己对考研没思想准备。至于当研究生的目的、任务是什么，怎么完成任务等等，我没有考虑过。而成先生给我写的那五封信恰恰在这方面给我补上了一课。现在想起来，这一课补得很及时，也很重要，又一次表现了成先生对学生从政治思想到业务进修的全面关怀。

还有一件事，是到农村参加清政治、清经济、清组织、清思想所谓"四清"运动时遇到的问题，也是先生及时给我做了思想工作。问题是这样的：我上大学和当研究生时，一直是争取入党的积极分子，曾做过班上的党课学习小组长。党支部负责人交给我的任务，就是到"四清"前线去争取入党。因此，我在"四清"中小心谨慎，服从工作需要，尽力做好工作，有病时也能坚持工作。

尽管如此，最后还是出了问题。问题是这样出现的："四清"快结束时，工作队队长兼支部书记说要听我对他的意见，我推脱不过，只有谈了。但有些意见不能谈，谈出来可能出大问题，也不利团结。所以，我只从众所周知的工作中的事实提出：希望他能总结经验教训，注意自己主观思想与客观条件的一致性，等等。后来这位书记个人给我写了个鉴定，说我"与党有隔阂"、"不向农民学习"等。这个鉴定在大家讨论时被否掉了，我请他按大家意见修改，他拒不修改。没想到回校后，我原单位的党支部书记看了鉴定也要我作检查。我回答他说："我希望通过调查弄清问题。在弄清事实之前，我无法作检查。"

过了十多天，成先生找我谈话，说：听说你"四清"遇到问题，找你谈一谈。我谈了"四清"中的情况和我自己的表现，还谈了关于鉴定问题。最后，我对先生说："我以后再不谈我'四清'的表现和入党问题了。先生抗日战争时期虽然没有入党，不是也不惧生命危险，为党做地下工作吗？我现虽然不入党，不也可以好好工作吗？"成先生接着说："这样对待你的入党问题是不公正的。不管怎样，你走你的正路就是了。"

大约过了半年多，历史系的党组织找我谈话，说：关于"四清"鉴定的问题已经搞清楚了。组织上认为你在"四清"中坚持了原则，基本上符合共产党员的标准，所以决定发展你入党。不久我就履行了入党手续。成先生在我申请入党过程中对我的及时鼓励和帮助，显示了他的崇高思想境界。

成先生逝世已经十多年了。他去世后，我常常想起他，他对我说的"不管怎样，你走你的正路"等话，言犹在耳。现在纪念先生，就是要学习先生崇高的爱国主义精神和一心一意为人民服务的精神。我现在虽已年近 70，我仍然要学习先生的精神，在实际行动中为"振兴中华"而尽力！

（作者：杨生民 首都师范大学历史系教授）

戚国淦先生与我的成长

夏继果

戚国淦，1918年生。首都师范大学历史系教授、博士生导师。早年入北京大学英文系学习，1946年毕业于燕京大学历史系。任北京市中学历史、英文教师数年。新中国建立后任北京教师进修学院历史组组长，1954年奉命筹建北京师范学院历史系，历任科主任，副系主任；讲授世界中世纪史多年，培养英国都铎史硕士、博士生约十届；曾任中国中世纪史研究会理事长、中国世界古代及中世纪史研究会理事长、中国英国史研究会副会长。有著述及译著数种，被中国翻译家协会评为资深翻译家。

1986年，我投奔到戚国淦先生门下攻读硕士学位。20年过去了，我由一名普通的学生成长为高校史学讲坛上的教师。回溯20年求学与成长的历程，深深体会到，我走过的每一步都得到了先生的指导，取得的每一点成绩都凝聚着先生的心血。先生伟大的人格力量、对教育的热爱、对学生的负责态度，所有这些，无不鞭策着我不断向更高的目标迈进。

一

　　第一次听说戚国淦先生，是我在曲阜师范大学历史系学习的时候。记得有一天听老师们谈论国内史学界的名家，眼界大开，但印象最深的是"戚国淦先生学问好，人品更好"这样一句话。1985年，读大学三年级的我，开始考虑毕业后的去向，这句话再次在耳边响起，并且如磁石一样把我吸引到图书馆，去翻阅先生翻译的《查理大帝传》、《法兰克人史》，还有其他有关世界中世纪史的书籍，并萌生了报考北京师范学院历史系，跟随戚先生读世界中世纪史的念头。不仅如此，作为初生牛犊的我，居然提笔给先生写信，并提出了一系列问题请求回答。这件事传了出去，同学们嘲笑我不知天高地厚，老师批评我唐突冒昧，我也开始惴惴不安起来。没想到几天后，先生的来信放在了我的课桌上。那清俊的字体、字里行间透出的贯通中西的学识以及对后生的殷切期望，使我坚定了跟随先生治史的决心。从此开始了与先生间频繁的书信往来，对于我提出的问题，先生一一解答，有一次回信迟了，还写上"来信时值我外出开会，归来始见，迟复为歉"以说明原因。

　　1986年9月，我如愿以偿地来到北京师范学院，开始直接蒙受先生教诲。我从小生长在山东偏远的农村，大学四年又在曲阜度过，来到北京无异于"刘姥姥进大观园"，精彩的世界让我眼花缭乱，也让我感到自己的渺小，失去了自信。与我同一师门的两位同学一位是本校本科毕业生，另一位是有几年教龄的中学老师，我更感相形见绌了。这一切先生看在眼里，主动找我谈心。他说："你虽然读书较少，眼界较窄，但你的英语有优势啊，为什么以己劣势比人优势，而不是相反呢？"第一学期，先生为我们讲授"都铎史入门"。上课时，先生总是有意识地让我回答问题，每当我张口结舌、语无伦次时，先生慈祥而期待的眼神激励我勇敢地说下去。作业的批改更让先生费心。人们今天经常说，一篇糟糕的稿子怎样被修改得"满篇红"，但我那不争气的作业是不会被先生修改成这副模样的，因为先生是用铅笔修改的，修改之处还往往写有"可否"、"妥否"等字样。这一学期，先生让我们课下阅读英文版的《欧洲中世纪简史》，为撰写硕士论文时顺利阅读英文资料做准备，期末作业是写一篇读书笔记，他并没有指明写哪本书的读书笔记，是中文版的还是英文版的，但我硬是把《欧洲中世纪简史》啃完，并写成一篇五千多字的读书笔记。先生脸上露出满意的微笑，我的自信心树立起来了。后来我也从事教育，深深体会到这叫"因材施教"。每个同学的背景不同，基础有别，但作为教师，不应该歧视学生，应当根据不同的情况采取不同的教育方式。今天我也开始指导研究生，对这种教育方式又有了新的理解。我认为这在某种程度上是一种包容。这是一个多元的社会，需要各种各样的人才，不妨把本科教育和研究生教育理解为一种素质的培养，除了把专业学好以外，应当给学生留下自由发展的空间。先生常津津乐道：那时你们同学三人，除你坚守史学阵地外，一人在美国搞珠宝设计，一人在新西兰经商，这似乎可以说明我的教育方式是成功的。

硕士三年是温馨的，还应该加上其他同学的一句评价："在戚先生门下读书是幸福的"。那时先生住宅在西绒线胡同39号，碰上疑难问题，我们三位同学经常一起骑自行车前往，先生总有清香的热茶招待。每年元旦还到先生家饱餐一顿，令其他同学好生羡慕。先生家爱吃素，却总是准备几盆肉给我们补充油水。那时先生的故友每年托人捎来漳州水仙。在寒冷的北国，盛开的水仙花让我们感到浓浓的暖意，充满了对未来的憧憬。那三年，无论精神方面还是物质方面，先生家是我们力量的源泉。至今我眼前还经常浮现这样的场景：在西绒线胡同39号的大门外，三位同学招手道别，不远处，先生和先生的老伴寿纪瑜女士用微笑的目光相送。

二

1989年，我以一篇《威廉·塞西尔评传》获得硕士学位，其中的部分章节后来在《世界历史》1991年第3期发表。我知道，戚先生很想把我留在身边，以增强都铎史的研究力量。然而我是定向生，毕业后应回曲阜师范大学工作。我多么希望先生能找有关部门疏通一下，把我留下来啊！然而每当我提及此事，先生都说：做人是要讲信用的，"人以国士待我，我以国士报之"，只要不断努力，机会总会降临的。

我不情愿地回到了曲阜师范大学历史系，开始了我的从教生涯。从学生到老师，这是一个质的变化，首要的任务是站稳讲台。那时，高校对年轻教师的要求是非常严格的，一般是在老教师的指导下，每学期讲几次课，几个学期通下一门课。我没有为这一规则束缚，主动向系主任请求独自承担一学期的世界中世纪史课程。戚先生得知此事非常高兴，但同时也为我捏一把汗。他在来信中说：你在北京读书期间虽然也在大学讲台上以教学实习的形式讲过几次课，但独自承担一门课谈何容易，然而事已至此，只许成功，不能失败。从此，先生频繁地写信给我，从教材的消化、具体内容的理解，到板书的内容、讲课的进度，一一进行指导。1990年6月底，我的课程结束，得到同学们的基本认可。但先生却叮咛说："你的讲课圆满结束，我感到欣慰，但这只是初步的基础，下一轮恐怕还得照这次这样对待，顺利地讲过两三轮，基础就深厚了，也就行有余力了。"

天有不测风云。1990年9月，讲授世界上古史的教师突然生病，我临危受命。这真是一个天大的挑战。我学的是世界中世纪史，上古史极少涉猎；承担了课程接着就要上讲台，没有充分的备课时间。先生得知此事，不几日就写来了勉励信："刚上过中古史，又接上古史，确非易事。然而系里有困难，也只好挺身而出，逼一逼也就上下来了。不过必须慎重行事，把课上得好些，不要造成欠佳的印象。"就这样，我几个学期连续上课，从远古一路走到繁盛的罗马帝国，又伴随欧洲度过"黑暗时期"，迎来文艺复兴的曙光。不出两年，我俨然成为一个"老"教师了。这时候先生又来信了："这学期上课已是第三遍了，应是创水平、出成绩的时刻了。"多年的师生沟通已使我养成了习惯：先生对我愈是信任，我愈加倍努力，以不辜负先生的期望。在该学期的教学评估中，我的课得到评委会成员的一致称赞。一位70多岁的老教师自豪地说："瞧，我们自己培养的学生也不错呀！"而我在一旁默默地说：你们不知道啊，有一大半应归功于远在千里之外的一位老先生。

先生常说，作为教师，第一要务是把课讲好，不要误人子弟。我跟随先生攻读硕士学位时，先生已是古稀之年，但他的授课是极其认真的，无论都铎史还是欧洲中世纪史的史料，他都了如指掌，并且梳理得清晰明了。不仅如此，他还敏锐地捕捉西方史学界的最新研究动态。那时，大师兄郭方从英国带来帕利泽写的《伊丽莎白时代》，先生及时把它消化，在课堂上传授给我们。直到今天，这些材料还是我授课的必备参考。先生的言传身教已融入我的血液，成为我从师的楷模；而先生的一封封书信又构成一部关于历史教学的教科书，让我终生受益。每当阅读这些信件，我都有一种冲动，宠辱皆忘，把自己融入课堂之中。2004年，我被评为"首都师范大学最受学生欢迎的十佳教师"，先生"为师、为学"的作风在弟子身上得以延续。

三

如今，提起国内英国都铎史的研究，人们自然会想到首都师范大学历史系，想到戚国淦先生。然而，先生筚路蓝缕之艰辛就不那么为人所知了。"文革"后，国家百废待兴，北京师范学院历史系也于1978年成立了英国史研究室，先生以慧眼选定都铎王朝为研究范围。研究室虽然成立了，研究人员其实只有先生一人。然而先生另有想法：我要自己带出学生来，让学生做助手，然后我们滚雪球，越滚越大，也就是把培养研究生的过程跟学科的发展结合起来，制订一个长远的计划，有一个合理的布局。先生还作过形象的比喻：这是一片小小的园地，如果不停息地栽下一棵棵小树，早晚会长成一片茂密的树林。十年的含辛茹苦，先生和师兄、师姐的血汗浇灌出了一株株茁壮的小苗。

然而，80年代末90年代初，"下海"经商之风吹遍大江南北，"穷得像教授一样，傻得像博士一样"成为人们的口头禅。先生忧心忡忡，但为了在"都铎园地"里栽下更多的小树，他不顾年老体衰，鼓励我继续跟随他攻读博士学位。其实，在撰写硕士论文的时候，我就发现都铎时期的外交是一有价值的研究课题，并且得到先生的赞同。在曲阜师范大学工作的四年中，先生不但勉励我把课讲好，而且鼓励我利用闲暇多读书，多出科研成果："你的新研究课题选得很好，是一个饶有趣味而又难度甚大的题目……你已经有相当的基础，我支持你搞出成果来。"

先生的厚爱激励我克服诸如孩子太小需要照顾等困难，1993年我又一次来到北京深造，在戚先生名下读博士。虽然是同一个学校、同一位导师，照理说应该是轻车熟路地进入博士课题的研究。但是，攻读博士与攻读硕士毕竟有天壤之别：如果说攻读硕士是浅水的嬉戏，那么攻读博士则是深海的持续遨游；如果说硕士论文是一间小屋，那么博士论文则是一栋高楼，不仅需要更多的材料，而且需要构建一个多层而完整的体系。以前我选择都铎外交可以说是出于兴趣，而真正实践起来就感觉难度太大了。且不说形成思路、构建体系，单纯是搜集资料就困难重重，我曾经一度试图放弃该课题而选择其他。在这"山重水复"的时刻，是先生把我重新引向了"柳暗花明"。他不断给我开拓查找资料的门径，尤其是支持我在北京图书馆通过国际互借的方式搜集资料。在与先生的多次交谈中，论文的思路日益清晰，结构日益完整。西绒线胡同 39 号再次成为我精神的"加油站"。1996 年，年近 80 的先生逐字逐句审完了我长达 16 万字的博士论文《伊丽莎白一世时期英国外交政策研究》，终于迎来了答辩的时刻。记得答辩那天，先生一下车，就远远地向我伸出手来，紧紧握住我的手。先生的用意我心领神会，传达给我的力量使我在答辩中镇定自若。我取得博士学位后留在首都师范大学历史系任教。

先生常说：平心而论，我自己并没有多大的学问，主要是和学生配合得好，把我的一点经验传授给他们，人家自己一个个都水到渠成地成为博士，我还要求什么呢？先生就是这么一位平和、谦逊的长者。其实，先生的学识是有口皆碑的。他出身于书香门第，自幼受到良好的教育。18 岁考入北京大学西语系。抗战爆发后，北大南迁，先生因病留京，翌年投考燕京大学，以第一名录取，先入外国文学系，后转历史学系，师从邓之诚、洪业、齐思和、翁独健等名家。深厚的功底加上名家的指引使先生在中外历史、古典文学以及旧体诗词、西文翻译等领域都有较深造诣。照理说，先生应该是著作等身的。然而，先生的成就以另外的形式表现出来：他的学识转化为弟子们的一部部论著，他把自己化作了"春泥"，滋育着一棵棵小苗长成参天大树……

（作者：夏继果 首都师范大学历史系教授）

他像蜡烛一样照亮学生们的心扉

——缅怀孙念台先生

申先甲 等

孙念台（1919～1999），1941年毕业于燕京大学物理系，先后任职于贝满女中、北京大学物理系和中国科学院物理研究所。1954年调入北京师范学院负责筹建物理系，后任物理系主任、教授和校务委员。孙先生长期从事物理教学和研究工作，早年在英国《科学》杂志上发表了《热电子发射的量子统计理论》的重要论文。20世纪50年代即在《物理通报》上发表多篇物理教学研究的文章。1988年出版《近代物理学基础》一书。曾被评为北京市优秀教师，担任两届北京市人大代表。

　　孙念台先生于1999年去世，离开我们已有六年多了。但是在我们这几位1961年毕业留校任教的他的学生的心中，他的音容笑貌却依然时时清晰地浮现出来。他的高尚师德，贯穿在半个世纪的教师生涯中。

　　我们是1957年考入北京师范学院物理系的。在迎新会上，我们第一次见到了作为系主任的孙先生。他个子不高，身体很胖，一头浓密的黑发；宽大白皙的面庞上架着一副金丝边近视镜，闪露出和蔼慈祥的目光。他身着灰色中式裰裤，脚穿黑色平底布鞋，一副饱有国学修养的模样。

孙先生以他洪亮而富有穿透力和感染力的声调致欢迎词，开头就说："同学们，从今天起你们就是大学生了；同时，你们也将会成为光荣的物理教师……"对于前一句话，我们听着是开心的。因为1957年高校招生人数锐减，不少高中毕业生无缘进入大学，我们真算是"幸运儿"了。但是对于后一句话，我们不少人听来是觉得刺耳的，因为这些人高考成绩都不错，又都抱有当一名科学家或工程师的理想。只是由于家庭出身、"红专关系"，或其他一些所谓的"思想政治问题"，被拒于理想大学的门外而来到师范学院，所以倍感失望和不甘心。孙先生摸透了这些同学的心思，接着就以他多年从事物理教师工作的经历，讲了他对教师工作的深厚感情。他说，和青年学生们在一起，你永远会充满朝气和活力，永葆青春；特别是当你把自己的知识传授给学生，把他们引入物理学的殿堂，并把自己对物理学这一富有成果、博大精深的人类科学的基础事业的兴奋感情注入学生们的心灵中时，那种快乐和满足是任何东西都换不来的。

他深情地说："'得天下英才而教育之'，不亦乐乎？""如果让我作出第二次人生选择，我仍将选择教师职业。"孙先生根据青年学生崇拜科学家的心理，针对有人说的"教师像蜡烛，燃烧了自己，照亮了别人"，特别引述了伟大的物理学家法拉第在著名的"蜡烛的故事"的演讲中的一段话勉励同学们："希望你们年轻的一代，也能像蜡烛用自己的光照亮别人那样，有一分热，发一分光；在履行自己对人类事业的职责中，用忠诚和踏实的劳动，像蜡烛那样光辉灿烂地贡献自己的一生。"孙先生语重心长的讲话，第一次唤起我们对教师职业的认真思考。在以后的年月里，孙先生的话越来越引起我们内心日益强烈的共鸣。孙先生重视对新生的专业思想教育，不是偶然的。北京师范学院是为北京中学培养教师的市属重点大学。新生入学必须尽快树立当中学教师的志向。孙先生这就是给新生上了成功的师德第一课。

孙先生从年轻时就热爱教师工作。他出生于一个书香门第和官宦世家，祖上多人为清代显贵和名士；其父是一位国文教员，有深厚的文学修养。孙先生自幼聪颖好学，受家庭浓厚的文化气息的熏陶，博览群书，对文学、艺术和历史有广泛的爱好。中学时，对数学和物理学产生了兴趣。17岁时考入清华大学物理系，翌年转入燕京大学物理系。1941年毕业后继续攻读燕京大学研究生。由于时局动荡，难以完成学业，孙先生就到贝满女中任物理教师。1946年8月到北京大学物理系任助教，其间受到赴美留学的邀请，但深深热爱教育事业、执着于"教育救国"、"科学救国"理想的孙先生谢绝了这一邀请，继续留下来从事培养年轻人的工作；1954年被调入新建的北京师范学院负责筹建物理系，后任物理系主任和教授。

从物理系建系开始，孙先生就抱有一个愿望：用一二十年的时间，以本系培养出来的优秀毕业生为骨干，逐渐形成一个有自己特色的"物理科学教育学派"，全面提升北京市中学物理教育水平。他认为这些骨干教师必须具备三个条件：首先是热爱教师工作，热爱学生；第二是要有扎实广博的知识素养，他常说的一句话是"要给学生一杯水，教师要有一桶水"；第三是要掌握教学方法，并懂得教学艺术，要能把课讲出"彩儿"来。

为了实现这个愿望，孙先生十分注意抓教学质量。20世纪五六十年代，学校教学工作受到政治运动和劳动过多的冲击。作为一个非党员的系主任，他还是千方百计地在教学工作上尽量多抓一把。每年招生时，他总要亲到招生地点，悄悄嘱咐招生人员，要把那些由于出身不好等"政治条件"而被名牌大学拒招的高分考生招进来；后来这些学生大都成为大、中学教学岗位上的业务尖子。为了提高本系中青年教师的教学水平，孙先生坚持每周要听一两次课，并在每个学期都要组织公开课，请老教师们详加评点指导，中青年教师一致反映受益匪浅。虽然接二连三的政治运动，使教学秩序大受冲击，但孙先生坚持进行毕业前的教育实习和毕业考试。他不顾自己体胖多病，一个一个实习点地巡视听课，并组织好教育实习总结报告会，使毕业生受到一次生动的敬业精神的教育和教学研究的实战训练。有一个年级由于入学成绩较低和多次政治运动的冲击，专业基础有严重缺陷。在毕业前，孙先生专门为他们开设了"普通物理专题讲座"，结合中学物理教学的需要和物理学中最重要的基本概念、基本原理和基本方法，作了深入精辟的讲解。他高屋建瓴、微言大义，对这些概念、原理的各种表述及其优缺点，这些知识的物理意义、物理本质和物理图像，各部分知识的内在联系，知识理解上的常见错误等，正本溯源，去芜存真。孙先生的这个讲座，厚积薄发，深入浅出，酣畅淋漓，听来如饮甘露。孙先生为这个讲座编写的讲义，至今被他的学生们所珍藏。

在物理系建系之初，曾招收过三届专科生，由于学习年限的限制，没有开过"近代物理"的课程，孙先生常对此感到不安。20世纪80年代初，这批学生大都已成为所在学校的教学骨干，但还是希望补上这一课，以适应中学物理教学改革的需要。当时已过花甲之年的孙先生，毅然伏案撰稿，重执教鞭，用70多个学时讲完了这门有特殊意义的课。根据讲稿编写出版的《近代物理学基础》一书，获得物理教育专家、北京大学的褚圣麟、赵凯华两位名教授的高度评价。

孙先生把课堂和讲台看作展示教师的教育理念的舞台，是师生直接对话的神圣殿堂；他说必须讲好每一节课，"不能误人子弟"。他把这种敬业精神贯穿在他的课堂教学中，把科学性、教育性和艺术性结合起来，形成了他儒雅大气、精深流畅的教学风格。

在教学内容的选择上，他反对"面面俱到，毫无遗漏"，而强调"少而精"的原则。他说："有所取必有所舍，削枝才能强干"；"为了突出一个方面，就必须适当削减其他方面的内容"；一段时间内要把学生的注意力聚集到一个焦点上；"少则得，多则惑，必须把基本的东西讲深讲透"。在教学方法上，孙先生把教师比作演员，说演员就是通过声情并茂的唱念做打，鞭挞"假恶丑"，颂扬"真善美"，使观众在身心愉悦的艺术欣赏中得到人生的感悟。所以孙先生对课堂教学的每一个细节事先都要精心推敲，每次上课的前两三天，他都是在这种紧张不安的缜密思索中度过的。但一走上讲台，他就会全身心地投入到生动流畅的讲述中，他的讲课总是饱含热情，富有感染力的。其中有物理现象的描述，有科学问题的揭示，有探索者的直觉猜测和理性思考，有科学假设的提出和争论，有科学实验的检验和筛选，有巧妙的科学方法的诠释，有严密的逻辑推理，有明快清晰的科学结论。他就像一个"科学导游员"一样地引导着学生带着一连串的思索和悬念，进入"未知世界"，又迈进"科学王国"。他的讲课起到了授业解惑、传送智慧、活跃思想、开启思维的效果。记得在一次力学课上讲到"转动惯量"时，孙先生还以他胖胖的身躯模仿了舞蹈演员由张臂慢转到收臂单足快转的动作，引得学生们哄堂大笑，但"转动惯量"的知识却牢牢地记在学生们的心中。几乎他的每一节课，都会使学生得到一种艺术的享受和智能的提升。孙先生这种为教学工作殚精竭虑、鞠躬尽瘁的精神以及他的教学思想和教学艺术，后来在我们这几个他的学生为物理系开设的"力学"、"热学"、"电磁学"、"近代物理学"和"电视原理"等课程的教学中，都得到了继承和发扬。孙先生的光辉榜样，时时起着鞭策我们不断钻研教材教法、提高教学质量的作用。

孙先生学识渊博，爱好广泛。他认为教师必须有广博的知识，学物理的也应该具备一定的文科素养。"因为你的学生是有多种兴趣爱好的。为了能够接近每个学生，并与他们进行对话交流，教师自己就要多学一些专业以外的东西，这才可能赢得学生的尊敬。"在孙先生的书房里，除了物理学方面的书籍外，更多的是文学、艺术、历史方面的著作，其中不少是他出高价从中国书店和东安市场旧书门市部购得的。他精通英语，退休后还听广播自学法语。他爱好京剧，有时还能哼唱几句，评论起一些名角来，常有精到的见解。他要求自己的助教读点唐诗、宋词，看一看《古文观止》。他送给一位青年教师一本《世说新语》，说其中不乏睿智的对话和深刻的人生哲理，读一读会有裨益的。1996年春节，我们几位老学生去看他，77岁高龄的孙先生还兴致勃勃地和我们争相背诵起《雨霖铃·寒蝉凄切》、《滕王阁序》等名篇。"今宵酒醒何处，杨柳岸，晓风残月"；"落霞与孤鹜齐飞，秋水共长天一色"，此唱彼和，一时欢笑声充盈斗室。

孙先生特别重视物理学史在物理教学中的作用。他认为物理学史是沟通物理科学与人文科学的桥梁。在课堂上讲一个历史故事，引用一些物理学史料，不仅可以活跃课堂气氛，激发学生兴趣，更重要的是让学生了解人类与物理世界对话的历程和物理学发展的脉络，了解物理学家探索物理世界奥秘的思路和方法，感受科学家追求真理、献身科学、造福人类的崇高精神；以有血有肉、生动具体、曲折复杂的历史描述，使学生了解各部分基本知识的来源、发展和实质，并受到科学思想方法的熏陶和科学创造精神的激励。"惯性原理"是如何发现的，"万有引力思想"是如何发展的，"热的运动说"是如何胜利的，"能量原理"是如何建立的，"原子结构模型"是如何演变的……孙先生娓娓动听地讲述的这些历史故事，虽然不是知识考试的内容，却久久地记忆在学生们的脑海里，不断从中领悟到超出知识本身的许多启示，并对学生们的世界观、人生观产生深刻的影响。孙先生曾经打算系统地开设一门"物理学史"课程，但由于"文化大革命"的冲击，他的这个打算未能实现。20 世纪 70 年代末，在孙先生的鼓励下，物理系成立了"物理学史研究室"，编写了大纲和教材，开出了这门课程；继之又招收了物理学史硕士研究生，并组织了十多次全国高等院校"物理学史教学与学术研讨会"，推动了全国高等学校物理学史的教学与研究工作，圆了孙先生的这个梦想。在孙先生的影响下，我们这些老学生都很重视物理学史的学习，并自觉地把物理学史融入我们的物理教学中，取得了良好的教学效果。

孙先生严于律己，宽以待人，遇事总是先为学生和他人着想，深得同事和学生们的尊敬爱戴。记得建校之初，交通不便，学校远离公路。孙先生每次来校上课，都要乘黄包车走过几里长的一条坑洼不平的土路。一次黄包车翻倒，将孙先生摔到土沟里。为了不误上课，孙先生强忍伤痛将课讲完，才被学生问知，送往医院就诊。1966 年 7 月，在"文化大革命"中，孙先生也以"反动权威"被揪斗。一次在大操场的批斗中，一些"红卫兵"在个别人的煽动下，手持木棒想要冲向孙先生。我们这些青年教师和学生手挽手组成两道人墙，才阻止了一场惨剧的发生。眼看会场情绪难以控制，我们心急如焚，一位教师急中生智，大喊"把孙念台押回牛棚，深入审查批判"。一群人急急簇拥着把孙先生送到物理楼一间小屋里。在人们离去后，这位教师悄悄说："这里很安全，你不要出去。"孙先生却不顾自身安危，急忙催促说："你快离开这里，免得别人看见又连累了你。"身处险境的孙先生，却还在想着他人的安危，这是何种感人的"本性流露"啊！1992 年夏天，我们一位患有"静脉曲张"的教师忽然接到孙先生的一封信，信中详细告诉他一份报纸上登载的新法治疗这种病的消息，并写明了诊所地址和电话，让他尽早联系就诊，着实让这位教师感动不已。

孙先生豁达坦荡，淡泊名利。他曾被评为北京市优秀教师，市群英会代表，担任过两届北京市人大代表，退休后还被聘为崇文区政协委员。他感谢国家给予他的这些荣誉，不过他又很谦虚地说："作为一名教师，只要能够教书，就是最大的满足了。"有这样一个小故事：孙先生解放前在大学时曾参加过共产党的一个外围进步组织的活动。参加过这个组织的人士退休后都按"离休干部"待遇。孙先生的朋友告诉了他这个消息后，他没放在心上。直到1996年春节，物理系党总支书记去看望他时，谈话中他才不经意地提到了这件事。组织上很快查到了有关文件，办妥了他的离休手续。

孙先生老骥伏枥，壮心不已。在70多岁时给系领导的一封信中还写道："我已为物理教育事业工作了大半生，今虽年事已高，身体不好，但只要一息尚存，我仍将力所能及地做一些对物理教育有益的工作。"

先生之言，益人神智；先生之行，正人轨迹。美哉，先生！

（作者：申先甲 首都师范大学物理系教授）

一位让学生终身受益的老师

——记谢承仁先生

邹兆辰

谢承仁，1924 年生。首都师范大学历史系教授。1950 年毕业于北京大学史学系，任教于北京第一中学。1954 年调北京师范学院历史系工作。曾协助吴晗主编《中国历史常识》。主要著作有《戚继光》、《李自成新传》、《中国传统思想文化渊源》等。整理古籍《庚辛奉天书简集》、《杨守敬集》（主编）。获"曾宪梓教育基金会"高等师范院校教师二等奖（1993）。《杨守敬集》获北京市哲学社会科学优秀成果一等奖（1988）。

2004 年春节，来自全国各地的二十几位年近古稀的老人，聚会在北京的一个庄严的会议厅，为他们高中时的班主任——谢承仁先生祝贺八十寿辰。这是北京一中 1954 年的高中毕业生在毕业半个世纪以后的又一次聚会。这些老学生在半个世纪的风雨历程中，努力学习，奋勇拼搏，成为国家各条战线上的骨干人才，在各自的工作岗位上作出了自己的贡献。如今他们大都已经从工作岗位上退休，有的还在发挥余热，有的在家含饴弄孙。但是，他们依然忘不了自己的老班主任。今天，他们看到老师依然身体健康，精神矍铄，感到十分兴奋。这班同学的代表，现任全国人大常委会副委员长许嘉璐当场献诗一首："扬杯共忆少年时，鬓白无人叹暮迟；最是同门欣悦事，依然矍铄吾恩师！"

为什么谢先生给这些老人们留下了如此深刻的印象？这要追溯到50多年前谢先生初当老师的时候。

谢先生担任这个班的班主任，是在20世纪50年代初，那时候谢先生刚刚从北京大学史学系毕业。他毕业以后本来是分配在一个中央级的干部培训学校，从事研究工作，待遇不错，也与他北京大学史学系高材生的身份很相称。但是，由于他在上大学时就在北京一中代课，对基础教育很有感情，愿意到中学当历史老师。经过一番努力，他实现了自己的愿望，终于成为一名中学教师。

谢先生所以愿意和孩子打交道，这可能与他在中学时期的经历有关。1945年他从四川长寿县国立十二中高中毕业，因成绩优秀，学校保送他上大学。他本想接受保送，但有人说：他要是真考大学不一定能考得上。他就决定要争一口气，不接受保送，明年自己去考。正当他准备考大学的时候，有人介绍他到离重庆不远的长寿县县立中心小学去代课，他去了。虽然只是临时性的工作，什么课都要教，但他教得很认真，和学生的关系很好，周末他也常和孩子们一起玩。有一天他正在学校里和孩子们玩，有一个男孩子痛哭着来校找他。老师问他怎么了，孩子指着头上的包说，他爸爸打他了，因为他爸爸责怪他学习成绩不好，他很委屈，就来找老师诉说。这位年轻的老师一边抚摸着孩子的头一边想，孔夫子说要"因材施教"，对这样的孩子恐怕也要有特殊的方法。他就对孩子说：你知道什么叫"打"吗？铁匠要给人做一把刀，就要打铁；渔夫要得到鱼，就要在河里打鱼；人们要开门上的锁，就要打一把钥匙。这都是"打"啊！中国有句俗话叫"不打不成材"，你爸爸打你是要让你长大能够成材啊！你回去和你爸爸说，自己学习不好，是自己不努力，爸爸应该打，但是以后不要这样用力打啊！孩子不哭了，回家果然向家长承认了错误，并且说出了老师教育他的那一番话。他的爸爸大为吃惊，孩子怎么会说这样的话。当他得知这些话是学校那位年轻的代课老师讲的，立即来到学校，向谢先生表示感谢，并表示打孩子不对。这个事情虽小，但在这个县立小学的家长中立即传开了，家长们对这位代课老师产生了一种格外的尊敬。

但是刚上了两个月的课，他在老家的伯父病逝了，必须辞职回家去奔丧。他买了船票，去重庆，再转宜昌。那一天，天不亮就去码头上船，但在岸边发现了他教的那些小学生。他问孩子们，你们怎么到这来了？孩子们说是家长让他们来的。他抬头一看，家长们果然就在岸边看着他们。学生们依依不舍，哭个不停。看到这种景象，年轻的老师也哭了起来。船走了，学生们还是不肯离去。当地产橘子，他们就在岸边一边追，一边往船上扔橘子。船工们看到这个情景也十分感动。几十年后，这件事情依然留在他的印象里。他曾回忆说："这事是不是触动了我日后当教师的情怀我不敢说，但是当时的场景却一直印在我的脑海里。"

当时，还有一件事也给他留下了深刻印象。他在湖北松滋家里参加完了丧事，离 1946 年暑期的高考还有一段时间。松滋县有一个街河市中学（今松滋三中）缺一名英语教师。这年春天，校长来到他家想让他去代一个时期英语课。那时候高中的很多课程都是用英文教的，他又读过不少英语书，莎士比亚的一些作品他都能够背诵，这样他就接受了聘任。但是这几个月的课上得并不顺利，并且发生了一件让他终生难忘的事情。他教的是初中英语课，校长只给了他一个课本，此外什么参考资料也没有。他没有别的办法，只有下工夫熟悉这个课本，差不多一本书都能背下来了。但是面对这些年龄和他差不了几岁的初中生上起课来并不轻松，有些学生对这位年轻的代课老师抱怀疑态度。几周以后发生了一件麻烦事：一天要上课了，但他上课用的课本却突然找不到了，这真让他感到手足无措。上课时间到了，他像往常一样去上课。他没有课本，完全凭自己的记忆来讲课，依然十分镇静。一周一周过去了，他都是凭记忆来给学生上课；但学生并没有发现他讲的与课本有什么差别。6月份到了，他要启程去上海考试了。在上最后一节课时，他把他所讲的课给学生作了总结，哪些单词在课本哪一页他都交代很清楚。下课了，有一个学生带着十分羞愧的表情来找老师。他说：对不起老师，您丢的课本是我拿走了。原来这个学生是想给年轻的代课老师找点麻烦，搞了这样一个恶作剧。面对这样的学生，谢先生没有发火，他对那学生说：你不用难过，你把书拿走给我找了麻烦，但是你也成全了我，让我上课不要依赖课本。代了几个月的课，这些中学生与谢先生建立了深厚的感情，他们舍不得让这位老师离开他们。所以当他离开家乡起程上路的时候，去年他离开长寿县时的景象又出现了。这次不是坐船而是步行离家，所以学生们就成群结队地跟着他走，而且一边走一边哭，怎么劝学生也不肯回去。就这样一边哭一边走，竟一直走了一二十里路。这个场景让谢先生非常感动，终身难忘。

在街河市中学代课时发生的这件事，对谢先生以后一生的教学都产生了影响，几十年来无论是给中学生、大学生、研究生或者是成人上课，他从来不看教案或教材，完全是在课前准备好，上课时凭自己的记忆来讲。他把要讲的东西融化在自己头脑中，讲出来逻辑紧凑，语言连贯，并且能够关注到学生的反应。在大学上课时，有许多大段史料要抄给学生，他也是课前背下来，没看过教案。他的这种上课"本领"，让听他课的学生无不感到钦佩，一个个全神贯注地听和记。

也许就是由于青年时期的经历使他深深爱上了教师的工作。来到北京一中以后，他就把全部精力倾注到教育教学之中。他热爱青

　　少年，也热爱中学教师的工作。他曾说过：我是凭着对学生的热爱和对工作的诚信开始我的工作的，我要扎扎实实地为孩子们做一点实事。我知道搞教学就要让学生学得主动，要让学生动脑筋，和教师一起思考，一起深入到问题中来，逐渐了解事情的本质。我一看到这些学生，就想起我离开长寿县小学和街河市中学时的情景。那种真挚的情感触动了我的心灵，天下的孩子都是一样的纯朴、可爱，我就是抱着这样一种感情来对待我面前的学生的。

　　北京一中的学生很喜欢上谢先生的课。每次课后都有一些学生围着他问这问那。他就想，与其这样被动地给学生回答问题，何不主动地给他们讲故事呢？于是，他就开始讲了起来。《1645年江阴人民守城的故事》就是当时给学生讲的故事，后来他把它整理出来，交给了中国青年出版社，出版了小册子。为了让更多的学生喜欢历史，谢先生还写了一些文章，如《怎样学习历史》、《怎样记忆年代》等，还写了一些历史故事寄给《中国青年》、《中学生》、《中国少年报》发表，也有的寄给中央人民广播电台广播。他写的两篇文章后来被选入了小学教材。这是一个当了小学教师的学生告诉他的。那位学生说，他讲这两篇文章时特别有激情，因为这些文章是他的老师写的。这件事也激发了谢先生为青少年编写历史读物的热情，即使到了北京师范学院工作，他也继续做这件事。除了自己给学生讲历史故事以外，他还请社会上的著名学者和学生见面，激发他们的求知欲望和上进心。他请过周建人先生来给学生讲鲁迅，请过裴文中先生来给学生讲"北京人"的发现，请过郑天挺先生来给学生讲为什么要学历史。

　　谢先生教高中历史课，还担任一个班的班主任。这个班的同学对于他们高中时代的生活留下了深刻的印象。许嘉璐先生对五十多年前的高中生活曾经写过这样的回忆：

　　　我们上高中时，谢先生刚从北大历史系毕业不久。第一堂历史课讲的是什么早已忘记，但先生厚厚的眼镜片，平整的灰色中山装，系得整整齐齐的衣扣，却牢牢地记住了。即使是炎热的夏天，先生也总是穿长袖衬衣，领扣、袖扣全部系上。上他的课是要集中注意力的；他虽然并不幽默，但语言简练，逻辑性强，不重复，无赘语；瓶子底般的眼镜片后面，一双炯炯有神的眼睛时时环视着整个教室，不容你走神；他从不看课本或教案，但是语言连贯，一气呵成，一"灌"就是一堂课。现在细细回味，我后来从事古代汉语教学和研究，历史知识的底子，还是因为上他的课不敢懈怠的结果。

谢先生对学生既放手，又关心。那时候的高中生自治能力也强，什么活动都是班干部和同学们商量、策划、准备，他只是从旁协助，予以鼓励。如此宽松，于是人人自愿参与、装饰教室、编练节目、筹备游行、上街宣传、组织联欢，我们班成为全校最活跃的集体。

除了许嘉璐先生后来成为著名学者、国家领导人以外，在这个集体中还出现了很多的著名学者和国家各项事业的骨干人才，但是在他们的中学老师面前，仍然谦虚地执弟子礼。可见，谢先生在他们心目中的威望。

20 世纪 50 年代初，北京市政府决定建立北京师范学院，调谢承仁先生到新成立的这所师范学院历史系任教。此前他也为市政府举办的中学教师培训班教过课，校址就在北京东郊。那是个荒乱的临时校址，他一面在这里上课，同时还兼着一中的课，需要两边跑。1955 年以后，历史系开始招收本科生。谢先生以高度的工作热情投入系里的工作，任务十分繁重，他给本科、专科的学生上课，还要做指导青年教师的工作，有时候还给新入学的学生作报告，进行专业思想教育。这时他的社会活动也比较多，担任了北京市教育工会的委员，经常要去参加工会组织的活动。他还积极从事向青少年普及历史知识的工作，协助当时的北京市副市长、著名历史学家吴晗先生编写《中国历史常识》，他担任中国古代史部分的主编，他要负责设计问题，然后去做约稿、审稿、改稿的工作。由于他在北京师范学院建院初期工作业绩卓著，1956 年被评为北京市劳动模范，1956、1957 年都参加了国庆节的观礼。

随着教学工作要求的日益提高，历史系本科生开始开设选修课。谢先生是最早给学生开出选修课的少数教师之一。60 年代初，谢先生就给学生开出了"中国近代思想史"课。当时没有教材，也没有参考资料，学生学习主要靠听讲记笔记。先生一写就是一黑板，但是他手里却没有材料，因为材料都记在他的脑子里。下课以后，他还要检查学生的笔记，看他们是否能记得下来。1958 级一位同学清楚地记得：谢先生开出的参考书目中有一些是英文的，但是这些学生都是从小学俄语的，所以抄下的英文十分不规范。谢先生把笔记收去后，给同学用红钢笔把这些不规范的"英文"全给改过来。这些红钢笔字使这个学生非常震惊。他们知道，不知自己何年何月才能读英文书，但是老师如此认真地批改这些笔记，需要花费多么大的精力啊！在 60 年代最初的几年，教学工作能够正常地进行，谢先生一面上课，一面搞科研，同时还要花很大精力指导刚刚留校的青年教师。谢先生与其他几位教师的教学得到系里师生的一致认可，教师中传言历史系有"四大台柱"，他就是"四大台柱"之一。

"文化大革命"前，当时的北京师院还没有招收研究生的制度，但从那时起他已经在青年教师和本科毕业生中物色人才，加以重点培养。当时的大学生由于受到整个社会形势的影响，劳动和运动严重冲击了教学，使学生没有学到应有的知识，更缺乏科学研究的基本训练，毕业前没有写过毕业论文。但是，谢先生认为这不是学生本身的过错，只要耐心地加以培养，他们仍然可以成为在学术上有用的人才。当时，有的学生已经毕业走上了工作岗位，有的甚至在远郊区的农村中学工作。谢先生非常关心这些学生的工作和生活，经常和这些同学保持联系，在家里给他们讲述各种文史知识和治学之道。"文化大革命"之前，他组织几位青年教师和毕业的学生承担了一项"辛亥革命大事日记"的科研项目，任务分配下去，每个参加者分配到负责一个省或几个省的史料搜集任务。有的年轻人担心自己学识不够，平时工作又繁重，完不成任务。谢先生就耐心加以引导，跟他说：你现在确实没有基础，工作又多；但不要着急，每天你只需用 20～30 分钟的时间来读有关的书，然后抄一段史料，这样积累十年，你就会成为一个辛亥革命研究的专家了。他耐心地看他们抄写的卡片，指正他们存在的问题。但"文化大革命"的到来，使这项工作自然也停止了，但他在培养青年方面所花费的努力，却潜移默化地在他们身上起到了作用。

"文化大革命"以后，历史系的教学工作逐渐恢复正常。谢先生担任中国近代史教研室主任，除本人承担教学任务之外，还要抓教研室的人才培养，同时也开始招收中国近代思想史专业的研究生。谢先生在北京大学史学系读书的时候，曾经受到过郑天挺等著名学者的指点，很早就开始写论文，发表文章，并且形成了严密的逻辑思维和语言表述能力，在史实、史料考证方面尤见功力。谢先生对年轻人在科研方面的要求，也是以"严"字著称。他对年轻人写出的东西，总要严格地进行"把关"，从不会放过一点疏漏。拿来年轻人写的东西，他首先要看整个文章的立意是否能够站得住脚；其次要看文章各部分的逻辑是否严谨，是否有冲突、薄弱、重复之处；再看文章所引用的史料或事例是否得当；最后审查每一句话的用词、用字是否规范、得当，有无语句不通、不准确或可能引起误解的现象，文章的标点符号运用是否规范也在严格审查之列。当时，没有一个人写的东西可以在先生那里一次通过，不管是谁写的东西，总是要反复进行修改，甚至于是完全重写。一篇文章要你修改三五次、七八次是常见的，有时甚至是十几次。有的时候先生要亲自进行修改，文稿上一行行的红字，不知渗透着先生多少心血。这样，当你的最终成果完成以后，再和第一稿比较一下，可能都不会相信是同一个人写的。

谢先生在治学上的严格态度是普遍的、一贯的，不会"因人而异"。在谢先生招收的研究生中，有一位学生，毕业于北京某名牌大学历史系，又是身居台湾的某著名史学家的孙女。她在笔试通过后为面试做了充分的准备，以便应对谢先生可能提出的问题。但是，谢先生对这位名门之后却没有提问什么有关史学方面的问题。谢先生说，你知道我在科研中对学生的要求很严吗？她说，知道，"严师出高徒"嘛！谢先生又说，我不仅要求严格，而且会发脾气，在生气时说话很粗鲁，你能够承受吗？她说，可以。因为她想谢先生作为一个学者，不可能说什么"粗鲁"话，让她不能接受的。她在谢先生名下读研究生，写毕业论文时，第一次交来文章的初稿，先生给否定了，她只好拿回重写。第二次文章交来后，先生又给提出了很多问题，让她拿回去修改。当她满怀信心地第三次把文章交来时，没想到先生又提出了很多问题。开始她还拿着本子记，后来问题越提越多，逐渐承受不了了，她开始抽噎，眼泪马上就要流出来。谢先生亲切地对她说，如果你要想哭，干脆就哭出来，不要憋着。顿时她果然"哇"地一声哭了出来。她不好意思地说，我太软弱了。谢先生说，你并不软弱，但是有点"健忘"。你还记得三年前面试时我对你说的话吗？那时，我对你说，我不但要求很严，而且爱发脾气，说话很"粗鲁"。现在我并没有发脾气，你还是思想准备不够。这个研究生平静下来，决心继续按照先生的意思进行修改，在一周内完成。后来，她的论文通过了，参加答辩的成员有些是著名学者，也给了很高的评价。她的文章后来在《北京师范学院学报》上发表了。

通过科研活动培养人才，是谢先生提高年轻人科研能力的重要途径。他知道，只有让年轻人挑重担，才能使他们尽快成长起来。从 1984 年开始，谢先生接受了一项国家级的古籍整理任务，是整理我国清末民初时期重要学者杨守敬的遗著，出版一部大型的《杨守敬集》。杨守敬是著名的历史地理学家、古文字学家、版本目录学家、书法家，遗著非常多。整理他的著作难度很大，需要有很高的学术修养。谢先生邀集了国内很多高校、图书馆和研究单位的学者参加这项工作，他们很多是年事很高的老一辈学者。经过对全部遗著的分析，准备分为十多卷出版。当时担任国务院古籍整理小组组长的李一氓对这项工程十分重视，要求能够尽快完成并出版。显然，尽快出版第一卷是这项工程的重要任务。为了培养年轻人，谢先生把第一卷的整理任务全部交给本系的青年教师来完成，由他亲自指导、把关。经过几年时间的努力，《杨守敬集》第一卷终于在 1988 年出版了。此书出版后影响很大，反响很好，第一卷出版后即获得了北京市哲学社会科学优秀成果一等奖。参加这卷整理工作的郇志群、陈建堂等青年教师也在工作中成长起来，日后都成为杨守敬研究方面的专门人才，在以后的整个研究工程中发挥了重要的作用。《杨守敬集》共 13 卷，于 1995 年出齐。

进入晚年以后，谢先生身体较弱，视力下降，严重地影响了他的阅读和写作。他承担着繁重的科研任务，还要带研究生，但是当系里的教学工作需要时，无论是本科生课还是夜大生课，他都毫不犹豫地予以承担。20 世纪 80 年代初期，系里招收了几届夜大的学生，这些学生来自各单位，年岁大，人数多，学习积极性高，对教学的要求也高，甚至要求系里有影响的教授来给他们上课。面对这种情况，系里想请谢先生来给夜大学生上"明清史"。谢先生在明清史方面有许多研究，如戚继光、李自成研究等方面都很有成绩，但讲明清史的基础课却不是他的工作范围。为了满足这些学生的需求，谢先生欣然同意给他们上课。每次上课，从晚6点到9点，一百多人的课堂座无虚席。为了保证上好课，他在上课前从不忙于吃饭，而是在那里静坐沉思。系里负责夜大教学的同志，每次课前去接他，都看到他在那里静坐，想着上课的内容。上课时，还是老习惯，从不拿讲稿。那时候，晚上有时停电，但从不影响他讲课，只是不能写板书。教室里一片漆黑，全班同学在一支摇曳的烛光下听课，更加聚精会神，没有一个退席。虽然是给夜大学生上课，但先生也从来不马虎。他不会晚上课一分钟，也不会早下课一分钟。每当他结束讲课时，你看一看表，正好9点。同学们无不为老先生的敬业精神所感动。这些夜大的学生，有一些在毕业后还与谢先生保持联系。他们觉得谢先生的教学对他们提高知识水平有很大帮助，他们各自在自己的工作岗位上做出了成绩，有的工作非常出色，常常来向老师"汇报"。

80年代末期，本科生的选修课较少，系里希望谢先生能给学生开一门中国古代传统思想文化课。谢先生在中国古代传统思想文化方面有很好的修养，早在他读公立小学前，就跟着塾师读过"四书"、"五经"，很多内容至今能够背诵。但要开出一门课程来，却还要重新准备。从这时开始，他就凭着微弱的视力，一个问题一个问题地准备，很快开出了中国古代传统思想文化课，同学们选课非常踊跃，普遍感到收获很大。通过讲课，谢先生对于中国传统思想文化的发展有了自己系统的见解，也积累了相当多的资料和讲稿，并一直想把它整理出来。谢先生的这些努力没有白费，进入新世纪以后，谢先生凭着微弱的视力，抓紧时间把这些积累的东西进一步加以整理和提高，形成完整的论著。请学生帮助他录入电脑打印，于2004年完成了60万字的书稿——《中华传统思想文化渊源》，当年由人民出版社出版。他终于完成了他多年的愿望，也成为他对自己80大寿的最好纪念。

在 80 岁高龄到来时，他依然思维敏捷，精神矍铄，保持很强的记忆力。但是由于眼睛的关系，他已经不能再看东西了。他思索着，除了经常帮助年轻人以外，还能为科研工作干点什么实际的事情呢？他想到，自己还保留着一大袋清代的历史档案，共有一千多件。这些资料是他在 50 年代初期用工资在琉璃厂旧书店陆续购置的，对于今天研究清史还有重要的参考价值。于是，他决定把这些档案无偿地捐献给国家清史编纂委员会。2004 年 8 月，在人民大会堂举行了隆重的捐赠仪式，国家清史编纂委员会向他颁发了证书，并高度赞扬他对国家学术事业的无私奉献精神。谢先生表示自己只是为国家的学术事业，做了一点一个知识分子应该做的事情。

回顾谢先生的一生，他的确毫无保留地把自己的全部智慧和力量都贡献给国家的教育事业和学术事业，他在培养人、教育人方面不遗余力，不知疲倦，愿意倾其所有。但是他对自己的一生依然是很低调地看待。他反复强调自己只是一个脚踏实地的理想主义者，并没有远大的设计和目标，也没有想到会写那么多书。他只是一步一步往前走，自幼研习的那些古代经典中的思想和做人的原则，一直回旋在脑海里。他只是想为弘扬中华民族优秀的思想文化，继承中华民族高尚的道德情操，扎扎实实地做一点实际的工作而已。但是，他的这种精神不知道感染了多少后来者，他们有的已经年过古稀，有的还正在读书、攻读学位。凡是受到过他指导帮助的人，往往会感到自己在谢先生那里得到了很多可以终身受益的东西。

（作者：邹兆辰 首都师范大学历史系教授）

高山仰止　景行行止

——忆导师张寿康先生

陈亚丽

张寿康（1925～1991），中国民
主同盟盟员。北京师范学院（现首
都师范大学）中文系教授。当代语
言学家、语文教育家、当代文章学
创始人。1946年毕业于北平师范大
学国文系。1954年调入北京师范学
院中文系，主讲现代汉语和写作。
曾任《北京师范学院学报》主编，
《中学语文教学》名誉主编，北京市第一、五、六、七届政协委
员，北京市社科联副主席，中国修辞学会会长，中国文章学研究
会会长，北京市语言学会副会长，中国青年政治学院客座教授，
国家语委正词法委员会委员等职。出版有《构词法和构形法》、
《文章学导论》等著作。

我的硕士导师、文章学家张寿康先生已经离世14年了。我
总觉得好像没有那么久。因为他的音容笑貌，他的执著精神，一
直都是激励我奋进的动力。

他成为我的硕士导师，似乎有一线机缘。

大学三年级时，系里举办"文章学"讲座。他满头银发，步
履稳健；百十来人的教室，不用扩音器，声音也极响亮。他解释

"文章"的古义:"青与白谓之文"、"赤与白谓之章",随后向课堂环视一下,微笑着说:"啊,在座的同学中,就有穿红白相间的衣服的……"许多同学的目光射向了我,当时,我正穿了一件红色腈纶外套,领子上戴了一个用白毛线织成的领套。讲座结束,我壮着胆子去向他求教。他详细解答了我的疑问,并且主动将他在学校的住址告诉我,说:"以后有问题,就到家里找我吧。"后来我被推荐考取了研究生。在我选择专业时,毫不犹豫地选择了文章学专业。我第一次到他家报告这个消息时,他显得异常兴奋:"原来你就是我的研究生啊!……"他对一个普通的大学生,这样平易近人,丝毫没有著名学者的架子。

记得读研究生的第一年,他给我讲晋人陆机的《文赋》。讲完后,他用极平稳的语调说:"这篇《文赋》,全篇背下来怎么样?"我一听,头都大了。心想,两千多字的韵文,全篇背诵,谈何容易!先生看出了我的心思,接着说:"背下来,便于理解,等将来用的时候,脱口而出,那有多方便啊。"我只好按着他的要求去做。之后,我不光背出了《文赋》全文,而且还写出了第一篇专业论文——《〈文赋〉的文章论》。当我拿着草稿请他指教时,他没有马上作出评价,却慢慢俯下身,从笔筒里抽出一支铅笔,尖朝上往茶几上立。笔很快就要倒,他扶住了;又从笔筒里抽出两三支较短的铅笔,支在原来那支铅笔的周围,那支笔便稳稳地立住了。他抬起头,微笑着说:"看,写文章就像立住这支铅笔一样,要想使文章的观点立起来,就需要旁征博引,从多方面去论证,文章内容才显得丰满,有说服力……"他还提示说:"在《文赋》之前、之后还有其他的文章论,它们与《文赋》有没有联系呢?"经他这么一点拨,我豁然开朗,明白了论文的不足。文章修改之后,在外地一家学报发表了。当我捧着发表了的文章与他一起"庆贺"的时候,他突然微笑着问:"《文赋》没有白背吧?"当时我从心底里感激导师对我的严格要求。在毕业后的教学工作中，我也经常得益于背诵了许多古文论。他看着我发表的论文，好像比我还高兴，乐呵呵地说："看见自己的文章发表或著作出版，自然是高兴的事儿；可是，看见我的学生文章发表或著作出版，我更欣慰。"

他与我平时很少谈与专业无关的话题，但有一件事，使我改变了对他的看法。他得知我结婚的消息后，竟出乎意料地与我及师母聊天儿。他拿出他与师母的结婚照给我看，虽然那是40多年前的照片，新郎是西装革履；新娘是白色婚纱，好漂亮啊！他随后拿出一幅字和一个长盒子，说是送给我的结婚礼物。我当时激动不已，几乎不敢相信自己的耳朵。展开先生亲自为我题写的《蝶恋花》词，魏碑体的字迹外柔内刚，最后两句是"锦绣前程无限好，专攻矢志同偕老"。这是先生给予我的最美好的祝愿。打开长盒子，一股浓烈的檀香扑面而来，是一把精美的折扇。这两件礼物，一直被我们全家视为珍宝。每当我看见它们，就会感觉到，导师正用慈祥的目光望着我。导师给我的不仅仅是严厉的要求，更有慈父般的爱。

在读研究生的三年时间里，我去他家时常会遇见一些来访者，有他教过的学生，有各种"学会"的工作人员。他们或者请他看稿写序，或者同他研究学会的工作。他对来访者，无论职位高低、年龄长幼，总是热忱相待，有求必应。我见他整日忙忙碌碌，连与自己的孩子在一起的时间都极少，就劝他不要揽太多的事儿。他却说："人家求上门来，怎么好拒绝呢？等你将来写出书来让我看，我能拒绝你吗？"我无言以对，脸上热辣辣的。他经常收到一些陌生人的来信，有外地的教师写来的，也有大、中学生写来的，他总是一一亲自回复。有时，实在忙得不可开交，又不愿将信拖得太久，才偶尔让我回一两封。那时，他一定会早早地把信封和邮票先交给我。

从我当了他的研究生算起，跟他外出开会，只有一次，已是他生命的最后时光。那是 1991 年的暑假，临行前，我没有订上预期的火车票，比原计划晚了一天。当时，江西、安徽正在发大水，我们乘坐的列车恰恰要经过这两省，我想，张先生也许会取消这次"行程"吧，但是他态度十分坚决，一定要去。他在电话里急切地说："我还有很多事要在会上办呢！"我深知，当时他脑子里只有研究会的工作，至于个人安危，他根本不去想。

我们到达会议地点的当天下午，张先生不顾旅途的辛劳，冒着酷暑，在开幕式上亲自致了开幕辞。当时，许多会员见张先生精神矍铄，都称赞张先生气色好，身体健康。会议期间，他除了每天"开大会"之外，还常利用休息时间，召集常务理事、理事研究工作。有一次他和几位副会长开会直到深夜 12 点。我得知后，立即提醒他，不要再加班加点了，要注意身体。可他却摆摆手说："没什么，我自己清楚我的身体，我带着药呢。"他以为"药"是"万能"的，却不知即使是机器，也需要随时修整、加油啊！

会议期间，东道主组织会员去三清山风景区游览。张先生决定不去，但他并没有休息。他去给"中语教师进修班"的学员上课了。当时，由于学会资金短缺，给学员上课的老师，一律分文不取。他作为会长更是起表率作用。张先生曾对此风趣地说："北京那儿是搞赈灾义演，咱们这儿是赈灾义讲啊！"话音未落，赢得了阵阵喝彩。参加会议的许多会员都准备转道去其他风景名胜区游览，张先生却说："我也想去各处走走，但是我 8 月 28 号还有一个'海峡两岸'的重要会议，我必须在 27 日前赶回北京。"文章学研究会的年会还没有结束，他已经在筹划下一个会议了。

在研究会里，他最年长，又是会长，可他从来都是与其他会员同吃同住。我见他满口的牙齿只剩下一对，就建议给他做点软的食物，他无论如何也不同意。在参观完"上饶集中营"之后，他同其他会员一道，愣是徒步走了十多里地，回到目的地。路上，他与大家谈笑风生，丝毫不像上了年纪的人，更不以"老"自居。

我知道，他常以"端居耻圣明"的诗句自勉。我觉得他的心永远燃烧着一团火。他曾经在他的著述的前言里说过："应该做的事正多，我将力争掬住时间、效率这两朵生命之花，让耕耘的年成好一些。"他用十年的时间，夙兴夜寐，呕心沥血，在继承前人文章理论的基础上，毅然树起"汉语文章学"的大旗，成为当代文章学研究事业的开创者和领路人，被学界同仁恭举为中国文章学研究会会长。在改革开放初期，我们还没有电脑，每出一本书，都要付出现在难以想象的艰辛，但是张先生，从 1980 年到 1989 年，先后出版了《文章丛谈》、《文章学导论》等九部文章学专著。《文章学导论》后又在台湾再版。

他不仅是一位学者，还是一位知名的社会活动家。1955 年他是北京市政协委员，次年加入中国民主同盟。他对国家的教育事业提出过不少建设性的意见，却因此横遭厄运。20 世纪 50 年代末到 60 年代，正值他年富力强的时候，他被当作批判对象，垦荒滩，背大粪，住"牛棚"。他被剥夺了学术研究和教书育人的权利，这却是他视同生命的东西……这样的时光竟延续了漫漫二十载！1978 年他的"政治结论"得到改正之后，他又以饱满的热情重新投身到繁多的社会工作中。他重新担任了市政协委员，还被推举为民盟北京市文教委员会副主任。

他的案头永远有做不完的事，他又从来不顾及自己的身体。他后来患有高血脂、冠心病等多种老年疾病。1989 年夏，他曾因血栓住过医院。出院时大夫曾告诫他要半年稀释一次血液，可当别人提醒他去医院时，他总是说："等把手里的活忙完了再说。"就这样，直到 1991 年夏他去世前，也没有再去稀释过血液……

他对待后学永远是那样耐心、热诚，不惜占用自己宝贵的时间，付出大量心血，为年轻人在学术上的成长架桥铺路；他对待学术研究永远是那样执着、忘我，不顾年高体弱，奋勇拼搏……

（作者：陈亚丽 首都师范大学文学院副教授）

记王景山先生二三事

李文松

王景山，1924 年生。中共党员。首都师范大学文学院教授。1946 年西南联合大学外文系肄业，1948 年北京大学西语系毕业，1953 年中央文学研究所第一届毕业。解放前曾任昆明昆华女子职业学校初中教员，全国解放时任南通通州师范学校高中教员，后又曾任中国作家协会文学讲习所教员。1957 年起长期在北京师范学院（现首都师范大学）中文系教授中国现代文学。曾获北京市优秀党员和优秀教师称号。著有《鲁迅书信考释》、《鲁迅仍然活着》、《鲁迅五书心读》、《向同学说》、《旅人随笔》、《多管闲事集》等，主编《鲁迅名作鉴赏辞典》、《台港澳暨海外华文作家辞典》。

我是 1982 年调到中文系担任党总支书记工作的。当时，景山先生担任现代文学教研室主任，1983 年至 1984 年他还当了一年多的系主任，所以我们既是同事又是搭档。

凡是比较了解和熟悉景山先生的人都有一个共识，就是他非常热爱教育事业，十分关爱学生；他教学认真，治学严谨；他对党忠心耿耿；他为人耿直甚至有些倔强，但非为一己之利。因此大家都尊重他、敬佩他。

献身教育　认真教学

景山先生从事教育工作五十多年，培养了大批的优秀学生，这首先要归于他对教育工作的热爱。他的中学老师的敬业精神，他的大学老师的"天下兴亡，匹夫有责"的理念，给他留下了深刻印象。他说："我选择教师作为自己终身的职业，深受中学和大学老师的影响。他们关爱学生，教书育人，认真负责，精益求精的精神感召了我。"

景山先生认为，若要为人师表，必须以身作则。在学生心目中老师是他们学习的榜样，在课堂上，课堂外，在日常生活接触中，老师的为人处世、待人接物、言谈话语，老师的教学作风和治学态度，都会给学生以影响，有时是有形的，有时是无形的。他还说过，当老师要努力做到：在做人上学生敬爱你，在讲课时学生钦佩你，在课外和生活的接触中学生愿意接近你。景山先生是努力这样做的。

1957年景山先生初到中文系，讲授现代文学课，只有十几页的教学大纲。他边备课，边上课，陆续写了详细的讲稿，后经修订成了正式的讲义。景山先生研究鲁迅很有心得。许多学生都说：王先生鲁迅课讲得好，讲得传神。他讲鲁迅不是照本宣科而是用"心"用"情"去讲，同时也要求学生用"心"用"情"去读鲁迅，以求得心灵的感应和感悟，加深对鲁迅本人及其文学作品的理解。一次他讲鲁迅的小说《明天》，是一个寡妇丧失独子的故事，他提醒同学不妨和《祝福》参照阅读。然后他怀着对此文的体会和感受，十分动情地将《明天》朗读了一遍。一些女生听着就哭了，她们深感"三从四德"的旧道德对妇女沉重的伤害以及妇女应努力争取独立、平等、自由的责任感。景山先生曾为学生开过一学期的"台湾新诗"选修课。他不满足于只作一般常识性的介绍，他要给学生更多的东西。于是他大量阅读了西方著名现代派诗人的代表作品，参阅了有关现代派的诗歌理论，同时重新阅读了我国以唐诗为代表的古典诗歌以及有关理论，进行比照。这样他在课堂上介绍台湾的现代诗时，既引导学生进入所选诗的本身，求得欣赏和感悟，又帮助学生了解台湾现代诗对西方现代诗的借鉴和对我国古典诗歌的继承。学生们反映，学到了从"入乎其内"到"出乎其外"，既欣赏也研究的读书法。一位学生在学习小结里说："这门课采用新旧知识挂钩，中、西方诗歌技巧相互印证这种比较式的讲课方法，我觉得实用又容易接受。"

景山先生每讲一门课，总是力求让学生学有兴趣，学有收获，学到知识，学会做人。他的认真，他的精益求精，真是让人赞叹！

热爱学生　尊重学生

景山先生热爱学生，尊重学生。他常说"尺有所短，寸有所长"，"弟子不必不如师，师不必贤于弟子"，"三人行，必有吾师焉"，这些道理是应该包括自己的学生在内的。学者蒋力毕业多年后在一篇文章里谈到和景山先生的关系时回忆说："在我的概念中，大学教授这个名词及其所代表的形象一直很神秘神圣，及至从课堂上和生活中认识景山先生后，这个概念的诠释便少了几许神秘，多了几分亲切。"他又说："景山先生的耿介与严谨，我早有耳闻，但他批评人时却相当婉转。1983 年我与别人合写过一篇给自学者的文章，其中引录了两段近年常见且被归在鲁迅名下的'名言'。景山先生不知从哪儿见到拙文，来信特意提到：'所引鲁迅两段话，出自何文，我苦思不得，可否请告知一下，近来我的记忆力是越来越坏了。'当年遇到不明出处的鲁迅言论，都是我们找先生询问出处，这回轮到先生以'记忆力差'为由反问于我，实在让我汗颜有愧，并对日后的为文多了一分警惕。"

汪大昌老师回忆说：1979年王先生给我们班讲现代文学课，几句谦虚幽默的开场白令全班同学大悦，王先生说："从名牌大学出来的不一定有多大成就，毕业于普通大学的一样能做出骄人的成绩，前者如鄙人，后者如在座的诸君。"这充分说明了王先生对学生的热爱和尊重，对学生所寄予的期望。大昌老师还举了这样一个例子：先生给我们留了一次作业，要我们分析巴金先生的名著《家》，我那时全然不知轻重，加上对文学课程向来不很感兴趣，于是我信手拈来，东一句西一句，自以为很高明，其实很幼稚。几天之后，作业发下来一看，真是让我又吃惊又羞愧。我那篇不成样子的东西，先生居然给批了几百字，字迹十分工整，要知道那时先生已经是近六十岁的人了。更让我吃惊的是，批语开头，称我为"大昌同志"，然后是"您的作业我已看过，有些问题还需要商讨……"。大昌老师说："讲老实话，从小学一年级开始，根深蒂固的观念就是学生永远处于挨说的地位，现在怎么会被老师称为'同志'？老师只管批学生就是了，怎么要和学生'商讨'？惊异之余，当时就把作业拿给同学看，这才发现，先生并不是对我一人'厚爱'，而是把全班同学的作业都这样'厚爱'了一遍。现在先生批语的详细内容已经记不清了，但最重要的东西就是，什么叫敬业，什么叫尊重学生，什么是身教重于言教，什么是教师的职业道德，这些大道理在先生那里变得具体、充实了，使学生终生受益，在我从教以后也是努力这样去做的。"

发挥余热　无私奉献

景山先生今年83岁，已是耄耋老人了，但他人退休了，心仍然放在对青年学生的教育上。他十分关注教育事业的发展，对教育方面的弊病和不良倾向常写文章给予批评。他对青年学生的思想教育十分重视，去年他给数学系申请入党的学生讲了一次党课，题为"当我 20 岁的时候"。景山先生 20 岁时正在西南联大读书，他回忆到当时学校物质条件简陋，学生生活贫苦，但大家很有"指点江山，激扬文字，粪土当年万户侯"的气势，积极参加反内战、争民主、要自由、求解放的爱国运动。他还回忆了 50 年代在反右运动中错误地受到开除党籍的处分、"文革"时期又被作为漏网右派揪出来，成为牛鬼蛇神，直到 1979 年才最后得到改正，等等。景山先生说：当党员就要经受得起委屈和挫折。有四个"不变"支持着我，那就是对共产主义的理想信念不变，献身教育的志愿不变，为人民服务的决心不变，"天下兴亡，匹夫有责"的理念不变。

景山先生最后向同学们说：我从我的 20 岁讲起，现在 80 多岁了，回顾一生无怨无悔。你们现在正 20 岁左右。条件这么好，没有理由不好好学习，尽快成才，服务人民。相信你们到 80 多岁的时候，一定也会为自己有意义的一生，感到自豪。在他的感召下不少学生坚定了入党的信念，分专业时选择了师范专业。许多学生反映：王教授的党课深入浅出，感人，具体，没有什么大道理，但说的是真话，是真理。我们不能虚度年华，一定要学习王老师，做到四个"不变"，接过老一辈的接力棒奔跑。

通过学生对景山先生党课的反映，让我们进一步更加理解了教师的认真负责、精益求精、言传身教、润物无声的真正含义。

更值得我们钦佩的是市里要求我们编写《师德风采录》这本书，我校党委、关工委希望景山先生担任此书的主编。他考虑再三，接受了这个十分艰巨的任务，他说："师德重要，对首都师大更为重要。这关系到青年一代的成长，关系全民素质提高的问题，我作为一个老教师，义不容辞。"景山先生和大家一起，为此书的出版付出了艰辛的劳动。

（作者：李文松 首都师范大学副研究员）

夕阳依然美

——记何钊老师

李幼兰

何钊，女，1924 年生。中共党员。1944 年参加革命工作，1947 年解放区北方大学文教学院毕业，1959 年中国人民大学党史研究班肄业。历任华北联合大学、中国人民大学教师、干部，1960 年调市委大学科学工作部任联络员、联络员组副组长、"文革"后任市委教育工作部大学处处长。1982 年~1988 年任北京师范学院党委副书记、书记。1988 年离休。1992 年被北京市高教研究所聘为兼职研究员，同年被北京市委教育工委、高教局授予"德育工作开拓奖"。现为首都师范大学关心下一代工作委员会副主任。2004 年获北京市教育系统关心下一代工作先进工作者称号。

2004 年的夏天，出奇的热，屋子里开了空调依然是汗流浃背。一到中午，火辣辣的太阳仿佛要把大地晒焦了，马路上几乎没有行人……。从木樨地通往首都师范大学的路上，有一位年逾八十的老人，乘公交车来到首都师大对面的花园村站，走过高高的人行过街桥；高达 40℃的桥面烘烫着她的双脚，赤热无比的骄阳穿透她那薄薄的遮阳帽，无情地照着她的脸和头，汗水雨点般地滴下来，她步履艰难地行走。有什么重要的事情让这位耄耋老人要去学校呢？这位老人就是首都师大原党委书记何钊。她与首都师大政法学院的一位学生约好要谈话，她要在这位同学下课前赶到。

作为干部在工作岗位上可以离休，
作为共产党员却不能"离休"

何钊现在是首都师范大学关心下一代工作委员会的副主任。她主动要求协助政法学院分党委做在学生中发展党员的工作。在短短的几个月中，她认真阅读了一至三年级 46 名要求入党学生的申请书和思想汇报，共计 86 份；同时与 17 名预备党员谈了话。她以一个老党员、老教师的亲身经历，以一颗无限关爱青年学生的赤心，期望青年要自强不息，做一个国家和社会所需要的人。这一天，她匆匆赶到学校，约好的学生尚未下课。她松了一口气，擦去满脸的汗水，走进教师休息室，靠在一张长椅上，稍事休息就拿起学生的入党申请书，思考着如何启发他进一步认识党的性质，如何克服缺点，做一名合格的共产党员。

60 年前的 1944 年，何钊在老家昆明，中学毕业后参加了党的地下工作。她的爱人由于支持学生反抗伪县长的贪污行为而遭追捕。地下党组织为了保障他们的安全，把他们调到云南一所偏僻的中学——巧家县中工作。她一面教书，一面对学生进行抗日爱国主义教育。

60 年后的今天，为了帮助青年学生树立正确的人生观、世界观，确立为共产主义事业奋斗的理想，争取做一名合格的共产党员，多少个夜晚，老何戴着老花镜在灯下认真翻阅学生写的材料；多少个午间和下午，她与学生亲切地交谈。学生们对这位老人除了尊重和敬仰外，还有深深的热爱。何钊一生俭朴，从不乱花钱，每次来学校都乘公交车，学院干部不忍心看着这位80高龄的老人去挤车，于是便让学生叫出租车强行送何老回家。有人曾经问过她，"你一生都在工作，好不容易离休了，干吗还要这么累呢？"她坦然相告："作为干部可以从工作岗位上离休，但作为共产党员却不能'离休'啊！我喜欢教育工作，我热爱青年学生。看到他们成长、进步，我觉得充满了希望和快乐！"

何钊通过与青年的接触，自己也很受教育和启发，她经常思考在新的形势下如何对大学生进行帮助、教育。2004年她撰写了一篇有关的调研文章，被北京教育系统关心下一代工作委员会评为特别奖，她本人也被评为关心下一代工作的先进个人。

要让孩子们有家的感觉

2005年5月，何钊同志的爱人——一位老共产党员身患重病，病情日渐危急，何钊十分焦虑，除在家细心照料外，还要奔走联系住院。然而她没有忘记青年节快到了，她所联络的五名学生要到家里聚会，自己不能因为爱人生病而取消他们盼望多时的团聚！她虽然为老伴的病情而焦急，但还是忙着为大学生们买食物、做饭，仍要让他们过一个愉快的节日。这些孩子都是农村或边远地区家庭经济困难的大学生，是何钊主动要求校团委介绍与她联系的。她盛情邀请他们在新年、春节、"五四"和"十一"等节日里，来她家里过节。原来校团委只介绍了四个学生，由于孩子们非常喜欢这样的聚会，又有一个学生主动参加进来。从2003年到2006年，这样的聚会一直持续下来。何钊为了让孩子们有家的感觉，每逢这四个节日，她都要"隆重"推出她亲自采购、亲自制作的美味：有广东奶黄包、北方水饺、南方炒河粉、豆沙包和各种菜肴，根据他们的饮食习惯，变换着口味为他们操劳。每次聚会，五个学生欢天喜地地结伴而来，和老何一起聊天，说他们的理想及心中的困惑，学习和生活的苦与乐，品尝着何老师为他们精心制作的美味佳肴，小屋中充满了欢歌笑语。这次青年节聚会，看到何老师的爱人已卧床不起，同学们心中非常焦急，百般宽慰何老师，并表示要帮助老人，随叫随到。为了不影响同学们的学习，老何婉言谢绝了。不料，这次聚会后的第12天——5月16日，何钊相濡以沫60年的革命伴侣去世了。孩子们亲手扎了花篮，端放在老人的遗像前，并郑重地表示要永远做何老的孩子，一直照料她。在何钊赴外地为老伴办理后事期间，学生们给她写了很多信，其中有一封信这样写着：

> 不知您何时回北京，我们非常挂念您，您在北京时，我们总有一种安定、安全的感觉，就有一个家，您的细心和慈爱让我们有了这个温馨的小家。您是坚强的，遇到了这么大的事情，一声不吭地一个人扛了下来，我们几个人在您的教导下，越来越能够自信地克服困难。当今这个时代，物质不会欠缺了，欠缺的是精神和人文的关怀。您对自己的信仰始终坚定不渝，让我们非常感动。您又纯朴又慈祥，尤其是您对我们的爱永远无法忘怀！您永远不是一个老人，您是一个行动上精神上的年轻人，比真正的年轻人更有积极的精神面貌。我们一直是您的孩子，只要您需要，我们就会来到您的身边，请相信有很多人牵挂着您，像您爱他们一样爱您，真挚的发自内心的我们与您同在。

孩子们的行动和朴实的语言，给了何钊很大的安慰。

何钊和大学生们在一起的时候，经常回答的是他们遇到的各种问题：如何看待社会上存在的不良现象，他们对国内外形势的看法，关于申请入党的思想问题，怎样选择工作以及如何做人等等，可谓无话不谈。有一个临近毕业的女学生，想报考研究生，在与何钊聊天时无意中说到参考书比较贵，购买有困难。说者无心，听者有意，在他们返校时，老何悄悄地将500元塞给她，鼓励她努力学习，争取考上研究生。在一次聚会里，有一位女学生没有来。当何钊同志得知她献血之后身体稍有不适，要休息几天时，第二天就买了营养品，赶到学校，气喘吁吁地爬了学生宿舍的几层楼梯，去看望这个学生，并宽慰她，称赞她为病患者献血的高尚行为。2005年中日关系出现紧张形势，出生于80年代的青年学生对此有些困惑，当时健在的何钊同志的爱人，是从事近代史研究的专家，这位老人通过对日本地理条件、历史背景、历届政府右倾势力的政治观点等的介绍，分析了日本反华势力的政治根源，使学生们豁然开朗。何钊和孩子们共同约定：他们之中任何人有重大的喜事都要相互通报，共同庆祝，如参加工作、入党、结婚等。孩子们与何钊已组成亲如一家的小集体。何钊同志深情地说："我热爱青年学生，他们是国家的希望，是党的事业的接班人。我希望他们对祖国、对人民有深深的爱心。我愿意给他们更多的爱，让他们到处都感到家的温暖。"是呀，对学生爱心的培养，是要教师以自己的爱来唤醒的。正因为何钊同志有对国家、对党、对教育事业的大爱，才会无处不流露对青年学生的深切的爱。

爱人如己，爱人胜己

何钊在"文革"期间曾被下放农村劳动"改造"。"文革"后期，调到一所条件原来很好、但在"文革"中被破坏的中学工作。她为恢复学校原来的状况努力工作。她住在学校，利用晚上时间对教师进行家访，了解情况，听取意见，调动教师的工作积极性，并亲自兼课，被任命为中学革委会主任和支部书记。当时该校的一位教师，由于对"四人帮"的干将迟群和谢静宜不满，在西单贴了揭发他们言行的大字报。这件事非同小可，当时的上级领导决定将这位教师定为阶级异己分子，并让何钊同志参加这次"定性"会。可是在会上，何钊用事实和师生的反映，介绍了这位教师在学校的良好表现，并明确表示："他是一位好老师，热爱学生，积极做学生思想工作，认真教学。他不是什么阶级异己分子！"何钊据理力争，最后这位教师被保护下来，然而学校原来被评为"先进党支部"的荣誉却被取消了。何钊同志轻松地说："先进可以再争取，一个人的政治生命丢失了就回不来了。"她热爱学生，她同样热爱教育学生健康成长的教师！

何钊同志年已82岁，她一生勤俭，饮食简单，衣服都是过时的，出行多是步行或乘公交车，她说这样能锻炼身体，保持健康。她从不在衣食住行上多花一分钱，但她对需要帮助的人从不吝啬。2005年夏，何钊同志返回自己云南老家，以释老伴刚刚去世的悲哀。看到一些亲朋好友年老体衰，经济拮据，她将自己几年来节省下来的离休金一万元分别赠送给他们。她回来后告诉笔者，云南的小吃非常好吃，一碗过桥米线才几元钱，吃一碗就饱了。前不久笔者去云南旅游，才知真正好吃的过桥米线要几十元甚至上百元。然而何钊她绝舍不得去品尝呵！难怪她的老同学，一位身患重病、生活困难的老人，在家里安装了"呼叫器"，所填写的保护人不是自己的亲人，而是何钊。

何钊同志还曾参加"希望工程"，救助甘肃贫困地区三名失学女童返回校园。

"非典"期间，她看到校医院的医护人员十分辛苦，关爱之情油然而生。她认为没有什么可以表达心中对这些白衣战士的感谢，便悄悄地捐助了1000元以示对他们的敬意和关心。

是啊，一个人如果心中存有爱心，一种对祖国、对党、对人民的热爱之心，那么他必将会对青年学生、对教师、对所有有益于社会的人，都注入自己那无限无私的爱！

她老了，已经是鬓发斑白、步履蹒跚，皱纹爬上眼角、额头，听力有所衰退的耄耋老人。然而，她那颗热爱教育事业、热爱青年教师和学生的心仍然是如此年轻，如此朝气勃勃！

夕阳依然美！

（作者：李幼兰 首都师范大学研究员）

身教言教并重

——记刘国盈先生

李　泱

刘国盈，1925 年生。中共党员。1945 年至 1948 年肄业于北京大学中文系。长期从事中国文学领域的教学与研究工作。曾任北京师院中文系党总支书记兼副系主任 14 年，北京师范学院副院长 10 年。曾任北京市社会科学联合会常务理事、北京文艺学会副会长、韩愈研究会理事；《北京师范学院学报》主编、《中学语文教学》主编、北京师范学院出版社社长兼总编辑。著有《韩愈》、《韩愈评传》、《唐代古文运动论稿》、《语文教学与知识更新及其他》、《韩愈丛书》等。

从 1957 年到 1966 年，刘国盈先生在北京师范学院中文系这个大系，先后担任了 10 年的党总支书记、副系主任。这一段时间里，从令人怀念的党的八大，迅速转入"反右派"，接着是"大跃进"，"反右倾"，"四清"，政治运动不断；高校还另有"双反交心"，"红专辩论"，"拔白旗"等等。在这样的大环境中，当一个大系的总支书记，实属不易。刘国盈先生面对的是高校师生，能否准确掌握知识分子政策，完全不受"左"的影响，几乎是不可能的。但有一件事，给我留下了深刻印象。

我是 1958 年 9 月考入北京师范学院中文系的。在教育大辩论中，我所在的中一（2）班，在一个停电的晚上，有人把持有不同意见的一位同学，用绳子绑在椅子上，抬到了系党总支。时任系总支书记的刘国盈同志，问明情况，立即亲自为该同学松了绑，又严肃地批评了我们班的干部。这件事显示了他抵制"左"风的胆识。

我校是 1954 年根据时任中共中央书记处书记，北京市委书记、市长彭真倡议，筹建起来的。作为北京师院正在发展的大系中文系，师资数量明显不足。刘国盈解放前在北京大学就读，入地下党，是作为城工部系统最早参加接管北平工作的干部，对知识分子了解较深，因而能够不断吸纳一些虽被认为有一定历史问题、但教学经验丰富的老教师，逐渐壮大了中文系的师资队伍。不仅如此，对"反右"、"反右倾"等政治运动中受了错误处分的中青年教师，也能根据市委领导指示，安排适当工作，让他们成为教学骨干。王景山先生告诉我，"反右"时他正在中国作家协会接受批判，是经吴伯箫推荐，院系决定，由刘先生亲到作协要来的，说是"正受批判，也要"。"文革"期间，"招降纳叛"成为他的一大"罪状"。

在"大跃进"头脑发热的时期，"大炼钢铁"、"诗画满墙"、"色树坟劳动"等活动，不断冲击教学。作为总支书记的刘先生配合系主任修古藩先生教育学生干部，要重视专业学习，还曾根据师生意见把"写作"课改为"文选及习作"课，并作为自己的"试验田"，一边教一边总结经验。在改进文艺理论课教学时，刘先生运用马列主义文艺理论，分析、讲解、评价《红楼梦》，引发了学生理论联系实际的兴趣。

"文革"前夕，社会上和一些高校刮起了一股全盘否定巴金风，把巴金定位为反马克思主义的无政府主义者，把巴金作品说成是有害青年的坏作品。刘先生和廖仲安先生合作撰写了正确评价巴金及其作品的文章《用什么尺度衡量巴金》，并给我们"降温"，告诫我们不要轻易介入这种一哄而起的错误的过"左"活动。后来在批判巴人、批判李何林的"学术批判"中，也是如此。"文革"之后，刘先生在李何林主编的《鲁迅研究》上，发表了纪念冯雪峰的文章，秉笔直书，社会效果很好。

当年中文系青年教师，大都是朝又红又专的方向努力的。教师团支部请廖仲安先生辅导大家学习恩格斯的《费尔巴哈与古典哲学的终结》，这种学习持续了相当长时间，我从中受益匪浅。教研室和团支部，要求留校教师每周制订读书计划，包括马列经典、中外文学和社科名著，每周读多少页，都是具体的。这都是与刘先生的支持、倡导分不开的。

60年代初，党和国家进行调整，纠正前一阶段的一些失误，刘先生和系主任修古藩先生紧密配合，利用这一时机，狠抓教学，落实"三基"（基本理论、基础知识、基本技能）培养，并要求留校教师分批去中学锻炼、任教一年，以便了解中学实际，能够胜任高师中文系教学，增强各科教学的师范性。

刘先生还认为：高师院校的教师，首先要出色地完成教学任务，但不能单打一，只抓教学，不搞科研。科研有了成果，可以用于教学。科研能力提高了，可以促进教学。刘先生鼓励大家写学术文章，争取在报刊上发表。他和历史系领导协商，试办了三期《文史教学》刊物，引发了全系师生极大的科研兴趣。

在科研方面，刘先生自己也是身体力行，抓得很紧。他的科研课题，从现代文学领域的巴金，到古典文学领域的陶渊明、韩愈。他重点研究的是唐代古文运动，特别是研究韩愈，发表了多篇论文，出版了专著。刘先生还经常帮着别的教师出点子，出题目，让他们尽量发表学术文章。他和我系著名古典文学教授廖仲安，在学术探讨方面过从尤密，成果甚丰。在左倾思潮泛滥的年月，刘国盈严格要求中文系的党员干部、教师，要在做好思想政治工作的前提下，业有专攻，在教学与科研领域里也要占有一席之地。直至 2002 年《韩愈研究》上，还载有刘先生的《韩愈的读书观》一文。

尽管在十年内乱中，刘先生受了多种冲击，但他在新时期到来之后，继修古藩先生任系主任；后又升任主管教学的副院长，和仓孝和院长一起，拨乱反正，医治十年内乱带来的创伤，使我校、我系进入了一个前所未有的良好发展时期。

刘先生始终坚定把握我校办学方向，重视面向中学，曾担任全国中学语文教学研究会副会长。在中文系 1973 年自办《语文自学讲义》的基础上，经吕叔湘先生倡议，与人民教育出版社联合创办了《中学语文教学》杂志，刘先生为首任主编。

当校党委慎重研究决定创办《北京师范学院学报》和成立北京师范学院出版社的时候，刘先生曾任学报主编和出版社首任社长兼总编。这自然大大增加了他的工作量，但是办成了这样两件事，实际上解决了我校积压多年未能解决的大问题：教师有了发表和出版科研成果的自己的园地。

刘国盈在院系发展中，作出了积极贡献。但他总是谦虚谨慎，低调行事，并时时教诲我们要多向兄弟院校学习。例如，在参加十院校《中国当代文学史初稿》编写时，我校是编写组长单位，但刘先生只让我们作为五个主编单位之一，主编、正副组长由北师大、南京大学担任。又如，我校是"中国当代文学研究资料丛书"发起单位，刘先生要我们只当编委单位，让其他名校当常委单位，以表示我校尚在发展之中，谦虚务实，不图虚名。这时我已调现代文学教研室，是以上编辑工作的主要参加者，这些事都是我亲历的。实践证明，刘先生的教诲十分必要。我系教师形成了自觉的良好作风，在协作编写教材时，多承担编写任务，不争名逐利，在兄弟院校中留下了好名声。

刘先生对韩愈《师说》中所说的"师者，所以传道、授业、解惑也"，有深刻、独到的理解，又注意与社会主义时期的师德相结合。他用自己的师德，赢得了我们对他的普遍尊敬。我们作为他的学生，敬佩他在政治上的稳健，不乱跟"风"；也仰慕他在教学、科研上的勤奋，业有专攻。回想自己从1962年毕业以来的44年教师生涯，之所以能不断接受开新课、创办新专业的艰巨任务，而且取得了一定的成绩，这与包括刘先生在内的众师长的言传身教，是分不开的。

回忆往事，感念教诲，咏打油诗一首，结束本文。

> 初识吾师五八年，
> 虽为书记几课兼。
> 德高学富抵左倾，
> 接纳人才拓师源。
> 研究韩愈成果显，
> 办学有方运筹前。
> 首都师大有今天，
> 刘师才智注其间。

（作者：李泆 首都师范大学文学院教授）

春风化细雨　滋润寸草心

——记廖仲安教授

朱宝清

廖仲安，原名尹彦辉，1925 年生。中共党员。首都师范大学文学院教授。1944 年秋入昆明西南联大师范学院文史专修科肄业，1946～1948 年就读于北京大学中文系。1948 年春参加中国共产党地下组织，解放后任北京市教育局科员，市委宣传部、教育部干事。1956 年 7 月调北京师范学院中文系任教，长期从事中国古典文学教学、科研工作。所著《陶渊明》不仅流传海峡两岸，而且在日本有两种译本。还与山东大学萧涤非教授共同主编《杜甫全集校注》（即将定稿出版）。另有学术论文集《反刍集》及行将出版的《反刍集续编》。

廖仲安教授是我国著名的、在海外也有相当影响的中国古代文学专家。1956 年 7 月，他从北京市委教育部调到北京师范学院（现首都师范大学）中文系教授中国古代文学。不久，担任教研室主任，并逐渐成为能够带动大多数同事在教学科研中努力奋斗、名副其实的学科带头人。数十年来，他那崇高的品德，深厚的学养，教育并感染了一批又一批的学生，受到了广泛的尊敬与爱戴。

1980年，廖先生作为中文系第一位、也是当年唯一的一位导师，承担了培养研究生的任务。正是在那一年，我幸运地成为先生培养的第一批研究生中的一员。经过三年的学习研究，顺利获得硕士学位。随即留系任教，20余年始终追随廖先生，也始终得到了他的教诲与关爱。令人汗颜的是，自己在学术上成果尚少，实在有愧于先生的希望。不过先生对我和其他同学的教导与帮助以及其中所体现的崇高的师德，却铭记于心，难以忘怀，许多往事，至今仍是历历在目。

关心爱护　严格要求

我是一个1966年毕业的高中生，"文化大革命"的爆发，先是推迟、后是取消了高考，两年后我进工厂当了一个钳工。此后的生活是白天在车间里操弄钢铁，晚上多以宿舍里的卧读打发时光。虽然在"大串联"时也曾到过一些大学，但正规的大学生活究竟是什么样的，实在是一无所知。

1980年我报考研究生。作为一个远离学术圈的工人，尽管在北京师范学院中文系研究生招生简章上知道了廖先生的名字，但对他在学术界的地位也并不了解。但有一点却很清楚：研究生培养制度刚恢复不久，培养的规模也很小，当年在北京师院只招收了五名硕士生，如果不是学科的翘楚，是不可能获得导师资格的。那么，廖先生又是怎样的一位老师呢？他会很严厉吗？

带着入学的兴奋与诸多困惑，报到的那一天，我在迎新处签了名，领到了宿舍钥匙，就以为办完了手续；还是教务处的陈老师从宿舍里把我领到教务处，办理了注册事宜。这一个小插曲更使我对未来的学习生活感到有点手足无措了。晚餐以后，很有些惶惑不安的我，听到了宿舍的敲门声，中文系陈士章副书记陪同廖先生和协助先生一起指导我们的李华老师、李景华老师看望我们来了。在老师们和蔼可亲的谈话声中，我心中的惶惑不安逐渐消除了，取而代之的是遇到了好老师的庆幸和迎接学习生活的勇气。正是从入学的第一天起，我与两位同学就得到了先生的关心和爱护。1981年的春天，我由于胆结石导致胆管阻塞，全身黄疸，高烧不退，住进了复兴医院，需要手术治疗。手术之前，廖先生专程赶到医院，鼓励我战胜疾病。手术后的第二天，鉴于我在北京无亲人，李景华老师一早就来到病房，照看了我半天。当时正是拨乱反正不久，为了追回"文化大革命"所造成的损失，先生们惜时如金，争分夺秒地钻研业务，但为了我这个入学不久的学生，挤出时间来医院探视照看，对于这样的好老师，我能不心存感激吗？

对于我们的学业，廖先生从不放松要求，一贯严加督促。1980年秋天开学后的第一次专业课，我初次听到了先生经过精心准备的讲授，初次领略到了著名学者的风范，尽管还不完全明白，但对讲授中所包含的学术素养，也有了初步的理解。讲授结束后，先生突然取出了几份试卷，要求我们三人当场作答。之后，我曾对为何要有这一次的"突然袭击"，大着胆子请教先生。先生说，所以有这一安排，出于多种考虑，而主要的一点是提醒我们，艰苦的学业正在前面，是放松不得的。我们的专业方向是唐代诗歌。为了打好基础，先生要求我们从汉魏乐府学起，并提交学习笔记。我第一次的学习笔记上，廖先生的评阅意见，又一次深刻地教育了我。汉乐府中有一些历来的人们所重视的名篇，如《孤儿行》、《东门行》等，我的笔记中对它们却是只字未提；对此，先生非常不满，严厉地批评了我，更语重心长地告诫说：学习如果只从喜好与兴趣出发，不能全面而深厚地打好基础，恐怕只能建造空中楼阁吧。

能得到既关心爱护、又严格要求的老师的教诲，不正是每一个认真学习的学生的由衷希望吗?

治学严谨　言传身教

　　廖先生的学术成就,见诸中国古代各时期文学的研究中,这源于他的勤奋与严谨。先生特别尊重和喜爱杜甫,朝夕诵读杜诗,体会自然深刻。1951年《文艺报》3卷7期发表了一篇《谈杜诗》的论文,这是学界公认的中华人民共和国建立以后第一篇评价杜甫的文章。其后它又被收入到《杜甫研究论文集》中,它的作者正是当时还不到30岁的廖先生。20世纪70年代末,先生又欣然接受他的老师、著名的杜甫研究专家、山东大学萧涤非教授的邀约,两人共同主持《杜甫全集校注》的编纂工作。我在研究生毕业后,由廖先生推荐,并经萧先生同意,也参加了这项艰难而又充满乐趣的工作,并在工作中进一步领会到了先生做学问一丝不苟的作风与精神。

　　作为主编之一,廖先生要审读每一位编写者完成的初稿,他在逐字逐句的认真审读中,决不放过一处疏漏。他不辞辛劳地查找资料,斟酌字句,一再修改,精益求精,力求完善。1991年萧先生不幸逝世后,廖先生便独力主持,更加尽心尽责。杜甫的1400多首诗中,有一些"难啃的骨头",比如多达百韵的排律,又比如脍炙人口的许多名篇。廖先生亲自担负起这部分作品的注释任务,更是小心谨慎,毫不懈怠。为了一个词语的出处或正确注解,他不辞辛苦地查阅一部又一部古书;为了疏通一句诗意或是点明一篇诗的主旨,他不厌其烦地排比梳理数十种意见,予以取舍折中。这一切,需要的是时间和体力,更需要的是精神。在我们的工作室,廖先生的办公桌就在我的正前方,面向窗户和窗外的蓝天。每当我在工作间歇中抬起头来,看到先生或是伏案笔耕,或是仰视思索,我明白了先生是带着决不有愧于杜甫,也不有愧于将来的读者这样的精神在进行工作的。我这样一个晚辈和学生，又有什么理由不更加认真呢？不知道有多少次，或是中午已过了 12 点，或是傍晚已近 7 点，在腹中饥饿的"抗议"下，我才提醒先生，该休息了，他也才放下手中的工作。

在廖先生的言传身教中，使我们逐步明白治学必须严谨，更不可有丝毫懈怠，这是我与我的同学们共同的深切体会。

独立思考　坚持操守

在入学之初，廖仲安先生即对我们三个研究生提出了明确的要求：应以勤奋对待三年的学业和以后的工作。不仅要勤于读书，熟读能背，做到腹中有诗；更要勤于思考，温故而知新。要能发现问题，进而解决问题。自己的认识如果是错误的，应该纠正；但正确的一定要坚持。学术界也会有时尚与潮流，却不可盲目跟从，变成随风起伏的墙头草。绝对不可以攫取他人成果，成为一个学术剽窃手。

先生鼓励我们提出自己的见解，要求我们秉承"吾爱吾师，吾尤爱真理"的精神，大胆提出与他不同的观点。我们也确实提出过一些与他见解不同、经过分析证明是错误的看法，他不仅不以为忤，还耐心地帮助我们找出所以会形成错误认识的原因。正是在这样的教学实践中，我们的能力得到了扎扎实实的锻炼与提高。在廖先生的众多弟子中，后来的学术成就有高下之分，但有一点却是共同的，那就是没有出现过一个学术剽窃手。

廖先生的治学实践，更给我们做出了很好的榜样。开始主持《杜甫全集校注》工作时，应萧涤非教授的要求，他认真地完成了杜甫《洗兵马》一诗的注释稿，提供给其他同志作为示范。关于这首诗的编年，宋代以来就有两种意见，即乾元元年和乾元二年。廖先生的注释稿中以翔实的根据，证明了这首诗只能写在乾元二年。某刊物 1983 年第 1 期发表了一篇文章，力主乾元元年说。廖先生抓住问题的要害，撰写了理直气壮的辨析文章，并发表在该刊同年第 2 期上。如果大家都能以求实的态度对待学术，问题本可以解决了。但那篇文章的作者却固执己见，又推出了一篇。为了尊重事实、尊重真理，廖先生又写了一篇"再辩"交给该刊物，不料在长达一年的时间里不见动静。廖先生这才知道，主持该刊编务的先生是支持乾元元年说的，而且当时学术界有好几位先生持相同意见，其中有廖先生的学长，也有他的朋友。他并不因此而退缩，要回了文稿，转发在另一刊物上。此后，这场争辩也就结束了。

20 世纪 80 年代，当比较文学之风吹进古典文学研究园地时，其中的一股风引起了先生的关注：阮籍、陶渊明被认为是"垮掉的一代诗人"。对于这样的与世界"接轨"他非常不满，便在《光明日报》上撰文批评。在文章中，他借用了某位美国垮掉的一代诗人很喜欢的唐代和尚寒山子的两句诗"未必常如此，芙蓉不耐寒"，指出这些时尚的观点，新奇的论调，其寿命也不过是不耐寒的芙蓉而已！

提携后进　倾心扶持

廖仲安教授的每一个研究生都得到过他无私的教诲与帮助。我的学位论文写了将近一年，在先生一再审读，提出意见，我再据以修改后才得以完成。参加《杜甫全集校注》编写工作后，我所完成的每一篇杜诗的注评稿中，都倾注了先生的心血。廖先生是位学者，但却始终不忘一位语文工作者的责任。20 世纪 80 年代的中后期，"牵头"一词在社会上广为流行，这个在宋元以来具有强烈贬义色彩、通常只用于风月场所的词，不仅变成了中性，甚至还出现在不少庄严的场合。为了维护语言的传统与纯洁，先生要我与他合写一篇文章，批评这一不良风气。虽然我们的文章未能取得理想的效果，但我还是感到另一意义上的庆幸与快乐，我得到了先生的指点，作文的能力有所提高。90年代，先生先后主编了"唐宋诗词流派丛书"、《新选分类唐诗三百首》、"中学生古诗词曲诵读丛书"。参加编写的大多是他的学生和再传弟子，他们都切实得到了先生的指导与帮助。廖先生更是精心思索，写成了三篇既精彩而又颇具学术价值的前言，提升了书籍的学术品位。

对每一位年辈较低的同事来说，只要他有需要，在教学与科研上廖先生也会给予诚恳而热情的帮助。1986年，先生将他半生所写的古典文学论文编成《反刍集》出版问世。在全书将近60篇文章中，有7篇是与别人合作完成的，其中5篇的合作者是他的同事或学生。90年代，我们学科被遴选为北京市高校的重点学科。所以能获此荣誉，并得到具体的投入与扶持，固然是学科全体成员共同努力的结果，但不必讳言的是，假如没有廖先生这位优秀的学科带头人，是决不会有此成就的。

积极进取　淡泊名利

积极进取，淡泊名利，是廖先生对我们的要求，也是他自己治学做人的原则。高校职称工作正常化以来，各种职称的评定，成了众目关注的焦点，很大程度上也是直接关乎名利的焦点。先生一再要求我们对此必须保持正确的态度和清醒的认识。他认为重要的是提高自身的学术素养，只有积极进取，才能得到合理的对待。他还以自己的经历，语重心长地开导我们，拨乱反正时，廖先生只是一位讲师，但不久就因成绩突出而破格晋升为正教授，而且评审时，他本人不在学校，正在"访古学诗万里行"途中。我与我的同学们在这一问题上自谓还能正确对待，首先得益于先生的教导。我们学科在 1982 年即成为硕士学位授予点，廖先生也是国内最早的硕士导师之一。但不知何故，他没有被评选为博士生导师就退休了。我们很替他不平，因为他绝对不比我们所知道与了解的博导差。我们认为他早就应该具有这一资格了。但是，先生本人却并不耿耿于怀，而是退而不休，一如既往地倾心于学术研究。先生的形象，在我们以及许多了解他的校内外人士的心目中，并未因为没有当上博导而有所减损，反而更加深刻了。

90 年代，首都师大确立了校训："为学为师，求实求新"。每当我经过镌有这八个字的立石时，很自然地会想到，廖仲安教授到校工作的几十年，在这一方面，不正是为大学树立了极好的楷模吗？也是从 90 年代起，每到逢五、逢十的校庆，我校都要隆重纪念。校庆之前，学院会接到许多校友的请求，他们希望届时能见到廖仲安教授。在校庆日的欢乐气氛中，众多的校友与先生亲切交谈，簇拥着先生合影留念，这样的场面，不也正是廖先生具有崇高师德的一个最好的证明吗？

（作者：朱宝清 首都师范大学文学院副教授）

漫谈学风问题和学术批评问题 *

齐世荣

　　齐世荣，1926 年生，中共党员。1945 年入成都燕京大学历史系学习，1947 年转入北京清华大学历史系学习，1949 年获文学士学位。1949～1954 年任教于北京育英中学。1954 年至今任教于北京师范学院（现首都师范大学），历任历史系讲师、教授、系主任、历史研究所所长。1989 年 9 月至 1993 年 7 月任北京师范学院院长、首都师范大学校长。1983 年任历史学科世界近现代史博士生导师。社会兼职主要有国务院学位委员会第二、三届学科评议组历史学科评议组成员，中国世界近现代史研究会会长，中国史学会副会长，第八届全国政协委员。1988 年被评为北京市有突出贡献的科学技术管理专家。1991 年起享受国务院颁发的政府特殊津贴。长期从事世界近现代史和现代国际关系史的教学和科研工作，发表论文数十篇，出版专著和译著多部。

---

　　* 彰显优良学风，正确开展学术批评，都是高尚师德的一个方面，齐世荣教授曾发表过一篇《漫谈学风问题和学术批评问题》，征得作者同意，收入本书。

学风问题是一个老问题，但又是一个人们经常谈论的问题。我今天面对的是研究历史的中青年学者，因此就以各位为对象谈谈这个问题。由于谈的内容不成系统，多是一些感想，故曰"漫谈"，不当之处，请各位批评指正。

一、学风问题

第一，要提倡创新的学风。

无论哪一种学科，要想发展，就必须不断创新。总在原起点踏步，停滞不前，科学的生命就死亡了，人类也就无法进步了。科学的发展规律是后来居上。在 20 世纪，科学技术的进步达到空前未有的程度。人们经常谈论的是自然科学和技术的进步。实际上，社会科学也在进步。列宁主义、毛泽东思想、邓小平理论都产生于 20 世纪。以中国史学而论，在 20 世纪产生了王国维、陈垣、陈寅恪、郭沫若、顾颉刚等真正可以称得起大师级的人物。在旧中国，由于种种条件的限制，世界史学科难以发展。1949 年新中国诞生，到现在才 50 多年，时间太短，但从本世纪 20 年代到现在，也产生了一批杰出的学者，如陈翰笙、雷海宗、杨人楩、齐思和、季羡林、周一良、吴于廑等前辈。人类越向前发展，科学技术的进步就越快，这是因为基础越来越雄厚，积累的成果越来越多了。可以预料，在 21 世纪，各种学科都将有重大的进步，行将出现一个"百花争艳"的局面。我们必须加倍努力，不断创新，才能赶上时代的步伐，否则就一定会落后，更谈不上什么在世界上占一席地位了。

如何才能创新，说说我的几点浅见。

1. 要吸收中外学者已有的成果。"学如积薪，后来居上。"不吸收已有的科研成果，却要平地起高楼，是绝对做不到的。马克思是天才，但他治学特别勤奋，对人类思想和文化发展中一切有价值的东西都予以吸收，因此才能创立马克思主义这个博大精深的体系。列宁说："为什么马克思的学说能够掌握最革命阶级的千百万人的心灵，那你们只能得到一个回答：这是因为马克思依靠了人类在资本主义制度下所获得的全部知识的坚固基础；马克思研究了人类社会发展的规律，认识到资本主义的发展必然导致共产主义，而主要的是他完全依据对资本主义社会所作的最确切、最缜密和最深刻的研究，借助于充分掌握以往的科学所提供的全部知识而证实了这个结论。凡是人类社会所创造的一切，他都有批判地重新加以探讨，任何一点也没有忽略过去。"已故语言文字学家杨树达先生认为治学的次第应当是"先因后创"，即先继承后发展。他还说："温故而不能知新者，其人必庸；不温故而欲知新者，其人必妄。"

为此，我们必须重视目录学，不断积累书目方面的知识。清代学者王鸣盛说："目录之学，学中第一紧要事，必从此问涂，方能得其门而入。"研究中国古代史的，至今仍然要利用《四库全书总目提要》、《书目答问》这类的目录学专著。陈垣、吕思勉等大史学家都是从年轻时就熟读《提要》的。西方史学家非常重视史学目录书的编纂，成绩居于世界的前列。例如，美国历史学会组织许多史学家编写的《历史要籍指南》(A Guide to Historical Literature)，1931 年出第 1 版，1961 年出第 2 版，经过三十几年后，于 1995 年由牛津大学出版社出了第 3 版，共收书 26 926 本，我们搞世界史的都应利用这部高水平的《指南》。西方编的这类书，还有很多。

2. 利用新材料。陈寅恪先生说："一时代之学术，必有其新材料与新问题。取用此材料，以研求问题，则为此时代学术之新潮流。治学之士，得预于此潮流者，谓之预流（借用佛教初果之名）。其未得预者，谓之未入流。此古今学术史之通义，非彼闭门造车之徒，所能同喻者也。"王国维也说："古来新学问起，大都由于新发现。"他在《最近二三十年中国新发现之学问》一文中,列举了最重要的五项新材料:殷墟甲骨文字、敦煌塞上及西域各地之简牍、敦煌千佛洞之六朝唐人写本书卷、内阁大库之元明以来书籍档册、中国境内之古外族遗文。由于这五项新发现的材料,推动了许多学科的研究,"敦煌学"已成为国际上的一门显学。对于研究世界史的学者,最可喜的是各国档案保密期限的缩短,今天许多国家都规定 30 年以上的档案解密(当然不可能是百分之百,都有一些保留)。这对研究世界现代史的人,尤其有利。一些发达国家还大量出版历史文献,为研究历史提供了许多原始材料。

3. 提出新问题。归纳一下新问题大致有以下几种情况:

(1)由于新材料的发现而引出的新问题。例如,对唐后期沙州归义军及其领袖节度使张议潮的历史,由于有了敦煌文书,才搞清楚。

(2)由于时代的变化,老问题应从新的角度加以探讨。例如,对卢森堡的评价问题。列宁与卢森堡发生过几次分歧与争论,但总的说来列宁认为她是"世界无产阶级国际的优秀人物","始终是一只鹰","鹰有时比鸡飞得低,但鸡永远不能飞得像鹰那样高。"但在斯大林时期,苏联对卢森堡的评价发生了突变,甚至荒谬地把她的思想理论说成是"通向"社会法西斯主义和资产阶级的"桥梁"。这是因为从 30 年代初苏联出现了对斯大林的"造神运动",个人凌驾于党和国家之上,而卢森堡是一贯强调反对官僚主义和特权化,反对权力过分集中,主张党内民主和社会主义民主的。苏联解体后,我们在总结苏联兴亡的历史经验教训时,回过头来再看看卢森堡的理论学说,对其中的合理内核就可以看得更加清楚了。

(3)由于新时代出现而产生的新问题。时代变了,经济、社会、政治、文化各个方面都会发生变化,种种新问题自然随之产生。例如，在 20 世纪，特别是 20 世纪的后半期，科学技术迅速发展，邓小平从而作出了科学技术是第一生产力的正确论断。我们研究现代史的人，也要注意这个问题，当然不是像各门科技专家和科学史家那样从科技本身去研究，而是要重点研究科技发展对社会各方面的影响，它在历史上所起的巨大作用。

（4）采用新方法。首先要说明的是：传统的、行之有效的方法，例如马克思主义的辩证方法，阶级分析方法，传统史学的考据方法，不仅继续要用，而且要用得精益求精。此外，国外史学界已经使用过的心理分析方法、计量方法等等，我们仍然停留在介绍阶段；应当着手实践。这些方法对我们来说仍然属于新方法之列。当然，我们不应像外国心理史学家、计量史学家那样，把心理分析方法、计量方法的作用过于夸大，但也应承认它们在一定范围、一定程度内的有效性。比较新的符号学，我国已有个别学者用它来研究中国的儒学、伦理学。我们只有在使用的过程中，才能判断新方法的效用如何。不能只停留在介绍阶段，或者在介绍阶段就对其优劣长短作出过早的判断。

最后，我想谈谈理论问题。我认为，马克思主义仍然是我们研究历史的指导理论，至今没有什么更新的理论可以代替它。这不仅是我们马克思主义者的看法，西方一些真正有见识的其他学派的史学家也是承认马克思主义理论对历史研究的贡献的。例如，巴勒克拉夫说："马克思主义的影响之所以日益增长，原因就在于人们认为马克思主义提供了合理地排列人类历史复杂事件的使人满意的唯一基础。"美国史学理论与史学史专家伊格尔斯也说："马克思主义明显地影响了非马克思主义史学家，把他们的视线引到历史中的经济因素，引导他们研究被剥削者和被压迫者。"马克思主义是在不断发展的，列宁主义、毛泽东思想、邓小平理论都是它各个阶段的发展，同样是我们研究历史的指南。马克思主义今后仍然需要继续发展，这不仅是政治家的事，各门科学的专家，包括历史学家，都有责任参加这项伟大的工作。

第二，要提倡严谨的学风。

凡是想在科学上取得成就的人，都必须养成严谨的学风。马克思的严谨学风是后人永远值得学习的榜样。拉法格在《忆马克思》一文中说："马克思对待著作的责任心，并不亚于他对待科学那样严格。他不仅从不引证一件他尚未十分确信的事实，而且未经彻底研究的问题他决不随便谈论。凡是没有经过他仔细加工和认真琢磨的作品，他绝不出版。他不能忍受把未完成的东西公之于众的这种思想。要把他没有作最后校正的手稿拿给别人看，对他是最痛苦的事情。他的这种感情非常强烈，有一天他对我说，他宁愿把自己的手稿烧掉，也不愿半生不熟地遗留于身后。"我们再举一个例子。季羡林先生的老师是德国著名梵文学者瓦尔德施米特教授。他的专门研究范围是新疆出土的梵文贝叶经。季先生说，瓦尔德施米特教授关于梵文贝叶经的两本厚厚的大书，"有好几百页，竟然没有一个错字，连标点符号，还有那些稀奇古怪的特写字母或符号，也都是个个确实无误，这确实不能不令人感到吃惊。"瓦尔德施米特教授的严谨学风给季先生留下了终生难忘的印象，使他一生受用不尽。现在，有些学者和青年学生有心浮气躁的毛病。写完论文，自己不多看几遍，留下了不少错别字、错误的标点符号、任意改动的引文，等等。陈垣先生生前常说，写完文章，不要立刻发表，先搁一搁，多请人看看，提出意见，多改几遍以后，再拿出来。前辈的这些教导，我们至今仍应当认真领会并照办。

第三，要提倡刻苦的学风。

搞学问，要想有点成就，都必须刻苦钻研，"速成"、"急就"的东西，必然短命。学习理论、积累材料、掌握工具，都必须长年累月地下工夫，然后才能写出有分量的东西。恩格斯说得好："即使只是在一个单独的历史事例上发展唯物主义的观点，也是一项要求多年冷静钻研的科学工作，因为很明显，在这里只说空话是无济于事的，只有靠大量的、批判审查过的、充分掌握了的历史资料，才能解决这样的任务。"在学术问题上，现在不少单位都存在着过分追求量化的倾向，例如要求有高级职称者每年必须写出多少篇文章，而且其中还要有若干篇是在"核心期刊"，甚至是在"权威核心期刊"上发表的。这种为完成工作量而定期赶出来的文章，真能有新意者（更不用说创见）很少。学术研究与大工业的机器生产不同，不可能年年按订货单的要求如数交货。否则，"十年磨一剑"就成了一句空话。明末清初的大学者顾炎武说得好：不要"速于成书，躁于求名"。我不反对一定程度的量化，但坚决反对过分的量化，特别是反对不重质量的量化。如果不注意这个问题，浮夸、浮躁的学风必然滋长，后患是严重的。

二、学术批评问题

学术批评问题在我国长期以来总是开展得不好，高质量的书评很少。不少书评是"捧场之作"，大量的篇幅说某本书如何如何之好，最后加几句"当然还有不足之处"之类不痛不痒的话，就算终篇。要把学术批评开展好，我以为有三种错误观念首先需要纠正。

第一种错误观念是批评某人的著作，就是对某人不利，与他为难。形成这种看法，与"文革"前，特别是"文革"中的"大批判"有很大关系。"文革"前的"批判"已经有乱扣帽子的毛病，到了"文革"时期，"无限上纲"的歪风邪气达于极点，以至至今留有后遗症。此外，我们民族有一种"隐恶扬善"的伦理传统，不赞成公开说别人的缺点。实际上，认真的、严肃的批评，是"与人为善"，对对方有利，对促进学术发展有利，而不是什么和某人过不去。

第二种错误观念是某人一受到批评，他的研究就一定有错误，有问题，至少是水平不高。实际上，任何著作都不可能是百分之百地绝对正确。一本高质量的著作也会有缺点和不足之处，甚至有个别的错误，但从总体看来它仍然值得肯定，值得阅读。这样的书或文章，经过别人的批评后，加以修改，质量就会进一步提高。即使没有再版的机会，大家也能从批评中得到提高。何况，还有一种情况，就是批评者的意见并不正确，而原作者是对的。所以，决不能一看到某人的研究成果受到批评，就主观主义地判断被批评者一定有了什么错误。在国外，著名史学家的著作受到批评的例子很多，人们都习以为常，并不大惊小怪。反批评也很多，也不被认为是不谦虚的表现。

第三种错误观念是批评者一定比被批评者高明。写书评的人如果怀有这种想法，写出的东西往往给人以盛气凌人的感觉，而被批评者也会相应地反唇相讥，结果打起了激烈的笔墨官司，于推进学术毫无益处。往往有这样的情况：批评者的意见即使正确，也只是在某一点或某几点上正确，而从总体水平上不见得就一定超过被批评者。我国已故著名目录学家余嘉锡先生是一个谦虚的学者，他给我们树立了一个良好的榜样。他有一部名著《四库提要辨证》，纠正了《四库提要》这部书的不少错误。但是，他认为他的水平从总体上说来还是赶不上主持写定《提要》的纪昀。他说："纪氏之为提要也难，而余之为辨证也易。……纪氏于其所未读，不能置之不言，而余则唯吾之所趋避。譬之射然，纪氏控弦引满，下云中之飞鸟，余则树之鹄而后放矢耳。易地以处，纪氏必优于作辨证，而余之不能为提要决也。"这段话体现了一个大学者的风范，真值得我们学习、思考。

在纠正上述几种错误观念的同时，我们应当树立起一种正确的对待学术批评的态度，即把学术批评看作促进学术发展、繁荣的不可缺少的手段。学术批评应该是明辨是非正误、达到共同提高目的的园地，而不是较量高低，直到把一方打下去的擂台。我们不仅要欢迎别人的批评，也要作自我批评，一些大学者如郭沫若就是这样做过的。

总之，如果我们都能对学术批评抱正确的态度，久而久之，学术批评就会蔚然成风，受到大家的欢迎了。

（本文原载《世界历史》1999 年 1 期，收入本书时作者作了一些修改。原文所列引文出处，在此省略了。）

抚今追昔话师德：爱生和尊师

张印斗

张印斗，1927 年生，中共党员。
1939 年起先后在太行三中、太行联
中、抗大六分校参谋训练班学习。
1945 年 7 月任太行第五军分区司令
部作战参谋，获华北解放纪念章一
枚。曾任邯郸行知学校教师、党支部
委员，华北育才小学教导主任，北京
育才小学副校长，北京教师进修学校
校长兼党支部书记，北京教师进修学
院副院长、院党总支书记，市教育局
党委委员，北京四中党支部书记，西城区教育局党委书记兼局长。
1978 年任北京师范学院分院党委书记兼院长。

—

在我 70 岁生日时，我的部分建国前的学生，上门为我祝寿，
送我一块匾额，上书"德高业精"四字。我深知这是学生们对自
己的溢美之词，而我的实际情况离这四字尚有很大差距。不过，
我还是感谢学生们的美意，把它当作对自己的鼓励和鞭策，我愿
终生朝着这一目标奋斗不息。

更使我欣慰的是我的建国前的学生们，在祖国和人民的培养
下，不少人已成为国家的栋梁之材，为国家建设作出了重要贡

献。而他们对我这个曾教过他们的启蒙老师，却仍旧一往情深。他们珍藏着几十年前经我批改过的作文、日记以及我给他们的临别赠言。一个学生在"感谢老师留言五十年"的信中写道："敬爱的张老师：当我依依不舍地离别培养我的革命摇篮'育才'和敬爱的老师时，您给我写了珍贵的留言：'树是人民栽，路是人民开，我是人民培养，为人民服务理应该'。时至今日已整整过去了50年。50年来，在中学、在苏联、在航天战线，老师留言一直激励着我努力学习，刻苦钻研，从不索取，只讲奉献，把宝贵的年华和精力全部投入国家建设，为航天事业和国防现代化作出了一定贡献，还两次立功，并获'献身国防科技事业30年'荣誉证章和证书。'我是人民培养，为人民服务理应该'。成绩和荣誉应归功于人民，归功于老师的教导。值此老师留言50年之际，特作小诗一首，以感谢老师教导之恩：'时光飞逝五十年，童颜两鬓银丝添。老师留言记心间，激励自己去实践。学业有成为报国，无私奉献在航天。成绩荣誉归人民，我的老师位于先'。"短短几句留言，取得如此显著效果，反映出作为人民教师，加强师德建设是何等之重要。

德和业是做教师的两项基本标准。这两项合格了，才能胜任教师的工作。德和业的关系是相辅相成的，缺一不可的。一个人的道德高尚，人生目的明确，他就会自觉地刻苦地钻研业务，德就成为学习业务的动力。相反如果道德不佳，其业也不会精的。我很赞赏清人张履祥所谓"德者业之本，业者德之著"。德益进则业益修，业益修则德益盛。"德高业精"是做教师的最高标准，应成为教师的努力方向。

二

从1947年到1989年，我从事教育工作共42年。其中建国前后有八年多时间在战时"烽火摇篮"式的革命军人、干部子女学校任教，为革命后代"祖国最可爱的花朵"服务。而最后的十余年是在"人民教师的摇篮"北京师范学院分院工作，为"好像八九点钟的太阳"的青年人服务。我深感这两段经历是我这一生之中的黄金时期，是我实现理想，为人民奉献丹心的最好时期，也是我饱尝做一名教师甘甜的美好时光。

1947年，晋冀鲁豫边区革命军人、干部子女学校——邯郸行知学校成立。我被调到这所学校任教师，兼做党的工作。1948年我校与延安保育院小学、晋察冀光明小学合并，成立华北育才小学。1949年北平解放，学校迁至北平，后改名为北京育才小学。我在这所学校先后任教师、教导主任、副校长等共八年多时间。革命军人、干部子女学校最早于1937年初诞生于延安，附设于徐特立同志任校长的鲁迅师范。当时徐老看到不少革命烈士遗孤、红军中的"小鬼"，急需收容起来，培养教育。于是他不顾当时艰难的物质生活条件，迎难而上，创办了这所后来被称为"烽火摇篮"的学校。徐老是备受人们尊敬的中国共产党的"五老"之一，特别是因为他关心教育，热心教育，被称为"人民教育家"，"当今一圣人"。我们学校师生，一直以在徐老创建的"烽火摇篮"式的学校里任教、学习是自己的幸运。他的高尚品德是我们宝贵的精神财富，沐浴着我们的灵魂。

徐老的师德风范对我们的影响是多方面的，主要的一条是：忠诚党的教育事业，自觉为党的教育事业服务。革命战争年代以及建国初期，一般人都想从事党、政、军方面工作，把搞教育工作叫做坐冷板凳。徐老针对此种情况指出"搞教育不要怕坐冷板凳"，并诙谐地说："我这个人老主张冬天买草帽，夏天买皮袄，人家不干自己干。"又说，我们共产党人，当年谁干呀！既没名，又没利，逮住还要杀头，可是有志之士还不是干了嘛，由少到多，由弱变强，还不是干成功了。"徐老上述朴实憨厚、超凡脱俗的话语，反映了一个老共产党员独特的性格和对事业忠贞态度。真是可爱可敬，发人深省。我自己原来认为为革命军人、干部子女、烈士遗孤服务是义不容辞的责任，而对教育事业本身意义的认识是很不够的。在徐老的启示下，通过学习、实践进而逐渐体会到教育是关系到人类科学文化的传承和发展，关系到祖国社会主义、共产主义事业的兴旺发达、后继有人的伟大事业，是灵魂工程，世之伟业。我为能做一名教师而感到自豪。胸怀忠诚党的教育事业之大志，就会有使不完的干劲。

三

热爱学生，全面关心学生身心健康成长，是对教师师德的首要要求，从徐老创办鲁迅小学班起，就成为我们学校的优良传统。我们学校长期处于农村战争环境，学生全部寄宿学校。老师既管教、又管养，既教书、又育人，既做教师、又做代理家长，对学生学习、生活全面负责。遇到战事紧急时，老师还要准备用手榴弹和步枪对敌作战，不惜牺牲自己，来保护学生们的安全。我是学校党支部保卫委员，是一位带枪的老师，完成教学任务的同时，负责全校的保卫工作。每到一地要与当地党组织密切联系，了解治安情况和安全隐患，依靠地方党组织和群众做好保卫工作。每晚学生睡眠后，我要在学生住区巡逻视察。

记得学校驻武安县木井村时，一天深夜我发现女生宿舍屋顶出现人影，我当即唤起同院住的村支部书记老王，请他从里院上房，我提枪从前院登梯上房。当我上到房子平顶时，看到有一堆柴，估计那人藏在柴堆后面，我立刻拉了枪栓，喊他举手出来。经过盘问，那人是当地一个"流氓"，由村里转送区政府处理。这件事对坏人起了威慑作用。

学校经常处于山区农村，有许多安全隐患。有狼、有石岩、有深井、有深浅莫测的河沟，若不留意，就会有孩子跌下石岩、落水被淹或受狼伤害。所以我们每到一处，都要事先侦察，认真进行教育，采取措施，防止事故的发生。1949年我带领一批学生进京途中经过河北定县，在那里短暂停留。定县塔是河北一景，我从安全考虑，事前去塔前观察，发现塔的一角已塌陷。访问当地老乡，他们说曾有砸死、摔死人的事例。当即向学生们讲了上述险情，并规定一条不许登塔的纪律。我们学校领导和教师，始终把安全放在第一位，把学生健康放在第一位。因而从学校开办到进入北京，在极端艰难困苦的农村战争环境办学，从未发生过学生受伤害的事故，受到领导和学生家长的赞扬。

教师爱生若子女。那时我们不仅精心教书育人，为学生的各科学业、道德品质打下良好基础，而且细心照料学生的生活。节假日除少数学生由机关和家长接走外，大部分仍留在学校，我们就组织大同学带领小同学的小先生活动，开展文娱、体育活动，给孩子们以家庭般的温暖。进北京后，陆续有几届学生升入中学。在填写升学登记表时，烈士子女们犯了难，在家长栏下无法填写。他们找到老师，我们老师都不假思索地在家长栏下填上自己的名字。我也为几个孩子填上自己的姓名。这件在我们来说是平常的小事，却给孩子们留下难忘的印象。几十年后有一个同学写了《在我的升学登记表上》一文对此加以赞扬。做孩子的监护人就要尽监护之责，关心他们的学习，帮助解决他们遇到的困难问题。我校一名女生升中学后，其在外地的父亲，遭遇车祸身亡，该女生突遭刺激，精神失常，几次跑到铁路上去。该中学校长与我联系，我当即决定将她接回我校，给予适当医治，精心照料，亲切交谈，耐心开导，经过一段时间，她的神经恢复正常，仍回原中学复课。就是这样，我校不仅是一个教育场所，还是一个师生间既有良师益友之情，又有亲如父母之爱，被光荣地誉为"学校胜家庭、师生若父母的乐园"。1950届毕业生赠给学校的匾额上就写了"革命儿女之家"的字样。

<h1 style="text-align:center">四</h1>

对学生的思想道德教育，也是围绕培养社会主义建设者、共产主义接班人这个总目标进行的。通过"寓德育于各科教学"，把各科教材中丰富的思想内容挖掘出来，传授给学生。把德育渗透到各项活动中去，让学生们通过校内和社会各种活动，从实践中受到生动活泼的教育和锻炼。学生会、儿童团、少先队、共青团等学生自治组织和先进组织，也是对学生进行德育的重要途径。我们学校教师非常重视这方面的工作，教师除教课外都要兼任班、级主任，或团、队辅导员工作。我任教师时，就兼任党支部青年、保卫委员和级主任。1948年中共晋冀鲁豫中央局在我校搞"民主青年同盟"的试点，我又担任了"民主青年同盟"的支部书记。那时我们都把兼职工作当作自己应尽的责任，主动积极去承担。少先队、共青团是先进组织，有一定的条件才能加入，因此受到孩子们的重视，起到督促他们争取进步的作用。一个学生在入团后深有体会地说："人的一生有三次政治生命：入队、入团、入党。"他把入队、入团、入党作为自己进步的里程碑。

对学生的道德教育要从少年儿童特点出发，注重实际效果。孩子们喜爱动脑动手，教师要有意识地培养孩子们动脑动手的创造性。我们曾根据孩子们的爱好，组织文学、自然、音乐、戏剧、美术等课外小组活动。在教师的指导下，孩子们积极性很高，取得很好效果。自然小组的同学就自制了矿石收音机、显微镜、望远镜等，同学们用拉胡琴发声的原理创造过土"电话"。

几十年后在某研究院从事核武器研制的电子技术工程师某同学在《母校课外科技活动》一文中写道，是母校老师培养了他对自然科学的浓厚兴趣，还说当年一块儿研制土"电话"的某同学是飞机制造工程师，某同学是电子计算机工程师，某同学是雷达工程师。可见从小培养孩子创造性的影响是多么深远。孩子们喜爱文体活动。每逢节假日我们都要排练歌舞、戏剧节目为驻地群众演出，师生结合形势任务自编自演，从中受到教育。我校的秧歌队，每次演出都受到群众的欢迎和称赞。孩子们喜爱听故事，寄宿制学校孩子们的课余生活也需要充实，我们就经常开展故事会活动。我就经常用讲故事形式对学生进行教育。我给学生讲过马克思、列宁、斯大林、毛泽东、朱德等伟人的故事，讲科学家、文学家的业绩。

五

我们所说的师德的"德"，不仅指职业道德，而是以共产主义理想、信念、全心全意为人民服务的思想为核心的共产主义道德。我们学校始终把师德建设作为一项重要工作来抓，组成以校长、教导主任为主要成员的学习委员会，领导教师的政治、业务学习。政治学习主要内容为马列主义、毛泽东思想的基本理论。通过学习哲学、政治经济学、社会发展史等理论，为教师们树立坚定的理想、信念奠定坚实的基础。同时，给学生讲战斗英雄、劳动英雄的故事，讲富于哲理的寓言、童话等。我还有意识地把校内师生中的好人好事编成故事给学生讲，收到很好的教育效果。就这样长期坚持，共产主义思想道德在孩子们的心灵上打上了深深的烙印。当年的学生伍绍祖在几十年后写道：母校使我懂得世界上最神圣的事业就是"解放全人类"，"为人民服务"，"实现共产主义"。留给我最宝贵的东西是共产主义思想和为人民服务的品质。

在我八年多小学教育生涯中，有幸和人民教育家郭林、韩作黎在一起，共同实践党的教育方针、实践徐老的教育思想，从而逐渐形成自己的思想作风。这就是：坚定的共产主义理想、信念，忠诚党的教育事业，并愿为此鞠躬尽瘁，死而后已；具有全心全意为人民服务的思想，爱护自己的教育对象——革命后代，成为不是亲骨肉胜似亲骨肉的代理家长；努力学习政治、教育理论，在实践中不断总结经验、探索教育规律，自觉按教育规律办事；厉行身先士卒，以身作则，实事求是，艰苦奋斗作风。我们就是以这样的思想作风，依靠全体教师，为培养革命后代，作出了自己应有的贡献。

六

爱生是教师师德之所必具，而作为学校领导人的师德，除爱生外，还需尊师。

1977年，"十年动乱"的阴云消散，邓小平同志复出，自告奋勇主持科学、教育方面工作，发出尊重知识、尊重人才、重视和发展科学教育事业的一系列重要指示。他说："不抓科学、教育，四个现代化就没有希望。"还说，"不办好师范教育，教师就没有来源。"党和国家把教育事业放到突出的战略地位上，教育的春天终于到来。

同年冬恢复全国高等学校统一招生考试制度，并允许年龄大的"老三届"应试。"文革"前入学的1966、1967届的考生考试分数高，但由于年龄大，不少人在首批录取中未被录取。北京教育战线的老领导，却把这批年龄大、考分高的考生视作难得的精英，认为正好用来填补"文革"造成的中学师资的严重缺额。于是，在北京第二师范学校的基础上，北京师范学院分院应运而生，市委任命我为北京师范学院分院党委书记兼院长，我也从此为创建这所"人民教师的摇篮"而奉献力量。

筹备开学首先面对的是要有胜任各系教学工作的师资问题。原第二师范学校的教师只有十余人能担任教学和教辅工作。大量的主讲教师要靠我们去选调和聘请。市委领导对这项工作非常重视，要求有关部门在师资上给我院以大力支持。在院、系领导核心的共同努力下，选调来骨干教师近50名，聘请了陆宗达、周有光、张志公、叶苍岑等十余名高校的专家、教授，基本上具备了开学上课的条件。

七

办好一所高等师范学院，关键是要有一支政治、业务素质都好的教师队伍，我们始终把这件事放在首位来抓。我院选调的50多名中、青年教师，他们多数毕业于全国重点大学，专业基础扎实，又有中学的教学经验。在开学后的教学实践中，他们兢兢业业、精益求精，很快显示出他们特有的优势。如物理系一位青年教师普通物理课教得很出色，吸引了全系学生纷纷前来听课，教室挤不下，只好改到礼堂上课。他考虑系里师资紧缺，还抓紧时间准备量子力学、原子物理和电子学等后续课程。数学系一位教师，一个人担负了数学分析课的主讲教师、辅导教师、批改作业的全部任务，相当于两个人的工作量，系里后来给他配备了批改作业的教师，可是他认为批改作业有利于改进教学，他仍然批改学生作业，并认真地回答学生提出的问题。由于备课认真，又深入了解学生掌握知识的情况，教学效果很好。

我院聘请的专家、教授，他们学术水平较高，事业心强，都有为祖国四化建设贡献力量的愿望。他们看到我院学生学习基础好，学习积极性高，都感到"这样的学生有教头"。如魏玉芝教授，原是北京石油学院无机化学教研室主任，1975年石油学院外迁，她因腿病退休。我院聘她教化学系基础理论课时，她愿为培养中学师资作贡献，就一口答应了。她到处搜集资料，编写讲稿。为了教好课，她强忍腿疼，一连四天随学生参观化工厂、电镀厂。她讲课认真，逻辑性强，重点突出，深受学生们欢迎。师院中文系张寿康教授，我院聘他时，他正因冠心病全休。当系领导找他商量，想借调他到我院教现代汉语课时，他听到我院是为解决中学师资的不足而开办，教学对象是一批自觉性高、专业思想比较巩固的学生，就欣然同意了。第一次上课，学生聚精会神听讲，他越讲越带劲。黑板写满了，他刚拿板擦，坐在前排一学生，上前夺过板擦，仔细擦起来。这件小事，引起了张教授万般思绪，想到"文革"中学生不读书、教师受迫害的情境，他非常激动。现在又有了为人民服务的机会，眼前的学生对自己这么尊敬。透过晶莹的泪花，他欣慰地看到党的优良传统又回到青年一代身上。

我院开办初期，校舍紧缺，曾采用院外办学来解决。在院外办学，学生走读，教师走教，冬受冷冻，夏遭暑热，十分艰苦。早出晚归，披星戴月，难免忍饥挨饿，长年坚持，历尽艰辛。数学系一位老师在校庆十周年时曾写了一首《赞艰苦办学》诗："风雨十载战旗擎，四面开花育菁英；莫道陋园奇景少，春风桃李彩霞红"，反映了我院教师以乐观主义态度战胜艰难困苦的可贵精神。

八

在师资队伍建设中，我们狠抓了稳定和培养提高两方面的工作。为了稳定教师队伍，我们主要做了：认真落实党的知识分子政策，彻底平反冤假错案，使受害者得到精神抚慰，物质补偿；

妥善安排教师工作，做到任人唯贤，人尽其才，发挥专长；认真做好职称评定，按标准及时晋升；认真做好调资工作，提高教师工资收入；积极创造条件，解决教师住房困难，上级先后分配我院职工住房约80套，我院采取住新房退旧房的方法，将腾退出的旧房又分给他人，共解决150余户住房困难；关心教师健康，努力争取将职工医疗关系转入三级医院，做到按时报销医疗费用；做好食堂工作，用学校创收经费适当补贴伙食，做到营养、卫生，价格低廉，上课晚到的老师有热食供应；支持工会暑期组织教师旅游，使教师紧张的教学之余得到休闲，开阔视野，陶冶情操；为年老体弱的教师安排车接车送；利用节假日，院系干部登门拜访教师，问寒问暖，排忧解难。

在对师资队伍的培养提高方面，首先抓了教师的思想政治素质的提高。我们始终把坚定正确的政治方向放在首位，认真组织教师学习党的十一届三中全会以来的重要文献，学习《关于建国以来若干历史问题的决议》，学习《邓小平文选》。在学习中我们倡导一要认真领会精神实质，二要理论联系实际。要求干部、党员带头学好。院系主要领导不仅自己学好，还要对师生进行辅导。我在市委《邓小平文选》读书班学习时，联系教育工作实际写了《为迎接人才辈出、群星灿烂的新时代而奋斗》的心得体会，被推荐到北京人民广播电台播放，使我受到鼓励。我院教师通过学习，思想认识进一步提高，抵制了社会上的种种错误思潮，始终以饱满的精神从事教学工作。党委抓紧教师教书育人的思想教育，坚持一年一度教书育人的评选表彰活动，收到良好效果，教书育人在我院蔚然成风。

九

师范院校教出来的学生，又将成为教师。为了使我们的师生热爱教育事业，曾先后请市委、市政府领导刘祖春、白介夫、汪家镠等来院讲话；领导者的谆谆教导，师生们深受鼓励和教育。市教育局老领导、老教育家韩作黎，对我院格外关心，十余次给我院师生讲话，每次都很精彩。1983 年 6 月他为我院 1983 届毕业生讲话后，还特意宣读了"赠言"。

学习优良志向纯，甘做园丁接班人。

不断努力攻红专，坚持服务为人民。

桃李花开望化雨，松柏成荫盼甘霖。

寄语尔辈后起者，爱国育苗献丹心。

热爱学生要真心，了解学生要细心。

尊重学生要诚心，教育学生要耐心。

和学生谈话要交心，让学生感到老师很知心。

和学生打成一片心连心，处理学生问题不偏心。

钻研政治业务有专心，忠诚党的教育事业不变心。

克服困难有决心，开展工作有信心。

培养人才树雄心，为人民服务靠全心。

真乃个问心无愧心，端的是一片丹心胜万金。

这首含有 16 个沉甸甸的"心"字诗，是韩老 40 余年教育经验的结晶，是他留给后辈的宝贵精神财富。教育家讲专业思想，令学生们心悦诚服，启迪着他们的心灵。

我很欣赏刘禹锡的《陋室铭》："山不在高，有仙则名。水不在深，有龙则灵。斯是陋室，唯吾德馨。"我把文中的"德"看做是我们所说的师德的德，教师爱生，领导尊师，那么尽管我院很简陋，但是经过十余年艰苦奋斗，建设了一支师德芬芳的师资队伍，并依靠他们培养了 4000 余名师德芬芳的学生。这正说明师德之重要。师德是教师的根本，是教师之灵魂。

恩师引我走进学术殿堂

——忆我的老师宁可先生

张海瀛

　　宁可，1928 年生，中共党员。1946 年入北京大学史学系学习。1948 年 11 月到河北泊镇中共华北局城工部城市干部训练班学习。1949 年至 1952 年在北京市东四区人民政府文教科任副科长、科长。1952 年 7 月调北京市教育局《教师月报》编辑部任中学组组长。1953 年调北京市教师进修学院历史组任教学研究员。1954 年至今在北京师范学院（现首都师范大学）任教，历任历史系讲师、副教授、教授。1983 年任中国古代史博士生导师。历任校图书馆副主任、历史系党总支第一副书记、代系主任、系主任、中国古代史教研室主任。社会兼职主要有国家教委古籍整理委员会委员、中国史学会理事、中国敦煌吐鲁番学会副会长兼秘书长、北京史学会副会长等。1988 年被评为北京市有突出贡献的专家。1991 年起享受国务院颁发的政府特殊津贴。发表论文 60 余篇、专著多部。

　　我是 1955 年考入首都师范大学（当时称北京师范学院）历

史系的首届本科生，1959年毕业留校任教，后做吴晗先生的研究生。1972年夏调回山西。我在首都师大学习、工作了整整17年。17年间，每位老师、同学和同事都给我留下了深刻而难忘的印象和回忆，其中宁可先生是对我的一生产生了重大而深远影响的一位恩师。回顾这位恩师对我的谆谆教诲和精心培养，梳理成文，借以表达我对母校和恩师的衷心爱戴和良好的祝愿！

1956年是向科学进军之年。当时宁可先生担任校图书馆副主任，他虽然不给我们班上课，但同学们都认为他知识渊博，对他十分尊敬。在一次关于民族英雄岳飞的课堂讨论后，同学们就如何看待民族英雄岳飞镇压农民起义以及如何评价岳飞在抗金斗争中的地位和作用问题，一直争论不休。我和张延生经过多次争辩，就如何看待岳飞抗金斗争中的地位和作用问题取得了共识，打算写成文章表述我们的看法。但从何处入手呢？找不到门路。于是我和张延生便鼓起勇气，到图书馆去找宁可先生求教。宁可先生特别热情地接待了我俩，耐心地告诉我们：确定选题之前，必须了解和掌握史学界的研究状况；确定选题之后，必须明确自己是什么看法、研究的重点是什么、难点在哪里，然后再围绕选题去读书、记读书笔记、收集相关资料。收集资料的过程，同时也是形成观点和看法的过程。当你们的观点和看法比较明确以后，就要把文章的主题思想和基本观点，用自己的语言写成笔记性的短文，再据此列出大小标题，然后才能进入写作过程。宁可先生还为我们专门开列了阅读书目。我们按照宁先生的书目，从图书馆借了《建炎以来系年要录》、《三朝北盟会编》、《金佗粹编》、《金佗续编》等书，从而开始了我们学生时代的第一次学术研究工作，同时也揭开了我围绕专题系统阅读古籍的序幕，这使我大开眼界，并对阅读古籍产生了浓厚兴趣。经过几个月的努力，我们终于写出了文章初稿。记得文章初稿，重点从岳飞联络两河义军以及两河义军把岳飞当作抗金斗争的中心人物这两个方面，阐述了岳飞与人民群众的血肉联系，阐述了千百年来岳飞深受人民群众爱戴的最深刻的根源。无奈因遇到整风和反右运动，不得不终止了研究。在1958年红专大辩论期间，还受到批判，文章初稿也付之一炬。但宁可先生指引我们进行研究的历程，却使我终生难忘。

1959年毕业留系后，我做了宁可先生的助教。当时，宁先生讲授"史学概论"课程，我除听取宁先生讲课和辅导同学自习外，还按宁先生的要求，去北京大学历史系听取翦伯赞先生和许师谦先生的"史学概论"课；去北京师范大学历史系听取白寿彝先生的"史学概论"课。校外听课，不仅使我获得了丰富的知识，而且增强了我搞好"史学概论"课程的信心和勇气。在此期间，宁先生还特别重视对我进行使用工具书的训练。记得，宁先生给我出过一份开卷回答的试题，其中有一题就是要我查找17处关于明代抗倭英雄戚继光的记载，我在图书馆里查了一个星期，只找到8处，怎么也找不齐这17处。最后宁先生告诉我，你找《引得》查一下。结果，只用了5分钟，就将这17处记载查了出来。这样，我就懂得了使用《引得》类工具书的极端重要性。

1961年暑假期间，宁先生被借到高级党校编写《史学概论》教材，遂决定由我接替宁先生给历史系一年级讲"史学概论"课程，这对我无疑又是一个极大的考验和挑战。宁先生要求我，本课程的讲稿，必须写三遍。写完初稿后，自己修改，然后写第二稿；写完第二稿后，自己再次修改，再写第三稿；第三稿写成后，交宁先生审阅。宁先生说，他写文章，至少写三遍。说着，宁先生把他的文章的第一、二、三稿拿出来给我看，我非常惊讶，非常佩服！宁先生说，好文章都是千锤百炼而成的。你写讲稿，就要按写文章的要求对待，这是练习写作的极好机会。从此，我严格按照宁先生的要求，每一堂课的讲稿都要认认真真地写三遍，然后进行试讲。苍天不负有心人！我在宁先生的严格要求和具体指导下，终于完成了教学任务，站住了讲台，同时，也极大地提高了我的教学兴趣和写作能力。第二年，我又接受了给政教系讲授"中国通史"的任务。我仍旧按照宁先生的要求，去撰写每一份讲稿。不过，这时不是送交宁先生审查，而是送交成庆华先生审查。成庆华先生的审查，同样十分严格，即或是标点符号使用不当也不放过。在成庆华先生的严格要求和具体指导下，我又圆满完成了政教系的教学任务。

1963年暑假，按照当时历史系的规定，我有两年轮休，宁先生原本打算送我出去学习隋唐史。当宁先生征求我的个人意见时，我却拐弯抹角地说，我特别喜欢明清史。这是宁先生万万没有想到的。尽管如此，宁先生一点也没有责怪我，反而说，那好吧，再考虑考虑。过了一段时间，大约是当年年底，宁先生高兴地对我说："告诉你一个好消息，杨伯箴院长说，吴晗副市长答应为我院培养一位明史教师，系里决定让你去！"我大吃一惊！这是我做梦也没有想到的。一是我未曾想到吴晗副市长会为我院培养明史教师，二是我更没想到宁先生会如此痛快地同意我改学明史，我高兴极了！1964年初，我履行了考试程序后，就跟吴晗先生学明史去了。我虽然改学了明史，但从思想感情上跟宁可先生更加亲近了，宁可先生的形象在我的心目中更加高大起来。

尽管我离开母校已有34年了，但宁可先生的谦和笑容和对我的科研方面的启蒙教育，萦绕心间，难以忘怀。我遥祝宁先生健康长寿！

（作者：张海瀛 山西省社会科学研究院副院长、研究员）

发展学科育新人

——记梅向明先生师德二三事

贺龙光

梅向明，1928 年生。中共党员，中国民主促进会会员。首都师范大学数学系教授。1948 年毕业于中山大学数学系，毕业后留校做助教，因为遭受国民党反动派迫害，转移到澳门。解放后回到北京，任女二中教师，1955 年调北京师范学院任教。1957 年考取北京大学数学系四年制研究生，毕业后回师院工作。历任数学系教授，数学系系主任，师院副院长。曾任北京市人大常委会副主任，北京市政协副主席，全国政协常委，民进中央副主席，民进北京市主任委员等职。在师院任教期间，曾多次获奖，其中包括北京市科技进步奖二等奖和国家教委优秀高等学校教材奖。

回顾首都师范大学数学系的发展历史，首先想到的一个建系元老就是梅向明教授。梅向明先生从 1955 年调入原北京师范学院以后，一直在数学系从事教学科研工作，直到 2004 年退休。其间先后担任数学系主任助理、副主任、主任、数学研究所所长、北京师范学院副院长等职，对学校的建设发展，尤其是数学系的发展，作出了很多贡献，在数学系的发展史上留下了深深的印记。本文讲述他在师德方面的具体事迹。

作为北京市属的师范大学，首要任务就是为首都的普教事业培养出合格的教师。从 1954 年北京师范学院成立至今，数学系已经有上万名毕业生走上了首都中等学校数学教师的岗位，为首都普教事业的发展作出了重要的贡献。怎样才能培养出适合首都社会主义建设发展需要的合格中学数学教师，是数学系全体师生多年来不断探索和讨论的话题。不同的人对这个重要的问题可能有不同的见解，在不同的历史时期，根据时代的特征也会得到不同的答案。梅向明先生作为数学系的教师和领导干部，自然对这个问题更加关注。他在调入原北京师范学院之前，曾经有五六年做中学数学教师的经验。他根据自己的亲身体会和对北京市中等学校发展状况的调查研究，逐步形成了比较系统的普及与提高相结合的观点。

早在 20 世纪 60 年代初，他刚刚担任数学系副主任时就提出，要把我们的学生培养成合格的中学数学教师，首先必须使学生热爱教育事业，热爱数学专业。在每年新生入学之后的专业思想教育阶段，梅先生或是亲自作报告，或是请教育部门的有关领导、专家、老校友作报告，激发学生们对做一名中学教师的荣誉感和责任感，以及对进一步学习数学知识的渴望和期盼。他还认为，数学系的学生必须掌握足够的高等数学知识，并通过高等数学的学习，培养和提高自己的数学修养，才有可能胜任中学数学教师的工作。为此，他在 1961、1962 年就在数学系的高年级学生中组织了一批课外小组，分别由一些有经验的教师，指导学生在不同的方向学习一些超出教学大纲的知识。我记得，我在四年级时就参加了由梅向明先生指导的关于几何方面的课外小组。每周梅先生都要为小组同学们讲课，同时指导我们阅读一些参考书。通过参加课外小组，大大激发了我们的求知欲，同时也训练和提高了我们的自学能力。这对我们参加工作以后的进一步发展是十分有益的。

60年代初，我们的国家还处在"三年困难时期"和此后的恢复时期。当时的数学系，教师少，学生多，教师的工作压力比较大。组织课外小组对教师来说，完全是无偿的义务劳动。又由于在课外小组中讲授的内容都是相对比较高深的数学知识，难度比较大，所以负责课外小组的老师们要付出更大的努力去搜集资料和备课。梅向明先生则是一方面担任系副主任的工作，一方面担任和其他教师同样的教学工作，此外再负责一个课外小组的工作，其工作量之大，可想而知。他全身心地投入工作的精神支柱，就是对学生的高度责任感和对教育事业的一片赤诚之心。

梅向明先生从1961年至1966年"文化大革命"开始，一直任数学系副主任。在这一段时期，他在培养学生方面的上述思想日益成熟和形成系统。他的普及与提高相结合的意见得到系内许多教师的支持，但同时也有不同的意见。主要的不同意见是：数学系的教学计划必须突出师范特点，即要对中学的数学教材非常熟悉，不仅能做到深刻理解，还要能灵活处理。数学课的教学工作是一门艺术，师范生必须在教学方法上受到全面的严格的训练，包括语言、板书、绘图以及形体等等都要反复进行训练。在这种指导思想下，我四年级赴女一中实习时，为了备好一节课，曾经试讲21次。最后达到完成一节课的全部教学内容与下课铃声完全同步，几乎一秒不差。这种意见自然也有一定的道理，但是在系主任们制订和修改教学计划时，矛盾就突显出来了。学生的总课时是固定的，按照前一种意见，要增加高等数学方面的课程，这只能适当压缩中学教材教法类课程；反之，按照第二种意见，增加教材教法课的课时，增加教育见习、实习的时间，则必然限制了开设更多的高等数学课程。这两种意见的分歧愈演愈烈，当时被称为"高初之争"。梅向明先生自然而然地被认为是第一种意见的代表。当时学校的院长兼党委书记冯佩之，为此专门到数学系蹲点工作，最后召开了所谓"将相和"的全系大会，肯定了两种意见中各自的有益因素，才把矛盾基本化解。这以后，梅向明先生所代表的意见得到了应有的肯定，并逐步在具体工作中落实。例如，他认为高等数学的主体是"微积分"，他形象地把"微积分"比喻成飞机的机身，而把"微分几何"与"理论力学"比喻成飞机的两翼。飞机有了翅膀才能飞上天空，学生们在学习了"微积分"之后，再学习了"微分几何"和"理论力学"才能学以致用。后来，"数学分析"、"微分几何"、"理论力学"、"实变函数"、"复变函数"等课程都成为数学系学生的必修课程。实践证明，有了高等数学的理论、知识和眼光，对中学数学的适应性和发展性才能更强。"高"、"初"矛盾的统一，正是他一向主张的普及与提高的结合。

"文革"以后，1977年高等学校恢复招生考试。梅向明先生于1978年被任命为数学系第一副主任，1979年又被任命为数学系主任，负责数学系的全面工作。随着全国范围的拨乱反正和把工作重心转移到经济建设为中心上来，数学系的工作也迅速走入正轨。在本科生的教学工作中，一方面恢复和提高原有高等数学类课程的教学水平，一方面对教材教法类课程也进行了较大的改革，突出了对学生能力的培养。与此同时又逐步增开了许多选修课，使数学系本科生的教学质量得到较大的提高。从1979年开始，数学系又增加了硕士研究生的培养工作，梅向明先生开始招收了"微分几何"方向的研究生。在80年代期间，梅先生一方面作为系主任带领数学系全体同仁艰苦创业，使数学系以前所未有的速度发展壮大，为此后数学系的进一步发展奠定了坚实的基础；同时，他在本科生几何类课程和研究生课程的建设方面也做了大量工作，取得突出的成绩。以他为主编撰写和出版了本科生教材《高等几何》、《微分几何》和研究生教材《微分流形与黎曼几何》以及其他几门课的讲义。其中由高等教育出版社出版的《高等几何》荣获国家教委高等学校优秀教材二等奖，由高等教育出版社出版的《微分几何》荣获国家教委优秀教材二等奖和北京市科技进步二等奖（著作类）。所有这些成绩无不凝聚着梅向明先生的心血。

梅向明先生的另一个观点是，高等学校的教师必须不断地丰富自己的专业知识，了解新的科技成果，从事本专业领域的学术研究，这样才能使自己的教学工作跟上科学技术的发展，适应社会发展的需求。这种观点在四五十年以前应该说是有前瞻性的。60年代初，梅先生看到学校由于成立时间不长，基础薄弱，学术空气不浓，他就积极鼓励青年教师到校外进修。我就是在刚参加工作不久的1968年，由梅先生亲自联系到中国科技大学数学系听吴文俊教授主讲的"代数几何"课。梅先生还主持学术讨论班，带领青年教师从事学术研究，撰写学术论文。我们学校在那个时期并不鼓励教师搞科学研究，热衷于科学研究还会被认为是不务正业。所以，梅先生的做法是需要极大的勇气和坚定的信念做支撑的。"文革"以后的80年代，情况发生了很大变化。梅先生在担任系主任工作期间，仍然非常关心几何教研室的教师在业务上的发展。他根据每个教师的具体情况，给出重点进修方向的建议，并推荐相关的参考文献，鼓励大家多到科学院数学所等单位听学术讲座，参加各种学术会议。80年代初，著名的几何学家陈省身先生看到，经过"十年浩劫"，我国在数学领域与国外的差距拉大了。他出于高度的爱国主义情结，决定回国为中国的年轻数学工作者系统介绍现代数学近年的发展，希望使我国的数学工作者尽快跟上世界数学的发展。梅先生认为这是一个绝好的机会，为使我们几位青年教师能参加到这一活动中，对教学工作作了适当的调整。我记得，我们首先参加了由中科院数学所举办的学习班，由著名数学家吴文俊、吴光磊、张素诚授课，为听陈省身先生的课做准备。随后，我们又参加了陈先生在北京大学开设的"现代微分几何"系列讲座。为了使我们能取得切实的收获，每次听讲回来，梅先生还要根据自己的理解，把相关内容重新细致地讲解一遍，并认真解答我们提出的问题，组织我们讨论。梅向明先生在培养青年教师方面，就是这样呕心沥血，不遗余力。

梅向明先生不仅关心本系青年教师的成长，他也非常关心全国师范院校的同行和他们的教学工作。由于他在全国高等师范院校中具有很高的声望，在 80 年代由他和一些兄弟院校发起成立了"全国高师院校高等几何研讨会"，后改为"全国高师院校几何类课程教学学术研讨会"。基本上每二三年召开一次，在会上大家共同探讨高等师范院校有关几何类课程的建设、教学改革、教材编写以及学术研究方面的问题。梅向明先生在会上多次作过关于教改、教材编写和科研成果的报告，深受与会教师的欢迎。进入 21 世纪以后，这个研讨会已经召开了十三届，今后还将继续下去。这充分说明，梅先生发起的这一活动对许多高等师范院校的发展和几何类课程的教学工作一直发挥着积极的作用。

身教重于言教。梅向明先生对青年教师的要求和期望是很高的，同时他对自己的要求也很高，甚至可以说是近于"苛刻"。他 1944 年到 1948 年就读于中山大学，先在天文系，后转入数学系。由于其父梅龚彬先生积极参加反蒋爱国的政治活动，受到国民党反动派的迫害，在我党地下组织的安排与帮助下，他们全家转移到澳门。梅向明先生在澳门岭南中学任教。全国解放以后，他们全家回到北京，不久，梅先生就职于当时的女二中，一边教数学，一边做班主任，全身心地投身于首都的普教事业。这时他就有报考研究生进一步深造的愿望。但是由于解放初期教师人才匮乏，同时他在女二中的工作非常出色，深受广大师生的好评，在校长的挽留下，只好放弃了考研的计划。1955 年，梅向明先生调入刚刚成立的北京师范学院数学系，这时他更感到进一步深造的必要性。在工作了两年之后，得到校领导的批准，于1957年到北京大学数学力学系在吴光磊教授指导下读研究生。这一时期可以说是他最繁忙最困难的时期，因为他在学习期间还要承担我校数学系的教学工作，同时，他还担任了北京大学数学力学系教师党支部书记的工作。那时政治活动非常多，作为教师党支部书记，既要做好本支部党员的工作，又要做好受到政治冲击的老教师的思想工作，还要做一些学生工作。这一时期梅先生家中刚刚新添了小孩，自然也要牵扯一部分精力。但是他以顽强的毅力，克服了工作和生活中的重重困难，终于在1961年以优异的成绩完成四年制研究生学业，重新回到北京师范学院数学系。

1980年以后，梅向明先生先后担任了数学研究所所长、北京师范学院副院长等职，同时社会工作也越来越多。他先后担任了中国民主促进会中央常委、副秘书长、中央副主席、北京市主任委员以及全国政协委员、全国政协常委、北京市人大常委会副主任等职。他的社会活动非常多，要参加的会议特别多。就是在这样繁忙的情况下，他从不耽误学生的课程，尽量保证上课的时间不被侵犯，遇到特别重要的活动影响了上课，他也一定要在晚上把课补上。他还有一个习惯，不管开什么会，他一定随身携带一两本专业书，在会议休息时抓紧时间备课。梅向明先生一贯非常重视自己的学术研究工作，他的主要研究方向是整体微分几何。虽然工作忙，时间紧，他的科学研究工作从来没有停止。就在八九十年代，他在"示性类与奇点理论"等方面的研究工作取得重大进展，先后在国内外重要的学术刊物上发表了数十篇论文，承担了国家自然科学基金的项目，多次在国内外重要的学术会议上作学术报告。他的科研成果荣获了北京市科技进步奖。

梅向明教授在首都师范大学（包括原北京师范学院）工作了49年，加上在中学任教的经历，从教达54年。对于他长达半个多世纪的从事教育工作经历，可以用一个"忙"字来概括。他从二十几岁的青年时期就开始忙，一刻不停地忙，一直忙到七十多岁两鬓斑白。在这个"忙"字中，包含了梅向明教授对青年学生和青年教师的关心和高度责任感，包含了对祖国教育事业的赤胆忠心。他的高尚师德，激励我们不断奋进。

（作者：贺龙光 首都师范大学数学系教授）

多才多艺的欧阳中石先生

叶培贵

欧阳中石，1928年生。1954年毕业于北京大学哲学系。长期任教于中师、中学，曾主持编订一套中学语文教学改革教材。1981年调入北京师范学院（现首都师范大学）任教。1985年创办书法专业，1993年国务院学位办批准设立美术学（书法艺术教育）博士授权点，1998年获准招收书法方向项目博士后研究人员，由此建成了我国高校中第一个专科、本科、硕士、博士、博士后书法教育体系，促进了书法学科的发展。现任首都师范大学书法文化研究所教授、博士生及博士后导师，名誉所长。社会兼职主要有第八、九、十届全国政协委员，中央文史馆馆员，国务院学位委员会艺术学科评议组成员，中国画研究院院务委员等。出版著述40余种。

现在的欧阳中石先生，在许多人的印象里，恐怕主要的是一个著名书法家、教育家。但这实际上是一个不大不小的误会。说"不大"，是因为先生确实在这两方面贡献卓著；说"不小"，是因为这样看太不全面了，这只不过是他的一两个方面而已。

欧阳先生曾经这样评价自己："少无大志，见异思迁，不务正业，无家可归。"我们无从考证他是否真的"少无大志"，但却知道他所谓的"无家可归",只是"家"太多了,以致难以断定哪个是他真正的"家"了,他实际是建立了一个大"家"。

他是京剧著名须生奚啸伯先生的嫡传弟子,师徒之间极其恰惬,中学时拜师,上了大学也没有放弃对京剧的追求。他的扮相与奚先生形神毕肖,以致在石家庄举办的纪念奚先生的演唱会上,有朋友为之涕下沾巾。他还精研戏曲史、戏曲音韵、戏曲演唱与表演,对京剧的诸流派,多有体察入微的独到见地。他没有京剧表演艺术家的称号,但却足可以说是京剧艺术、京剧研究的专家——虽然他没有这样自居过。

他曾问学于当代著名诗学家顾随先生,加上幼学根底深厚、思维敏捷,因而作诗作文不仅快,而且好,得到他的书作,往往同时也就欣赏到了他的诗文。《中华诗词》刊登过他的一些诗作,他的诗词稿每每令人击节赞叹,但他认为自己不算诗人,不善抒情写意,而多是应景、即事,所以没有同意出版专辑。这个"家",他也不认同。

他还善画。白石大师的三公子子茹先生与他交好,常同他进齐府拜谒老爷子,也颇得齐先生的青睐,欲收入门墙,但他当时既要读书,又要学习研究京剧,无暇他顾。虽然没有亲炙,但他并没有放弃揣摩取法,兴来写意,从构图到笔墨,都颇有齐派风范,文化部请他担任了艺术学科高级职称评委。但他对这个"家",最直截了当地表示——"不中"。他名字的"石",用草书写像"不",在画上落款,他就用草书写"石中",表示对自己的画不满意。另外又设计了一个图章:正看是"石中",掉转180度看,是"中石",表示仍然承认作品是自己画的。

他现在所在的"家",当然是最为人们所熟知的书法。他的书法实践,各体皆能、博学兼优:大篆古朴典重、小篆端庄畅达、隶书生趣盎然、楷书精谨严密、章草优雅灵动、大草飞动跌宕,行草尤其著名,以入东晋堂奥而风靡全国,声名及于海外。

他所出版的几部书作集——《佳句手书》、《中石夜读词钞》、《中石钞读清照词》、《小楷〈道德经〉书卷》、《楷书〈朱子治家格言〉》等，都受到了书法爱好者的热情欢迎。2005 年中国美术馆为他举办了"当代大家邀请展"，他自称"大家难符意惶惶"。他不同意说那些集子是书作集，而不过是读书时随手笔录以求加深理解的痕迹。他甚至像前面所提到的一样，也"否定"自己是书法"家"，而总是强调自己是一个读书、教书的。

他确实一辈子读书、教书。早在进入大学之前，他就已经教过几年小学，辅仁大学读了一年，转入北京大学主修逻辑专业，毕业后到了通县（今北京通州区），教师范、中学。中师、中学没有专门的逻辑课，他只好"不务正业"，改教其他课程。有意思的是，几乎所有中学课程——体育、数学、化学、物理、语文等等——他都教过。他的身高 1 米 65 左右，却是篮球、乒乓球的二级运动员；数学是他读中学时的弱项，可逻辑让他豁然开朗；他不喜欢金属制品，可物理、化学都得接触，他也安然处之。当然，语文更是他的当行，所以教的时间最长。在东城区 171 中学，他发挥自己逻辑、国学、古典文化的优势，与同事们共同探索出一套教改方案，效果之好，令人惊讶，引起海内外同行的注意。这一成果，后来载入了《北京市语文教育 50 年》，他成了中学语文教育、教改的专家。但这个"家"，他也不认为有什么特别的。

因为他很快就把"家"搬到了书法教育领域。20 世纪 80 年代初，他奉调北京师范学院，1985 年，学校请他主持创立了书法专业。他提出，不应满足于专门的"书法教育"，而要把它扩大到"文化"的层面，以文化作为核心，展开到"书法"上面，不仅将书法作为一门艺术，而且作为一门学问进行研究。这一办学思想很快就通过第一届大专班的毕业展览（1987 年分别在香港、北京两地举行）而获得了社会的广泛赞同，并在以后的本科生、硕士生教育中得到深化。1993年，国务院学位委员会决定，在首都师范大学设立美术学（书法艺术教育）博士学位授权点，由欧阳中石先生担任指导教师，这是中国首个书法方向的博士点，标志着经过数代人的努力，书法作为学科，正式成为我国高等教育体系的一部分。1998年，国家人事部又决定首都师范大学可以依托项目招收书法方向的博士后研究人员（2005年转为正式的艺术学博士后流动站），使学科体系进一步得到完善。与办学体系同步发展的是理论研究。他为学校专门成立的中国书法文化研究所（2005年改为研究院）设定了以"书法与中国文化"为核心，以中国书法史论、书法理论、字体书体研究、书法美学研究为基本方向，以国学研究、美学、诗词曲格律与创作等为相关方向的教学科研体系，取得了显著成效，硕果累累，学科点被北京市确定为市重点学科点。2002年，他获得了"中国书法兰亭奖"的"教育特别贡献奖"。他喜欢教育，说："'得天下英才而教育之'，一大乐事也。"但却不以教育家自居，总强调这些成绩，是前辈、同道已经准备好的，只是把任务交到他的手上、他做了力所能及的工作而已。

　　像他这一辈的学者，有过丰富曲折的经历，干过各种各样的工作，不算奇怪。令人难解的是，他怎么就能够干一行、像一行、成一行。他回答："我自己觉得，逻辑对我起了很大作用。"逻辑是研究思维的科学，这使他拥有了把握事物的利器。他虽然从大学毕业后就没有机会专门从事逻辑的研究、务这个"正业"，但他没有放弃过。从1957年他在《光明日报》发表关于特称判断的论文，到"文革"期间完成《中国逻辑史稿》（已佚），再到80年代参与国家"六五"项目《中国逻辑史》以及主编中国语言逻辑函授大学《逻辑》教材，他在逻辑领域的成果，同样是显著的。这个"正业"，一直在他从事其他行业的工作时伴随着他。更重要的是，他运用逻辑的思维武器，来研究他所从事的各门具体学问，总能够发人所未发，提出独到精深的见解，归拢出科学严密的体系，从而使研究走向深入。这一点，在语文教改、书法教育领域体现得尤为突出。

但逻辑不是全部。使欧阳先生博大的，最根本的还是"德"。

他要求学生"德重和才高"。为湖南师范大学出版社出版的《大学生的书法修养》一书的题词是他这一思想的精确表达："以书养德，固本强身；明心砺质，通礼修文。""以书养德"，要在书法的内在精神与最高追求上与中国文化保持一致。他一向这样要求自己，也以此"苛刻"地要求他的弟子们。他不能容忍学业上的懈怠，更不能容忍德的懈怠。他不许可任何对长者的不恭，因为他自己始终敬重着所有给过他教诲的师长。他善于模仿，给我们讲他享受过的师恩，有时会模仿老师们的各种风采，能模仿很多人、很多姿态，可见老师在他心目中有多深的印记："我的机缘也真是巧，那么多好老师都碰上了，有的时间很长，有的也许只是一次见面，说了几句话，但回想起来，都感到很温馨、很甜蜜。"听他绘声绘色地讲述金岳霖先生、顾随先生的事情，是一种甜蜜的享受；看他写"张岱年先生文集"的书名、写纪念奚啸伯先生的挽联，是一种感动。他对学生，既严且爱，批评时绝不留情面，而爱护时俨如慈父，严其实更是爱。

他强调"容万家之言"。一个人的智慧是有限的，而历史是深厚的，他希望不是用苦功、而是用智慧来夺取时间，使时代的前锋与历史的高峰得到统一。他总能站在更高的高度，从全局来思考问题，而不局限于一己的所得。1993年博士点建立的时候，他派出了多位研究所的教师前往各地向有关专家取经，最后汇总大家的意见，明确提出书法的博士教育首重中国文化的立场，并且由此设立了一个考试咨询委员会，负责招生和培养计划的确定。"天涯有限心无限"（先生诗句），一个能够容纳历史、容纳时代的胸怀，怎能不博大呢?!

他不贵难得之货，所以无私，而能超脱于物欲之外。自奉简朴，山珍海味，所不喜也；白薯花生，却甘之若饴。他总说必须有社会化的思维，一个人不能过多地考虑社会给了自己什么，而首先要考虑自己能为社会做什么。80年代，他就自称已经韶华过景，应当指望来者了。2003年，他主动向学校提出把书法所所长的职务交给年轻人，然而已经70多岁的他，事实上仍在为首都师范大学书法学科的建设、后备人才的培养孜孜以求。无私，则人爱之、社会爱之，这样养成的人格，怎能不博大呢？！

他深深地感受到日益发展的中国的蓬勃生机，愿意用手中的毛笔，"作字行文，文以载道"，写出时代的要求。2003年来临之际，他用八个字——"元日开春，新天普庆"，写作了一首五言绝句，以迎新釐："元日开春日，春开日日新。新天普天庆，普庆庆元春。"这是他的节日祝福，也是他对盛世的热情赞颂。

师从这样的名师，是任何向学者的幸运，但苦恼也是必然的。你无法探测他学问、人格、胸怀的边界，更无法真正地全面体察他的思维、他的素养。经过如此长时间的陶冶熔铸，他已经可以把所"务"过的这些"业"打通了，他的人格也已经浸透了他一生所研究的中国文化的精髓。当我问他一个书法方面的问题，而他却似乎不着边际地谈起京剧表演或者一段人生经历的时候，我能够从理论上明白那个道理，却无法像鱼饮水一样有切身的感受，这是一种人生和学问境界的差距。也许，你需要像他一样，经历过这种身心与俱、无"家"可归的漫长积累，才能揣测出一点涯涘。我不能企及，但心向往之。

(作者：叶培贵 首都师范大学中国书法文化研究院院长、教授)

老教师应在师德建设中起表率作用

石生明

石生明，回族，1936年生，中共党员。首都师范大学数学科学学院教授、博士生导师。1954年9月～1962年12月在北京大学数学系读本科及研究生。曾任北京大学数学系教师，北京科技大学数学系教授、系主任，1992年6月至今，任首都师范大学数学科学学院教授，曾任系主任。北京市有突出贡献专家。获得过北京市科学技术奖一等奖、二等奖共三次，他负责的代数学课程2005年评为国家级精品课程，参与主编的《高等代数》教材是国家级优秀教材，主编的《近世代数初步》是国家"十五"规划教材、"十一五"规划修订教材，2004年评为北京市优秀教师和全国模范教师，2005年被评为北京市优秀党员。

我是一名老教师。大家知道，师德问题就是为人师表的问题。我们师范学校中有句格言："学高为师，身正为范"，就是要求教师们应具有良好的师德，为学生和其他人作表率。学校培养学生，既要使学生学到知识，掌握本领，也要培养他们具有良好的思想道德，这就要进行思想教育。除了进行理论教育外，更重要的是学校的广大干部和教师要进行身教言教，特别是身教更是重于言教。有良好师德的教师的实际行动，正是对学生最好的身教。我们是学校中的老教师，有责任把学校中的优良品德传递下去，这是进行师德建设的重要措施，会对学生的思想教育工作起重要作用。

北京有很多老字号，它们有一些名牌产品，这是它们的品牌效应。更重要的是它们有很好的信誉，它们良好的行业道德是同行们的表率。老教师在学校中的地位和作用就相当于这些老字号在各种行业中的地位和作用。他们具有很高的学术造诣，这能起着品牌效应。他们又具有良好的师德，德高望重，青年人很敬重他们，体现了他们的表率作用。我自己是老教师，在教学、科研上做出过一些成绩，在本单位的教师和学生中有一些威信。我感到更应在师德上做出好样子，努力在实际行动中起表率作用，表现出真正受人尊敬的老教师的风范。

下面我举教学和学术工作方面的一些实际例子，来谈谈对师德实践的一些体会。

我认为师德在教学工作中的主要体现，是教师的敬业精神。作为一名老教师应该精益求精地进行教学工作，因此我始终以极大的热情投入教学，力图以最好的状态、最高的水平来上好每一堂课。我感到上课也应像歌手唱歌、运动员比赛一样，把自己最好的表现奉献给观众，使教学效果达到最好。近年来我坚持给本科生和研究生上公共基础课，我教过多遍各种代数课程，教科书也是我自己编写的，但我每次讲课都是重写讲稿，每次讲法都不完全一样。我要根据各班学生的不同情况，考虑以他们易于接受的方式来进行讲述。我还经常根据学科本身的发展情况，把最新的内容、最好的方法教给他们。我要用尽可能通俗的讲法在典型例子中抽象出理论和证明，有时还让学生在课堂上思考和演示来达到训练的目的。上课时我声音洪亮，富有激情，吸引学生的思考跟上我的讲课，促进师生互动的气氛。

　　教学是为了培养学生，我是老教师，我以极大的热忱、强烈的责任感对待学生。以批改作业为例，应该由我负责批改的作业经常全部批改。作业上局部有错误时，不但指出错误，还改成正确的表述。作业上问题较多的同学，我还要找来，让他理解问题所在，当面让他加以改正。有位研究生，原来本科时是学物理的，学习能力还不错，但对于数学的推理训练较少，而且有些基础知识没有学过。开始学抽象数学课很不适应，作业上问题很多。我仔细批改每个细节，写出正确的表述，然后找他来，让他看一遍我批改的作业，要他给我讲一遍，再让他自己重做一遍。这样进行几次以后，他的表达能力有了很大提高，学习成绩也由期中测验不及格上升到期末考试的 90 分以上。

　　上面谈到我对教学工作的一些做法和对学生的态度，不仅仅是表现了我的责任心，更重要的是我想以我的行动使学生学会将来自己如何当教师，如何对待工作。历年来学生们对我的教学方式和工作态度都给以肯定。我们学校实行学分制，选修我开的课的学生大大超出课堂容量，说明他们对我的教学已留下了好印象，肯定对他们未来工作会有好的影响。

　　学术研究和学术活动也是学校工作的一项重要内容，师德在这个领域的作用关系到学校的学风这个大问题。我认为老教师在坚持和发扬优良学风、抵制各种不正学风方面，更应发挥好的表率作用。

　　学习和科研中很重要的一点是要坚持严谨性，只有严谨才能保证科学性。我自己在学术上一贯坚持严谨的态度，也严格地培养学生严谨的作风和提高他们严密的逻辑思维能力。在研究生学习一些基础知识和研讨文献时，我要求学生们从内容、方法到思路上都要深入掌握。我亲自参加学生讨论班的每一次报告，不放过学生的任何一点疏漏。在修改学生论文时，让学生在讨论班上反复讲解，认真推导每一个结论。在学生评述自己成果时，要他们力戒浮夸不实和使用不适当的溢美之词。

有一次，我和一位同事承担外校学生毕业论文的审阅任务，我感到其中有一处证明有问题。为慎重起见，我和我的同事反复推敲，还是不能通过。最后将作者请来一起讨论了一个上午，共同补出证明才得以通过。

曾经有一位外校教师请我写一个科研成果鉴定，希望在评语上写上一些溢美之词，以便申报职称成功，我委婉地拒绝了。我也要求我的学生们今后不能写不负责任的评语，告诫他们对于学术要严肃，否则对国家、对被评的人和对写评语的人都不利。实际上你写了不实际的评语就失去了你在学术界的信誉。

现在对待科研成果有片面重视数量而轻视质量的偏向。我要求我的学生们不能盲目追求发表论文篇数，更重要的是要了解和追踪国际研究的最前沿，选择有创新性的研究目标，努力超越前人，做出标志性的成果，使自己在国内外同行中占有一席之地。我对于学生们严格要求的同时，作为老教师也为他们在学术上的发展提供机会，创造条件。在国内一次重要的学术会议筹备过程中，我参与了很多工作。但是，我推荐一位比我年轻的同事担任这次学术讨论会的组委会委员，自己不挂名，以利于扩大他在学术界的影响。申请科研项目和基金时，我总是让青年人打头，自己参加其中，帮助他们申请成功。我组织学生和我一起申请奖项，把学生的名字排在前面，我排在最后。学生的论文，只要我没有重要的贡献，我不在上面署名。我的这些行动促进了年轻人的团结精神，他们从未由于在共同成果上的排名次序发生过争议。

我参加过国家、北京市和学校大量的各类评审工作，评职称、评奖项、评科研项目、鉴定科研成果、参加论文答辩等。这些活动中，坚持做到公平、公正，抵制各种不正之风，是对每个评委的师德的考验。我认为我们评审人员是代表国家和公共利益来评审的，应坚持按标准、按规章办事，对任何人和单位都采用统一标准，努力坚持公平、公正。更不能利用自己评委的身份无原则地为本单位和朋友谋利益。由于我在各种评审中能坚持公平、公正，按原则办事，受到了同行和同事们的尊重，也受到评审主管部门的信任和好评。

当前教育、科学界浮躁风盛行。我们要大力发扬优良学风，抵制不正之风。我认为这是件大事，不正之风继续蔓延，必将严重影响我国教育事业和科学事业的正常发展。我个人在坚持优良学风方面作了一些努力；但在抵制不正之风方面，有时也感到心有余而力不足，甚至自己也有守不住的时候，曾经做过违心的事，很是惭愧。

最后我要说说我的老师们的良好师德对我的影响。我在北京大学数学力学系学习和工作过很多年。很有幸亲身聆听过一批德高望重的教授如江泽涵教授、段学复教授、程民德教授、吴光磊教授、丁石孙教授等的授课。那个时期中，他们的崇高师德使我受到潜移默化的教育。江泽涵教授、程民德教授、丁石孙教授教我们大学一年级的基础课，正是他们开始训练我们严谨和严密的学风。丁石孙教授、吴光磊教授在系内公认是课讲得最好的，我从那儿学到重视教学和精益求精的敬业精神以及怎样才算课讲得好。我从我的研究生导师段学复教授那儿学到要用科学的、实事求是的精神和严肃的态度来评价科研成果。更难忘的是他对我们当时的年轻人在学术成长和发展上，用压担子的方式来创造条件和提供机会。他和另外的老师集多年的教学经验合编过一本教科书，是高等学校指定教材。后来教育部下达任务要北大修订改编，他把这任务交给当时还年轻的我和另一位同事。当时我不敢接受此重任，他鼓励我，要我们要"长江后浪推前浪"。这本改编的教材至今已出了三版，仍为大多数高校数学系采用，影响巨大。我也从几次修订的过程中提高了教学和学术水平。是老师提供了我成长提高的机会，并让我分享了他们治学的成果。他们重视教学，精益求精；他们学风严谨，科研中一丝不苟；他们奖掖后进，邀我与他们一起编教材。他们高尚师德的例子是举不胜举的。回忆起来，我的很多行为的方式与想法都是从他们那里学来的，真是使我受益终生。我是亲身体验到老师的崇高师德的。虽然比起老师们我做得还不够好，但现在我也是老教师了，我也要学习我的老师们，努力为青年人起好表率作用。

随风潜入夜　润物细无声

——谈谈我是怎样教书育人的

杨　悦

杨悦，1930 年生。中共党员。首都师范大学生命科学学院教授。1956 年毕业于湖南大学生物系，先后在湖南师大和首都师大生物系从事植物学的教学和科研工作，出版了《植物学》、《中学生物科技活动》等教材、专著 10 余部，发表《樟树器官解剖》、《北京大西山地区植物群落组成及其演替》等论文 20 余篇，并发表科普文章、著作 150 多万字。两次获北京市科技进步二等奖，一次被评为北京市先进科普工作者。1986 年被评为全国教育系统劳动模范，获人民教师奖章，同年获北京市五一劳动奖章。

20 世纪 80 年代，我在原北京师范学院生物系为本科生和硕士生讲授植物分类学。在教学中，我在传授知识的同时，注意结合教材对学生进行科学素养和爱国主义方面的教育，亦即教书同时育人。

培养学生求真务实的科学精神

高校的植物分类学，要介绍自然界各种植物类群的形态特征、地理分布和进化过程，是一门实践性很强的学科。但长期以来，这门课程的教学一直停留在教师用挂图讲课、学生用书本复习的模式上。尽管教学大纲规定有近一半课时用于实验，课程结束后又有两周野外实习，但在实验课上学生观察的都是浸制标本和蜡叶标本，与植物的实际生活状态有很大差别；而野外实习又安排在学期考试之后进行，远水解不了近渴。因此，教学严重脱离实际。这种从书本到书本的教学模式，不仅学生学不到真正知识，更重要的，学生无法从中形成求真务实的科学精神，而这种精神正是大学理科学生最应具备的科学素养内涵。

怎么办？当时我决定从以下两个方面变变这种脱离实际的教学模式：

一、在讲课中向学生提供新鲜植物标本，让学生边听讲边观察实物。这种做法说起来容易，做起来却很难，因为我讲课所需要的各种新鲜植物标本，大多生长在北京远郊的山地丛林之中。在每次讲课前，我通常利用没有课的时候，独自一人，背上采集袋和各种工具，带上午餐和饮用水，清晨乘坐长途汽车，到海淀区的金山和鹫峰、昌平的沟崖、延庆的八达岭等地，进行植物采集。这样的采集，工作量很大，因为每一次采集，要采集的植物种类多达五六种，而且为了能使每个同学都能进行观察，每种植物就要采集 50 多份。可是各种植物的个体大多分布得很分散，必须走很远的路才能采够所需的份数。因此，每次外出采集，都是早出晚归，又累又险。有时下山时崴伤了脚，有时穿越灌丛时划破了皮，甚至有时被误认为挖药材的，而遭到放羊人的非议。但当我满载植物标本返回学校时，心中却充满了喜悦之情。

于是，在课堂上，我就利用这些采集来的新鲜植物标本进行讲课。由于我在讲解每个植物类群时，同学们手中都有一份相应的植物标本，就做到了边听讲边观察。这种教学模式非常成功，同学们不但看得清楚，记得牢固，完全能理解教师所讲的内容，更重要的，同学们对这门课程产生了浓厚兴趣，激起了他们亲身到大自然进行考察的愿望和要求。很多同学在课后，三三两两，纷纷走出校门，到市区公园和郊区山地，进行实地考察和标本采集。他们不仅考察和采集在课堂上已经观察认识的植物，巩固了学过的知识，而且还采集了许多不认识的种类，带回学校，请我鉴定。同学们的学习由被动变为主动了。

二、在同学们积极外出考察的基础上，我又利用星期天和节假日休息时间，带领同学们到市内和近郊公园等场所，进行实地考察，认识各种植物种类。于是，在陶然亭公园的标本园、北海公园的药圃、中山公园的唐花坞和兰室、天坛公园的外坛草地以及圆明园的沼泽池塘等处，经常可以看到我和同学们的身影，师生们一起切磋各种植物的名称和分类地位，了解形态特征和产地分布，常常流连忘返。

到市内公园进行的这种考察很有必要，因为北京地区 2100 余种植物中，有三分之一是栽培种类，它们主要分布于市区公园之中。到市区公园考察，正好解决了认识栽培植物的问题。这种做法，也进一步激发了同学们的学习兴趣，很多家在远郊区县的同学，常常舍弃星期天或节假日回家的机会，追随我到公园认识植物。

以上植物分类学两种新的教学模式，不仅调动了同学们的学习积极性，提高了教学质量，而且也培养了他们求真务实的科学精神。许多同学毕业后到中学担任初、高中的生物学教学工作，他们从不发怵带学生到野外考察，而且乐此不疲。有些人还积极辅导中学生开展生物和环境方面的科技活动，并在市级和全国大赛中获得了奖励。

培养学生的人文精神

我们知道，没有科学的人文是盲目的人文，没有人文的科学是跛脚的科学。因此，在自然学科教学中培养学生的人文精神，不但可以，而且应该。

我在植物分类学的教学中，主要从美学修养和陶冶情操两个方面培养学生的人文精神。

一、培养学生的美学修养

我在教学中比较注意运用自己的诗词知识，讲解植物分类学的相关内容。例如，在讲解杨柳科中杨属和柳属分类时，向学生说明，我国古代文人大多杨、柳不分，当文人们在诗词中将杨和柳连用时，常常是指柳树。为了说明这一点，我用《诗经》中"昔我往矣，杨柳依依，今我来斯，雨雪霏霏"和唐朝僧志南的"古木荫中系短篷，杖藜扶我过桥东；沾衣欲湿杏花雨，吹面不寒杨柳风"等诗句，说明古代人杨柳不分。又如，我在讲解菊科代表植物菊花的经济价值时，用屈原《离骚》中"朝饮木兰之坠露兮，夕餐秋菊之落英，苟余情其信姱以练要兮，长顑颔亦何伤"等诗句说明我国古代人民最初是从食用和药用角度利用菊花的。然后又用唐代元稹"秋丛绕舍似陶家，遍绕篱边日渐斜，不是花中偏爱菊，此花开尽更无花"等诗句，说明在人们的培养下，菊花花朵不断增大，花色花形不断分化，到了晋唐时期才逐渐被作为观赏植物进行栽培。另外，菊花的别名很多，有黄华、黄花、九华、女华、女茎、贞芳、周盈、金英、金蕊、东篱等，对此，我又用宋代李清照"东篱把酒黄昏后，有暗香盈袖。莫道不消魂？帘卷西风，人比黄花瘦"等诗词来进行说明。

恰当地用诗词说明各种植物，既能使讲课内容生动有趣，又能培养学生的美学修养。学生对这样的讲课非常欢迎。不少学生反映：听杨悦老师讲课是一种美的享受。

为了培养学生的美学修养，我还时常带学生参观菊展、兰花展、郁金香展等花卉展览。参观时，我除了从形态特征方面对花卉的不同品种进行介绍外，还要从色、香、形等方面说明各个品种的观赏价值。例如，关于菊花品种，我告诉学生"嫦娥奔月"品种是袅袅婷婷，体态轻盈，长而下垂的舌状花瓣，宛如奔月途中随风飘动的衣带；"光辉"品种是花团似锦，端庄大方；而"太白醉酒"品种，则是花色洁白似雪，气宇轩昂，潇洒飘逸，等等。另外，即使是公园中普普通通的雪松，我在介绍时，也会说它是大枝平展，小枝下垂，微风吹来，轻轻摇动，好像一位绿裳少女在翩翩起舞。

二、陶冶学生情操

我在课堂讲课和带领学生外出考察参观当中，常常以植物的特征特性，寓意人的操行和品格，借以陶冶学生的情操。例如，对于兰花，根据它的气、色、神、韵向学生指出，兰花幽香清远，发乎自然，无矫揉造作之态，无趋势求媚之容，所以兰花被称为花中君子。对于菊花，根据它的开花时间和花落习性，指出菊花不畏严寒，傲霜而开，而且花落时"宁可抱香枝上老，不随黄叶舞秋风"。另外，对于山中松柏，根据它们能够在非常贫瘠恶劣的环境中顽强生长的习性，指出"石为母，云为乳，高山苍松不知土"，以此来激励同学们遇到困难时，要顽强拼搏，积极进取，等等。

进行爱国主义教育

我在教学中进行爱国主义教育主要是从"丰富的植物种类"和"悠久的研究历史"两个方面进行的。

一、介绍我国丰富的植物种类

在教学中，我经常强调我国是世界上植物种类非常丰富的国家之一。我国有植物 2.5 万多种，其中，仅西双版纳地区就有5000多种，而整个欧洲的植物也不过5000种，中国是世界温带地区植物种类最多的国家。

我告诉学生，我国的植物不仅种类繁多，而且资源丰富。例如，我国有乔木2000多种，而北美只有 600 种，欧洲只有 250 种，中国是世界各国公认的树木宝库。众多的树木种类为我国经济的发展和环境的改善提供了优越的条件。再如，我告诉学生，我国观赏植物种类繁多，既有许多名贵的栽培花卉，又有大量的天然名花，世界各国公认中国是地球的花园。尤其是我国的三大天然名花——杜鹃花、报春花和龙胆花，共有1000多种，它们主要分布在我国西部和西南部。在它们分布的山上，每当花期来临，漫山遍野，一片紫、红，好像晚霞披洒在层层山峦之上，非常壮观。

此外，我还告诉学生，中国的植物区系起源古老，因而保留有许多活化石植物，如银杏、银杉、水杉、水松、金钱松、青钱柳、珙桐、鹅掌楸等，这些古老植物为我国学者研究植物起源和发展，提供了大量的珍贵材料。

我对中国植物各类的上述介绍，深深打动了学生的心，许多同学在植物分类学的学习中特别关注我国的各种特有植物，并关注如何保护我国众多的植物种类，对我国的植物状况，充满了自豪感和责任心。

二、介绍我国悠久的研究历史

植物分类学在介绍本学科发展历史时，教材中通常只介绍西方国家的成就，其实我国同样有自己的植物分类学发生、发展的辉煌历史。因此，我在介绍学科发展史时，也介绍中国在这方面的成就，以引导学生关注本国植物分类学的产生和发展。

　　我向学生说明，中国的植物分类学主要是以"本草"的形式发展起来的。它开始于公元前一世纪的《神农本草经》，以后，又陆续出现《新修本草》、《蜀本草》、《图经本草》、《证类本草》、《政和本草》、《本草衍义》、《本草别说》等本草著作，一直到明代李时珍的《本草纲目》，达到了中国古代植物学发展的最高峰。尽管中国植物学走的是一条应用分类的道路，理论成就不够，但同样有着丰富的内涵和巨大的成就，对世界植物分类学的发展，作出了巨大贡献。例如《本草纲目》问世后，很快就传入日本和欧洲，先后被译为日文、德文、法文、英文、俄文和拉丁文六种文字，这一事实充分说明它的成就和对世界的贡献是多么巨大！

　　我的这些介绍，引起了同学们对我国古代植物分类学的研究兴趣，许多同学走进图书馆，查阅相关资料，深入了解，并跟我交流看法。从交流的内容中，我看到同学们都在为我国古代植物分类学的成就感到骄傲和自豪。

　　最后，我要用以下一段话作为本文的结束。我在教学中对学生进行各种思想教育时，一直遵循两个原则：一是不搞附加，而是发掘教材固有的思想内涵；二是不喧宾夺主，而是三言两语，点到为止，力图做到"随风潜入夜，润物细无声"。

我的教师生涯

李燕杰

李燕杰,1930年生。中共党员。1949年毕业于华北大学,1962年毕业于北京师范学院中文系。首都师范大学青年教育艺术研究所教授。曾任中共北京市委委员,全国政协委员。被评为有突出贡献专家,享受政府津贴,两度评为北京市劳动模范,三度评为北京市灵山杯优秀党课一等奖。近30年来,在国内外600多个城市演讲、讲学4000余场,获演讲界终身荣誉奖,教育培训终身成就奖。著有《铸魂·艺术·魅力》等46种著作。

我是一个普通教师。如果从在北京师范学院当教师算起,教书育人已经43年。如果把我在部队教文化课也计算在内,教书育人已经50余年。我自豪地说,我的教师生涯已经超过半个世纪。

教育实践与生活环境助我增进师德

我早年曾研究过胎教,近年又研究临终前教育。这几十年中,我管过幼儿园,教过小学生、中学生、大学生、研究生;还在中国科学院、中国社会科学院演讲,曾到中南海演讲;还到海外上百个城市为留学生演讲，并多次在北美、欧洲、亚洲一些国家讲汉学。

总之，在我的人生旅程中，一直是教师，一直坚持教书育人，使教育与人生合一。教书育人是我生活的主要内容，也是我生命的重要组成部分。

我为此感到自豪，也感到骄傲，因为教师是在太阳底下最光辉的职业，教师是永葆青春而永远幸福的人。

我生长在一个典型的教师之家，父亲、母亲、姑姑等全是教师。记得我 12 岁时，曾在北平参加儿童节征文比赛，我获奖的作文题就是：《我的志愿是教师》。

多年来，父亲母亲及妻子儿女，不仅支持我做好教师工作，并以亲人之爱关心我，帮助我，使我得以全心全意地投入教师工作。

在我一生中遇到过许许多多的好老师，如冯佩之、崔耀先、施宗恕、何钊等老领导一直在政治上给我以帮助；如修古藩、陈兆年、徐仲华等老师长，一直在教学业务上给我以帮助。除校内的老师之外，还有社会上一些老师，如吴运铎、孙敬修、高士其、韩子栋（即小说《红岩》中华子良的原型）等等，他们以无私的爱关心我，帮助我，支持我，鼓励我，使我不仅要在校内教好学生，而且要关心整个社会的青年一代，积极为社会教育事业服务。

在我幼年时父母亲教育我：

"一博学，二博爱。""走正路，不走邪路；走活路，不走死路。""做教师，为人师表，要学习孔夫子诲人不倦。""没见过高山，不晓得此地是平原；没见过大海，不晓得此地是小河；没见过几个真正有学问的大学者，不知道自己是多么平凡和渺小。"

吴运铎等老同志一再引导我：

"教师要以身作则,言教不如身教,言教身教要相结合。""教书育人要严以律己,宽以待人;特别在德、才、学、识上要从严要求自己,要全面地提高自己,要给学生一杯水,自己要有一桶水,而且要是纯正的营养水。""教育事业是终身事业,只要进入这个行业,心中就不要把它看作是职业,而要把它看作是伟大的事业。"

另外,文艺界一些前辈也给我以多方面的关爱。如冰心、臧克家、艾青、贺敬之这些诗人对我的诗作的肯定,都是给我的鼓励和鞭策。

我经常想:父母怎样爱护我,我也要怎样爱护我的学生。老师怎样教育我,我也要怎样教育我的学生。家长以培养出超越自己的儿女而自豪,我也要以培养出超越自己的学生而骄傲。老师们以培养我超过他们而自豪,我也以培养出一批超越自己的学生而骄傲。

基于这种思想,我一直是用高标准要求自己,我经常想:我不仅是一个教师,而且应当成为好老师。

为此,我在半个世纪的教师生涯中,都在进行教育实践与教育研究。我不仅进行过各级学校的教育实践,并且与同志们一道创建了全国第一所民办大学(北京自修大学),邓小平同志为学校题写了校名,宋任穷同志还为学校题写了校训:"献身、求实、创新、拼搏、韧长。"

另外,我还专门写文章研究近百年史上的教育家,以他们为楷模,其中包括蔡元培、张伯苓、马相伯、陈垣、陶行知、徐特立诸先生,目的在于学习和弘扬他们的德、识、才、学。同时,也认真研究霍懋征、孙维刚、斯霞、魏书生等先进教育工作者的经验。

另外,借助多次到世界各国访问的机会,到各种类型的学校去调研、学习,包括耶鲁、哈佛、牛津、剑桥等,也包括西点军校以及夜大学、函授大学、周末大学、老年大学、空中大学、远程大学，以至中小学、幼儿园。我在教育工作中取之于国外，用之于国内。

通过这些调研，增强了我的危机感、紧迫感、责任感、使命感，促使我全身心地投入到为教育事业而献身的工作之中，直到离休后也离休不离岗，即使身患重病，仍抓紧时间写下大量关于教育的文章。

我在工作与事业中，坚持做到：

一有魂，教师之魂；

二有道，要按教育规律办事；

三有德，要有尊师爱生之德；

四有识，要有教育家的胆识；

五有学，力争"学而不厌，诲人不倦"。

在上述"五有"思想指引之下，我自觉地提升自己的师德水平，着力强化师德观念以自律。

教书育人的实践提高教书育人的艺术

我早年在华北大学（即中国人民大学前身）学政治，学哲学，后来在北京师范学院学习了中国语言文学，我在日常生活中又十分重视各种艺术，所以在我教书和演讲中，始终注意使之诗化、美化、艺术化、哲理化，使教书育人取得最佳实效性。我在讲课之余，一直坚持进行创作，写诗，写抒情散文，写文学阅读剧本，还写过一些小小说。我的这些创作全是为教书、育人做的储备；由于有了这些，所以上讲台后，无须讲稿，信手拈来，都能有诗，有歌，有情，有戏。

例如，有人问，如何看待各种政治风波？我就会回答："远望方觉风浪小，凌空乃知海波平。"

如果有人问共产主义红旗能打多久？我就会回答：

"山阻石拦，大江毕竟东流去；雪辱霜欺，梅花依旧向阳开。"

如果有人问：自己遇到一些不开心的事，怎么办？我就会对他说：

"宠辱不惊，看庭前花开叶落；去留无意，望碧空风卷云舒。"

另外，为了激励青年奋发图强，我对他们讲：

"海到无边天作岸，山临绝顶我为峰。"

"欲穷千里目，更上一层楼。"

"天行健，君子以自强不息，地势坤，君子以厚德载物。"

"为天地立心，为生民立命，为往圣继绝学，为万世开太平。"

这些警句、格言、诗词，都能为教学服务，也是我在修师德以自律时；作为座右铭的佳句。在课堂上讲过之后，多能记在学生心中，有些在课前写成书法条幅，送给学生，很受欢迎，并向学生家庭延伸。

另外，我也经常借助文学艺术作品给自己以警示，给青年学生以启示，在警示与启示之间，体现自我铸魂并助学生育德。以《红楼梦》为例，我既可讲九个半小时，我也可讲九分半钟，我力争做到言之成理，言简意明。

例如关于贾宝玉和林黛玉的爱情悲剧，我指出林妹妹在宝哥哥面前，如同一盏灯，这盏灯是用爱情、眼泪与悲伤点燃。可是，我们哪里想到，灯光越亮，后面的阴影就越发分明，而林妹妹的爱情生活也就越发不幸。

在万恶的旧社会，爱情与婚姻往往是漠不相关的两件事。青年可以把自己的全部爱情献给自己所爱的对象，却不一定能把最完美的婚姻留给自己。一位青年说他的爸爸妈妈结婚 20 多年了，两人生活在一起，也不过如同搭帮过日子。这证明没有爱情的婚姻是不幸的。因此，一些人的婚姻只能演悲剧。

什么叫悲剧？鲁迅说：悲剧是把人生最有价值的东西毁灭给你看。中国如此，西方也如此。莎士比亚笔下的罗密欧与朱丽叶是演的悲剧，席勒笔下的《阴谋与爱情》中的路易斯、裴迪南也演的是悲剧。这类例子很多。

有人总是埋怨薛宝钗，你不来该多好，你演了喜剧，却让林妹妹演了悲剧。什么叫喜剧？鲁迅说：喜剧是把人生最没价值的撕破给你看。因此我说："薛宝钗演的并不是喜剧，她所演的同样是悲剧。薛宝钗的插入，充其量是加剧了悲剧的紧张性，并不是造成悲剧的根本原因；造成悲剧的根本原因，是根本不允许自由恋爱存在的社会。"我们说："痛苦中最高尚最强烈的、最个人的往往是爱情的痛苦。"有人说这是人性论，我说不对，这是恩格斯的教导。

这时我会问台下的男青年，如果你是贾宝玉，林妹妹已经死了，那么你该怎么办？一个青年回答："我们这一代男青年都比较讲究实惠，反正林黛玉已经死了，我能找到一个薛宝钗，这一辈子也就凑合了。"我说贾宝玉绝不凑合。他放弃了华贵的生活，告别了薛宝钗，他出家了，当和尚了……因为没有出路，只有遁入空门。他的行动昭示给我们：封建社会的贵族之家比冷冰冰的寺院生活更可怕，更难耐，而且更加丧失了人性……

这时，我又告诉同学，如果说《红楼梦》能为教书育人服务的话，那么《西游记》、《三国演义》都不在话下，希望大家举一反三。

师德促使我自觉地提高教育理念

首先，我在教育、教学实践中，从严要求自己，在实践中逐步上升为理论，在理论指引下进一步实践，在实践中不断丰富这些理论。即实践，认识，再实践，再认识，循环往复以至无穷。好在国家社会给了我一个十分广阔的时空。下面的理念是我实践中的总结：

青年是我师，我是青年友；学生是我师，我是学生友；以青年学生为师为友共同提高。

热爱是最好的老师。没有爱就没有教育。热爱学生是师德的重要体现，一个不爱学生的人，不可能成为好老师。

你要关心祖国未来么？请你首先关心青年一代！你要关心青年一代么？请你首先要关心青年的教育！特别要以己之德育人之心。

教师不仅要给学生以知识，更要开启学生的智慧，而道德是人生第一智慧。少智缺德，不配当教师。

教师的工作是关系到千秋万代的大事，利在当代，功在千秋，因此必须全身心地为教育事业献身。

教育贵在熏陶感染中做到潜移默化，即：清风能感水能化，修竹有情兰有怀。

学生错了，首先检查教师的责任；学生都对了，还要教师干什么？我们教学生 100 次，没有把学生教会，还要教学生101 次。

为了教好学生，我们必须把德育寓于智育之中，把德育、智育寓于美育之中，使学生在美的享受中受到教育。

教育是科学，更是艺术。一个负责的教师，必须有科学的教育实践，进而形成艺术，不断增强教育的吸引力、感召力、凝聚力，总之，要以己之德，铸造学生之魂。

人创造了艺术，艺术又创造了全新意义上的人；人创造了教育艺术，教育艺术必将增进人的智慧，塑造人美好的灵魂。

教师本人要不断地在教学中修炼，使自己有德、有识、有才、有学、有艺。

积极向先进教师学习，与时俱进

我这些年，经常与先进教师座谈，从中发现他们有许多新的思维，如：

一、在教与学的过程中，不要求学生循规蹈矩，而在于师生之间能否互相尊重，共同追求真理与智慧。吾爱吾师，吾尤爱真理。吾爱学问，吾更爱智慧。

二、在教与学的过程中，重要的不在于共同掌握若干个知识点，而在于共同提出若干新问题，时时有求知渴望，时时提出"为什么"。因为只有提出问题才能去寻找，往往比解决问题的办法更加重要。

三、在教与学的过程中，不在于死记硬背多少条文与公式，而在于师生之间创造出共同参与和自由表达的机会。

四、教与学的过程，不在于安排多少作业，而在于师生在共同探讨的同时，形成好奇心、探求欲、创新欲。

五、在教与学的过程中，不在于老师给学生灌输多少，而在于师生在相互切磋中，弄清什么是真善美，什么是假恶丑。

六、在教与学的过程中，师生间不仅培养对某些权威的信任，而且还能不受权威的制约，强化自信力、创造力。

七、在教与学的过程中，师生间不在于了解并掌握社会与自然哪些现象，而在于认清了社会与自然的法则与规律。

八、在教与学的过程中，不在于师生多用了多少时间，而在于是否共同得到教与学的美的享受，逐步地增进彼此的智慧。

总之，我们的教育就不只是简单增加几种常识，掌握几项定理，也不只是掌握几种方法，而是需要不断地开发学生的智力，也就是要使学校出人才、出文化、出智慧！

不重视智慧的民族，是注定要灭亡的民族。一个善于创造的民族，才是有智慧的民族，才是有发展前途的民族。

回顾我的教师生涯，也是我师德逐渐形成的过程，真心地感激全社会，给了我这样一个令人羡慕的职业。不，这也是一种使人臻于完美的事业，又是使自己的个性与党性统一的职业，又是使自己献身于祖国和完成自己的事业相统一的艺术。

这是一个使人不断提高学识、不断完善道德，使人永葆青春的事业，是一个"德贵慎独，学贵心悟"的事业，是给王冠也不换的事业。

一个教师给予学生的不是黄金，白银，钻石，而是阳光，水分，空气。是真，是善，是美，是爱。

大真大善求大美，大爱大德存大福

写到这里我想归结到一点：一个人，生在世界上，能教书，是一大幸事。一个人，生在世界上，能育人，是一大乐事。所谓"得天下英才而教育之"，一乐也。在我这一生中，一直生活在幸福之中，每天生活在学生之中，自己也变得年轻。记得 1949 年 2 月在北京大学红楼外，在那露天广场听郭沫若先生演讲，他说："今天，我沐浴在金黄色的阳光下，沉浸在青年的大海之中，我也变得年轻了许多。"我这些年深有同感。

我在学校教书，每当到了暑假，就如同进入了一个美好的节日之中。看着一大批同学带着丰收的喜悦毕业了。同时，又迎来了一批新同学、小同学，从他们的勃勃英姿中，看到了青春之美，看到了祖国的希望。

记得每次迎新送旧，我都会来到校门，自觉地迎来送往，有时给新生引路，有时帮同学运行李……我在这里感受着当教师的幸福、快乐、喜悦、欣慰，也感受着教师的责任。特别是在迎新会上，每年我都要讲话，每次讲完话，都能赢得了同学们的热烈掌声，这又是一种快乐。每当想到这些，就会想到作为一名教师，是无比的幸福，而且总会想到从严要求自己，要爱学生，要关心学生，要竭尽心力，要一丝不苟。

新学期开始了，我和同学们一起早锻炼，课间操时与同学一起做操，打排球，就这样与学生打成了一片。有时我还到学生食堂共进午餐，边说边吃，似乎有讲不完的话。有时还与同学一块回到学生宿舍聊聊，同学有什么话都愿与我谈，我也从同学那里受到启发，学到不少书本上学不到的东西，这又是一大幸福。

新生入校后，我帮助他们建立三大阵地：宿舍阵地、社团阵地、课外阅读阵地。师生间在读书、唱歌、开展文体活动中，在彼此切磋学问中，增进了师生友谊，树立了正气，也增进了智慧，这又是一种幸福。

我在与同学共同生活中发现同学们水平高低不同，每个人的要求也不相同。这时我经过与同学商量，在教授中国古典文学时变一个教案为两个教案，一个 A 教案，一个 B 教案，自己主动加课，让同学们自愿参加。A 教案全面打基础，B 教案着力提高水平，效果很好，颇受同学欢迎。每次讲完课后，同学们不约而同地骑车送我回家，一路聊，一路笑，同学们说您不辞辛劳，为我们写 A、B 教案，增加一倍的工作量，谢谢您！这又是一大幸福。

当我发现同学们对工具书了解太少，对他们自学不利时，我专门利用图书馆政治学习时间，在没人阅览时，我借出上百种工具书，给同学们上大课，讲历史年表、地图乃至各种辞书。后来，一些同学当了博导对我讲，在大学里上了那么多课，印象最深的是您给我们讲了百种工具书，当我听到这些又是一大幸福。

我为了教好书育好人，买来三万余册图书及几十种仿制文物，包括青铜器等，在教学中为同学们展现，以扩大学生们的视野，并让他们直接看到古代典籍、文人手稿，乃至古代各种文物。他们十分高兴，并说：您的工资都买书或文物了吧？您为了教好我们不惜血本啊！我听了也感到十分幸福。

同学们要毕业了，跟我讲：老师，如果我们分到山区，手头资料太少，怎么办？那不是要误人子弟么？我经过与同学们一块座谈，决定每人出一元钱，凑了160元，创办一个自学讲义，很受同学和社会欢迎，只办了两期就还回了同学们160元钱。不仅如此，这个小刊物，受到上级重视，后来改为《语文学自学讲义》，出了几十期。后来，又看到许多教师教学没有魅力，为了提高教学最佳实效性，我们又创办了《教育艺术》杂志，受到广大毕业生及教师欢迎。当我们看到一本一本杂志，在全国教学工作中起到积极作用时，我又感到了一种幸福。

我为了帮美术系同学提高文学修养，专门给他们讲美学史知识，向当代画家收集题画诗，讲题画诗，讲艺术家人格与风格。讲石涛画语录，讲"黄山是我师，我是黄山友"，"搜尽奇峰打草稿"。记得一天在加拿大多伦多，遇到一位美术系毕业生，他在开画展，他让我看了他的画展，又拉着我的手对他的朋友讲：我从中国来到加拿大，没带几本书，但我带出了李燕杰老师为我们美术系编的"讲义"。我在海外听到这些话又是一大幸福。

我就是在爱与美的追求中，在教与学的互动中，感受着教师一生的幸福，值得其他行业羡慕的幸福，我把它称为：

大真大善求大美，
大爱大德存大福。
教师生涯不是梦，
它给我以无尽的幸福，无尽的憧憬！

师德源于心

郭寿玉

郭寿玉，女，1934年生。中共党员。1963年毕业于北京大学政治经济学专业。首都师范大学政治经济学教授。从事《资本论》教学与研究工作。曾任中国资本论研究会、全国高师资本论研究会理事及中国青年教育艺术研究会学术委员及理事。所著《马克思劳动价值理论新论》获国家教委高校出版社优秀学术专著优秀奖。著有《资本主义南北经济关系新论》一书。讲授该书的课获北京市优秀教学成果一等奖。发表论文30余篇。其中与诺贝尔奖得主美国萨缪尔森论战的文章，获北京市高校哲学、社会科学优秀成果奖中青年奖。

我执教数十载，对为师之德的理解是：师德源于心。心怀师德则行于义，恪尽"传道，授业、解惑"之责。

潜心治学

"授业"之人，首要之德是潜下心来钻研所授之"业"。此心不可移，要耐得住数十载寒窗夜读，坐得住几十年冷板凳。身为治学有方、有所建树的学者才能育出科技文化俊才，故此为教师首要之德。我虽学术浅薄，但沿此方向努力之心一直不敢有怠。忆在北大求学时立志：即使分配到喜马拉雅山也要背着《资本论》去。"文革"时期虽因此长期受嘲笑，但此心未改。

我认为做学问先要把"地基"打牢。我搜集了所能找到的有关《政治经济学批判》、《资本论》不同版本及其手稿的有关资料，助我逐字逐句地精读，理解其难点、不同学术观点、结构、中心思想及其现实意义。最令我神往的是玩味、琢磨其研究方法与叙述方法，觉得它能极大地提高自己的观察能力、思维能力和研究水平，常使我有"终于又摆脱一点原来的浅薄思维方式"、"今我非昨我"的欣慰感。然后才是落笔成稿，边读边写，不求速度，不虑成败，不从早日获高级职称着眼。治学只能走这条路，他无捷径，古今中外概莫能外。即便耗尽终生心血，未有所成，被世人视为痴呆又有何妨？一天，有位名编辑看着我那垒起半尺多厚、正反面写满密密麻麻小字的《〈资本论〉释义之研究》手稿，摇摇头，向我敲了警钟："你停手吧！""先写出一本专著解决职称问题，延长了工作年限，你再慢慢写完它。"我恍然大悟，原来学术研究的路可以曲线进行。从此我才有了打牢"学术地基"与写出专著并行不悖的思想。

出学术专著是成一家之言，必须思想集中，心不二用。那一年我终于有了出版专著的机遇。但时间只有两个月。那是一个酷暑。我把自己关在陋室——"求真书屋"中，地上、床上满堆着书和手稿。我用温凉手巾披肩日夜兼程。一天，女儿推门进屋，呼叫："妈，哪来这么多黑虫子？"原来是半袋红豆生了虫，飞满纱窗，爬上屋顶墙壁，其中有几个放肆地飞上我的后背。两个月后书稿付梓，我才感到头晕、腿软，走路竟摔裂了膝半月板。这本被称为是从体系、结构、观点、方法等方面，对马克思的劳动价值理论作了新的探讨、提出了独到见解的书，出版一个月后脱销。这次的"快件"使我看到多年研究《资本论》的理论及方法所提高的抽象思维力与科研能力,居然在使用它时会突然显露于无形之中。当然在用这个能力创作时,得像罗丹著名雕塑中的思索者那样,倾注全部精力,忘记一切地探索、创造,不说别人讲过的话,不吃别人嚼过的馍,完全用自己的心血凝结而成。这才能使学术研究较快地向纵深发展,而这正是授业教师分内之责。惟其如此,才能在课堂上深入浅出、妙趣横生、画龙点睛、联系实际地讲解《资本论》的抽象而深奥的理论。

诚然,书海泛舟是难事。一句难解,彻夜辗转卧榻。但苦中有乐,潜心研究浸沉在静与净的科学思维中,可达"物我两忘"之境,有"得大自在"之感。此时,我的"文革"浩劫之辱,新婚丧夫之痛,抚育遗孤之难,病痛缠身之苦,都只能抛在九霄云外。每破解一些难点,每进一步理解马克思这位人类天才深奥无比的观察事物的方法和透彻的思想,我都为能挖掘出他遗留的珍贵的精神宝库而振奋,这心情是难以描绘的。潜心治学者苦乐相辅相成,贵在一片真心永不移。凡潜心治学首须避过商海与名利海,虽遇暗礁与险阻,航标始终是学术岛。此岛位于偏远地区,人烟稀少;岛上荆棘丛生,上有先行者墓碑,也有无名氏葬地。献身学术者能耐得寂寞,斩荆披棘,独辟蹊径,才能登堂入室,一窥学术殿堂之神奇宏伟。

专心解惑

教师所授之业,以学生学懂、会用为目的,凡学生感到"困惑"、误以为无用之处,就是教师科研"攻坚"的重点与分内之责。这是教师必具之德。20世纪80年代在众所周知的国际环境下,强烈的意识形态西风冲击着学生对社会主义的信仰,马列主义课受到空前严重挑战,欲使学生把《资本论》作为科学真理接受更是难上加难。他们说，这是一百多年前写的，没大用了。其主要原因源于这部举世名著，实为马克思计划写出的宏伟结构的经济学巨著中的开头部分。它尚未专门研究世界市场、国际剥削、世界资本主义体系内部结构；尚未深刻揭示数百年来资本主义世界总会是有一个或少数富国，而众多国家陷入贫穷、落后且难以脱困的原因。而且《资本论》阐述的经济规律，也需要依照马克思的意见，结合不同历史时期、不同情况来正确运用它说明问题。凡此种种，不仅涉及探讨马克思尚未写出的国际政治经济学"纲要"的内容，更需要从中寻找出在上述内容中始终体现的思想——这就是马克思观察国际性资本主义经济制度的总观点。后者在国内外研究甚少，还没有挖掘出其全貌，而这却正是使学生能领会《资本论》在当代的生命力和解惑所必不可缺的内容，是马克思集毕生心血写成的科学巨著能否传播后代惠及子孙的关键之一。对我来说在学术上进行这方面的探索是艰巨的任务。当时，我已是五十开外的人了，会不会倒在学术长征中途呢？何况还有遗孤待抚成人。我与校科研处订立的合同，要准时交出《〈资本论〉释义之研究》部分书稿，否则将影响职称评定与工作年限，也将使艰难的生活雪上加霜。但在这危急关头身负"解惑"重任的教师也无暇顾及了。

这真是件令人望而生畏的研究工作：要搜集凤毛麟角般散见在马克思著作及手稿中的有关国际性资本主义经济学的思想，既包括有关观点、论述的卡片积累，又含有他关于资本主义世界经济史实描述的片断集锦。至于对上述内容的研究、整理工作，则要借助我从马克思那里学到的研究方法及对《资本论》的理解程度。这是经年累月的工程。我终于理出了头绪，捕捉到马克思观察世界资本主义经济体系的总观点：（1）资本主义是"具有国际性质"的世界性剥削制度。（2）资本主义国际分工是广大附庸国、殖民地替中心区强国服务的不平等国际分工。如英国当年就是从事农业的占多数的落后地区不得不"围着它运转"的"工业中心"区。(3) 资本主义国际生产关系是一个整体。中心区在其中占据主导地位,外围区只能依附和从属于中心区,受其控制与剥削。所以历史的与当代的中心区强国总是能超高速发展致富。上述"总观点"也就是贯穿在马克思计划写的国际政治经济学"纲要"中的一条红线。此时我由衷赞佩马克思早在19世纪中叶就能发现资本主义经济的世界性(而我们今天才惊呼"全球化"),特别是佩服他在19世纪就能看透许多人至今尚不清楚的资本主义世界经济总结构及其内在运行机制。我更庆幸这沉睡了百年多的科学发现,在西风烈时,恰在我国被发现了。因马克思上述总观点与依附学派和结构主义的中心外围理论在分析和论述上不同,本质上不是同一种学说,所以我称它为"马克思主义中心外围观"以示区别。

然而,发现马克思主义中心外围观,仅仅是迈出为学生解惑的关键一步。更为艰巨的任务是用它来研究和叙述世界资本主义中心区与外围区经济关系(或称南北经济关系)五百年。这里涉及众多使学生"误解"、"困惑"的历史的和当代的重大问题,而涉及的问题越具体越复杂,也更需掌握诸多相关的学科知识。为此,我从读大学教材《外国经济史》等开始,研读国际贸易、世界经济、中国的现代史、中国近现代经济史、殖民史、亚洲四小龙经济以及有关西方经济学等有关学术著作、论文集、期刊,抓住其中难点,运用马克思主义中心外围观及《资本论》的理论、方法重新研究它,直到我能写出涉及新学术领域的一些论文,发表于该学科或综合性社科刊物上,并参加某些新学科的学术讨论会议。所有这些都是我为了给学生解惑所不可缺少的知识积累。学海泛舟数载,大大扩展了我的研究领域,我终于能运用马克思主义中心外围观,从简单到复杂、从抽象到具体、分出历史发展阶段地叙述五百年来世界资本主义南北经济关系的规律及其发展趋势。马克思在《资本论》中阐述的一项经济规律，活生生地在这里体现出它的作用。学生不会再说《资本论》没大用了。奋战数载、三易其稿后，我开设了为研究生讲授的新课："《资本论》与国际性资本主义经济制度"。该课内容在"北京市社会科学理论著作出版基金"资助下，作为首都师大出版社"当代中国学者文库"丛书出版。如果说我的初衷仅是为学生解惑，结果是国际学术界第一部以马克思主义中心外围观为红线的学术专著，并在国家教育部主办的学术刊物上发表了《创建国际政治经济学理论体系（当代资本主义部分）的方法》一文，这是始料未及的。我感到"今生今世未虚度，千磨万难也值得"。我能以一位前无古人的天才经济学家为毕生的学术导师，实是今生之幸事。

热心传道

作为讲授《资本论》的教师，潜心治学、专心解惑应落实到学以致用。或者说所讲授的理论，能使学生接受，在不同程度上对于学生观察世界和祖国前途、观察人生有所影响，这也就是起到一些传道作用吧！心怀传道之德，就能克服困难收到传道效果。

在 20 世纪 80 年代后期，高校成为不同意识形态激战的前沿阵地。我开设的这门讲授马克思主义中心外围观的新课，能否起到传道作用，面临严峻的考验。果然，我在讲第一节课前，就有学生先问："这一百多年前写的书，学它还有什么用？"我坦然应对："你们先听一次，若没有用，以后我不再来，你们也不用学它了。"在课堂上面对厌学的气氛，我泰然自信，层层分析，热血涌动，讲的内容吸引住学生的心，解除着他们一团团思想迷雾。第二次上课前我问一些学生："怎么把饭碗都带到课堂了！""我们是从食堂直接来这儿，为占个好座儿听。"从厌学转为"学这门课热"了。学生普遍反映学后眼界扩大，茅塞顿开。每次课后的当晚往往是有些学生宿舍热闹非凡的时刻，谈的内容聚集在这节课引起的思想动力与激情。用他们自己的话说："过去一提到美国，就如同海客谈瀛洲，视之为世外仙岛，那里才是人间天堂，中国也只有请美国帮助走四小龙的路才成。但随着聆听郭老师的课，这些想法像冰块融入春水中，化了。"有个学生因考研特批了几天假。她却说，明日有郭老师的课，我少休半天。有的学生自费购来《资本论》，自学我尚未讲的内容。这门课结束时，课堂上爆发起掌声。我用手势示意该停止了，没有用。我给学生鞠个90°大躬，才平息了掌声。一些学生到系办公室提建议："给郭老师的课时太少，应该增加。""既然没法增加课时，那就请郭老师再给我们开设学术讲座吧！"班上出现了马克思热、《资本论》热。也不仅是这个班，以后讲课时，也有学生请我帮他到荷兰阿姆斯特丹去，也像日本青年一样去抄写马克思手稿。离校10年后班上同学再聚首时，老师发了各种各样问题请回答，有位同学收到的是"大学四年你最喜欢的课是什么"，他说："郭老师讲的《资本论》。"这样的回答，当学生在校时我经常听到，但当他们闯入社会10年后重讲此话，令我为之感动，"灵魂工程师"的责任真重啊！

由于时间紧迫，我很少接受外校讲课邀请。但在"富人经济学"异军突起之时，我决定接受邀请到社会上去讲马克思主义中心外围观。在某直辖市委党校举办的县级领导干部研究生班上，这耳目一新的课，解答了中、青年领导干部心上的种种问题，激励着他们的思想，被称为他们学习期间最好的两门课之一。党校把我讲课的录音磁带送到中央党校及市委。在对党员的"三讲"教育中，约我到高校、党校、职校、出版社等处讲课，但我力不能支了。某重点高校的党校校长除在他参加的学术会议上宣传此课外，还出了不少主意："你再来讲一次，以后我放录音。""抢救遗产！把你的课全部制成光盘，有几千元就够了！"但我这六十多岁的人已过早耗费了身心精力，他的奔波无用了。

学生、党员干部、知识分子，还包括一些工人在内，他们接受马克思主义速度之快，大大出乎我意料，但却又在情理之中。原因在于，只要从资本主义是个世界性整体来观察，就能突然打开困在一国之内看问题的狭隘眼界；只要从资本主义世界内互相依存的两大部分（中心与外围）着眼，也就能从深层结构上，把握住其内部运行机制，看到中心暴富和外围贫困的缘由，这自然会甩掉了走马观花式的停在表面现象上的浅薄和由此得出的片面结论。这时听课人的眼界大开，兴趣倍增，乃是十分自然的事。

而让听者思想骤变和出现马克思热的根本原因，是这门课扭住了"中心"对"外围"关系这个主轴，展开了既令人泣血锥心又科学而系统的研究。如要让学生知道中心区英国工业资本占主导的阶段，它怎样把资本关系"接种"到外围区奴隶制、农奴制、封建关系、工矿单位直至金融、贸易等方面，又如何进行有组织的、骇人听闻的剥削，但又绝不停在悲惨史实的感伤上，而是更上一层楼，系统而科学地解剖这个世界性剥削制度两个组成部分之间经济运行机制：一旦用军、政强权控制外围区后，中心区对外围区经济资源通过"三个转化"机制进行全球大"搬运"。例如：当年英国垄断了外围区丰富的工业原料、农、矿、特产业，廉价取得，把它转化为自己这个存在"农业危机"国家发展工业的资源；垄断占有了外围区极为广阔的商品市场，把它转化为自己销售工业品的必备市场；残酷剥削外围区的廉价劳动力，千方百计搜敛钱财，转化为自己发展成为世界工厂过程中源源不断的货币财产。在这个基础上，英国飞速发展成世界工厂，而外围区则有如釜底抽薪，丧失了发展民族工业的历史机遇，陷入数百年不发达状态。这不是哪个资本主义历史阶段所专有，也不具有偶然性，而是中心外围式经济结构与其内部运行机制和经济规律的必然表现。这样一阐释，学生既认识了国际性资本主义经济制度的历史优越性和历史功绩，这集中体现在中心区能超高速发展生产力与科技致富强上面；更看到了这条超速工业化之路是以一国夺万国之利，由数亿外围区人民支撑中心区经济腾飞的堆满白骨的漫长夜路。资本主义作为第一个世界性经济制度，是有史以来不经行政疆土为界的剥削面最广、剥削率最高的经济制度。

我关于《资本论》的讲课能有震撼心灵的效果，更是由于它对国际剥削的分析，绝不止于历史，而是重在当今，否则就失去解惑、传道作用。它重点研究了金融垄断资本占主导的世界资本主义现阶段，中心区垄断资本在殖民体系土崩瓦解、外围区诸国出现政治独立风潮时，怎样依仗其垄断经济实力、高科技、先进工艺和新发展起来的各种跨国的、世界性的组织，使中心外围式结构及其内部的三个转化机制依旧能够得以发展；又怎样使其无孔不入的垄断经济力在外围区国有化浪潮中顶风而进，渗入到各类不发达国家内部，在"经济合作"、建立各类"服务公司"、"协助发展国有经济、民族工业"和帮助外围区诸国实施"进出口替代发展战略"的名义下，建立起由中心区垄断资本主导的不平等的经济关系，控制或影响着外围区各国民族经济的生产、购销过程，以谋取重利。它在金融领域的剥削更为惊人。这惊人的国际剥削都隐藏在"国际惯例"、"合法化"、"正当商业赢利"、"合同"、"协议"、"合理化"等不合理的国际经济旧秩序之下，戴上"公平"的面具。

这种种分析不是就事论事，断章取义，而是站在世界经济领域内，传达大信息量；它不仅来自国内有关资料，还包括西方经济学者的分析、西方政府和报刊披露的资料、联合国贸发会议资料在内。它的研究包括了第二次世界大战后，外围区为自主、自强而进行的艰辛奋斗以及令人心酸的结局。学生的视野突然横跨全球又纵贯几十年历史。但这绝不是讲世界经济课，而是把上述现实纳入到这个经济制度的运行机制上去把握，并上升到经济规律的层次上来研究。同时所有的理论分析都不是干巴巴的，它结合事实，有始有末，讲真相，有曲折情节，有血泪。讲到动情处，热血在涌动，只觉"感情之水天上来，化作春雨育青苗"。这青苗就是用国际剥削论在学生中开启的智慧与科学思维方式。他们看到了"亚洲四小龙"的人民如此聪明勤劳地艰苦奋斗数十年，在经济快速发展和致富上获得举世瞩目成绩；但也明了其经济沉浮和经济结构升级难免受制于人，且有着不易克服的缺陷，因而被国际上一些学者指为"依附下的发展"的原因。这时学生就另寻愿景，向往社会主义祖国独立而富强地走出自己的路，能像巨龙飞翔宇宙之中，屹立于世界民族之林。同时学生的思维方式也发生了飞跃。他们从把世界各国像豆腐块一样分割开来，单从各国内部寻找其富足或贫困落后的原因，转变为抛开上述形而上学的思想方法，而以这个资本主义世界是由两大部分组成的对立统一体的唯物辩证观来思考。

与上述变化相联系的是他们对《资本论》的态度有了戏剧性变化。学生们曾经不明白，三次科技革命带动世界生产力与财富量如此飞速发展，但南北经济差距怎么会反而加速扩大。现在则洞若观火，这原来就是《资本论》中所阐明的"资本主义积累一般规律"的作用，在当代世界资本主义经济范围内的必然表现：中心区集中和垄断了庞大的物质财富、先进科技，成为生产的剥削与控制中心、债权中心和国际贸易垄断中心；外围区则是相对贫困的积累，它承担着当代最笨重、低技术、污染大的物质资料生产活动，并日益成为中心区转嫁经济危机和债务危机，因而贸易条件更加恶化的地区。此时，听课班上出现《资本论》热、社会主义热是在情理之中的。

紧扣住国际剥削而展开的课，是与"富人经济学"讲的"美国是以生产致富，财富是自己所创"的课截然相反的。后者精心否认了国际剥削这个带有爆炸性的问题，并把资本主义美化为人类幸福的共同理想，这是形成美国软实力的核心理论基础。它在促成东欧骤变、掀起崇拜和向往资本主义的世界性风潮中，起了先锋作用。但它在我国，在那个关键时刻，当碰到与马克思主义中心的外围观交手时，败下阵来是在短时间内的事。

但我的涉及《资本论》的几门课的传道作用，绝不能停止在学会透彻观察国际性资本主义经济制度上面，还必须让学生能运用它来正确观察祖国的社会主义建设问题和增长才智。如在改革开放过程中与国际资本打交道时，它有利于帮助我们发现其战略特点和研究其剥削方法，有利于做到知己知彼，趋利避害，善于斗争，策略灵活，把改革开放搞得更好。而不是像依附学派的中心外围论所主张的：割断中心与外围经济联系，放弃输出品生产。那样做不仅对本国经济发展有害，也违背了中心与外围互相作用构成一体的客观规律，是不可能行得通的。这样便明了马克思主义中心外围说与依附学派等的中心外围论的本质区别之一。又如，要引导学生正确对待我国在国际分工中的地位及他们所应负的历史责任：由于有利于中心区的不合理经济旧秩序及国际分工的存在有其历史必然性，而我国当前经济实力、科技、工艺水平较低又有大量劳动力就业问题，所以改革开放过程中，我国在国际分工中往往处于较低的层次，并会受到种种不平等待遇和剥削，这是不可避免的。但可以通过合理、合法的斗争，尽量避免或减少所受损害。而欲从根本上扭转我国所处的困境，则只有埋头苦干数十年，坚持科教兴国战略，实现跨越式发展这条路，这就是青年人肩负的历史重任。

最后，讲清学习这门课的意义。懂得了资本主义国际剥削制度的本质，就会树立起在经济和思想两领域中筑我长城的意识，即经济上抓紧时间在坚持改革开放中，实现快速赶超以尽快实现自立、自强；同时还必须在意识形态上，用国际剥削论揭露具有侵略性欺骗性的"软实力"论，以利于民心、党心、军心的凝聚。用国际剥削论打好意识形态中的"防御战"、"保卫战"，这样就不会出现思想战线上"兵临城下"的被动局面。而这既是保障国家和经济建设安全的必需，也是历史地落在几代人身上的重任。这些是必须使学生明白的思想，也是完成本课"传道"作用的"点睛"之处。

讲好每一堂课是教师最基本的师德

王朝文

王朝文，1935年生。中共党员。首都师范大学管理系教授。1960年毕业于中国人民大学。先后在中国人民大学国际政治系、清华大学马列教研室、首都师大管理系从事政治理论的教学与研究工作。1989年获北京高校教学优秀奖，1991年获北京高校马列主义理论教学优秀奖。主编与参编《当代世界经济与国际关系》、《共产主义理论与实践》、《美国和平演变战略》、《科学社会主义十二讲》等教材和专著。1999年主编的《当代世界经济与政治》，于2001年获教育部优秀教材奖。

　　教师的教学活动是多种多样的，包括讲课、答疑、辅导、批改作业、课堂讨论、论文指导、社会实践指导、考查考试等等。然而讲课是教师最主要最基本的教学活动。因此，作为教师首要的任务就是讲好课，讲好每一堂课。如果不会讲课，或讲不好课，显然当不好教师，或当教师是不称职的。三尺见方的讲台是教书育人的主要平台。充分利用好这个讲台，既是我们教师光荣的义不容辞的职责，又是我们教师最基本的师德。

　　我从事教育工作近40年，深深感到讲好每一堂课必须要有敬业爱岗的精神，要有认真负责的态度，需要付出巨大的努力和艰辛的劳动，并且要不断地提高讲课的质量和讲课的艺术。

教师要讲好课，首先要备好课。备好课就是要透彻理解和完全掌握好讲课的全部内容，根据教学的目的和要求写出讲稿（教案），并在讲台上能条理清楚地向学生讲授，这是教学活动中最主要最基本的环节。如果对教学内容还没有掌握，或比较生疏，那是讲不好课的。因此备课首要的任务就是要熟悉教学内容，要"嚼烂吃透"，将教学内容完全消化后形成自己的东西，再教给学生。教给学生的就是经过教师消化吸收加工出来的"精品"，是学生能接受的最主要最基本的"知识营养品"。人们常说教师要挑七八桶水才能准备出讲课的这一碗水来。可见，备好课是讲好课的大前提，只有把课备好了，才能心中有数，才能从容不迫地走上讲台把课讲好。

20世纪90年代初，北京市委教育工委委托我们管理一个北京市高校青年干部学习班。为了满足这个班的教学需要，系领导专门请党校的专家教授来给这个班学员讲授"科学社会主义"这门课。由于请来的教授是一人讲一课，致使课程的内容相互联系不够紧密，也不系统；再加上各人讲授的风格、方法也不一样，因而学生反映很不满意。1992年夏，系领导决定我来讲授这门课，任务很紧，只有一个暑假的备课时间。我必须利用这炎热的一个多月，阅读大量的教材和资料，拟出教学大纲，写出教案。当年我还没有财力买空调，家里虽然有一台电风扇，但不能用，因为电扇一开，桌上的书本、材料和稿纸就会满屋乱飞。于是我用湿毛巾放在背上来降温。经过挥汗如雨的一个暑假的奋斗，终于写出了为青年干训班讲授"科学社会主义"课的讲稿，将这门课备出来了。秋后一开学，我就信心十足地走上了讲台。学生对我的讲课反映很好，认为内容丰富，条理清楚，逻辑严密。听了学生对我讲课的这些反映后，我感到很欣慰，因为这是对我辛勤劳动最好的报答。过了一年，系领导又要我为研究生讲授"思想政治教育学原理"课，这对我来说，它不仅是一门新课，而且是为研究生开的课，必须要有一定的深度。显然，这是一项艰难的攻坚战。但我想既然领导已经作出了决定，我也不能推辞拒绝。于是我一边讲授原来承担的课，一边开始备新课，后来又利用寒假的时间集中精力备新课。课备好后于 1995 年 2 月便为研究生讲授，课后学生反映不错，认为讲得很有深度，理论性强。学生的反映对我是最大的鼓励和奖赏。

我从 80 年代中期开始给大学本科学生讲授"当代世界经济与政治"这门课，教育部将这门课定为高校文科学生必修的一门政治理论课。近年来，由于多种原因，一些大学生对政治理论课不感兴趣，甚至产生厌倦情绪。1987 年我在中文系讲授这门课，第一天上课，300 人的大课堂只来了 1/3 的学生，还不到 100 人，而且来听课的学生还拿着小说和英语书，准备在课堂上念英语、看小说。然而我开讲 5 分钟后，课堂上的情况很快发生了变化，那些学生开始竖起耳朵瞪大眼睛听讲了，有的还认真在记笔记。后来第二堂课学生陆续都到课了。从第三堂课开始都满座了，而且还有学生事先占座位的。为什么会出现这种状况呢？课程结束后学生在总结座谈会上袒露说：原来以为老师讲的课也是那种枯燥无味的，都不愿来听，准备考试前相互抄抄笔记，能得 60 分就行了。没想到老师讲得这么生动有趣，而且课程的内容知识面广，信息量又多，于是大家都来听课了，一边认真听，而且还认真记。

"当代世界经济与政治"是改革开放后建立起来的一门新的政治理论课，涉及世界地理、世界近代史、世界经济、国际政治、国际共产主义运动史、中国的对外关系与对外政策改革等多门学科。讲授这门课的教师要不断扩大自己的知识面，经常吸纳各种信息来充实教学内容。只有这样才能保持这门课的时代感和新鲜感，教师讲课才能生动有趣，有吸引力，因此教师备好课要付出更多的心血和汗水。我在备课、讲课过程中，经常用听广播、看电视、读报纸得来的知识和信息，充实到讲课的内容中去，不仅引起学生的听课兴趣，还能引导学生关心世界形势，关心国家大事。

要以认真负责的态度来备课、讲课。传授给学生的知识必须是正确的、科学的，绝不能将错误的、不科学的甚至是荒谬的东西传授给学生。不仅如此，提供给学生的信息、资料也应该是正确的、真实的，这是教师最起码的师德。我在备课中，往往为了获取最新的信息、最准确的数据，要查阅大量的资料，常常要耗去许多时间。有时为了获取可靠、准确的数据，我还打电话询问《人民日报》。从《人民日报》获取了我所要的数据后，我心里就踏实了，就能非常自信地讲给学生听。

教书育人是教师最基本的职责，因此在传授知识的教书过程中，应该有意识地对学生进行思想政治教育。在讲课中应该做到既教书又育人，当然这个过程不能做得很生硬，很机械，要做得很自然，很生动。我在讲美国这一章介绍美国的基本情况时，简单介绍了有关美国国旗——星条旗的知识。美国独立时只有 13个州，因此最初的美国国旗是 13 道条纹和 13 颗星，以后新加入美国版图一个州便在国旗上加一颗星和一道条纹。后来由于加入的州越来越多，于是只加星，而不再加条纹。到今天美国已有50 个州，因此美国国旗有 50 颗星。从星条旗的变化就可看出美国的版图是不断扩展来的。我用这样一个小知识就可将美国扩张主义的历史，向学生作了介绍。有一次课间休息时，一个学生问，为什么当年中国如此贫穷落后还当上了联合国安理会的常任理事国。这是学生中普遍存在的一个问题，流露出他们对中国在世界上重大地位的疑惑。此后我就有意识地在涉及联合国建立的历史时，专门讲为什么中国战后会成为安理会的常任理事国。我以二次大战中的两个大国——法国和中国作比较（比较法是一种很有说服力的方法）：法国在短短的几个月时间里就被德国法西斯灭亡了。小日本曾夸下海口说："三个月灭亡中国"。然而中国人民坚持了八年的抗日战争，最终打败了日本法西斯。中国的抗日战争成为世界反法西斯战争的东方主战场。中国人民抗战的持续时间最长，付出的牺牲和代价最大，在世界人民反法西斯战争中作出了巨大的贡献，发挥了重大的作用，从而赢得了国际社会的尊敬和支持。因此，中国成为安理会的常任理事国就是顺理成章的事。我用这沉重的历史事实来论证中国成为常任理事国的必然性和合理性，学生听了不仅心服口服，而且使学生的民族自豪感油然而生。从以上的经验中，我体会到，在传授知识的过程中，在答问解惑的过程中，只要"有心"，即有意识地针对学生中存在的思想问题，进行正面的教育是很有作用的。学生既获得了知识，又受到了教育，作为教师，教书育人，其乐无穷！

一心奉献　争创精品

——记唐重庆教授

黄瑁莹　周　琴

　　唐重庆，女，1936年生。中共党员。1958年毕业于北京艺术师范学院音乐系。首都师范大学音乐学院教授。曾任北京师范学院音乐系副主任、北京音协钢琴基础教育分会副主任。现任中国教育学会音乐教育专业委员会钢琴学术委员会主任、北京"希望杯"青少年钢琴比赛评委主任。曾获"北京市优秀教师"称号、"优秀教学成果奖"。出版的专著有《歌曲伴奏的编配与弹奏》及主编的钢琴教材等。发表了多篇有关钢琴教学的论文。她主讲的中国电视师范学院音乐专科的钢琴课，获教育部颁发的卫星电视教材二等奖。

　　1964年，还是20多岁的唐重庆来到北京师范学院，参与组建音乐系，她是音乐系的开荒者、奠基者之一。白手起家，一本本琴谱地购买，一架架钢琴地添置，40多年过去了，当年温柔漂亮的唐老师，现已年近古稀，但仍精神矍铄。这40多年，她一直坚守在首都师大这块音乐教育的沃土上。"文革"后，她加入了中国共产党。共产党员的光荣称号，更激励着她，她由一个普通教员逐步成长为教研室主任，系副主任，党支部书记，党总支委员，为音乐系的成长壮大，她真是献出了自己的一生。

唐重庆老师任劳任怨，从不计较个人得失。她虽然退休了，但她从来没有离开过音乐学院，她一直在校任课，一如既往地关心着每一个学生。一位从湖南来学位班进修的学生，因母亲身患癌症已到晚期，要请假回家照顾母亲。唐老师知道后一边安慰这名学生，嘱咐她好好照顾母亲，一边四处打听治疗这种癌症的最新方法和药物，像对待自己的亲人一样关心着这位学生的家长。学期快要结束时，这名学生处理完母亲的后事，赶回学校参加考试，唐老师又在百忙之中抽出时间多次给她补课，亲自到考场单独指导她试琴。在唐老师的帮助下，这名学生终于顺利地通过了结业考试。唐老师就是这样默默地以慈母一样的爱，赢得了学生们对她的敬重和感激。

唐老师在促进海峡两岸青少年之间的音乐文化交流方面，作出了突出的贡献。她不仅是位钢琴教授，还是中国交响乐团少年及女子合唱团的艺术指导兼钢琴伴奏。她多次率领合唱团的小演员们去台湾演出。1992 年，合唱团第一次踏上宝岛台湾演出，就引起巨大轰动。13 年间这个合唱团共 4 次赴台湾演出，每一次演出都在台湾掀起了热浪，给台湾同胞留下了深刻而美好的印象。在接受中央电视台国际部记者采访时，唐老师兴奋地说："台湾和大陆虽然隔离了那么多年，但在 40 多年后我们第一次踏上台湾的土地时，却觉得一切都那么亲切……"合唱团的每一场演出都受到热烈的欢迎；孩子们高难度的演唱技巧，和谐纯美的音色，令观众惊叹陶醉。歌声架起了两岸交流的桥梁，歌声传递着真挚的友情，歌声胜过千言万语，歌声凝聚着民族的亲情，它将在两岸中国人的心中久久地回响。

唐重庆老师与合唱团的著名指挥家杨鸿年教授是一对相濡以

沫的伉俪。20多年来，这个非专职演出团体的足迹遍及欧、美、亚各大洲以及港、澳、台地区，所到之处均引起极大的轰动，为祖国争得了荣誉，被国外专业乐评人称为世界七大童声合唱团之一。合唱团就像一个大家庭，唐老师用温暖的怀抱呵护着团里的每一个孩子，孩子们都喜欢称呼唐老师为唐奶奶。平时，杨鸿年教授在中央音乐学院任教，经常到各地讲学，几乎很少有闲下来的时候。合唱团里的所有琐事就落在了唐重庆老师的身上，她把本职工作以外的时间全部都用在了合唱团这个大家庭里。唐老师说起合唱团的时候，总有一种不为人轻易察觉的动容，就像一个智慧的母亲说起自己优秀孩子时的神情。

唐重庆是钢琴教研室的元老，老主任，学术带头人。在她几十年的带领和影响下，我们全方位地确定了高师钢琴教学体系，即以钢琴课为基础，以即兴配弹课为核心，以钢琴教学法为理论，在同类院校中一直处于领先地位。2004年首都师大"钢琴"课荣获"全国高等学校精品课程"的光荣称号。几十年来她坚持教改、创新，开设有高师特色的即兴配弹课，在全国高师钢琴教学上有突出影响。她负责主编的由高等教育出版社出版的卫星电视教育音乐教材《钢琴》一书，多次再版，配合教材在教育电视台播出的钢琴录像课，也是多次重播，受到社会上广大学习钢琴学生的喜爱。

在教研室的发展和建设方面，唐重庆老师所表现出的强烈责任心和忘我的工作态度，给青年教师树立了榜样。她关心年轻教师的成长，提携他们，帮助他们，做好"传、帮、带"工作，注重全体教师的整体业务素质的提高，搞好后备梯队建设。系里有的青年教师生完孩子后，忙于家庭的琐事，对专业技能的掌握有所放松。唐老师发现这一问题后，及时找青年教师谈心，教会她们如何安排好家庭、孩子和工作、学习之间的关系。唐老师更是放弃休息时间，从不计报酬，为青年教师授课。她争取教材出版任务，为的是培养青年教师。以她为核心，再带上几个年轻教师，多次出色完成教材出版工作。

自 1992 年至今，首都师大主办了七届"北京市'希望杯'青少年儿童钢琴比赛"。从第一届 400 多孩子参加，发展到今天上千人参加，从单纯的钢琴比赛，发展到多姿多彩的音乐节。我们办出了自己的特色，受到广泛赞誉。当今比赛多如牛毛，但各种钢琴比赛参加选手只有 100 多人。为什么首都师大的"希望杯"能有 1600 多人参加？这是许多专业人士在研究的问题。答案也是他们在回答，"希望杯"最大的特点就是坚持群众性、普及性。2002 年第六届"希望杯"钢琴比赛，唐老师特别提出要以办教育的理念来办比赛，变竞争、压力、拔尖、淘汰为参与、鼓励、提高、共进，使孩子们在弹奏钢琴和参赛中，陶冶了情操，发展了感知、记忆、想象等能力，提高了感受音乐、表达音乐的水平。让所有参加演奏的孩子都受到鼓舞，都得到快乐，让孩子们感到自己是胜利者，因为你参与了你就进步了。

"希望杯"在中小学基础教育由"应试型"向"素质型"的转变中，起到了积极的作用。以其明确的宗旨、博爱的精神，将文化意识、美育思想融入钢琴比赛这种竞技性很强的音乐活动之中，它使孩子们通过学习钢琴走进音乐，聆听音乐，表现音乐，使钢琴学习真正成为一座通向音乐世界的桥梁，使钢琴音乐活动成为琴童生活中真正美好的组成部分。

唐重庆教授是"希望杯"的主要发起人，并连续七届担任评委主任。她的公正、严谨、科学态度，赢得了大家的尊敬和信任。如今唐老师虽已年届古稀，以浇注桃李的心血换来了满头银丝，而"希望杯"和"音乐节"这两项北京"学琴人"心目中的节日，也成长为参天大树，撑开一片荫凉的天地。

2004 年 9 月，受国家教育部体卫艺教司委托，由我校主办"全国高校音乐教育专业钢琴教学改革研讨会"，有来自全国 57 所高校的专家、教师、研究生共 160 余人参加了此次会议。与会代表结合各校及自身的教学体会，进行了广泛的交流，紧紧围绕会议议题"高校音乐教育专业本（专）科钢琴课程的建设与改革"、"硕士研究生的培养问题"、"钢琴教学如何适应基础音乐教育的改革与发展"展开研讨。在分组讨论中，唐老师那一组的老师们讨论得非常热烈，他们提出了许多教学问题，唐老师都一一细致地发表了看法。会议结束后，老师们还是不愿离开，一位来自安徽师大的张老师很有感触地说："这次会议开得很成功，老师们的收获真是太大了。"这次会议也受到教育部领导的充分肯定与夸奖。而会议从筹备到主持的，正是唐重庆教授。大会上大家一致推选她为全国音乐教育专业钢琴学会主任，这进一步确立了我校音乐学院在全国高师钢琴教学的领先地位，同时也反映了唐重庆教授在全国钢琴界的影响与威望。她的威望源于她的成就，更源于她的大家风范，她待人宽厚、谦让，她工作认真、创新，她的人格魅力，像吸铁石一样，团结着全国的同行，共同为我国音乐教育的发展而努力。

唐重庆教授很少豪言壮语，但党的教育，党员的责任心，早已融入她的血液，不论在职或退休，她都是一名共产党员。什么叫呕心沥血，从唐老师身上我们明白了这四个字的内涵。她正是以一名优秀共产党员的形象，影响着团结着周围的同志，为我们党的伟大事业奋斗终生。

（作者：黄媚莹 首都师范大学音乐学院副教授
周琴 首都师范大学音乐学院讲师）

教书育人是业务课教师的崇高职责

高德伟

　　高德伟，1936年生。中共党员。1961年毕业于北京师范学院生物系，留系工作，首都师范大学生物系教授，长期从事人体生理学和性健康教育学的教学和科研。北京性健康教育研究会会长。先后发表和出版论文或图书100余篇（部）。1988年在美国洛杉矶 UCLA-Medical Center 获荣誉博士证书。1997年获国家级教学成果一等奖。1998年获有突出贡献专家证书和国务院特殊津贴，并获"五一"首都劳动奖章。1999年获北京"人民教师"提名奖。2004年获中国性学会性科学贡献奖等。

　　光阴似箭，日月如梭，转眼间我已是年近七旬的老翁。回想我1957年就读于北京师范学院生物系，1961年毕业留系工作，2000年底办理了退休手续，在首都师大工作了40个年头。漫长的40年里，在校领导和生物系领导的关怀与培养下，我逐渐成为一名合格的人民教师。

　　人民教师意味着从事崇高的教育事业，之所以崇高，是因为教师的任务是培养建设祖国的合格人才。合格人才绝不仅仅是有学问有能力而已，而应该是德智体全面发展，这三方面缺一不可。只有培养出德才兼备、身体健康、热爱祖国、热爱社会主义、有理想、有民族自强感的一代新人，我们的祖国才能不断发展和强大，屹立于世界之林。

从某种意义上讲，德是人才的根本，决定着一个人的学习态度和动力、人格、价值取向等诸多方面。常见一些不注意道德修养的学生，他们极不珍惜大好的学习机会，总会出现一些歪门邪道的思想和行为；常见一些"学习尖子"，思想道德差，甚至可能背叛祖国。因此，德育教育只靠思想政治教师是不够的，业务课教师也应该发挥教书育人的作用，在智育教育的同时，以身作则，"寓德育于智育之中"，结合智育内容，对学生进行爱祖国、爱社会主义、革命英雄主义、奋发图强、刻苦学习等方面的教育，使他们认识到他们的根在祖国，他们的事业在祖国，这往往会收到独特的效果。下面仅从我的不同工作时期举几例说明。

人体生理学教学渗透德育之尝试

任教的很长时间内我组织全教研室寻找"寓德育于智育之中"的结合点，最后找出很多自然的、不牵强附会的德育结合点，并且编写成《人体生理学寓德育于智育之中教育结合点》手册。举例如下：

一、在讲神经系统的调节作用时，有这样一段内容："在人类，大脑皮层通过边缘系统可以压抑从祖先那里学到的行为，并改变行为。"（注：从祖先那里学到的行为，是指先天就会的行为，即本能行为。例如：躲避伤害的本能、性本能等，这是人和动物所共有的。）为了让学生理解这一内容，我们举出抗美援朝志愿军烈士邱少云的事迹：邱少云和其所在部队为了配合大部队向敌人发起进攻，就预先潜伏在敌人阵地前沿的草丛中，不幸的是，敌人的侦察炮火打着了邱少云周围的草丛，大火熊熊燃烧起来。这时，邱少云应该爬起来就跑，因为他具有躲避伤害的本能，如同动物见火就跑一样。但是，邱少云大脑皮层这时想到的是如果自己一动，就会暴露潜伏地点，影响整个战役部署。于是他压抑了本能行为，改变为一丝不动，活生生地让大火把自己烧死。这样讲，既可使学生深刻理解这部分神经调节的内涵，又可使学生受到革命思想和革命英雄主义的教育。

二、在讲血液一章时，说到血量需要相对恒定，但不是绝对不能少。一个健康人，一次失血不超过血量的 10％，不影响正常生理活动。一次献血 200～300 毫升后，血浆的水分和无机盐 1～2 小时内就能恢复，血浆蛋白 1 昼夜内就能恢复，红细胞和血红蛋白能在 1 个月内恢复。让学生了解这些血液生理，鼓励他们去献血，在减少献血顾虑和害怕心理的同时，对他们进行树立新风尚和救死扶伤等方面的教育。

三、抓住学生的真实思想及时进行教育。例如，在学生的课桌上发现这样一首打油诗："台上有个老头，台下有个小子，我不知道，我不知道，哪个更急，哪个更急，打铃了，下课了，下课就别再讲了。下课了，放学了，我的姑娘等急了。噢，老头、噢，姑娘，我还是要我的姑娘。"从一定程度上看，这个学生没有处理好恋爱与学习的关系，上着课也在想着姑娘，而且有一定的代表性。我对这种情况，则利用生理学家，例如，神经肌肉生理学家冯德培教授、消化生理学家王志均教授、药理学家金荫昌教授等人的事迹，对学生进行奋发图强、刻苦学习、自己创业、价值观和人生观方面的教育。

在高师开性健康教育之先河

1987 年，我以公派访问学者的身份，赴美国洛杉矶 UCLA-Medical Center 学习。学习的后期，在美国进行了一些考察，亲眼目睹了美国科技先进、经济发达、生活富裕是世界之最，但同时发现美国的色情文化和环境也是排在世界之前列。诸如，成人电影院、指压院、美容院、脱衣舞、色情录像带、红灯区、色情画报等等到处都是，而且都是合法经营。之所以这样，是取决于美国的社会制度、文化背景和性观念。所以美国青少年发生性行为年龄提前，性病和艾滋病感染人数逐年上升，少女怀孕日益增多等等，都排在世界之前列，这也就不奇怪了，但它严重地影响着青少年的身心健康成长。令我最为感触的是，听说当时有几位中国大陆在美的留学生，刚开始时，边上学边打工，身体也很好，满面红光，打工虽然累一些，但很有上进心。可是不久，他们涉足于色情环境而不能自拔，一个个面黄肌瘦，更谈不上学业了。我无限感慨，为他们无限惋惜。回国后，发现国内在性领域中也开始出现了各种问题，越来越多，也十分严重了。性观点发生了重大变化；色情图案、录像、网络到处泛滥；婚前性行为和婚外性行为屡屡发生；未婚先孕、少女怀孕、堕胎和私生子已不是什么新鲜事儿了"第三者"则越来越多；青少年性罪错居高不下。社会主义社会本不应有的一些腐朽现象，诸如，卖淫、嫖娼、性病、艾滋病、吸毒等等均在我国出现，并呈蔓延趋势，而且出现这些问题人的年龄都趋于低龄化。这些问题的存在，严重地影响着青少年的身心健康成长、婚姻和谐、家庭幸福、社会安定，特别是影响着社会主义精神文明建设和思想道德建设。基于以上情况，促使我考虑开展性健康教育工作。

经过调查、研究和讨论，我们认识到，性健康教育是个敏感学科，社会制度和文化背景不同，性教育也是不同的。我国的性健康教育，首先应该有明确的指导思想。符合中国国情的性教育的模式，绝不只是性科学知识的教育，而更应是人格、道德、价值观和人生观的教育。我国的性健康教育是德育的需要，素质教育的需要；是"科学、人格、素质教育"的重要组成部分；是精神文明建设的重要组成部分。因而，性健康教育应是科学的、健康的、催人向上的，而绝不是愚昧的、颓废的、庸俗的、诱惑的、淫秽的、腐蚀青少年精神世界的。

性健康教育的目的、原则和观点

以上述思想为指导，我们明确地提出了我国性健康教育的目的、原则和观点：

一、性健康教育的目的，就是使人们特别是青少年获得性健康。而性健康有其深刻的含义，这是由人类的"性"既有其生物属性，更有其社会属性所决定的。所以，获得性健康是要达到：性生理健康，性心理健康，性道德健康，性的社会分辨能力健康和生殖健康。一个人，这些都获得健康，才算是性健康。这也就决定了性健康教育是一种综合教育，而不是单学科的教育。任何单学科教育，都不会获得良好效果，并很有可能产生诱导或负面效应。（注：性的社会分辨能力，是指青少年面对社会上纷乱的性信息和行为，能作出正确的分析、判断和选择的能力。生殖健康，是针对当前一些青少年发生婚前性行为而导致少女怀孕而违背生殖健康的内涵提出来的。这是当代在青少年中很突出的两个问题。）

二、进行性健康教育，应坚持教育的正面导向的原则。青少年时期具有很强的可塑性，只要我们的教育指导思想正确，教育内容适当，教育方式灵活多样，他们完全能按正确教育导向发展的。我们坚决反对"价值观中立"、"无导向教育"、"价值观无对错"等立场。

三、性健康教育是一种终身教育，必须注意适时、适量、适度，通过教育使不同年龄段的人群享受其应该享受的性的内涵，这对于实现性健康是非常重要的。因此，什么时候开始性教育，性教育内容的广度和深度，对于取得教育效果十分重要。

四、进行性健康教育，还应注意做到"核心、基础、全方位"三位一体。即以人格、性道德、性法制、价值观和人生观教育为核心，以性生理、性心理、性卫生保健和性审美等教育为基础，同时也开展预防性病与艾滋病，计划生育与优生优育和禁毒等方面的教育。

关于性健康教育，我们的观点是，既反对"性禁锢"，也反对"性放纵"，而是主张不同年龄段的人群，充分享受他们应该享受的性的内涵。人人应该享有性的权利，但是，不同年龄段的人享有性权利的内涵有所不同，否则会引发出大量的性的社会问题。

这一观点有其丰富的内涵，既摆脱封建传统观点的束缚，又不重蹈西方"性解放"和"性自由"的覆辙，而是体现了时代的发展和需求，回归性的本来面貌。

性健康教育的实施

在上述性健康教育的目的、原则和观点指导下，我们积极开展了性健康教育方面的工作。1993 年，面向全校学生开设了"性健康教育选修课"，受到学生的欢迎，一个小时就有 200 多学生报名。1994 年，在我校党政领导的大力支持下，成立了"首都师范大学性健康教育研究中心"。1995 年，开创了我国历史上第一个"性健康教育副修专业"，学制两年半，开设 14 门有关性健康的课程。在短短几年中，编写和出版了 30 多本有关教材和图书，其中大学生适用教材已出版了第三代。与此同时，1995年，还组建了"北京性健康教育研究会"，挂靠在首都师大。开展了"全国大学生性健康状况调查"，对 1.5 万名大学生进行调查，基本覆盖了全国各省、市、自治区。调查结果写成的《全国大学生性健康状况调查报告》一书，已正式出版，全书近 240 万字。组织"专业"的学生去我国香港考察性教育活动，组织全国性教育工作者去法国、新加坡、我国台湾等国家和地区进行性教育考察，通过考察，亲眼目睹不同社会制度、不同文化背景性教育是截然不同的，更加坚定地确认了符合中国国情的性健康教育模式。2001 年在首都师大召开了"第一届亚洲性健康教育研讨交流大会"。2004 年在台湾召开了第二届，第三届将于 2007 年在日本召开。

我们所开展的性健康教育，其本质就是思想道德教育、价值观教育、人格教育、性知识和性道德等方面的综合教育。通过这种教育使大学生懂得性行为的社会主义道德规范和自我控制的意义，懂得正确对待性行为是社会主义精神文明建设的重要组成部分。通过这种教育使大学生掌握科学的性知识，打破性神秘；具有性心理平衡自我调适的能力；解除性困惑和性烦恼。通过这种教育使大学生具有分析、判断和选择的能力，能够分辨由性而引发的社会问题；当处于一定情景时，能进行分析，并作出正确的判断和选择而决定自己的行为，而这种行为要符合性道德规范和社会性行为准则。通过这种教育使大学生能正确处理异性交往、友谊与恋爱，使他们懂得在这个过程中主要是培养高尚的人格和品性，相互学习对方的优秀特质，塑造完善的性别角色，相互鼓舞，共同进步。

我们的这种教育初见成效。教学到一定时期我们都要求"专业"的大学生写出一篇小论文，谈谈自己学习的心得、体会、收获等。学生们写的论文我们集中在《高教研究》杂志正式出版，已经出版了三期。他们绝大多数人都写得很好，体会深刻。有的结合自己在性领域中遇到波折后，是如何通过性健康教育正确解决的。一位大学生发自内心地写道："性健康教育给我感触最深的，是它早已超越了性本身的内涵范畴，渗透扩展到了生活、人生的各个领域，它已不是纯粹的关于性知识的教育，而是如何做人的教育。课堂上教师和我们一起讨论、分析性别角色、爱情、交往、人生、社会、责任和义务等问题，无形之中已包含了做人的道理，就像一种人生课堂，规范着我们的人格发展和价值取向。"

记得在讲性生理时，讲到女性月经周期，提到在女性排卵前后的几天，如果发生性行为，女性很容易怀孕。下课后，一位男大学生迟迟不走，好像有事情要找我，我问他是否有事情找我，他又迟迟不说。最后终于说话了，他讲前几天与他的女朋友发生了性行为，今天听完课后很害怕是在易怀孕期发生的性行为，一旦那样，可怎么办。我告诉他如何分析判断后，希望他今后能控制自己的冲动，大学生在异性朋友之间是不宜发生性行为的；一旦发生，特别是造成女方怀孕，那么，在身体、生理、心理、生活、学习、经济等等方面都会带来伤害，而且学校、教师、同学、家长也不会支持的；特别是要影响大学的宝贵学习机会……我还没说完，他便已泪流满面了，表示今后一定加以控制。他追悔莫及，认识到性行为不是个人行为，也不是大学时期应享受的性的内涵，今后有性冲动时一定要转移和升华，把精力集中在学习上，要从价值观上考虑，性健康教育可能改变了他的人生……

我们所开展的工作"高师开展性健康教育的考察与实践"，于1997年获得了国家教学成果一等奖。我一直不忘的是，1997年12月26日，我和所有获得一等奖的代表被召到人民大会堂，接受了江泽民、李鹏、朱镕基、李岚清等党和国家20多位领导的接见，大家决心继续努力，把工作搞得更好。获得国家级一等奖是很不容易的，那年申报的有两千多项，而其中获一等奖的全国和全军一共只有53项，而其中关于性健康教育的只有这一项。外界对此给予了很高的评价，因为在我国历史上，性健康教育从来没有这样系统地正式搬上课堂，上千年的时间里人们不敢谈性，所以，这是我国五千多年历史性的突破。

教书育人　矢志不渝

曹　理

曹理，女，1936年生。中共党员。1965年北京电视大学中文系毕业。首都师范大学音乐学院教授。先后任中国音协音乐学科教育学学会理事长及名誉理事长。出版20余部著作，发表论文40余篇。主编的《普通学校音乐教育学》获国家教委人文社会科学优秀成果二等奖，主编的《中学音乐教学论新编》获北京市哲学社会科学二等奖，主编的《音乐学科教育学》获全国教育图书奖。获"北京市先进工作者"、"全国教育系统劳动模范"称号及曾宪梓高等师范院校优秀教师二等奖。

我是一名从事音乐教育工作50年的老教师。长期的教学实践及音乐教育研究工作使我领悟到：教书育人是教师的崇高职责，高师的音乐教师，必须把根深植于音乐教育实践的沃土中。

目标如一

教书育人是教师的天职。而这种自觉性来自教师对事业、对生活的热爱，来自高度的事业心、责任感，来自对崇高理想的追求，来自对学生的热爱、对学生的理解。这也是一种必要的职业道德，人们称之为师德。数十年的教书生涯给了我很大的鼓舞和安慰。如今,我教过的学生分布全国许多省市,有些学生取得了博士、硕士学位,有些学生被评为教授、副教授,有些学生成为学校音乐教育的教学骨干,不少学生被评为国家、省市级优秀的音乐教师。有人问及我是怎么培养出那么多的优秀学生时,我自豪地回答:我是一名教师,教师的天职就是教书育人。要想把学生培养成祖国有用的人才,首先要从感情上贴近他们,要把学生当作自己的孩子和朋友,使他们和我能谈"知心话",能够互相理解和沟通。多年来,每年都有一些学生给我写信,有的写道:"在我的学习生活中,您像妈妈一样用火热的心温暖我,给我爱。在我全部生活中,有您留给我的心。"有的学生在教育实习总结中写道:"曹老师既是严师又是慈母,她热爱我们,了解我们,关心我们。从她身上,我明白了教师的职责。"育人就是要把学生的素质提高上去,这将使学生终生受益。因此,我热爱自己的工作。有一位学生作为交流学者被派到加拿大用英语讲中国的传统音乐,课后他兴奋地从大洋彼岸打来电话汇报自己的心得体会,连声说:"跟老师学的东西没有白学。"

对于这些赞誉的话,我清醒地知道,自己的工作还远远没有达到这样高的水平。但是他们深情的话语,却使我从内心感到人民教师这个称号的神圣,教师的确是太阳底下最美好的职业。

在当前逐渐完善社会主义市场经济的过程中,教书育人也面临着新的课题。其一,随着形势的发展,人们的经济观念、价值观念变了,生活方式、消费方式都有变化,要求教书育人工作随之相应变化;其二,新的历史时期对人才的标准提出更高的要求,培养未来的教师的规格发生了变化;其三,教育对象的变化。除了大学生外,我们还要面对各种层次、各种类型、各种需求的成人教育学员。因此,教师要不断更新观念,改进方法,只有这样才能与扩展了的教育对象心灵相通。

什么样的音乐教师最受学生欢迎?我们曾在中学里不止一次

搞过调查。调查的结果是：当今青少年希望教师能"热爱本职工作，以身作则，喜欢学生，能理解现代学生的心理，不要保守，不要有偏见。要有广阔的视野，较高的艺术修养。有朝气，有主见，说话风趣、幽默，在教学上有独到之处"，等等。学生的要求是合理的，这也是对我们做培养中学音乐教师工作的人的希望，因为未来教师要靠老教师言传身教，他们的信念、志向要靠我们的信念和志向去建立，他们的才干和能力也只能由我们的才干和能力来培养。

热爱学生，理解学生，也是向学生学习的过程。我对学生的看法，一度曾有些片面，总觉得他们当中有些人要求自己不够严格，学习不够刻苦，待人不够真诚，纪律比较涣散……但是，在教学过程与他们的接触中，使我渐渐理解了他们，逐渐转变了自己的看法。生活教育了我，使我看到了他们的缺点和优点两个方面。我爱学生，把他们看成是自己"生命"的延续，自己对事业、理想，对祖国的深情全部寄托在学生身上。有人对我说，"跟学生别动真的"，可我不行。有的学生试讲不好，我能急病了；有的学生违反纪律，我能气得浑身发抖；可为了他们点滴进步能高兴落泪。2001年我担任国家级园丁工程班主讲教师，每天要上半天课，课上除了讲理论、设计课例外，还要求他们每天写一篇短文。开始有的学员不理解，觉得要求太严。但我每天认真给他们批改、讲评。大约过了半个月，他们尝到了甜头，不仅文章从二三百字写到了千字以上，而且理论水平也有了显著提高。其中一些文章经过修改在报刊上得以发表，有的还获得了论文奖。由于我对学生的感情是真诚的、无私的、炽热的，这种感情就如同无形的电流一样，使师生之间的感情水乳交融。有时我脾气急，批评重了，他们能理解我，原谅我；有时我病了，他们能关心我，体贴我；很多问题，他们提醒我，批评我，帮助我，师生成为好朋友。

总之，"精诚所至，金石为开"，很多学生思想转变，不只在于听了大道理，更为重要的是在无言的情感交流感染之中。

重视实践

教育部副部长王湛在《建立具有中国特色的基础教育课程体系》一文中强调各门课程要渗透德育："各门课程要结合自身特点，对学生渗透爱国主义、集体主义、社会主义和世界观、人生观、价值观以及科学精神、科学方法、科学态度等方面的教育。"

作为以基础音乐教育教学工作为学习研究对象的高师音乐教育专业课程，其自身学科特点之一，就是强调理论与实践的高度结合。我始终认为基础音乐教育教学工作，是高师从事音乐学科教育教学工作学习与理论研究者的根。中小学老师既是我学习的对象，又是我服务的对象。他们是我的老师、朋友、亲人。我每时每刻都在关注他们的耕耘、收获，如饥似渴地从他们的教学与科研成果中汲取营养；同时我也利用一切机会向他们汇报自己的学习收获、心得体会，毫无保留地向他们倾诉自己教学及科研工作中的困惑、苦闷。

从 20 世纪 80 年代我担任"音乐学科教育理论"课程起，先后在《音乐学科教育学》、《音乐教学设计》、《新课程教学案例选评》等 10 本专著中采撷、加工、整理、评析了有代表性的中小学音乐教学课例 200 余个。这些音乐教学课例是我在基础音乐教育理论与实践探索中所付出心血的结晶，也是在我所教授的课程中渗透德育的实证。

这些音乐教学课例，在高师音乐教育教学工作和各级培训中，为实施案例教学法，引导研究者剥去案例的非本质的细节，揭示其内部特征，从而找到音乐教学课例与音乐教育理论之间的必然联系，起到了促进的作用。

　　这些音乐教学课例为音乐教育教学理论与实践研究起了典型示范作用。对于"榜样的力量"，戴汝潜、张苀先生在《实用教学新法》一书中，作过这样的诠释："如果榜样自身就是'理论的升华和升华的理论'，榜样的力量便远远超出实践价值的力量；如果榜样的群体本身就构成了相对完备的理论与实践的系统，榜样的力量将会越过时代价值而获得永恒。"这些中选的音乐教学课例，是不是每个都够"榜样"的高度，并不是我们的着眼点，而这些案例个个都有闪光点，能起到典型示范作用。如果基础音乐教育的每节课都能达到这样的水平，那么我们整体的音乐教育教学工作将会有很大的提升，却是不争的事实。

　　这些音乐教学课例，直接反映了国内外音乐教育教学改革的最新成果，具有鲜明的时代特征。透视这些音乐教学课例，可以看出从 20 世纪 80 年代到今天基础音乐教学发展的脉络，我们可以明显地感到教学观念发生了巨大的变化：

　　由精英教育走向大众教育。

　　由学科知识本位走向学生发展本位。

　　由过分侧重认知层面走向认知与情意的和谐统一。

　　由单纯接受式的学习方式（教学方式）走向发挥学生主体性的学习方式。

　　由重结果、轻过程走向强调过程，强调学生探索新知的经历和获得新知的体验。

　　由教师对学生"我教你学"、"我讲你听"，走向师生交流、平等融洽、积极互动、共同发展，建立平等和谐的新型师生关系。

　　由统一规格教育走向因材施教、注重个性发展。

　　由此可见，在高师音乐教育教学理论教学中，正确地选择运用这些音乐教学课例，就可以鲜活地在本门课程中使德育得到很好的渗透。

同时，这些音乐教学课例，又展示了众多的音乐任课教师对于多种特定情境的理解与驾驭。一个案例就是一个实际情境的描述，它创设了生动的情境，引导学习者身临其境，激发了学习者的学习情绪，与案例创造者产生"心灵的沟通"，即情感与人格的共鸣。这种渗透的教育作用也是单纯说教无法比拟的。

"润物细无声"

我认为各门课程渗透德育，贵在"渗透"二字。也就是为了增强思想品德教育的针对性和实效性，我们的工作要做深、做透、做细，像春雨一样"随风潜入夜，润物细无声"。

一、正面引导

在教学活动中教师与学生接触密切，特别是我曾十数次负责音乐教育专业学生的教育实习工作，与学生"三同"，这使我可以及时发现学生的思想变化；对于结合学科教学对学生进行学习目的、专业思想、治学态度和科学方法、创造精神以及职业道德方面的教育，是十分有利的。针对一些学生只愿登舞台，不愿站讲台的思想，我在讲国外音乐教育时，着重讲了几位世界著名音乐教育体系的创始人，都毕业于著名音乐学院，是很有成就的作曲家、指挥家、音乐学家，但是，最终他们都是音乐教育家。他们不仅对自己的祖国音乐教育事业有巨大贡献，而且对全世界音乐教育事业发展有重大影响。我用大量无可辩驳的事实告诉学生，从事音乐教育事业及音乐教育研究，有无限广阔的前景。

我认为千方百计组织好音乐教学理论课程及教育实习，使之充分发挥转变学生思想的作用，是指导教师义不容辞的责任。尽管有些学生不爱当中学教师，但每次实习结束，无论男女同学都会被实习学校的学生所感动。告别时，差不多总是泪流满面，有人甚至泣不成声。总结时，多数人表示愿意为教育事业献身。这感情难道是"假"的、"装"的？不，尽管 20 世纪 80 年代他们知道教师待遇不算高，工作条件艰苦，但每年毕业时绝大多数同学服从分配，其中很多人现在成了学校教学骨干。在实习总结时，我对学生说：谁说教师最穷，两袖清风一身粉笔末？我说，教师是最富有的，在感情上教师是世界上的富有者，他拥有世界的希望——宝贵的青少年。

我认为教书育人的职责，是不应有校内、校外之分的，因此在全国性的音乐教学研讨活动中，从不对自己放松要求。如 2001 年一次全国性音乐教学观摩评课活动中，有位获得第三届全国中小学音乐教学录像一等奖的教师，在现场执教《爵士乐》一课时十分成功，但上课时她讲道：我国 20 世纪 30 年代批评在上海等地风行一时的爵士风格的音乐是靡靡之音有失妥当。针对这一学术是非问题，我指出：那时正值抗日战争时期，是中华民族面临生死存亡的时刻，而当时在上海流行的那种爵士风格音乐，不能不说是容易起着麻痹人民斗志的负作用。离开了具体历史背景，孤立地评价音乐是不能允许的。同时，我建议由于教学时间紧，问题较为复杂，可以由高中学生课余自己探究。现场执教的老师及两千余名听课者对我中肯的意见表示认同。

二、注重养成

学生在德育方面的各种素质是要靠平时一点一滴"养成"的。"严是爱，宽是害"，对待学生必须严格要求。

为了纠正学生懒散的毛病，"不许迟到"成了我上课一条不成文的规定。我自己无论刮风下雨，总是提前几十分钟到校，就这样，每教一个班用不了多久就没有学生迟到了。上课不压堂，开会准时散，作业、工作按时完成，强调时间观念。有一次为了等一个学生交作业，我一直在学校等到晚上 11 点。就这样"令行禁止"逐渐代替了拖拉作风。平时不仅从内容上评价学生的笔记、作业、试卷、板书，而且要求卷面整洁，美观；对于教室、实习生宿舍环境卫生，也尽量身体力行使环境优美；对流行色、服装款式、发型等，我们也常常议论，引导学生根据具体场合、身份等考虑自己的装束，特别在实习之前总要专门进行教育，使之符合教师的身份。

一度有的班级学风不正，考试作弊，作业抄袭，几乎成为"顽症"。为此，我作过许多努力："一人作弊全班考试无效"，"隔开座位"等，有时声泪俱下地给学生讲"人格与分数的关系"，"分数差可以补课，而作弊就丢了人格，将失去信任"，"作弊是作假，假、恶、丑和真、善、美是水火不相容的，学音乐的人必须做完美的人"。一些学生听后主动检查了错误，在我的课上再也未发现作弊现象。

在学生学习成绩与实习成绩评定上，我从不讲情面，也不拿分数送礼，一律公平对待。有一个学生期终乐理考试 57.5 分，带着礼物求我给及格，我和他谈了两个小时，最后说服了他进行补考。有的学生实习请假超过规定，我就坚持要他补实习。

有的人觉得我太"叫真儿"了，但经过一段时间，学生会从一丝不苟的作风中得到教益，会认识到"纪律"、"认真"对一个合格教师何等重要。

在教学和实习中，我坚持培养学生的集体荣誉感。这种集体荣誉感是克服自私、调解同学之间的矛盾、培养团队精神的一剂良药。为了培养学生集体荣誉感，在实习中建立了严格的制度。例如，各小组坚持记实习日志，每组负责组织一次观摩教学，承办一期实习简报；每次实习结束，都要举办一个展览，召开一次实习成果汇报会等。通过大量的集体活动，逐渐使学生树立起时时处处维护校、院、系、班、组及个人尊严和荣誉的良好意识。每次实习中，实习组长都是老师最好的助手，各组同学都能较自觉地为维护集体荣誉而出谋划策。有些平时矛盾很深的同学，通过在实习过程中交心，重归于好。学生经过实习，老师们普遍反映学生长大了，懂事了。

提起自我教育，无非是在学生中提倡开诚相见，有意见当面讲，形成责人宽、责己严的好风气。有时我急躁，说错了话，做错了事，就公开向学生检讨；学生做错了事，也是当面批评，不在背后议论。事实证明，这样做的结果，教师的威信不是降低了，而是更高了。

三、动之以情

影响学生思想品德形成的因素是多方面的。从一定意义讲，情感、意志、性格等因素对大学生成长有越来越大的作用。教书育人过程中，要注意情感等因素的影响，我或从磨炼学生的意志入手"炼之以志"，或从陶冶情感开始"动之以情"。一是充分发挥教师的情感示范作用，感染学生，使师生心灵相通；二是创造情境，提供学生体验情感的环境和条件；三是调动学生的主动性、创造性。

讲唱歌教学的意义时，我给学生讲了宏庙小学校庆时，几十位六七十岁的老校友，为教过他们的音乐老师唱了几十首50多年前学过的歌曲，这当中有的成了名人，像于是之、李群，也有的是退休教师、干部，但他们说："几十年过去了，很多事情都忘了，唯有童年的歌声给他们留下了永不磨灭的印象。"而这位老音乐教师就是我的伯父。从学生闪着泪花的目光中，我看到感情的激流在他的胸中汹涌奔腾。

四、身体力行

"其身正，不令而行。其身不正，虽令不从。"这正是有威信的教师讲话灵的原因。师范院校教师的责任不仅要通过上课传授书本知识，在教学中要保证知识的科学性、准确性和先进性，而且教学本身要有示范性，教师自身对教育工作的热情和治学态度，会对学生产生潜移默化的作用。

认真备课，不断"出新"。所谓出新，即要跟上世界教育形势的发展，不断吸收学术上的新成就，使教学具有强烈的吸引力。

虚心学习，严谨治学。"学然后知不足"，一种不适应当前教育工作的紧迫感，时时督促我学习。1982年我担任教学法课，当时，既没有现成教材，又没有合适的参考资料。怎么办？学习。我去中学兼过课，又亲自执教幼儿音乐启蒙班，取得教学直接经验。此外，向书本学、向专家学，向自己的学生学，不放弃任何学习机会。例如20年前我只能借助录像讲解课例，如今我能够自己亲身组织教学课例，与听课学员形成互动，使教学更具说服力，受到众多学员欢迎。

我常常把备课中的问题告诉学生。如，在"音乐心理学"教学中，我国一直引用的是国外研究成果，缺少中国学生音乐学习心理测定数字。在我的帮助鼓励下，1992年我和当时在读的硕士生裴芳一起在北京22所中小学进行音乐学习心理调查测试，取得了我国中小学生音乐学习心理方面的第一手资料，受到国内同行的高度评价。

鼓励学生超过教师。讲国外音乐教育比较时，学生讨论中，提出的一个看法是我所忽略的，我在总结时，一方面给予了很高的评价，另一方面将自己的疏漏坦诚地告诉了学生，使大家受到教育。

真诚·平等

——记张育泉老师

汪大昌

张育泉，1936 年生，中共党员。1959 年毕业于北京师范学院中文系。首都师范大学中文系副教授。曾任现代汉语教研室主任，中国语文现代化学会常务理事兼副秘书长，北京语言学会理事。著有《语文现代化概论》、《常用正音正字手册》，发表论文 20 多篇。1991 年联合北京语言界人士发起纪念语文现代化运动 100 周年活动，并撰写文章多篇。1993 年被北京市语委评为社会用字管理先进工作者。

我是从 1985 年开始当教师的，到今年整 20 年。20 年间，教师工作的酸甜苦辣尝到了不少。每当工作不顺利或是受到称赞时，常常自问：怎样才能做好教师工作？怎样才算是真正受学生欢迎，真正于学生有益的好老师？回答这样的问题当然不容易。我想，人人心中都有一杆秤，都有自己一生难忘的老师的身影。这样的老师，对我们的教诲和影响，早已超出学业本身。当年老师们的言传身教，永远地留在了心里。这里写下印象较深的几件事，由衷地向老师表示敬意；也由衷地盼望年轻同人读了以后能有所感悟。

张育泉老师是我在专业学习上的启蒙老师。上一年级时，张老师教我们"现代汉语"这门中文专业基础课。那时张老师还属于中青年教师，名气自然没有老一辈教师那么大，加上他为人谦和，所以有些学生就多少有些欺软怕硬，好在张老师脾气好，全然不把这些当回事。我真正了解张老师是在参加工作以后，1988年从美国进修回来，开始配合作为教研室主任的张老师负责教研室的日常工作。

我那时刚毕业不久，年轻气盛，不知深浅，总觉得本科教学的内容没有多大难度，完全可以轻松应对。这种想法当然十分幼稚，可是也只有在教学中多碰几回钉子才能真正改变。回想起来，自己岂止是缺少教学经验，就是教学内容本身，也有不少地方只知其然，不知其所以然，甚至不知其然。例如《汉语拼音方案》是小学一年级学生就要掌握的，3500 常用字是初中生的识字范围，但是这些看似极平常的语文知识所蕴含的语言文字学理论，却需要我们反复咀嚼才能真正消化。为了搞清楚这些问题，我不知多少次向张老师请教。有些问题看似简单，可真要说清来龙去脉又要费不少力气。这么多年了，真不知道给他添了多少麻烦。

张老师的工作风格是细心加耐心。1991 年，我在备课时怎么也搞不清国家语委排定的现代汉语常用字和通用字的排序原理，是张老师一个字一个字地为我讲解分析，并指导我阅读相关文章，搞清问题的原委。在给中小学老师上进修课的时候，我发现许多人不知道汉语拼音字母的名称，只好为他们补上这一课，其实，我自己又何尝不是在当了若干年教师之后，才在张老师辅导下搞清楚字母名称是怎么回事的。1994 年到 1999 年，我六次去国家教委参加一项全国统一考试的命题工作，张老师把自己教学参考书一本本拿出来供我挑选。1995年为提高全校学生的语文能力，我受学校教务处委派编写教材，张老师就主动把自己参与编写的国家教委《教师职业技能训练大纲》送给我作参考。1997年为研究生开设语言文字规范课程，是张老师拿出自己的专著帮我备课。就在写这篇稿子的几个月前，我这个已有20年教龄的已经不年轻的教师，还在为几个常用字的写法、为几个拼音字母的名称和书写形式、为报纸上一个有争议的用法向张老师请教。张老师是语言文字规范方面的专家，我是毕业以后在张老师辅导下才逐步地把国家语言文字规范的法律法规认清的，而这些问题对于语言学专业的教师来说，实在是不可或缺的。现在，当我站在讲台上信心十足地为学生讲解这些问题时，就不能不想到张老师对我的指导和教诲。我既为能够胜任工作而高兴，又惭愧怎么念了四年大学也没有把问题搞清楚，幸而有张老师这样好的老师常年给我补课，我才不致在课堂上出丑，才不致误人子弟。

20年来，我就是在张老师这样的前辈教师言传身教之下，一步一步走过来的。回想起来，表面上我们是在向老师请教专业知识和教学经验，老师也确实没有这个传统、那个道德地向我们讲多少道理，其实张老师等老一辈教师是用自己的实际行动默默地影响着我们。1995年，北京市为加强语言文字规范出台了一些法规政策。我和张老师就其中一些细节进行讨论，讨论越来越激烈，两人互不让步，已经有点争论的味道了（直到现在，我也不十分赞成张老师的观点）。面对比自己小一辈的学生，现在又是同事关系，应该怎样对待呢？张老师的做法让我深受教育。第一，他不压人，不凭借自己的老资格去勉强年轻同事接受自己的看法；第二，他坚持自己的观点，不厌其烦地向年轻人解释。他没有敷衍了事，没有摆出一副不屑一顾的架子。他这种态度，尤其是第二点，给了我很深的印象，让我真正感到什么是学术面前人人平等。压制年轻人，当然不是平等的态度；但是对问题不屑于回答，甚至带几分轻蔑，更是让年轻人心里别扭、难过。现在我自己也是教了 20 年书的中老年教师了，但是面对学生提出的各色各样问题，有时还是很烦：觉得这问题这么容易你怎么就不明白，我在开学初就讲过，现在都期末了，我都给你讲过好几遍了，你怎么还问，等等。心情烦躁，那态度肯定好不了，学生当然也就走了。可他们是怎样走的呢？或者学生让我压回去了，明明不懂也勉强以为懂了；或者不辨是非地反省自己，老师总是对的嘛，只怪自己下工夫不够；或者很失望，因为老师没有给出满意的答复；最可怕的是学生失去了求学的积极性主动性，以为自己很幼稚，问题问得非常肤浅，被老师和同学笑话了，今后要缄口不语少说为佳。这样的学生毕业以后去当教师，就难免不以这样的态度影响他的学生。从这一点来说，我是在误人子弟。这种误人子弟，要比专业知识上的疏漏更加严重。专业知识以后可以再补、再改，定型的学习态度、工作态度改起来就难多了。我们常常说要鼓励学生主动活泼地学习，其实，很有可能是我们教师的这种不耐烦、不屑一顾的态度，使学生的积极性受到影响。

《论语》上说"知之为知之，不知为不知"，无论做人、做学问我们都应该本着这种老实态度。可是实际上真正做到就不容易了，特别是在年轻人面前，在学生面前。张老师在这方面也给我上了很好的一课。我去请教问题，他能够解答的自不必说；他一时回答不了的，也绝不闪烁其词，顾左右而言他。或是查检有关研究成果，或是向外校老师专家请教，或是老老实实非常诚恳地说这个问题实在解释不了，他总是平等地给学生一个真诚的答复。有时我问一个问题，他就把相关的问题主动摆出来。有时我的问题表面上解决了，但是他主动把问题引向深处，并且说他自己也正在思考，眼下还说不出个道理。他这个做法，就主动地把自己的缺陷短处"暴露"在学生面前，可是他每次这样做都是极真诚、极从容自然的，丝毫没有卖弄或故作玄虚之感。而学生也就在老师的这种自我"暴露"中真正有所得了。

我能从张老师那里得到这么多的指导和帮助，我想，不仅仅是因为他有业务上的能力，更重要的是，他待人处事的真诚平等的态度使学生敢于而且乐于向他请教问题。我想，他真诚的态度，来自他真诚的指导青年人、帮助同事的愿望。只有内心深处具备了这种愿望，才能真正做到诲人不倦。诲人不倦是古人提倡的大家公认的师德，但你要诲，别人未必愿意接受你的诲。现在常听到有人抱怨学生没有学习的主动性，不向老师求教。我以为这只说对了一半，甚至是一小半。我们都当过学生，谁不愿意学多一点学深一点呢。问题还在老师怎样引导。一个好的老师固然需要坚固的专业基础，也就是所谓有学问；但是你学问再大，如果高高在上，眼里全然没有学生，不能真诚平等地相待，谁还愿意、谁还敢向你请教呢？你的学问没有用到学生身上，它还有多大的价值呢？

每个人都希望自己能遇到一位好老师。可怎样才算是位好老师呢？初当教师，很自然地就会把全部精力都用于钻研专业知识，对于师德一类的问题是顾不上的，甚至不屑一顾，总觉得那是虚的，专业知识才是硬碰硬、实打实的，只要专业知识过硬，自然就能成为学生欢迎的好老师。随着工作经验的增长，我越来越体会到，要成为一位真正受学生欢迎、真正于学生有益的好老师，远不是仅凭过得硬的专业知识就可以的。职业道德的重要性是怎样强调也不会过分的。而真正理解职业道德的重要性并且能在实际工作中自律，是需要我们付出全部努力的。

（作者：汪大昌 首都师范大学文学院副教授）

我的老师申先甲

王士平

申先甲，1937 年生。中共党员。1961 年毕业于北京师范学院物理系。首都师范大学物理系教授，享受国务院特殊津贴专家。曾任中国科学技术史学会常务理事，兼物理学史专业委员会主任，中国高等物理教育研究会理事等。长期从事物理学史、自然科学史、科学哲学和潜科学的教学和研究工作。主要著作有：《基础物理学的辩证法》、《中国现代物理学史略》等；主持编写"潜科学丛书"、"科学思想丛书"等。

在我们物理系现在学生的眼中，我也算是一个有一定资历的老师，而且我又是现任物理系分党委书记。所以，他们在编辑系刊《希望号》时，特意委派了两名一年级的新同学来采访我。在采访接近尾声时，他们向我提出了这样一个问题：我们想知道对王老师影响最大的人是谁？我的回答是：对人的一生产生影响的有三类人：一是父母，二是老师，三是朋友，在我的老师中，对我影响最大、最深的人应该是：申先甲教授。

在物理系，甚至在物理系以外，熟悉我的人都认为，我之所以能在学术上取得一定的成绩，最主要的原因就是我有一个好老师——申先甲。这一点我自己也是非常认可的。但是，他们可能还有所不知。看上去申先甲教授就是一个平常的教师；但是，在我的心目中，他不仅仅学问高深，而且还是一个品格高尚的老师。在日常的接触中，他也从没有告诉我应该这样或者应该那样，但是，他是一个非常令我敬佩的老师，是一个在业务之外还教给了我许多东西的老师。

申先甲教授的课讲得好，那是众所周知的。无论是哪一届学生，只要是听过申老师的课，都留有深刻的印象。由于我是"近水楼台先得月"，听过多次申老师的课，自然更是每听一次都有新收获。但是，很长时间里，我没有仔细地想：为什么申老师的课能讲得如此"叫座"？

近些年，我接触的中学教师多了，那些参加了"硕士研究生课程班"的中学老师发自内心的赞叹，引起了我深深的思考。这时，往日申老师那些不经意的话语一一浮现出来。我知道，无论是讲课，还是作一个报告，申老师都会极为认真地进行他那"程序化的准备"。

在这个程序中，第一步是广泛收集资料。申老师不仅收集到不同版本的教材，而且把报刊上对相关问题的讨论也都一起找来。用老师的话说，就是针对一个题目，把当时的研究成果包括各种不同的看法，都要了解到，都要一一进行分析、消化。然后，把所有有价值的东西都吸收进来，在这个基础上编写出一份详细的教学内容。做到这一步是不容易的，尤其是对每一个题目都能这样做，就更不容易了。因为这不仅要花费大量的时间，同时也需要平时注意积累。申老师为什么能做到这一点，我想与他信奉"要给学生一杯水，自己得有一桶水"是有很大关系的。第二步是写出一份精炼的教案或报告初稿，这时要考虑的是整体教学的需要以及学生的接受能力。第三步是写出一份提纲，作为自己上课时备用，这是因为老师的眼睛不好，上课或作报告时不可能很方便地看那么多字的教案。第四步是默讲一遍，主要解决的是语言表达问题，包括讲授的每个问题之间如何衔接。这样下来，这次课就真的"背"下来了。我介绍了申老师的这个备课程序，你也一定会得到这样的结论：申老师的课讲得好，真的主要不是口才出众，而是"用心"备课。老师曾用著名豫剧表演艺术家常香玉"戏比天大"的名言，来表达他对教学的态度：作为一个演员，最重要的是把戏演好；一个老师爱岗敬业就体现在教书上，搞好教学是教师的第一天职。直至今日，老师还在给中学教师"硕士研究生课程班"讲"物理学史"。这是老师讲过多次的熟课，但是我们每次看到的都是新的教案。这就是老师常说的：每次上课，即便是讲过多次的旧课也不照搬过去的，总要加进新的进展、新的体会和新的心得。我听申老师讲课，感受最深的就是他讲得非常透彻、有深度、富于启发性。这不仅仅是因为他有认真的态度和肯于下工夫，还来自他结合教学需要所做的那些深入而丰富的研究。

说起来，申老师教书已有 40 余年，但我发现他也有不"成熟"的地方：只要有课，在上课的前两天他就开始有些"紧张"，用他自己的话说，就是吃不香、睡不熟。可是，一旦他走进教室，你就会看到一个神采飞扬、口若悬河的老师。认真教书不难，难的是像他那样，几十年如一日地用心教书。

申先甲教授是 1984 年加入中国共产党的。要知道，这是他申请了 30 年才实现的愿望。那是在 1955 年，他 18 岁时就提出了入党的申请，而且他一直思想进步、学习优秀，还是一名称职的学生干部。但是，由于家庭出身的原因，在以阶级斗争为纲的年代，他的入党愿望一直没有实现。据说，由于各个方面表现突出，他的入党问题还曾经拿到北京市委讨论过。在经历了"文化大革命"以后，有一些知识分子放弃了自己在政治上的追求，不再要求加入中国共产党了。申先甲教授依然坚持追求共产主义这一信仰，坚持为祖国强盛而奋斗这一愿望。提出入党申请不难，难的是像他那样，历经 30 载而矢志不移。

申先甲教授先后发表的论文有 40 多篇，出版的专著、与人合著以及担任总编或主编的学术著作多达近 20 种。正是这些学术研究成果奠定了他在中国物理学史研究领域的领头人地位，也使得他的课总是能为学生解惑，能给学生带来多种启示。最令人难以想象的是，这些著作的写作是在克服了巨大的生活困难的情况下取得的。在 20 世纪 80 年代中期，他的妻子王师母不幸得了"类风湿"病，这是一种不明病因、极难治愈的疾病。老师花费了大量的时间与精力求医问诊，四处奔波始终效果不佳，渐渐地师母的病情越来越重，老师不仅要承担所有的家务，而且精神上承受了巨大的压力。这时，申先甲教授已开始招收研究生，教学任务又十分繁重。真是里里外外一把手。真金不怕烈火烧，最困难时见师德。申老师以顽强拼搏的精神，战胜重重困难，科研、教学、家务几不误，显示了一个党员教师的高尚品德，为物理学教育作出了新的贡献。出版学术著作不难，难的是像他那样，不惧艰难困苦而始终笔耕不辍。

在我成长过程中，申老师也是花费了许多心血的。我最初写的文章，题目是老师出的，一些材料是老师提供的，文字是老师润色的。多年来，直到我自己已经有了高级职称了，文章或书稿写好后，仍然是申老师给把关的。只是近年来，由于申老师的视力已经十分困难了，我再不好意思麻烦老师了，才不再把所有的稿子让老师看过。其实，心里还是挺想让老师看自己的稿子的。为什么？因为每次拿回老师改过的稿子，上面肯定有密密麻麻的老师的笔迹。正是这些改动，让你看后赞叹不已，觉得自己怎么就没有从这样一个角度去思考，怎么就没能像老师那样写。一次次，一点点，我就是在这样的教诲中得到了提高，有了进步。我印象最深的是我第一次上课，老师把我的教案拿走审阅。其实，在写教案之前，已经与老师都讨论过了。但是，令我没有想到的是，老师看得极为认真，就连我所有写错的字，全部改正过来。那时的教案都是手写的，字写得多了难免有些潦草，而我的老师矫正视力又只有 0.2 左右，我拿到老师改过的教案，内心久久不能平静。给学生改稿子不难，难的是像他那样几十年如一日，一丝不苟而精益求精。

我的老师申先甲办理退休手续已经五年了，但是他退而不休，仍然勤奋地进行教学与研究。对年轻的研究生，他总是不厌其烦地解答他们的问题；对年轻的老师，他总是不断地给予鼓励和帮助。两年前，应人民教育出版社之邀，由申老师负责其中一个模块，指导我们编写"物理课程标准"高中教材。他结合多年的积累与研究，撰写出近万字的"编写目的和指导思想"，使我们编写教材有了遵循，打下了坚实的思想基础。他不顾严重的眼疾，又以他一贯的作风，认真审读了几十万字的稿子，一一作了修改。我收藏起申老师给我改过的教材草稿，它印证着申老师的心血。

申老师把自己的心血都用在教育事业上，他是我永远的老师。我会努力把我从申先甲老师身上学到的东西，用到我的工作中，让那种诲人不倦的精神体现在我对学生的感情中。让那种勇攀科学高峰的雄心壮志，在我们这些聆听过他的教诲的学生中传承不止，发扬光大。

（作者：王士平 首都师范大学物理系教授）

从深山里的孤儿到大学教授

杜希贤

杜希贤，1937年生。中共党员。首都师范大学美术学院教授。1960年毕业于北京艺术师范学院美术系，留校任教。1964年转北京师范学院美术系任教，并兼国画教研室主任。中国美术家协会会员，中国老教授协会文艺专业委员会委员。曾参与编写人民美术出版社出版的初中美术课教材及教学参考书、人民教育出版社版高中美术课教材及教学参考书。参与编撰《中国中学百科全书》、《中国小学教学百科全书》并任编委。出版有《杜希贤中国画作品集》。

一个出生在吕梁山只有两户人家的小山村的孤儿，依靠自己的不懈努力和政府鼎力资助，克服种种困难，把握住一个个机遇，走出深山，从贫穷的农村家庭，步入县城中学读书，幸遇美术老师龙江先生的引导，1955年考入北京艺术师范学院美术系学习，1960年毕业，留校任教。1964年原北京艺术师范学院撤销，并入北京师范学院，成立美术系，从此我在首都师大教育岗位扎下了根。曾被评为北京市高等院校优秀教师，1997年退休。

207

从 1960 年至今，在四十几年的教学生涯中，我一直自觉和不自觉地遵循着几个原则：敬业精神、不断提高业务水平和开放的教学思想。这似乎是老生常谈，但是真能做得很好并不容易。

在北京艺术学院美术系学习和工作的九年里，受卫天霖、吴冠中、白雪石、吴静波、俞致贞、阿老等老一辈先生的言传身教。我们学习了他们对教学非常认真负责的优良作风，并把这种好作风带到了首都师大。在北京几所美术院校中，首都师大美术学院认真的教学作风，是很突出的。就连被调到中央美术学院的年轻教师，也仍然保留着对教学认真负责的作风。所以说教师的榜样作用是很重要的。

有一年寒假准备开学后上课，同学告诉我教室漏水无法使用。我去看过，发现不单漏水，教室窗子还关不上。按教学计划要上人体课，教室需要有一定温度保证。我找到当时系行政负责人。他们说，早已向学校打了报告，回答是：教学楼是沈阳的工程单位承建的，北京买不到同型号的螺丝，修楼顶因经费和计划问题，近期内无法解决。怎么办？有人说这不是老师应负的责任，什么时候有了教室什么时候再上课。我当时心里着急，不能干等着耽误学生上课，试图自己解决。我先爬到二层楼天窗教室楼顶，发现由于楼顶积雪融化，下水孔道被沙土杂物堵塞，雪水排不走，长时间浸泡，造成渗漏。有位男同学发现我在楼顶，也爬上去和我一起清除淤泥，铲雪排水，解决了教室漏水问题。我又到五金店买来粗细相同的铁螺丝，将其锯成合适的长度，拧上螺丝才关严有些变形的窗子，保证了按期上形体课。为了上好课，我没有考虑过分内分外的问题。

一次我在指导毕业创作时，为保证作品质量，我把自己保存得最好的国画颜料分给学生用，并且照着我们老师教的做法，吩咐学生"藤黄莫入口，胭脂莫上手，藤黄中了毒用花青解"，这是自古传下来的有关安全使用相关国画颜料的知识。后来，一个星期天，有同学从医院打来电话，说某女同学，因与男朋友闹矛盾，吞下了一块藤黄色，现正在医院抢救。我急忙赶到医院，看到这位同学脸烧得通红，虽然把藤黄吐了出来，并洗了胃，但仍然痛得厉害，打了止痛针只能起一会儿作用。我赶紧回家拿了花青膏到医院。因为医生没有这方面的知识，医生说，你们给她喝这种东西，你们自己负责。我冲了一杯花青汁，自己先喝了一口，觉得没有异味和刺激感，才让她喝下去。后来医生也查出藤黄中毒可以用花青汁和绿豆汤解毒。在医院的多方抢救下，这位同学治愈出院了。那个班的同学说我就像他们的老爸。现在家庭多是独生子女，孩子在家里是宝贝，做父母的把孩子交给学校，老师应体谅他们的心情。

　　在教学过程中，我发现，一句同样的话，由名家嘴里说出来，和从一般老师嘴里说出来，对学生的作用是大不相同的。美术教育有其特殊性，因为美术作品的水平高低优劣没有固定的衡量标准，如果教师水平不高，指导学生说不到点儿上，给学生作技法示范时也不能服人，教学效果自然不好。因此教师必须努力提高自己的业务水平。为此，20世纪60年代初，我一边上课，一边加强自己的基本功进修。故宫博物院每年10月底11月初要将一批珍贵的名画陈列出来晾晒，并供人观摩，那时看展览的人很少，我每天去故宫趴在展柜上临摹，展室里很冷，在当时的年轻教师中能这么吃苦的并不多。通过一系列的临摹，对传统国画有了更深的理解。学校又送我到北京画院跟老画家进修，经过不间断的努力，提高了自己的业务能力，在学生中具备了一定的威信，并且因为在教学中我很重视调动学生学习的主动性，因此从来不用担心学生不好好听我的课。

　　我认为与敬业精神和业务水平相比较，正确的教学思想是更加重要的。我发现有不少教师，教学思想不够开放，因而会与学生闹矛盾，影响学生的学习。对于古训"教不严，师之惰"的理解比较浮浅。教学不负责，放任学生自流，这种错误比较明显，容易引起注意，得到纠正；然而教师的艺术观点比较陈旧，跟不上时代的步伐，在教学中，固执地将自己的陈旧观点强灌给学生，这种做法，看似严格，其实却是有害无益的。绘画的时代面貌是很明显的，每前进一个十年段，其审美观念都不尽相同。有的教师按自己年轻时形成的审美观念，强加给今天的年轻人，就显出落后和保守的迹象。另外，高水平的画家也不一定是高水平的教师，因为他们往往按自己画派的主张去套每个学生，不能依据每个学生的不同气质和爱好，因材施教。这么一来，就会在学生心里造成很多困惑。美术界写实派画家骂非写实派画家是胡来，而非写实派画家又骂写实派画家是自然的奴隶。如果全国有百万画家和业余学画的人，都按一个模式画画，培养的学生像一个模子铸出的，谈何百花齐放。

还有一个值得注意的问题，一个教师或画家，其修养达到一定高度时，就会追求功夫在画外的境界。他们迈过了基本功的门坎，升入不愿受基本功局限的高级段，追求自由发挥的艺术效果。这样的教师，往往按照自己新的体会，自己感兴趣的话题，教导还不具备基本功能力的学生，乃至把学生打进闷葫芦里。这种现象也是比较普遍的。我国南宋大诗人陆游，年轻时迷于诗的华丽辞藻，老年时醒悟到写诗要"功夫在诗外"，并以此教导他的儿子，然而他的儿子却并没有作出更大的成就。一个教师，如果只注意自己的新的体会而不注重学生的实际水平和需求，无论你的绘画水平多么高，你多么负责，多么严格要求学生，如果不能从学生实际出发，对学生都是有害无益的。

为了使自己具备一种开放的教学思想，克服观念上的偏见，我对中国绘画发展史、对现代西方美术史进行研究，了解西方现代各流派形成的思想基础和历史原因，从而理解青年学生绘画新思潮的源流，知道了不可以用保守的观念，去反对甚至讽刺挖苦他们，应和他们一起学习、探讨新的美术观念、理论。年轻人总是代表着未来，只有理解了他们，才能更好地引导他们。教师必须克服教学思想上的保守性、随意性，开阔教师自身的思想境界，我认为这应是教师师德的重要组成部分。

1997年我退休后，为发挥余热，除给中国军事科学院老年大学上课外，把主要精力投入到绘画创作和有关美术的社会活动之中。我不吸烟、不喝酒、不下棋、不玩牌，不放过每一天的宝贵时间。中国画画家和中医一样，随着年龄的增长，知识的积累，越老经验越丰富，60岁以后对国画家来说正进入创作的黄金时期。我的绘画作品现已被中国美术馆、北京市美术家协会、人大常委会、中南海、天安门、北京会议中心等多个单位和中外人士收藏。

作为一名首都师范大学的教师，至今工作已46年了，能用这40多年积累的经验和能力，在退休后还能为社会做些工作，在心情上我是愉快的！我真正体会到什么是"老有所为"、"老有所乐"。

心怀大教育　数学要好玩

李毓佩

　　李毓佩，1938 年生。1960 年毕业于北京师范专科学校。首都师范大学数学科学学院教授。两次获得北京市优秀教师称号，1992 年起享受国务院颁发的政府特殊津贴。1993 年获北京市高等学校教学成果一等奖。1979 年开始从事数学科普创作，出版各类科普作品 120 部，约 1100 万字。作品曾获得"中国图书奖一等奖"、"国家图书奖"和"国家'五个一工程'奖"。被中国科普作家协会授予"建国以来成绩突出的科普作家"称号。作品被译成多种少数民族文字出版。多种图书在香港地区、台湾地区、韩国出版。

教学要为学生的将来着想

　　身为一名高等师范院校的教师，培养出具有发展潜力的中学师资是头等大事。要做到这一点，首先要了解当前中学教育的现状。我是高师数学教师，当然首先要了解中学数学教学的现状。

　　在我国，数学课是中学教学的重点，课时多，作业分量重，升学时不管文科还是理科都要考数学。可以说，数学从小学一年级开始，就受到学校、家长和学生的高度重视。

但实际情况是，很多学生并不喜欢数学，一上数学课就皱眉头，作业不能按时完成，考试常常不及格。究其原因，这些学生对数学缺乏兴趣。造成这种现象的原因是多方面的，比如，教材枯燥无味，脱离数学学科发展的历史，脱离学生的现实生活，等等。再加上有些教师教学不得法，讲课背诵课本，刻板，乏味，也是学生厌学的重要原因。

著名数学家陈省身说："数学好玩。"可是在我国中小学的数学教学中，并没有体现出数学有多么好玩。我认为高等师范院校的教师就应该以身作则，首先在自己的教学中要体现出数学的好玩。我在自己的教学中，结合所用的教材，也有意识地结合中学的数学教材，讲解一些数学史的小故事，数学的趣闻、轶事。比如讲"幂"，告诉学生古代的幂上面写作"冖"，什么意思？"冖者，覆也"，也就是盖桌子的布，它上面是平的桌面，两边还垂下一点，是一个象形字。后来演变成正方形桌面的面积，这样幂就和面积挂上了钩，进一步又和 a^2 联系在一起了。如果中学教师也能这样给中学生讲幂的概念，学生会觉得好玩多了，其实许多中学教师也想把课讲得生动一些，苦于没有材料可讲。我在教学中，经常插入一些史料，学师范的大学生都很爱听，他们把这些知识和方法将来应用到中学的教学中去，会增加数学课的趣味。

身教重于言教，我认为高校教师在教学中教法是否得当，内容是否生动有趣，都将潜移默化地影响学生将来的教学，影响他们能否成为优秀的中学教师。

谁来关心那些不喜欢数学的学生

我认为高师的数学教师，心中应该怀有大教育的理想，也就是说，不局限于在本学校的教学，应该把自己的教育责任铺到中小学，铺到社会上去。特别是关心那些不喜欢数学的中小学学生。

他们为什么不喜欢数学呢？主要是数学不吸引他，对数学没有兴趣。

我从 1979 年开始，利用课余时间从事数学科普作品的写作。20 多年来，在国内出版各类科普作品 100 余部，在我国台湾和香港出版了 40 多本，韩国也翻译出版了 3 本，读者对象就是中小学生。

我写这类科普作品，是要告诉小读者们数学多么有趣，数学天地里有数不清好玩的东西，有许许多多未解之谜，目的是让他们首先喜欢数学，进而学好数学。我把科普创作看作是我的教学工作的延拓，是我教育工作的一部分。在大学讲堂上，听我讲课的充其量也就是几十个学生，而看我书的青少年，何止几十万？我认为这是一种大教育。

我一直在告诫自己，不要去当小读者的数学教师，我不应该代替中小学的数学老师去系统讲授数学知识，千万别把自己的科普作品写成数学教科书，写成教学辅导材料。我要通过各种少年儿童喜闻乐见的方式，向他们介绍数学的一些思维方法，看问题的观点以及如何巧妙地去解一些数学趣味题。想尽一切办法让他们觉得数学好玩，有用，让他们喜欢上数学。因为，只有喜欢了，才能主动地去学好它。兴趣就是好老师。

虽说"数学好玩"四个字是陈省身先生于 2002 年写下来的，但是，20 多年来，我实际上是一直按着"数学好玩"这个思路去从事科普创作。经陈省身先生同意，2004 年 1 月长虹出版社（即解放军出版社）给我出版了"数学好玩丛书"，一套 4 本，约 60 万字。在这套书中，我极力收集数学中好玩的东西，譬如"乌龟背上的数"，"用诗歌写成的数学题"，"数字迷信"，"足球中的数学"，"海盗藏宝"，等等。读者读起来，既是数学书，又像故事书，有轻松感。

数学科普通俗化和趣味化的道路有许多条，数学和文学结合是一条重要的途径。一位教育家说过，不爱学习的孩子有不少，不爱听故事的孩子却一个没有。我借助故事这个文学载体向孩子讲数学，实践证明是一条很好的道路。

台湾政治大学新闻系教授谢瀛春先生，在评论我的科普作品时说："数学系教授写数学书籍，一般人看得懂吗？会不会枯燥乏味？这些疑问难免因人们对数学教师的刻板印象而起。而李毓佩教授流畅的文笔，藉着故事人物'铁蛋'和古代数学家毕达哥拉斯、阿基米德的对话，把三角学、黄金律及物理学的杠杆原理介绍给读者。一个故事接一个故事，数学哪有艰涩枯燥之理？原来数学也可以像故事书一样可人！"

我的工作得到政府部门的鼓励，多次获奖。我的工作也得到数学专家的认可。2002 年 3 月 18 日，中国科普作家协会和中国少年儿童新闻出版总社联合召开了"张景中院士李毓佩教授数学科普专辑研讨会"。张恭庆院士说："张景中院士和李毓佩教授的系列数学科普读物，许多数学思想被他们准确无误而又浅显易懂地介绍出来了。读起来兴趣盎然，其中有些解题之巧智不能不令人拍手叫绝。"

终生关心教育

退休以后，虽然身已离开讲台，但是心却想着教育，关心着教育事业和教育改革。

首先，我认为当前中小学生数学作业负担偏重，教师过于注重做题技巧的培养，而忽视了想象力的培养。我在《中国教育报》等几家报纸上发出呼吁："我国中小学生不缺题做，缺的是想象力。"我的观点被许多教育网站选用。

其次，我认为我国教材过于枯燥，除了定义、定理就是习题。既脱离学生的现实生活，也毫无兴趣可言。我极力主张，数学教材要科普化。为此，人民教育出版社的全体数学编辑请我作了一次报告，题目就是"数学教材要科普化"，全面阐述了我的观点和做法。

许多为少年儿童编写的科普杂志，都是深受他们欢迎的课外读物，办好这些报纸杂志，也是教育的重要环节。我除了给他们写稿，还和编辑共同讨论如何办好这些杂志。当了一辈子教师，对教育有割不断的情感，虽说退休多年，但是对教育关注的热情是永不泯灭的。我愿为数学科普事业奋斗终生，让我们的中小学生渐渐觉得数学好玩，数学有趣。

我之所爱　我之欣慰

常锐伦

常锐伦，1939 年生。中共党员。首都师范大学美术学院教授、博士生导师。1960 年毕业于北京艺术师范学院美术系，同年分配到北京东城区分司厅中学任美术教师。1973 年调至北京师范学院任教。中国美术家协会会员。曾任人民教育出版社版小学美术教科书主编，人民美术出版社版高中、中师、中小学美术教科书主编，《中国中学教学百科全书·美术分卷》、《中国小学美术教学百科全书·美术卷》主编，出版理论专著七部。

　　我一生写过有关美术教育的文字 300 余万，却从未想到写一篇谈个人师德表现的文章，但由于邻居李幼兰老师的盛情约稿，只得勉强为之。想想自己从一个毛头小子教小学一年级开始，至今带了几届美术教育学博士生，其 45 年间确有些故事可以讲给青年教师听，然而自己写出来不免有自吹自擂之嫌，甚感汗颜。

　　1960 年我从北京艺术师范学院（后改北京艺术学院，后并入北京师范学院）美术系毕业，被分配到正在搞九年一贯制实验的东城区分司厅中学。当时因"课改"，取消了初中二、三年级的美术课，老的美术教师尚须改行，何况一个刚毕业的与中学生相差无几的小个子青年，校领导就让我到小学部。这样，我便从教小学一年级开始了美术教师的生涯。当时无美术教科书，上第一节课我便打破常规，带着学生走出教室到校门口的金鱼池边，引导学生观察金鱼的种类、形体特征和各种游姿，然后带回教室，我在黑板上画、学生在作业纸上画观察金鱼游动的感受。学生们交上来的作业，笔法稚拙却生动地表现出金鱼充满生命力的可爱。学生作业让我激动不已，其他老师们也纷纷来看，并大加夸奖，我心中充满成功的喜悦。由此，我爱上了美术教学。一个学期过后，我的教学搞得很好的消息不胫而走，学生作业不断被邻校教师借走传阅。

每当课间我站在三楼教研室窗前，俯看操场上孩子们奔跑戏耍以及跳猴皮筋的场面时，就被那大地衬托着的各种色块活跃的运动节奏而感动，并产生创作的冲动，课余便开始了以儿童为题材的美术创作。1961年《人民日报》发表了我的画作和文章，这又使我感到学校生活是我美术创作的源泉。我尽量熟悉儿童，小学生们也视我为大哥哥，课间和课余不断有学生找我、围着我，要我画他们，给我做模特儿。白天上课，晚上搞创作，作品不断发表和参加美展。

三年后，学校让我教初中，且做初一班主任，一个比学生大不了几岁、个子没他们高的我，怎样才能将一个班搞好，心中实在无底。我便在学生入学前一个个家访，物色班干部，提前与班干部谈心交朋友，取得班干部信任后，这个班便在小干部的协助下很快形成了集体。为了让这个集体更团结，我带领他们搞诸多活动，与他们一起读课外读物，变着花样地搞班会、节日晚会等。一次学校组织游香山，我怕学生乱跑出事，就先带他们顺着台阶路爬香山鬼见愁，我仗着体壮劲足，走在前面，到山顶后学生累得气喘吁吁，都老老实实坐在我身边，再无人乱跑。其后游香山各处时，我作导游，边走边讲香山的典故，学生们听得津津有味，无一人离开我的身边。如此，一个小个子老师却有了相当高的威信。

20世纪60年代，每到麦收、秋收时节，都要带学生下乡劳动。生产队将队部大房子腾空，地上铺上麦秸和稻草便是床铺。睡觉时我们师生挤在一起，为了便于管理和防备出事，我总是睡在临门处，以便夜间学生解手时我关门。

雷锋事迹发表后，校领导要搞一个雷锋事迹展览，为此，我住在展室日夜奋战，突击五天就搞了出来。门口是大幅的雷锋画像和放大了的毛泽东的"向雷锋同志学习"的手迹，展室内排满一幅幅雷锋事迹的图画。学校组织各班轮流参观，由此掀起学雷锋的高潮。办展览的那五天我没进班，由于学生知道我在干什么，并看到我的紧张与劳累，全班的表现居然比平时还好，这让我非常感动。由于雷锋画像博得全校师生的赞扬，展览效果轰动，我班的学生觉得他们脸上很有光彩，并为我而自豪，从此更加喜欢上了我。

那时，学校要求学生写日记，班主任要检查日记。我不是简单地批个"阅"字，而是在日记上写一段与他们交流的话，并鼓励要好好学习毛泽东思想。"文革"开始，不少老师都被贴了大字报。我班的学生没造我的反，反而保护了我。一个外班的学生因不满一位音乐老师对他的尖刻批评而记仇，"文革"开始他便画了好多幅丑化这位老师的漫画像。这位老师脸上有麻子，那漫画便在一个头像的脸上点上许多墨点，并写有"×麻子"三个大字。我看不过去，就对这位学生说："这叫什么革命？"该生便马上写我一张题为"常锐伦压制革命"的大字报，我班学生见到后，马上给该生写了一张"×××，你听着，打击革命教师常锐伦绝无好下场"的大字报，文中列举了我早就要他们学习毛泽东思想的事例。由于我班学生给我定了个"革命教师"的调子，此后便没有学生给我写大字报了。但我仍然害怕因"文革"前经常在报刊上发表画作而给我扣上"资产阶级反动学术权威"或"封资修文艺路线"的帽子。为自保,我哪个派别也不参加,但又怕说我是"逍遥派",就拼命地画宣传画,写毛主席语录,并以"反修笔"为名出摘抄报刊的"大批判专栏",我班的学生主动帮助我贴。就这样,在我班学生的保护下,我安全地度过那动乱时期。冬季拉练时,那些初中生们也要背着被子和盥漱食具行军,我作为班主任,边走边鼓动他们加油,并帮力气小的学生背东西,每到一处安排好学生后我才休息。正因为我们师生关系融洽,这批学生后来上山下乡时都与我洒泪而别。90年代后,已经50多岁的学生们仍一批批地来看望我,让我感到做教师的幸福。

1973年1月,我被调到北京师院,当年便派我做插队知青的带队干部。我带的这批知青是北京43中的初三毕业生,大多是北师大和地质科研所两单位的子女,他们叫我老师,我也将他们视为学生。插队在延庆山区大庄科公社。我负责的一片有六个村庄,分布在深山各处。开始,我一个村一个村地落实知青的住处,帮助他们学会烧菜做饭安排生活,并与他们同吃同住同劳动。我还回京召开过一次家长会,向家长汇报知青安排情况,让家长们放心。而且取得公社的同意,规定知青三个月回家休息三天。一次,休假的日子到了,因塌方,公路无公共汽车,我便从大庄科步行几十里山路到昌平,再乘车到知青家长的两个单位,联系公车去接他们回家。此举博得知青的欢迎,我不仅被他们视为老师,也被视为最关心他们的可信赖的贴心人。此外,我还要求与我同屋住的知青将教科书带来,鼓励他们晚上温书,所以当高校招生时,与我同屋的七名初中毕业的知青便有三位考上了大学,其中一位如今已是《文艺研究》的副主编,他每期杂志都要给我寄来。

带知青劳动结束回师院后,让我做工农兵学员的班主任。当时校内搞"反右倾回潮运动",学生不能上课,我便以"开门办学"名义，将我的班带到工厂、农村和部队，在完成对方要求的绘画任务外，便可放开手脚地画模特儿、画风景，学生专业能力提高很快。这个班毕业前的教育实习，系里安排我带两位学生到延庆五里坡学校实习。五里坡村在何处？延庆最北的深山区，毗邻河北省。我们师生三人先在县城北边 10 里之遥的靳家堡村住一宿，次日清晨吃过早饭，带上午饭，先要爬过村北的那座大山，就是挡住龙庆峡水库之水的那座高山（那时尚未修成水库）。当我们爬过高山之后，已是中午。山那边是地势又高一层的山区。我们便在溪流边，用三块石头搭了个灶，用铝饭盒盛了溪水，拣拾干柴烧水吃饭。这溪水便是今日龙庆峡水库上游之水。休息片刻，我们顺着依稀可辨的山间小路，走在布满高寒地带的灌木及小白桦林间，至下午 4 点钟时，一个向下的大斜坡出现在眼前，坡的尽头可见一个小村庄。这个坡有五里之遥，村子也因坡而得名。到校后，我们已经疲惫不堪。该校老师介绍五里坡学校不仅有本村的孩子也有河北省邻近山区的孩子，总共十多个学生，分为初中和小学两个复式班。在五里坡住了一宿，次日我还要返回延庆，送其他学生到各山村学校。那真是一段难忘的经历。两个实习生中的一位，如今已是中央美术学院油画系主任的戴士和教授。

80 年代，美术系的学生想当画家，不愿做教师，所以带本科生教育实习必须先要做学生的思想工作。为了使学生重视教育实习，我与实习学校老师一起制订详细的实习计划，并公布出来，而且我每天第一个到实习学校，等学生一个个到来。学生见我如此，也都不迟到，并能提前到校。备课和试讲是教育实习的重要环节，实习生的教案我一一过目，并帮助设计教学过程。那时还没有微格教学，试讲时我严格把关，对试讲的任何环节，包括语言、板书、演示，甚至服装、动作、教具摆放的次序等细节，都予以分析和示范。有的学生试讲要经过二三次才能通过。

学生为了顺利通过试讲，事先都要在教室、宿舍里互相计时试讲，有的同学在家里请家人帮忙计时试讲，学生的努力是很感人的。对学生的严格要求就是培养他们的教师责任感。正是在严格要求下，学生的实习教案抄写得十分工整，并配上"范图"和步骤图，所以美术学院学生文图并茂的实习教案在首都师大历届全校评比中都是第一。实习生的努力获得的回报是，受到实习学校师生的好评和中学生们与他们交上了朋友，实习过后中学生们还来首都师大看望实习老师，使实习生们感到当老师的乐趣，扭转了许多学生不愿当美术教师的想法。

我从教45年给学生上课没迟到过一次，一般都是提前进教室，即便今日，我给学生上课仍保持提前10分钟到教室。在第一节课上如有学生迟到我是要对其进行教育的，我将"不迟到"与"诚信"等同。由于学生知我如此认真，第二节课便无人迟到了。

首都师大美术学院是教育部确定的美术教育人才培训基地，有培养中小学美术教师任务，我也有各种机会接触很多中小学美术教师，有人向我反映或抱怨校领导不重视美术课，却要让他们干很多额外的事情时，我便给他们讲我在分司厅中学的教学经历。我在分司厅中学任教时，那是一所小学"戴帽"不久的初中校，学校教学条件很差，没有美术教室，我主动组织起美术小组，小组活动时要寻找活动地点，教学生画素描要到邻校借石膏像，因无活动室，多是我带学生在校内外写生和画速写。就在校领导不知或知也不过问和无任何条件的情况下，我的美术小组成员大多考上了中央美院附中和北京工艺美校，仅考上美院附中的，最少的一届是三名，最多的一届占美院附中招生的五分之一。那时中等美术学校全国只有三所，美院附中因面向全国招生，最难考。因此分司厅中学便引起了美院附中的注意。我是凭着教师的天职在课余时间不收费、不计课时地指导一群受我影响而喜爱美术的学生们。现在这些学生均已成材，其中在北京画院已是著名画家的杨刚，在中国美术馆搞个人画展的前言中写道："我在初中时遇上了一位好的启蒙老师常锐伦……"。作为教师，学生重视你，永不忘记你，已令我心满意足矣！我在分司厅中学时，每到开学时，全校各班都来找我写教室黑板上方的"班训"，我用板刷在报纸上写，教学生们怎样用大头针别在红纸上剪和怎样贴。那时英语老师讲课用的挂图都由我来画，而且每到重大节日，我都要创作数幅宣传画张贴在校园内，以增强节日气氛。我既是美术教师，也将自己视为学校的美工，正是我乐于做学校的"美工"，它练就了我快速的美术创作能力。我在学生心目中既是好的美术教师，也是画家。作为教师，我每上完一节美术课都要组织学生搞作业展览。作业展览使学生们感到学有成就感，所以他们爱上我的课，我心里也为此而踏实。我能说，我无愧于美术教师这一神圣的职业。我的美术课上得好，吸引了北京市教师进修学院来人听课，我的母校组织学生来见习和实习，即便如此，校领导也未曾听过我一节课。但他们心中还是有数的，当北京画院要调我时，学校坚决不放，并对我封锁消息，是数年后画院调我的人告诉我时，我才知道我失去了一个做专职画家的机会，不过却也成全了我从事美术教育全程的事业。我对有怨气的中小学美术教师们说：你们所处的时代和教学环境发生了翻天覆地的变化，国家搞三年一届的美术教学基本功大赛、美术教育论文评比、教学录像课评比，就是对美术教育的重视，就是要给有本事的美术教师出头的机会。这些有怨气的老师们听后颇有感触，表示首先在于自己搞好教学工作，能否干出成就，不完全在领导重视与否。

我带硕士研究生时，早已过了知天命的年岁，但在同学生艺术考察时仍与他们同吃同住。一次，我们住在莫高窟职工宿舍，晚上坐在石窟对面的砂石上，望着比北京的大得多的月亮，感受西北荒漠夜晚宁静的美景，畅谈艺术，畅谈人生。那是一种超越师生关系的朋友的沟通，我自己感动，也感动着学生。

我是国内第一个美术教育学博士生导师。如何带博士生毫无经验，但我想到，可以用有关项目来促进学生主动、自主地学习和提高科研能力。因此，从带硕士生到博士生，我给每届研究生都找到市级、部级的研究项目和课题，我的博士生几乎每人都有一项全国教育科研规划的立项课题，我还用我做各层次学校美术教材主编的机会，让他们参加编写教材。有的博士生，我则将其推向社会，让他们在更能锻炼人的环境中成长。例如尹少淳在读我的博士生期间，正逢2000年课程改革，我就将尹少淳推到教育部美术课程标准课题组（他担任课题组组长），让他在教育部的课题组内与各方面的课程专家切磋、学习，相互影响，承受压力，受到锻炼。为了支持他领导美术课程标准课题工作，他在校内的工作我尽可能替他承担一些，还说服领导给他社会活动的自由空间。尹少淳因这项课题而在国内名声大噪，如今已成为首都师大美术学院第二代美术教育博士生导师。再如，年轻的博士生郑勤砚入学不久，赶上教育部制订高中美术课程标准，我也将她推到此课题组内，这样她就多了向专家学习请教以及自己实践的机会。

在美术教育这一领域，我已经获得了很多，尽量让青年人早些出头成材。例如，天津美术出版社约我写高校的《绘画构图教程》，我将博士生阿木尔叫来共同与编辑商谈，最后我将任务交他完成，我把关，只署他一人名字。研究生发表的论文，大都经我手修改，有的修改多次，但从不署我名。凡是我个人课题要学生参加，都要署上他们的名字，而且课题经费让他们分用，让他们也享受一下买书时不再担忧囊中羞涩的快乐。而且他们毕业时我尽可能帮助其找到理想的工作。

对研究生们仍需要指导其做人，首先是道德人格，其次是学术品格。有一次新生入学，为帮一位学生熟悉校园，我用自行车载着他走了一圈，这本是寻常事，可是此举却感动了这位学生，为此该生在杂志上发表了一篇谈我对学生关爱的文章，真让我感到对学生关爱一分得到十分的情感回报。节假日时，为了让离家的研究生不感到孤独，我请他们到我家中一起包饺子过节，感受似在己家的温馨，学生也将我们夫妇视为亲人，心中有苦闷向我们倾诉，找对象请我老两口帮助相亲，婚礼上让我代替家长讲话。

　　我所带的研究生总共十多人，目前有两名受聘中央美术学院任教，一名在中央教科所已是中层干部，其他均在各大学任教，他们经常电话问候和来看望我，这种师生情谊给我无限的快乐。近日，西北师大美术学系主任李永长教授寄来他的新著，我回赠七言律诗一首，实际是我的内心写照：

> 翻阅新书墨香飘，谁知字字尽辛劳。
> 一生奉献教育事，兼弄画笔与刻刀。
> 为哺学生杏林内，笔耕不辍历心熬。
> 吾辈此生有欣慰，桃李满天种子好。

丹心赤子爱国情

——访卢才辉教授

龚 渤

卢才辉，1939年生。中共党员。首都师范大学数学科学学院教授、博士生导师。1959年由印尼归国，1965年毕业于北京大学数学力学系。曾在北京第二师范学院筹备处工作、门头沟区坡头中学任教。1978年3月调入北京师范学院数学系任教。曾任数学系主任，校党委委员、校务委员，北京市高级职称数学学科专家评审组成员，中国数学会理事等职务。长期从事李代数研究，在国内外著名学术刊物上发表学术论文30余篇，并培养指导十多位硕、博士研究生。

1939年，一个小生命悄然诞生在印度尼西亚一个富裕的华侨家庭。按照传统的习俗与观念，这个小生命的未来，天经地义地要继承和发展父辈开创的基业，并穷其一生之精力来将它发扬光大。然而，世事难料，他后来竟违背了家庭的意愿弃商从学，终于成长为一个在教育园地里辛勤耕耘了几十年的人民教师，学术有成的数学家。他，就是我校数学科学学院的归侨卢才辉教授。

少年时代的卢才辉，天资聪颖，勤奋好学，尤其对数学情有独钟。学习成绩一直保持前列的卢才辉，以他的聪慧和好学成为老师们的得意门生，而其扎实的学习功底又成为他日后从事教学、科研的宝贵基础。

20世纪四五十年代，华侨在印尼的社会环境中是比较自由和宽松的。印尼政府允许当地的华人开办华文学校，这些学校里的老师又都来自中国内地，学校的管理模式与课程开设都与国内相当。1945年，卢才辉进入当地的华人小学。正是在这所华人学校里，卢才辉对祖国的热爱的火种，被周围的环境和人群所点燃；祖国悠久、灿烂的历史文明让他自豪；而祖国正遭受的苦难、欺辱，又让他深感痛苦。从此这名少年交织着喜与悲的矛盾的心与祖国的命运紧紧地联系在了一起。1949年，祖国的新生极大地鼓舞和振奋了全世界各地的炎黄子孙。1952年，卢才辉升入当地华侨中学。自小深受爱国主义教育的卢才辉，参加了当地的爱国进步团体"侨众剧团"和"新青会"，与许多华侨青年一起投身到宣传新中国辉煌成就的活动中，不断地培养崇高的爱国主义情操。当印尼华侨青年学生掀起了一股回国的浪潮时，卢才辉也被感染了。回到朝思暮想的伟大祖国，是卢才辉自幼就翘首期盼的梦想，如今这一刻终于来临了，卢才辉归心似箭。然而，作为一个独子，他是家业唯一的继承人，他的这一人生的重大选择，很自然地不能被父母所接受。面对与父母、家庭的强烈矛盾，他既没有采取诸如离家出走等等激烈的对抗行动，也始终没有放弃自己的理想。他不断地耐心说服父母亲，让老人家了解祖国的光明前途，了解儿子的理想与抱负的远大，同时也让父母了解自己的才华可能更适合做学问而不是经商，最终感动了父母，经他们同意，1959年，卢才辉怀着满腔的热情投入祖国的怀抱。

227

1959年，卢才辉以优异的成绩考上北京大学数学力学系。北大浓厚的学术氛围与严谨、求实、创新的校风，潜移默化地滋润和影响着卢才辉不断成长，对他的一生有重大影响。他的这份敬业与执著，严谨与求实，真诚与坦荡，就是在北大六年的刻苦学习中不断磨练和培养出来的。

1965年，卢才辉从北京大学数学力学系毕业，就参加了北京第二师范学院的筹建工作。1966年，"文革"爆发，筹建工作被迫中断，卢才辉被分配到北京门头沟区的一所中学任教。"文革"期间，由于"四人帮"的倒行逆施及受"读书无用论"思潮的毒害，教育界处于瘫痪状态。学校的课程以学习毛主席语录和开展革命大批判为主，包括数学在内的文化课完全流于形式。学生文化知识上的无知令人痛心。个别的初中生甚至不知道 $1/2$ 为什么等于 0.5。卢才辉全身心地投入到教育、教学工作中去，在可能情况下创造条件，千方百计地调动学生的学习积极性。当时学校没有合适的教材，卢才辉就自己编。他把全班同学组织起来，每天晚上 7:00～9:00 上晚自习，亲自辅导同学复习数、理、化等各门功课，并且规定每晚坚持练习半个小时的书法。日积月累，在卢才辉辛勤忘我的努力下，成效极其显著。同学们的学习习惯、学习兴趣、学习成绩以及思想面貌，都发生了极大的变化。不少人入了团，有一些毕业生走上了工作岗位后还入了党，当了干部。1977年恢复高考，他的一个学生以全区第一名的优异成绩考入北京大学物理系，现在已经成为北京大学教授。"文革"耽误了一代人的教育，这是动乱带给当时青年人的痛苦。但是卢才辉的学生却是幸运儿，而卢才辉就是指引他们的幸运星。在最灰暗的日子里，老师用知识的曙光点燃了他们未来命运的黎明。学生们把今日的成功，都归功于这名热爱国家、酷爱学业、疼爱学生的好老师。30年后，每当回忆起当年的情景，同学们感慨万分，深深感谢卢老师当年的悉心培养与严格要求。

可是，也许人们记得的只是他成功时那耀眼的光环，有谁知道为了培养学生的成功，卢才辉忍受了多长、多大病痛的折磨。在门头沟任教期间，卢才辉强忍着强制性脊髓灰质炎带来的巨大痛苦，每一个夜晚和黎明他都是在病痛的折磨中苦苦煎熬。早晨自己起不了床，只能在室友的帮助下穿衣、穿鞋。到了冬天，天气严寒时血液循环不畅，病情则更加严重。白天起床后，他总是要到炉子旁边坐一个小时才能活动。可是一上讲台，卢才辉就又像一个正常健康的人一样，面带微笑，讲起课来神采飞扬，始终聚精会神，一丝不苟地给学生们传授知识，全然忘记了病痛。在门头沟的几年里，他天天都是如此，从来没有因为疾病带来的痛苦而请过假，这种顽强拼搏的精神实在难能可贵。

卢才辉的青年时代是在祖国遭受三年自然灾害和后来的"文革"动乱年代中度过的。由于当时社会条件的限制，他要将所学报效祖国的理想抱负，难以实现。这使他深感遗憾与痛心。但即使如此，他仍然对祖国的前途充满信心，他仍然坚信伟大的中国共产党！为此，他毅然决然地谢绝了父母、同学和好朋友三番五次的建议，甚至安排他出国任职发展的机会。他和爱人邱逢春（同时归国华侨）一起，两人互相扶持，共同砥砺，一起走过了那段艰难的时光，共同期盼美好的未来。

1976 年"文革"结束，中国的各行各业以崭新的面貌迎接"春天"的到来。1978 年初，卢才辉调入当时的北京师范学院（现首都师范大学）数学系，他终于迎来了施展才华的机会。因为教学上的需要，教研室指派他给梅向明老师的研究生开设"李代数"课，他紧紧抓住了这个机遇，并勇敢地接受了这个挑战。卢才辉花了一年的时间阅读了相关的各类书籍，完成了对各种有关资料的搜集，并作了 8 本读书笔记。结果，他不但出色地完成了教学任务，而且为自己今后从事李代数和 Mac-Moody 代数的研究，奠定了坚实的基础。在二十几年的学术生涯中，卢才辉取得了丰硕的成果，自 1982 年以来，在国内外著名学术刊物上发表了近 30 篇高水平的论文；自 1986 年至今连续承担并多次主持国家自然科学基金在这一领域的研究课题，是我国从事李代数研究的知名学者之一，其研究成果《Mac-Moody 代数和可解李代数》获 1994 年北京科技进步一等奖。在 1997 年他还获得"北京市有突出贡献的专家"的称号。

1992～1996 年，卢才辉担任首都师范大学数学系科研副主任，1996～2001 年担任系主任。在此期间，卢才辉团结全系教师在教学、科研以及师资队伍建设方面奋发图强，开拓进取，取得了显著的成效。1996 年，数学系获得了基础数学博士学位授予权，是全国高等师范院校中第三个获此授予权的数学院系。同时，数学系的"基础数学与应用数学"成为首都师范大学"211工程"重点建设的学科，得到了学校的重点资助。在人才培养方面，卢才辉"求贤若渴"，陆续引进院士 1 名，从中科院、北大、中国科技大学、南京大学和北师大等重点大学与科研院所引进具有博士学位的青年教师 20 名（含 5 名博士后）；从本系在职青年教师中选拔 10 人攻读博士学位。在系里又设立了青年教学奖和青年科研奖等奖项，以此建立青年优秀人才的奖励机制，鼓励人才脱颖而出。此外，对各方面表现突出的青年教师择优推荐为"北京市跨世纪人才"，系里还从重点学科建设经费中拨出每人5000元的专款作为引进人才的科研启动费等，帮助他们解决实际困难。有谚语云，"栽下梧桐树，引来金凤凰"，卢才辉在自己总结的"统筹兼顾，优势互补"的人才引进与培养工作中，殚精竭虑，让这些"金凤凰们"在良好的奖励机制与无微不至的关怀之中迅速成熟，在科研、教学等方面取得了长足进步，有力地推动了数学系各项工作的开展。到 2001 年，数学系师资队伍的综合实力已发生很大的变化，年龄结构和学科分布趋于合理，并保有一批有实力有影响的中青年学者。在科研上，在巩固与提高原有的一些优势学科的基础上，又发展了若干个以青年学术骨干为主体的具有一定实力的新的研究方向。他们的研究有些已达到国内领先水平，有些研究在国际上也颇有影响。在学科建设的教育教学改革中，以卢才辉为首的系领导班子，团结全系教师，深入开展以"高等院校数学系课程体系的整合改革"为主要目标的教改，出版了7部教材，其中2部入选教育部"面向21世纪课程教材"。这项教研成果于2000年荣获北京市优秀教学成果一等奖。

作为老师，他对学生的关心，也不只是仅仅涉及学业，在生活上也很愿意为学生出谋划策，为学生分担烦恼。他的一个研究生因失恋一度情绪极其低落，对人生感到悲观失望，学习也因此受影响。卢才辉主动找到那位研究生谈心，耐心地启发开导，鼓励安慰，终于使那位同学从悲观失望中振作起来。卢才辉和系领导班子的成员，关心爱护着全系每一个教师、学生，谁家里出了不测事故，他们都会以各种方式伸出援手，解燃眉之急，谁得了急病住了院，他们总会在第一时间送去温暖。他们以全部的真诚和努力把数学系打造成一个和谐、温馨的大家庭。

"数学系是个温暖的大家庭"，"在这儿，没有理由不好好工作"，这是每一个在数学系工作过的老师发自内心深处的赞赏和喜悦。"喝水不忘挖井人"，如今数学系的教学、科研、管理工作，蒸蒸日上，这里面饱蘸以卢才辉为代表的一大群管理者筚路蓝缕、辛勤劳动的心血，浸透着他们从薄弱走向厚实的艰辛的足迹。如今，卢才辉已从工作岗位上退了下来，但是他时刻关注着首都师范大学和数学科学学院的发展与繁荣。在谈及他的职业与专业时，卢才辉声情并茂地说，他无悔自己的青春，无悔自己的选择。他的一生都永葆对祖国的热爱，对理想的追求。他愿意为伟大的祖国继续贡献出自己夕阳的灿烂。

《老子》有云："天地有大美而不言。"卢才辉身上的质朴是他身上的大美。他的大美是一种大爱，海纳百川的博爱：对祖国、对人民、对学术、对学生、对他身边的每一个人。

（作者：龚渤 首都师范大学文学院博士研究生）

为人为师　仁厚为本

——记李福顺教授

郝兴义

李福顺，1940 年生。中共党员。1969 年毕业于中央美术学院，1974 年调入首都师范大学美术系任教，现为首都师范大学美术学院教授、博士生导师、学术委员会委员；中国美术家协会会员，联合国教科文组织国际岩画委员会会员，教育部高校重点学科评审委员。2003 年被评为"北京市高校名师"。几十年从事美术史、美术理论教学与研究。

已出版专著 10 部，发表文章百余篇。专著《中国美术史》被教育部列为普通高校"十五"国家级规划教材暨教育部百门精品教材，获北京市第七届社科优秀成果二等奖。担任《中国大百科全书美术卷·雕塑》、《中国美术全集·岩画分卷》编委，《雕塑绘画鉴赏辞典》副主编，"中国书画名家丛书"主编等。

风风雨雨 60 余年，李福顺教授为人为师，始终坚守自己"仁厚为本"的原则，时时处处以其平实的言行，体现着他朴实、仁厚的个人品德。

了解李福顺的人都知道，农民家庭的出身成就了他为人朴实的品格，造就了他生活过程中平实的言行。据知情者说，李福顺在少年时代，母亲去世，父亲独自抚养他们几个未成年的孩子，家庭状况陷入难以言状的困境。在亲戚朋友的劝导下，父亲出于对儿子的爱护，答应让他继续读书。贫寒的家境，使李福顺从小就形成独立、朴厚而坚忍的品格。报考中央美术学院附中时，招生老师想看看他平日画的速写，他竟然跑步十多里回家拿速写作业来给老师看。这件事，在他后来的同学中传为佳话。在那以后的几年中，李福顺经过不懈的努力，克服种种困难，又以优异的成绩考取了中央美术学院美术史系。

1969 年，李福顺从中央美术学院毕业，他希望从事教学工作，却被分配到北京市美术公司，担任创作员。他服从组织安排，踏踏实实、一丝不苟地认真做好领导交给的每一项工作。设计、描图、工艺品描金，他都任劳任怨地去做，还做过木工活。在那段日子里，工作事务和家庭琐事的繁忙，没能使他放弃自己在学校所学的美术理论专业，没有忘记自己老师的教导和期望，他利用一切可以利用的空闲时间，坚持自己的美术理论研究。

1974 年，由于工作需要，李福顺调离北京市美术公司，到首都师范大学美术学院（原北京师范学院美术系）任教。从此开始了他 30 余年专门的美术理论专业教学和研究生涯，并作出了令人瞩目的成绩。

李福顺从在美院附中和中央美术学院读书，到在工艺美术公司做创作人员，直到今天成为首都师范大学的博士生导师，他的仁厚是有口皆碑的。

在美院附中读书时，李福顺担任学生团支部书记，他与老师和同学的关系相处得十分融洽。那时正逢我们的国家处于困难时期，普遍存在饥饿的问题。在一次集体活动中，一名团员声称肚子疼，中途独自返回学校，被发现到厨房偷吃了食物。在全体团员会议上，李福顺对这名同学的行为，进行了严厉的批评。当学校讨论对这个同学处理决定的时候，李福顺本着对同学帮助、教育为主，而不应该影响日后前程的原则，坚持保留该同学团籍，从轻处理。在动辄和政治联系、上纲上线的年代，能替一个有明显错误的人站出来说话，是需要勇气的。与此同时，也充分体现他与人为善、充满仁厚的内在品质。那件事情，使那位同学在几十年后的今天，对李福顺仍然心存感激。

李福顺在中央美术学院读大学时，正是"十年动乱"的初期。作为热血青年，作为学生干部，他也投身到了那场轰轰烈烈的政治斗争中。但是，他看不惯那些打砸抢的过激行为，不失时机地站出来，通过一些巧妙的方式，为一些受害的老师和同学说话。一位老师被冠以"攻击江青"的罪名，不愿忍受迫害，从四楼跳下，生命垂危……他和几位同学把这位老师送到了医院。当时的医院有规定：不救助"反革命"。李福顺和几个同学就以"必须救活此人，以便进一步查清他的问题"为由，说服了医院，抢救这位老师的生命。

到首都师大任教之后，面对工作性质的改变和身份角色的转换，李福顺结合自身进行了深入的思考。他深刻认识到，国家大业，教育为本，自己所从事的工作，已经不同于美术公司时单一的完成创作任务，而是关系到新一代人的成长，关系到国家和民族的兴衰。自己所做的工作不单单是教书，更重要的在于教书育人。"学高为师，身正为范"，他深知自己肩负的责任重大。基于这样的想法，他从一个普通教师做起，严于律己，克己奉公，从不计较个人得失，工作上兢兢业业，富于吃苦耐劳的奉献精神，并以严谨的教学态度，良好的教学风范，深得历届学生的好评。

在李福顺看来，教师是个神圣的职业，是人类灵魂的工程师。古人云："师者，所以传道、授业、解惑也。"要完成这一使命，教师应该首先塑造好自身，只有这样，才能教书育人。教师要讲做人之道：诚实对人，诚实对待工作，诚实对待自己。具体地说，就是要不讲空话、大话、假话，热爱教师职业，以学生为对象，为中心，协调好教师之间、师生之间的关系，使教学得以顺利开展；要热爱所学、所教专业，勤于思考，努力做到业务精湛，实实在在建立自己的独到见解，不偏废，并讲求教学的方式方法，而不是简单的教学重复，以求对学生有所启迪，以便学生在今后的学习和工作中，对相关的学术问题能进一步深入思考；要敢于正视自己的不足，针对薄弱环节，不断加强和完善，制定周密的计划，不断在学习中丰富自身，提高认识，提高能力，同时，在教学过程中，严把质量关。

用李福顺自己的话来说，大学期间老师们为他提供了做学问的方法，真正从事学问的研究探讨，是在大学毕业之后的不断学习和体悟。这也和他多年来向吴玉如、尚爱松等名家求教分不开，从老一辈学者和他这一辈学人的身上，他看到了自己的差距。他是在不断的求教中，在潜移默化中受益的。

在具体的教学过程中，李福顺首先做到的是，无论何种场合，决不和学生发一点脾气。始终以自己做学生求学时的心理与感受，考虑学生的思想和立场，采取相应的方法，因材施教，力求获得好的效果。

临近要退休时，1998年李福顺担任了博士生导师。他想："做博士生导师，我何德何能能胜任这项重任？这其中一半是工作的需要。这在某种程度上给我许多压力、动力，敦促自己不断地努力。"

迄今为止，他已先后培养出博士6人，硕士5人。这些学生都在北京各高等院校和专门研究机构从事重要的教学和研究工作，有的在国外继续深造。目前正在培养中的博士生、硕士生还有19人。

多年来，对于课程讲授内容，他努力做到在备课之始就要求丰富翔实；还要结合美术专业的学生文化基础相对薄弱，相当一部分学生注重技法学习、轻视理论学习的实际情况，采用切实可行的有效方法进行讲授，在突出知识性的同时增加趣味性，力求改善学生对美术理论课忽视的现状，提高学生理论学习的兴趣与热情。对于学生的质疑，他总是不厌其烦地给予讲解，并且从始至终认真对待。有一次，几个在读的博士生到他家里拜访，谈话间李福顺接到一个本科生的电话，当时他正在指导该学生的毕业论文。他向几个博士生表示歉意，并让其夫人招待，自己去回答那个学生的问题。一会儿，他问了那学生的电话号码，到书架上取了许多书，逐一翻看相关的章节，又打电话给那个本科生，告诉他相关的章节内容，书籍版本，甚至于具体的页码。

对于这件事，在场的一个博士生曾经问他："您作为一个博士生导师，如此回答一个本科生的问题，每个本科生都这么问，您都这么回答他们的问题，岂不是太浪费自己的时间？"李福顺严肃地回答说："我这样做不能算耽误时间，恰恰是一种事半功倍的做法。首先，学生提问，说明他在思考，对问题感兴趣。这说明从前重技法而轻理论的局面有所改变，我们应当感到高兴。其次，我们都做过学生。这个阶段是学生掌握治学方法的重要阶段，应当给予正确的引导，我们应当对他们给予鼓励，不可以打击他的学习积极性。再次，教师应当通过言传身教，使学生在潜移默化中学到一种治学精神和做人的态度。而且我也希望你在自己今后的教学中这样做，因为你是教师，教书育人是你的天职。"

类似的事情不胜枚举。更为可贵的是，李福顺治学能做到"知之为知之，不知为不知"。一个博士生曾向他请教有关先秦时期中国人审美观念在色彩方面具体的体现。李福顺回答道："对于这一问题，学界研究不是很多。我个人没有系统思考过，容我思考一下，我们下星期讨论。"第二周，李福顺专门约了那个博士生见面，就一周内查阅整理的相关资料，谈了他个人对那个博士生所提问题的思考，同时听取了对方对这一问题的看法。而且明确指出他本人目前未能澄清的问题重点所在，建议师生双方共同查找有关依据，以求这一问题有个较为圆满、合理的解释。

作为教师，李福顺不但在学习上对学生严格要求，而且还对他们的生活也给予关心和帮助，并希望他所指导的博士生和硕士生要相互关心，建立一种互助友爱的师兄弟、师姐妹关系，发扬一种团队精神。他常说："我们是一个集体，是一个团队。每一个人既有你相对的独立的个性，又有着相互关联的整体性，要彼此互相关心，互相爱护。每一个人的言行，在保持你独立个性的同时，不应当有碍于集体，要有团队合作精神。每个人要尊重别人，相互尊重。尊重别人意味着尊重自己。"他这样要求学生，也这样严于律己。对待每一个学生，无论是博士生、硕士生，还是本科生，他从不摆老师和导师的架子，从不命令学生做他们不喜欢做的事情。相反，在学生遇到问题的时候，能够设身处地替学生着想。所有受教于他的学生，都一致认为他是一个平易近人、温和宽厚的老师，有一种父亲般的慈爱。所以，学生有什么心事也愿意对他讲实情。

在读硕士生中有位同学生病，思想上有很大压力。他努力劝说要消除一切压力，放下思想包袱面对现实，配合医生的治疗。同时向年龄大一点、有一定工作经验的博士生说明情况，要他们多关心那位同学，有什么问题和具体困难及时告诉他。

有一位在读博士生，婚姻恋爱问题出现大的波折，一度对学习有所影响。李福顺知道时，正逢他带领包括这位博士生在内的一班人去沈阳参观学习，在行程中有空闲的时候，他和那位博士生促膝谈心。当他知道内情后，他从一个过来人的角度，对其中的情节作了较为客观的分析。同时，还明确指出了那位博士生在某些方面的不妥做法，希望能有所改善。沈阳回来后，李福顺专门将该博士生叫到自己家里，与夫人一起进行劝解，使其尽快解决思想问题，以求化解矛盾，让事情有个好的转机。那天，他们谈了四个多小时。当他知道事情一天天好起来的时候，脸上的忧虑立刻变成了孩子般的笑容。

研究生中也有对李福顺个人不满意的，他都给予很大的宽容。他会把学生找来，让对方把心里的不快说出来，他自己会很耐心地加以解释，或者主动承担应当承担的责任。对于因为生活困难，或者是不够自信的学生，李福顺总是利用一切可以利用的机会，在不伤害对方自尊心的情况下，对他们有一些实际的帮助。

李福顺于1978年加入中国共产党后，长期担任美术学院教师党支部书记并兼任美术学院党总支组织委员。20余年来，他时时处处关心党的建设，关心中青年教师的成长，主动了解积极申请入党同志的思想状况，并对于那些入党动机上有其他想法的人，及时给予相应的指导与帮助，在非党员教师和学生中树立了优秀共产党员的良好形象，感召了一批年轻人主动靠拢党组织，先后联系和发展了十多名教师加入中国共产党。媒体上不断揭露党员干部中存在的腐败现象，有些青年教师和学生党员不免产生一些想法，李福顺会及时给予帮助。他不是运用简单的政治说教，而是像平日对待学术问题那样，找依据，摆事实，讲道理，真正从思想上解决对方存在的问题，以此来维护党的利益。通过他的言行，人们体会到了党性原则，认识到了作为共产党员应有的品质。从琐碎的小事上，从平实的话语里，使很多人从这位"学者党员"身上，获得了极大的收益，重新建立起对党忠诚的信念。

李福顺常说："作为国家的公民，我们应当时时刻刻把个人的得失和国家联系起来，不能只考虑个人的小得失。没有国家的大气候，哪来的个人小气候？对于社会上近年来不断蔓延的不良风气，必须予以坚决的抵制。"他是这样说的，也是这样做的。

在报考博士的考生中，有位考生在考试中落第，第二年再次报考时，把装有一叠人民币的一个信封放在李福顺面前，意思是请他高抬贵手。李福顺当即拒绝接受，并严肃地批评说："你去年没有考取，是因为你的业务水平没有达到考试要求，不是因为你没有送礼。在学术领域内，我这里始终认为是一块净土，我要以我的人格维护这块净土。"还有一名考生，中央美术学院硕士毕业后，没能在北京找到合适的工作，游荡在北京，想通过报考博士改变自己的处境。于是托人给李福顺送来一万元，请求"拯救他于水火"。李福顺当即打电话把那个考生找来，当着中间人的面，让他把一万元钱收了回去。并说："你有能力就凭你的能力考，一年，两年，三年，完全靠你自己；没有能力，你拿出10万元也不行！我要给报考的每一个人一个公平竞争的机会。如果中国的博士生导师都吃你这一套，这个国家就完了。"

几十年来，李福顺利用教学之余，在美术理论的研究方面，以精益求精的态度，笔耕不辍，著作等身，受到业内人士的极大关注。据不完全统计，目前李福顺已出版《中国美术史》等个人专著十余部，在国内外发表专业论文百余篇，参编国家级项目《中国美术全集》，并任《中国美术全集·岩画分卷》副主编。目前还任北京市社科"十五"规划项目《北京美术史》主编。所有这一切，以无可辩驳的事实反映出李福顺在美术理论研究领域取得的成就。

随着研究成果的不断问世，李福顺在学界的影响越来越大，无形之中，社会事务也日渐增多。对于中青年教师和学生因为事务繁多而产生的急躁情绪，他表明了自己的观点："必须做的事情很多，想要做的事情也很多，这当中有一部分事情让人觉得无奈。而你本人只有一个，时间又是有限的。你着急也好，不着急也罢，事情总得一件件来做。单凭着急，于事无补。做学问更是这样，需要不断积累，'不积跬步，无以至千里'，要厚积薄发，凡事，需要平心静气。"

　　如今，李福顺同志已近退休，仍在教学的前沿默默地工作着，依然在指导硕士生和博士生的同时，为本科生上课。在伴随他 30 余年的讲坛上，勤勉敬业，为人师表，"桃李不言，下自成蹊"，为国家人才的培养作出了一名教师应有的贡献。他的事迹和精神得到了广大师生的一致赞扬，同时也获得上级部门的肯定和嘉奖。李福顺的生活是平淡的，言行是平实的。然而，在这平淡和平实中，展现的是一个共产党员内心的真实，同时也展示出一名教师为人为师仁厚为本的优秀师德。

（作者：郝兴义 首都师范大学美术学院研究生）

教育生涯的完满句号

——创办性健康教育副修专业的点滴体会

曹绛雯

曹绛雯，女，1940 年生。中共党员。首都师范大学生物系副教授。1963 年毕业于北京师范学院生物系，留校任教，长期从事教学和科研工作，并兼任班主任工作 16 年，1991 年获"北京市高教系统优秀教师"称号。1995 年至 2000 年参与我校大学生性健康教育工作和性健康教育副修专业建设，该成果 1997 年获北京市普通高等学校教学成果一等奖，同年获国家级教学成果一等奖。

1995 年至 2000 年，我参与了首都师大性健康教育副修专业的创建。这是我退休之前的最后时期，也是我当教师感触最深的一段生活。

性健康教育副修专业是在生物系高德伟教授主持下，以人体及动物生理教研室为基础，并在全校其他有关教师的参与下创建的。

性健康教育走进大学课堂是新生事物，既需要勇气，又需要创新精神，在无任何经验可循的情况下，我们必须探索出一条符合我国国情的教改之路。

首先我们对大学生的性健康状况进行了分析。1995 年至 1996 年，由我校性健康教育研究中心发起，并有全国 38 所高等院校参与的"全国大学生性健康教育状况的问卷调查"，涉及全国 22 个省市，对近1.5 万名大学生进行了调查，通过分析，撰写论文，并最后汇集成专著。

通过调查分析，使我们认识到大学生处于青春期后期，是人生成长中极其重要的生理、心理转折期，他（她）们既有青春期性发育阶段遗留的性困惑，又面临性生理成熟带来的性冲动、性欲望，他（她）们渴望与异性交往、亲近，体验爱情、憧憬婚姻，甚至会抵不住尝试"禁果"的诱惑等等。这些都是大学生生理、心理需求的自然流露。加之很长一段时间，我们中学的青春期教育没有很好地开展，他（她）们在这方面没有受到任何正规教育状况下，走进了大学校门，因此在他（她）们身上集中表现了两个方面的冲突，即性生理发育与性心理发育的冲突；性生理的需求与性社会意识和社会规范间的冲突，由此使他（她）们产生了一系列的心理困惑和苦恼。作为教师，我们应该给大学生更多的关怀、理解与宽容，激发他（她）们主动学习有关人体生理知识的积极性。由此，我们决定要创建性健康教育副修专业，其目的是对大学生的性健康关怀，使他（她）们生理、心理得到健康发展，以培养全面发展的合格人才。其次，作为高师，应为中学培养初步具有开展青春期教育能力的教师。我们要探索一条符合我国国情的性健康教育新路，那就是以性道德、性法制为核心，以性生理、性心理、性卫生保健为基础，开展预防性病、艾滋病，计划生育、优生优育，人类与环境，禁毒等全方位的教育。在确立原则的基础上，教学内容必须要符合学生的需要，要了解他（她）们的所思、所想、所求，以便教学内容更有的放矢，教学方法更灵活生动，教学效果更实在有效。

在创办性健康教育副修专业的过程中，我们坚持了学校教育与社会教育相结合；科研与教学相结合的原则。学生不仅能从课堂上学到知识，而且有机会投身于社会实践中，使他（她）们受益匪浅。比如：参加中日青少年性健康教育的研讨活动，听台湾性教育专家来京讲学，使他（她）看到、听到国内外性教育情况，并直接参与了与日本性学专家、日本大学生座谈，使他（她）们获得更多信息。我们还组织学生到中学去观摩青春期教育课，请有多年青春期教育经验的老教师来校讲课，以此培养他（她）们进行青春期教育的能力。为开展科研，我们组织学生进行社会调查，如：幼儿健康教育调查，中、小学生性健康教育调查，有关家庭性教育的调查。在调查中，他（她）们克服了很多困难，特别是人们的不理解，不支持。通过调查看到目前我国性健康教育的状况，使同学们深受教育，并激发了学好这个专业，立志做一名性教育工作者的决心。

我在该副修专业的创办中，除了讲授性生物学的课程外，主要负责筹划组织整体的教学工作。我们的学生来自全校不同的系，既有理科系，又有文科系，同时他（她）们还来自祖国的四面八方，教师也都是来自校内不同相关专业的骨干力量。因此师生间的沟通显得尤为重要。我们的课一般安排在周五晚和休息日，课后我经常在办公室等候同学们，他（她）们也总愿意课后与我们聊天、谈心。我不仅起到师生间桥梁的作用，而且在与同学们的接触中，也建立了朋友式的关系。同学们向我讲述他们的童年、父母、家庭、家乡、朋友、恋爱、失恋……，使我了解了他（她）们尽管年轻却走过的一段不平凡的路，我为他们一些人贫穷、苦难的童年落泪，为他（她）们超人的毅力奋发读书的精神而赞叹。当我再站到讲台上的时候，我虽是老师，也绝不会有居高临下的姿态，更没有训诫和强制的口吻，有的只是师生间心与心的贴近。因为我知道需要用诚挚、火热的心去抚慰他们。课堂上洋溢着温馨，师生们一起讨论分析性别角色、爱情、婚姻、家庭、人生、社会、责任、义务。课后同学们说："这样的课，不像一些课抄概念、讲定义，只是依稀感觉在与我们聊天，却又不是那种高谈阔论，而是极轻柔地娓娓道来，心里说不出的受用。"

过去在传统观念束缚下，有些学生因对异性产生爱慕而自责、困惑、不能自拔，现在他（她）们说："学习了有关性知识，能了解自己、理解自己、原谅自己，进而去发掘自己的潜力。"还有的学生说："学习了性知识，使我解除了过去对'性'的错误认识，了解了两性不同的生理、心理特征，掌握了两性正常交往的原则，建立了正确的性伦理与性道德观，并在此基础上开始有意无意地对自己进行自我调节。"有一位学生在名为《感悟》的论文中写道："老师讲得极其朴实，却很贴心，心里说不出的受用，宛如迷雾里的橘灯，引出方向，更似握住我的手，小心地牵引着我慢慢走出迷雾。明天当我站在讲台上，面对一双双明亮的渴望的眼睛该如何去安抚他们，我想只要用我受过滋润的心，去贴近我的学生，我会握住他们的手一起走过迷雾。"

在性生理课上，配合录像讲解受孕、分娩的过程，给学生们留下深刻印象。尤其是女同学，感到做母亲是多么伟大，为了把一个新生命带到世界上来，她要忍受巨大痛苦，甚至不顾自己安危，不惜自己生命。同学们发自内心地产生了深爱母亲的情感。学生们说："这种教育是那么真实，深刻。"

我在每次考试的试题设计上，总要出些灵活的题目，让学生结合自己谈学习收获、体会、意见，等等。学生们的回答都极为认真。一次我在一份考卷上看到，在试卷的最后有几个大字："谢谢老师"。看后我既感动，又耐人寻味，我想这背后一定还有故事。后来我就我找这位同学谈心，他是计算机系一年级的学生，来自四川，他说："上高中时，一次去同学家玩，无意中看了'黄片'。从此心里总有说不出的滋味。后来又去看了几次，慢慢变得消沉了。后来他用了极大的努力，克制自己，最后才考进了首都师大。入大学后，一切需要自己管理自己，一时觉得很迷茫，心里总是躁动不安，我也试图调整自己，去找书看，找同学聊天，但都没能解决问题。后来，看到开设性健康教育课，我报了名。听课后，从根本上解决了问题。现在，我能很好地控制自己，将精力集中到学习上，并给自己树立了目标，将来报考研究生。所以我由衷地感谢老师。"

还有一次，我在试卷上看到这样一句话："我真希望我的父母也能来听听课。"后来在和这位同学聊天时，我才知道，她是性格开朗、外向的女孩子，中学时爱和男同学一起玩，常遭到父母的责骂，慢慢连自己也开始怀疑自己是个坏女孩，从此消沉下去。通过学习性知识，她知道了这是生理发育的一个阶段，掌握好分寸，正常的异性交往是很必要的。她说她将来在这方面一定会正确对待自己的孩子和学生。我鼓励她将学到的知识慢慢渗透给父母，树立自信、健康成长。大四快毕业时，我见到她，仍是一个活泼开朗、爱说爱笑的女大学生。

有一名来自巴山脚下的学生，母亲在他很小时因精神失常，出走未归，只靠父亲一人种地供养他和妹妹上学。后来，他考取了首都师大物理系，远离家乡来到北京上大学。学习、经济、人际交往的困难、压力，一起向他袭来。但是他没有被压倒。在参加了性健康教育副修专业学习后，他的思想豁然开朗，他将学习后的体会上升为完美人生"三根支柱"的认识。他说："一个完美的人生具有"三根支柱"——人格完美，人际关系和谐，社会活动的成功。人格完美铸就了人生完美的基石，人际关系和谐是社会活动成功的保证，而人的社会活动的成功，体现了人的价值和人生乐趣。"后来他父亲去世了，他也走上了中学教师的岗位。他顶住各方面的压力，并供养妹妹也上了大学。

在性健康教育副修专业创办的实践中，我深深体会到，学生们既学到了科学知识，又学到了做人的道理；既学会了调整自我，走出困惑，又培养了开展青春期教育的基本能力。它不是纯粹的性知识教育而是做人的教育，是塑造健全人格的教育。学生们感慨地称之为"人生课堂"。

我以为对大学生性健康教育，之所以产生了如此大的教育力量，除了内容外，还因为它符合青少年的身心发展规律和认识规律。性健康教育使他们有机会从认识自己，进而认识生命的意义和自身的价值。从爱父母、爱家庭，升华为爱人民、爱民族、爱祖国。青少年正是从幼稚走向成熟的阶段，他们的认识方式是由己及人，由家庭到社会，是一个逐渐外化、逐渐扩展、逐渐升华的过程。若能从这些具体的、自身的教育入手，必然会产生巨大的感召力，起到完善人格的教育作用。

胡锦涛总书记在《树立和落实科学发展观》一文中提出："以人为本，以实现人的全面发展为目标……"回顾我们性健康教育副修专业的创办过程，我真切地感到，我们的工作正是为实现这个目标，作了有成效的努力。

作为一名大学生物教师的我，能在大学生成才的路上，扶他们一把，为他们实现全面发展、适应社会、事业成功、人生幸福等打下基础，我感到莫大的欣慰，这也可以视为为我的教师生涯画上了完满的句号。

心系学生　勇于创新

——记陈树杰教授

高宜程

陈树杰，1941年生。中共党员。首都师范大学资源环境与旅游学院教授。1964年毕业于北京师范学院地理系。现任首都师范大学科技教育中心主任、中小学综合实践活动师资研究与培训基地主任。他主编的"小学综合实践活动"用书和网络版教材被教育部师范教育司推荐为教师继续教育用书。他领衔的北京市教育科学"九五"规划重点课题"创造型中学教师品质特征及其培养途径"研究成果获北京市教育科学研究成果一等奖。曾被评为北京市师德先进个人，"全国少年儿童校外教育先进工作者"，"全国优秀科技辅导员"，"北京市优秀科普工作者"。

几十年来陈树杰教授忠诚于党的教育事业，在工作中取得了优异的成绩。作为教师，他始终认为：学习、研究、奉献是安身立命的基础。他热爱本职工作，在自己的工作岗位上，坚持教书育人，忠于职守，脚踏实地，严于律己，勤勤恳恳，任劳任怨，充分发挥了共产党员的模范带头作用，表现了高度的政治思想觉悟和强烈的事业心。特别是在教学工作上，认真学习和钻研，提高教学质量，积极开展教育改革，促进教学水平逐步提高。

突发事件时期，心系他人，不忘工作

2003 年，抗击"非典"期间，校医院白衣战士不顾自身的安危与健康，一直奋战在第一线。医护人员这种尽职尽责无私忘我的崇高精神，使得陈树杰和夫人尚德荣两位老党员被深深打动，寝食不安。他们在疫情处于流行扩散、形势严峻的初期，连续几天积极为医护人员送去了莲子、绿豆汤和小米粥表示慰问，并慷慨解囊为全体医护人员捐款2000元奉献爱心。当院领导和老师向他们表示敬意时，陈树杰老师非常平静地说："这没什么，我们就是想做一点事情，表表心意。"

在抗击"非典"期间，已经退休的他，仍然坚持科学研究工作。3 月底去疫情严重的广州参与课题指导，返校后，即利用"非典"时期集中精力于综合实践活动课程的资源建设，主编九年义务教育综合实践活动教师指导用书和学生用学习材料，计50 余万字，丛书于 7 月由中国青年出版社出版，9 月为课题组采用，在近 20 个省（区）的上千所中小学进行实验。

三尺讲台写春秋，红烛不言铸丰碑

在地理系，陈树杰教授主要担任"地质学基础"教学工作。他治学严谨，注意研究教材和学生认知规律，坚持从学科特点和学科实际出发，不断改进教学工作，教学效果好，深受学生欢迎。

通过反复实验，他大胆提出以辩证唯物主义认识论为指导，改进构造地质教学的主张，坚持循序渐进、反复实践、行知结合的办法构建"构造地质"新的教学体系，获 1988 年系教学科研一等奖。为提高学生的综合能力，把野外实习作为地质教学改革的关键环节，他大胆加强管理，注意野外能力的培养，并尝试用"专题小论文"的形式进行总结的办法，受到同行专家的高度肯定。他带领的野外实习队，在实习基地几十所院校中始终享有很高的声誉。在搞好课堂教学的同时，他先后组织 100 余名本科生到中学指导中学生的课外科技活动，收到极好的教育效果。总结自己成功的经验，先后发表了《提高师范生专业素质的有效途径》、《立足专业，发挥教书育人的主导作用》和《对高师培养创造型教师的实践与思考》等文章。

积极探索，勇于创新，积极推进青少年科技教育活动和素质教育

陈树杰热爱教育事业，还表现在他对青少年科技活动的积极投入。20 世纪 80 年代初，有感于学生中"高分低能"现象，他开始深入到中小学开展地学科技活动。他较早地认识到现行教育体制限制学生发展的弊端，提出通过活动实践，提高学生动手能力和创新精神的主张，并身体力行。经过探索和实验，在系内开出了"中学地学科技活动"课程，在校内开出"中学科技活动研究"选修课。在国内最早提出了师范院校要培养青少年科技活动辅导员的主张。1993 年，组织学生参加中国地质学会主办的科技夏令营，在校内创办了"科技师资培训班"。以后在学校领导的支持下，又将师训班发展为跨系科的"科技教育与传播"辅修专业，开创了通过辅修办法提高师范生实施素质教育能力和水平的有效途径，受到社会和有关领导的关注和肯定。

1985 年以后，作为主要研究人员，陈树杰先生先后参加了部委级有关"青少年课外科技活动"、"科技活动课程和中小学生科学素质"、"在各类师范院校开设科技活动课程"以及"创造型中学教师的品质特征"等重点课题的研究，陈先生也从一名普通

的科技辅导员成长为在这一领域的学术带头人，在综合实践活动的理论与实践研究方面走在全国师范院校的前列。

他始终认为自己学的是师范，干的是教育，辅导青少年的科技活动，向中小学生普及科普知识，就是在属于自己的土地上耕耘，只能做好不能做坏，因此 20 年如一日矢志不渝。

一心一意为教育，全心全意为学生

陈树杰如醉如痴地爱他的事业、爱他的学生，把全部心血都洒在教书育人上。陈树杰全面贯彻党的教育方针，教学思想端正，自觉遵守《教育法》、《教师法》等法律、法规。他坚守高尚情操，廉洁从教，无私奉献，以德育人，注重"言传身教"，对学生"动之以情，晓之以理"，要求学生做到的，自己先做到，而且力求比学生做得更好。陈树杰热爱学校，热爱学生，舍小家顾大家，一心扑在学校的教学工作上，献身于党的教育事业，对学生灌输"成才先成人"的教育思想，并注重培养学生高尚的道德情操。

陈树杰是一个乐于工作、不知疲倦的人，工作期间能够很好地处理校内和校外、本职和兼职的关系，本职和兼职相互促进，取得相得益彰的效果，为此不得不作出一定的牺牲。1994 年 5 月他去井冈山出席全国地质科普工作会议，27 日会议结束，预定的返程票还没买好，会议主办方要组织代表们去庐山参观，作为地质教师，陈树杰自然知道庐山的地质价值，但考虑到 29 日要带学生去实习，便毅然谢绝了会议邀请，决定取道南昌乘飞机自费返京。29 日凌晨 2 时许回到家中，当天早晨 7 时便与学生一起登上了开往秦皇岛的火车。那时机票要 600 元，对于一位经济不宽裕的教师来说，这不是个小数目，但他宁可经济上受些损失，宁可自己多受些劳累，但决不能影响教学。该事受到实习队师生的称赞，一时在实习队中传为美谈。

老骥伏枥，志在千里

陈树杰教授于 2001 年 3 月退休，4 月担任首都师范大学科技教育中心主任。在学校领导的支持下，申请并被教育部师范司批准创建"中、小学综合实践活动师资研究与培训基地"，陈树杰教授为主要负责人。他主持的全国教育科学"十五"规划教育部重点课题"综合实践活动及其师资建设"，是一项坚持近 20 年的重点课题。目前有近 20 个省区的 37 个分课题，有中小学、幼师和师范院校近千人参与研究，有上千所各级各类的实验学校，在社会上产生了广泛的影响。课题坚持的"搭建一座平台，树立一面旗帜，建设一批资源，造就一批人才，成就一番事业"的理念正在得到广泛共识，促进新一轮基础教育的改革与发展，受到师范司领导的高度重视。2002 年底，陈树杰教授主持的教育科学"九五"规划北京市重点课题"创造型中学教师师德品质特征及其培养途径"获北京市教育科学研究一等奖。

辉煌中感受着人生的真谛

不待扬鞭自奋蹄。陈树杰常以"至人无己、神人无功"自勉，自强不息，勇于开拓，为实现教育的美好明天而不断追求。

平时他的工作作风是事事以身作则，处处起模范带头作用，任何大小工作从不讲价钱，一心一意，尽心尽职尽责地做好。在工作中不断提高教学水平，提高管理能力，把教学工作中的各个环节都认真处理好，是一个作风民主、关心教师、宽以待人、责任心很强的老师。

"酿得百花成蜜后，为谁辛苦为谁甜？"陈树杰教授曾多次获奖，但当表彰、奖励、鲜花、掌声纷至沓来的时候，他没有被这些所陶醉，而是立足自己的本职岗位，刻苦钻研，拼搏进取，继续书写着他辉煌的乐章。

（作者：高宜程　首都师范大学资源环境与旅游学院研究生）

理想从这里萌生

李幼兰

李幼兰，女，1941年生。中共党员，首都师范大学研究员。1963年毕业于北京师范学院化学系，留校任教，先后任化学系副系主任，首都师范大学人事处处长，国际文化学院副院长。1996年获北京市教书育人先进工作者，现从事"关心下一代工作委员会"工作。

1959年秋，我从一所知名女中考入到成立不久的北京师范学院化学系。考取清华大学做工程师的理想破灭了，满腹的沮丧、委屈，泪水止不住地往下流。我被通知提前报到，沿着乡间的小路，手提母亲专为我上大学买的小箱子，走进了冷冷清清的校园。班主任是一位漂亮的女老师，她告诉我，我被指定为团支部书记，开学以后再进行选举；任务是带领其他班干部打扫教室、宿舍卫生，三天后迎接新同学入学。三天来，大家一起干活，我埋头苦干，一言不发，力图用繁重的劳动掩饰心中的烦闷。其他的班干部欢声笑语，快乐极了。我真不懂：考入这所大学有什么值得高兴的!? 突然有一位男同学大声问："谁是咱们班的团支部书记？"一位女生悄声说："就是那个'哑巴'！"我抬头一看，大家正冲着我露出惊异的表情。后来才知道这些班干部大多数是师院预科的毕业生，他们在高中阶段就接受了热爱教育事业的教育，怪不得那么从容，那么充满激情。

热烈、隆重的迎新活动只用了两天，为期一周的"专业思想"教育开始了。全班 81 位同学来自北京市各个中学，其中不少人来自男四中、师大附中、女一中、女二中、师大女附中等著名中学，由于种种原因分配到师范学院，可以想见都存在着程度不同的专业思想问题。第一天的迎新会上，老校长、老书记鲍成吉语重心长、热情洋溢地致了迎新词，称我们是教育战线的新生力量，介绍了学校建设的过程、市政府对学校的期望、北京的中学师资将靠我们学校输送新鲜血液。接着市领导、老教师纷纷讲话，大部分同学受到启发。中午是丰盛的大餐。晚上，在大操场放映了苏联影片《乡村女教师》，影片很动人：年轻美丽的姑娘瓦尔瓦拉决心到远东乡村做教师，她以赤诚的心、毕生的精力，教育了无数个农村孩子。30 年过去了，她的学生遍及全国，有将军、科学家、教授、医生、工程师和普通劳动者，在她生日之际，寄来了雪片般的贺信，感谢她的辛勤培养，不少学生来到她的身边，为她庆祝生日，她被苏联政府授予英雄称号。影片音乐和画面非常感人，很多同学都落泪了。我的心被震动：什么是理想？只有当工程师才是美好的理想吗？什么是幸福，桃李满天下是多么幸福啊！18 岁的我开始思考了……

第二天晚上，大操场又放映电影，是苏联伟大教育家马卡连柯的《教育诗篇》。影片讲述的是一所对犯罪青少年进行教育的工读学校，校长对一群将沦为社会渣滓的青少年（他们犯有偷窃、吸毒、伤害人等罪行）进行特殊教育，教育者充满了爱心。通过良知与诚信的教育，使他们中的大多数人改过从善、走向光明。其中有这样一段情节：这所学校建立在偏僻的农村，学校每年要派人到城里的教育部门领取经费，当时正值战争时期，条件十分艰苦，这个经费对学校的运转至关重要。有一个孤儿是惯窃，曾几次入狱。后来送到工读学校接受教育，经过一年的学习，进步不大。这一天校长派他一人到城里去取经费，轻描淡写地交代了取款的任务，交给他一封介绍信，催促他及早上路。这个青年十分惊异地看着校长，觉得简直不可理解：让一个小偷去取一笔巨款！校长很平静，叮咛他路上当心，争取晚上赶回来。青年一路跑步进了城，拿到了这笔大钱，一颗心怦怦乱跳，他想拿着它逃跑，回到以往的生活中。他刚走了几步，脑海里闪出校长对他信任的目光，想到生活一年多的学校，他扭转身来紧紧抱着这笔钱，在黑夜里飞奔回到学校。他大汗淋漓地站在校长面前，大声喊道："我回来了！"在灯光下看书的校长，慢慢抬起头来，亲切地说："你辛苦了，厨房里给你留了饭。"青年难以自控，双腿跪下，掩面大哭。他获得了做人的尊严，他战胜了自己的过去。看着电影，我也哭了，深深感到被人信任是多么崇高的感情，教育有多么伟大啊，一个人的灵魂在爱和信赖中得到拯救。接连几天的专业思想教育，使我苦闷的心情得到安慰，我开始思考如何面对教师这个职业了。

每年新生入学教育，学校都要放映《乡村女教师》和《教育诗篇》，同学们都很喜爱这两部电影，许多人几乎每年都要去看，影片主人公的形象深深地铭记在我们心中。记得毕业那年，每个毕业生都要填写分配志愿表，填写希望到那所中学任教。在学校的鼓励和动员下，学生们意气风发，有的同学咬破手指写了"到祖国最需要的地方去"的血书。我们班绝大部分同学填写了到农村中学执教的志愿，我在地图上找到最边远的山区，填上"怀柔喇叭沟门中学"。我心中的榜样就是乡村女教师——瓦尔瓦拉，我要像她一样把毕生献给农村山区的孩子。然而分配方案中我被留在学校工作，我还为此哭了一场。那时在浓浓的爱国主义教育的氛围中，我们的心灵是多么纯洁啊。全班81名同学，除个别因病未参加分配和6位留校生外，全部分配到中学，近一半分配到边远的农村。他们中涌现了不少优秀教师、教研室主任和校领导。有一位男生分到延庆工读学校，他以马卡连柯为榜样献身于"特殊学生的教育"，工作数十年，被任命为副校长，由于疾劳过度，身患癌症，不幸病故，我们为有这样的学友而骄傲。虽然我们分别近 40 载，但同学中如果有情况——生病、贫困、病逝、外地返京等，只要相互通知，都会聚集起很多同学，伸出友谊之手给予帮助。

我们大多数同学都是以优异成绩考到北京师院的，在学校接受了热爱教育事业、热爱祖国和树立正确世界观的教育，尤其是很多优秀的教师，他们通过自己的言传身教，给我们留下了不可泯灭的印象，对我们后来的教育生涯，给予了很大的动力。

我们一年级的无机化学老师是一位年近六旬的老先生——高同恩先生。单薄的中等身材，尤其是一双手，真是骨瘦如柴。然而他讲起课来声音洪亮，板书有劲、清晰，每节课都讲得津津有味。他常说："无机化学这门课是你们的'看家菜'，到中学教书最有用，必须学好。"每天晚自习，他必来教室转上几圈，看看同学们，然后回到教研室，一边备课，一边等待学生答疑，同时他还要求他的助教坐在自习室里，随时准备辅导学生。他对工作的认真负责精神深深地影响着我们。高先生说："教师像一支蜡烛，燃烧了自己，照亮了别人。一个教师要想照亮别人，首先是要照亮自己，要有渊博的知识，更要有高尚的品德，这才能给他人带来光明和温暖。"我们班的同学都很尊重他。他常常告诫我们："什么是学习？学习不仅要学知识，更重要的是要学到学习的方法。给学生的不仅是'金子'，而要教给他们'点金术'！"这些朴素的道理，对于初进大学的同学们是非常珍贵的教导。高先生不仅严于课堂教学，而且非常重视实验教学。他经常利用节假日清理实验室。当时化学系实验室建立不久，很多药品都是从中学调配来的，化学试剂不齐全，有的试剂瓶没有标签。先生为了识别它们，做了不少试剂的性质实验，一一标出名称，个别药品实在难以确定，他竟然用舌头尝试以鉴别！这是学化学最忌讳的行为，然而他老人家舍不得将这些药品抛弃，竟不顾自己可能被中毒的危险而出此下策。但是他却反复叮咛我们万不可将化学药品靠近鼻、口，以免中毒！我们毕业不久，高先生就病逝了。一位刚过 60 岁的老人，为化学教育事业默默地耕耘一生，虽然他离世时只是一位讲师，但是在我们心中他永远是一位德高望重、学识渊博的好老师。

升入三年级后，开设了"物理化学"，这门课难度大，要有较好的物理、数学知识。任课教师是我们的系主任邹宪法教授，邹先生讲课十分严谨，课堂上没有"废话"，每一句话都很重要。如果忽略了第一句，第二句就听不懂了。他语速适中，重点部分语调洪亮，引人注意。因此上邹先生的课，同学纪律非常好，听课认真，仔细记笔记。虽然这门课很难，但大家都很喜欢，并且收获大，大家一致认为邹先生很会讲课。后来班主任告诉我们：邹先生性格内向，不爱讲话，而且声调低沉。为了让同学能听好课，每次上课前，他都要对着录音机讲一遍，听听效果，把语调、语速进行调整，重点部分高声重复，难懂的概念深入浅出地讲，反复听，反复推敲，直到自己满意才登台讲课。大家知道后更加敬佩邹先生了。当时他是我们系唯一的一位教授，给我们讲课学识绰绰有余，但是他为了使同学们真正掌握知识，不放过每一节课，甚至于每一句话。这种教学态度深深感染了我们，我的很多同学在中学教学中取得了可喜的成绩，无不受到师院学习阶段这些优秀教师的影响。

当时我们的许多老师是北京师范大学分配来的优秀学生，他们非常关心学生的成长，教学认真负责。有一件事使我终生不忘。在一堂物理化学实验课上，我不小心打碎了一支价格不菲的帕克曼温度计，那时每堂实验课只有 20 套设备，全班要分四次上课，这套仪器，很贵重。当时学校规定损坏仪器要个人赔偿，打碎了仪器意味着后几组同学无法进行实验了。我十分惊慌，急忙跑到实验教师的面前，陈述了这件事，当时带实验课的教师惊异地看着我，立刻从预备室中拿出另一个温度计让我继续实验。在总结课上，她非但没有批评我，反而说："这个温度计很贵重，每套仪器由多人操作，谁打碎了难以查出，但是这位同学能勇敢地承认错误，她的诚实值得大家学习。"我当时非常受震动：犯错误是难免的，只要认错是会受到欢迎的。这件事我记了一生，每当我工作中出现了问题，我不怪罪别人，也不隐瞒，勇于承当下来，及时改正，因而常常受到谅解和称赞。我感谢这位重视品德教育的好老师，她告诫我要做一个诚实的人。

留校工作后，由于工作需要，我先后做过系教学秘书、班级政治辅导员、任课教师、系副主任、校人事处长及国际文化学院副院长。工作的变迁，使我更加热爱日新月异的首都师范大学和自己从事的各个岗位，我愿意为学生奉献绵薄之力，我愿意为教师做个好后勤，我愿意为学校的建设添砖加瓦。学校的老师教育哺育了我，让我终身从事教育事业。学校为我铺设了工作的舞台，使我获得了难以承受的种种荣誉。更使我难以忘怀的是在我60岁生日之际，我曾担任班主任的1966届毕业生，来了30多位为我庆祝生日，有些人已有30年未曾谋面，望着他们斑白的头发，熟悉的面容，我的心情激动不已，手捧他们送上的大花篮，热泪止不住地流淌，往事历历在目……

啊，这四位在中学工作事业有成的女同学，我曾是她们的入党介绍人，我们之间有过多少次的促膝谈心和相互鼓励啊！

啊，这位男同学，身体曾是那样健壮，现在已有些秃顶驼背了。在"文革"期间，曾带头"批斗"我，使我备受痛苦。毕业后分到中学，由于过激的言行受到批判，他们学校的工作组曾来师院调查。他们找到我，作为学生的班主任，不能泄私愤图报复，我全面介绍了他当时参加政治运动的情况，使他避免了严厉的处分。这次会面时，他紧握我的手，激动地说："李先生，我的感激之情在不言中，只说一句话：祝愿您健康！"

啊，一位华侨女学生，三年级时突然患了神经分裂症，终日恐惧不安，声称有人要杀害她，不敢睡觉、不敢吃饭、喝水，说饭中有毒药。眼看她已经 24 小时不睡觉不进饮食，我十分担心她的身体受伤害，百般劝解无效，于是我端起饭碗，自己吃一口，然后再喂她一口，以解除她的疑心，渐渐地她平静下来，吃了半碗饭。她紧抓住我的胳膊，不肯松手，我陪她度过了一个夜晚。她的病治愈后，家人接她回了印尼。不知现在生活得怎样？

一件件、一桩桩的往事如同电影般在脑海中映过。

我感谢母校，她教给我热爱人生，热爱教育事业；我感谢我的老师们，他们给了我知识，给了我"爱人如己"的品德；我感谢我的学生，是他们使我深切体会到教育别人就是净化和提高自己的过程。

人们称自己读过书的学校为"母校"，那是一种终生不泯的眷恋之情。而"母校"也如同母亲，永远关注着自己的"孩子"，永远为"孩子"的成长感到骄傲。我祝愿我的母校在支撑首都中学教育的大厦中，培养出更多的顶梁之柱。愿理想从这里萌生。

春雨润物细无声

——记张饴慈教授

张　程　唐其钰

张饴慈，1941年生。中共党员。首都师范大学数学科学学院教授。1965年毕业于北京大学数学力学系。1972年到北京师范学院数学系任教。1979年～1981年在美国康奈尔大学做访问学者。2000年～2002年聘为教育部高中课程标准制定组核心成员。1999年获曾宪梓教育基金三等奖。第八届中国数学会理事。现任《数学通报》编委。专业方向：概率论。研究领域：渗流（Percolation）。在国内外发表过多篇论文，有数部译著出版。主编过大学与中学的教材。

"好雨知时节，当春乃发生。随风潜入夜，润物细无声。"阳春三月的第一场春雨无声无息地滋润着大地，伴着春雨，首都师范大学数学系张饴慈教授又开始了他新学期的教书育人工作。在他从教几十年的历程中，他无声地倾注着自己对教育事业的热爱，默默无闻地工作在党的教育事业的第一线，以自己独特的人格魅力感染着一届届的学生。以自己的责任心和爱心为这平凡的工作增添了一份灿烂的光辉。

辛勤耕耘，换来春色满园

张饴慈教授在首都师大已度过了几十个春秋。扎实的知识功底、孜孜不倦地工作，使他在概率论一个重要方向——渗流领域内成为国内同行中的知名学者，在国内外著名学术刊物上发表过多篇重要论文，具有很高的学术造诣。但张饴慈教授并不以学高而自居，他是数学系少数始终坚持给本、专科学生上课的教授。同学们以能做张老师的学生而自豪。在从教几十年超负荷的工作中，他的周课时经常在十几节以上。他先后开设过十多门课程，受到广大学生的欢迎。他的教学作风、科研精神影响了数学系的一代代教师、一届届学生。

可是谁知道，这些成绩的背后张饴慈教授身上的压力和面临的困难呢？要了解这一切还要追溯到 1986 年。那一年，张老师的爱人不幸患尿毒症，生命垂危，必须立即做换肾手术。为了心爱的妻子，为了年幼的孩子，张老师背负着沉重的家庭负担。这时，无论在经济上还是在精神上，张老师是多么需要帮助呀！但是张老师却自己默默地承受着这突如其来的一切。妻子的换肾手术没有成功，每天依靠大把大把的解毒药维持着生命，张老师焦急地守候在妻子的病床前，等待着第二次手术的到来。他爱妻子，也爱他的事业。每天照顾好妻子、孩子，看到他们安然入睡的时候，张老师才能开始他一天的备课和科研工作，这一干就到深夜，他窗前的那盏小台灯在夜幕下越发显得明亮。也许你很难相信，张老师的许多篇重要论文就是在这样的条件下写出来的，他对教育事业的热爱、对学生的关怀丝毫未因此而减少。也许是张老师的情、爱感动了上天，爱人的第二次换肾手术终于成功，一个温暖的家又回到了张老师的生活中。但长期生活和工作的压力，使张老师患上了甲亢病，经常引起心房震颤。但性格开朗、豁达的他，仍以高昂、乐观的态度面对一切困难和压力。

虽然是知名教授，但张老师对学生倾注的爱绝不亚于他对学术的热切追求。人们从未见他讲过任何大道理，但他把他的爱化作备课时的汗珠、教学楼内的足迹、亲切和蔼的话语，滋润着每个学生的心田。张老师备课深入、认真，讲课重点突出，信息量大，深入浅出，引人入胜。1994级一位学生在一篇文章中写道："记得第一次听概率课，睡眼惺忪地走进教室；习惯地将崭新的笔记本翻开第一页，准备接受那一个接一个'炮弹'般的定义、定理、推论。谁知，张老师微笑着走进教室，没有急于拿起粉笔，却讲了一个故事……'太有意思了！'顿时，我睡意全无，听讲兴趣骤然大增。从此，我与那只有用抄笔记才能使自己集中精力听课的'土办法'道声'拜拜'。"的确，如果你有幸成为他的学生，你能感觉到，每次讲课他总能用最浅显、直观的语言讲出最本质、深刻的数学理论；如果你有幸成为他报告中的一位听众，无论你的数学功底如何，你都会从中获得很大的收获。作为一名数学工作者，张老师科研任务无疑是繁重的。在许多人看来，数学研究是所有科学研究中最乏味的领域。它所利用的工具简单得只需一张纸、一支笔，但是只有你真正步入数学的殿堂，你才能了解这里面需要更多的是超人的耐力、意志以及为科学而献身的精神。作为一名教师，他主动承担开设新课、难课的任务，即使在教学工作量很大的情况下，他也坚持对学生作业全批全改，妥善安排好每一次答疑时间。为了提高教学质量，调动学生的学习积极性，他不仅经常利用业余时间组织答疑，如果学生不来问问题，他就主动向学生质疑，晚上常去教室查看学生自习情况，教学楼内总能看到张老师的身影。他的教学效果和工作态度得到本系与外系、普通班与加强班、本科生和研究生的一致好评。作为党员教师，他用自己的行动表达出对党的忠诚、对事业的热爱。身教胜于言教，他用自己辛勤的耕耘换来满园春色。

锐意创新，探索改革之路

张饴慈教授深知，要培养出 21 世纪素质全面、具有创新能力的中学教师，就必须对当前的教育进行改革。要对未来的教师负责，首先要对他们所受的高等教育负责。为此，他参加国家、教育部、北京市和首都师大各级的教育科研工作，把对学生的爱投入到教育改革的研究中。考虑到学生学习首先要面对的是课本，教材落后必然阻碍教育的进步，于是张老师又重新撰写了《概率论与数理统计》教材，并结合现代教学要求开始着手编写文科《高等数学》教材。由于数学的应用价值已随着时代的发展显得愈发的重要，人们已经渐渐地认识到，数学不再是传统意义上的对定义、定理的理解和严密的逻辑推导、证明。为了推动应用数学的发展，张老师主动承担了国家、教育部、北京市三级的有关数学建模的教改项目，推动了数学建模活动在大、中学校的开展。为了开展首都师大的数学建模活动，他开设了数学建模课，并积极鼓励、指导学生参加建模比赛，从而大大提高了学生学习数学的兴趣、能力和自信心。有一位同学在毕业留言纪念册中写道："您的课是我最喜欢的课，也是最令我劳累的课，它使我感受到了数学学习的真正意义所在。"每年暑假期间，张老师放弃休息，顶着酷暑，不分昼夜地指导参加数学建模竞赛的学生，关在摄氏 30 多度的教室里一待就是一天，不知多少次，汗水浸湿了他的衣背，也不知多少滴汗水滴落在书桌上。就这样与同学们摸爬滚打一个月。古人云：爱其师，信其道。他不善辞令，但学生体会到：他的身教重于言教。他不善于讲大道理，但他却用最平实的语言，告诉学生应如何对待困难、对待人生，并用自己在美国期间的亲身感受，教育学生作为炎黄子孙，应该奋发图强，为振兴中国而发愤读书。参加建模竞赛的同学们都感觉到，在张老师身边，不仅是学习他的学识，更重要的是学习他的做人，学会在困难面前不屈服，学会正确地对待人生。功夫不负有心人，在张老师的指导下，建模竞赛首都师大连年获得好成绩，特别是在竞赛初期，在生源远不及北大、清华的情况下，1993年首都师大与北大齐名，荣获北京地区特等奖。张老师一项工作接着一项工作，一步一个脚印，不计名利、报酬，不知疲倦地工作，犹如春雨润物，悄然无声，把一切献给他所钟爱的师范教育事业。

严师慈父，奉献爱心一片

科研、家庭的重负并没有减少他对学生的热爱。他既是学生的良师，又是学生的益友。他虽然不是班主任，但除了上好课，还常常抽出时间参加学生组织的课外活动。在纪念抗日战争胜利50周年前夕，他带领1994级（2）班的同学们骑车到卢沟桥参观抗日战争纪念馆，使同学们上了一堂生动的爱国主义教育课。回来后该班的几名同学先后写了入党申请书，加入到光荣的积极分子的队伍中。张老师的身体十分的虚弱，但只要置身学生中间，他顿时精神百倍，因为他心里想的、挂念的只有学生，似乎他们就是他的精神支柱。学生生病了，他问寒问暖，送去亲人般的关怀；学生献血了，他去看望照顾，使献血工作得以顺利进行。无论是学习上遇到了困难，还是生活、情感上遇到了挫折，学生们都愿意找张老师倾诉。从他的情感中，同学们能体会到父亲般的关怀。有个学生在信中写道："我尽管从没有见过自己的亲生父亲，没有真正体验到父亲对女儿的爱，但是我觉得即使我亲生父母在世，对我也不过如此吧！而您（对您的）的儿女也不过如此吧！您关心我，帮助我，为我的事操劳奔波，付出了太多的心血……这一切是任何物质所不能代替的。"每年研究生新生入学，张老师家总是很热闹，他把他们请到家里吃顿便饭，询问他们在新环境学习生活的状况，使他们能安心读书。冬天上课前，张老师总会问一句："天冷了，屋里的暖气热不热，多穿点衣服！"张老师也有他严格的一面，一次，他的学生拿着一叠买书的发货票找张老师签字报销。望着这么多的票据张老师很是纳闷，问他都买了什么书花了这么多钱。原来这位学生用这笔钱买了一些与专业学习无关的书。张老师听后十分严肃地说："国家给我们的经费买书的目的，是要我们学好知识，我不反对看课外书，但我希望国家给我们的经费能专款专用。"从此，每次研究生报销书费他都要求学生将书和发货票一起拿来，核实后才签字批准。从这件小事上我们看到张老师做人诚实、严谨的一面。

张饴慈教授的一言一行深深地感动和教育了学生。他们信任他，把自己的心里话告诉给他，甚至把难以启齿的个人隐私告诉给他，求得他的帮助；他们热爱他，每当他过生日的时候，都不忘前去庆贺；过年了，一张张精心挑选的贺年片堆起来像座"小山"；毕业了，工作了，获奖了，结婚了，不忘把各种喜讯告诉他；遇到困难了，首先想到的是写封信请教张老师。翻开每一封学生来信，字里行间都流露着学生们对他的尊敬、热爱和感激之情："感谢您对我的谆谆教诲和关怀……您渊博的知识，您乐观豁达的人生态度使我受益终生。""新的环境、新的工作、新的角色，我不能忘了您的教诲。从您那里不光学到知识，还学到了待人的真诚和对事业的执着精神。"

从张饴慈教授教书育人的事迹中，我们不难感到，他以先做人再做学问的态度、指导着自己几十年的教学生涯。凡是认识张老师的人都非常敬重他，都说他是位难得的好人，但这不只是一句简单的评价。张老师的言语是简单而质朴的，但是他却用自己的行动关爱着他身边的学生。张老师的工作是平凡而繁重的，但他却用惊人的毅力去行动、去唤起人们更多的热情；张老师的生活是简朴而平淡的，但他却以乐观的态度、坚强的信念面对各种生活困难。一切看似太平常，但似乎有一股无形的力量吸引着你，指导着你，犹如春雨一般滋润着你。他以自己的行动履行着党员的义务、责任；以自己的行动去切实地完成"为人师表"所赋予他的任务；以自己的行动表现着他的世界观、人生观、价值观，并感染着身边的人们。一切都是那样的无声无息，而你我又是在这无声的"春雨"中成长。

（作者：张程 首都师范大学数学科学学院研究生
唐其钰 首都师范大学数学科学学院高级政工师）

吾从吾师学师德

李 泱

李泱，本名李泱泱，1941年生。中共党员。首都师范大学文学院教授。1962年毕业于北京师范学院中文系，留校任教至2002年，曾任影视文学教研室主任，并参与创办了戏剧影视文学系。曾担任中国现当代文学、影视理论及历史、文化学及文化史等多门课程教学。著有《电影美学原理》、《影视艺术概论》、《当代文学导读》、《记叙文写作指要》、《柯岩创作论》等书。主编《电影理论基础》、《电影学原理》、《电影文学引论》、《电视文艺学》等高校教材，发表文学及电影学论文100多篇。

我是1958年至1962年就读于北京师范学院中文系的学生。自毕业留校以来，整整44个春秋了。2002年退休后，仍在文学院、国际文化学院任课，这也叫作发挥余热吧。

作为首都师大自己培养的教师，对师德问题，我历来重视。一是，我认为，中国教育的民族特色，主要就在于重视德育。如同钱穆在《略论中国教育学》中所言："故中国人之教育宗旨教育精神，主要乃为一全人教育，首在培养其内心之德。苟其有德，则其对人群自必有其贡献与作用。"二是，在四年大学求学期间以及后来40多年教书期间，吾从吾师学师德，在这方面有了越发深刻的体会。可以这样说，正是首都师大老师对我的教育，使我历经磨练，终于成长为一个尽心尽力的、受学生欢迎的教师。

不论是在多门文学课及影视课中，我都十分重视对学生进行严肃的爱情观教育。这是因为，我上大学时，刘体仁先生在中国古典文学课讲《诗经》中的《氓》时，特别批判了男主人公氓的"始乱终弃"的丑恶行为，他提高声调说："男权主义、男尊女卑、喜新厌旧是十分可耻的，是封建主义的旧道德、旧风习，你们男同学尤其要放弃这些臭东西。你们在作业中，要特别注意批判这个反面人物。"在电影课上，我给学生放了1957年拍的影片《柳堡的故事》，让学生学习新四军副班长李进，他用严明的军纪约束自己，既要救连队所驻村庄遭伪军官欺凌的雇农女儿二妹子出火坑，又要着眼献身民族解放和人民翻身的革命大业。这是多么有理性的爱情！在形象化的文学艺术课中，教育学生对待爱情要严肃、专一、以革命事业为重，爱情是寻找人生伴侣，一定要有共同的思想基础。

我上大学四年级时，外国文学教研室主任李自昆先生在讲高尔基的短篇小说《伊则吉尔老婆子》时，讲到该小说中的丹柯把心掏出来，变成火炬，引领迷路的众人，走出了黑暗的森林。讲到这里，她泪珠晶莹，充满深情地说："在中国，在领导人民建立新中国的斗争过程中，共产党内出现过多少丹柯。"李自昆先生在讲马雅可夫斯基的长诗《列宁》时，把党的领袖与群众、与革命事业的关系，讲得特别透彻。她反复引用马雅可夫斯基《列宁》中的诗句："我们说的党，正是指的列宁；我们说的列宁，正是指的党！"在讲高尔基的长篇小说《母亲》时，李自昆先生重点分析了巴威尔怎样由一个普通工人，成长为坚强的布尔什维克战士。这无疑大大坚定了我们这些学生要加入中国共产党的志向，而且要做勇于为真理而献身的丹柯、巴威尔式的青年。

在教学中，我很注意对学生进行入团、入党的教育。我是1959年5月上大学二年级时，向党支部递交了入党申请书的，但直到1987年，我才正式在中文系现代文学教研究室支部入了党。其间有28年漫长的考验与追求。

在正确处理好文学与语言这中文系两大类专业知识关系方面，在完成教好大学师范生，并尽力帮助中学语文教师排难释疑的任务上，现代汉语教研室的史振晔先生给了我许多帮助。史振晔先生是一位和蔼可亲的师长。他的修辞课讲得言简意赅，生动精妙，例证选得特别好。他曾主动找我去他宿舍，要我不要因为留校教文学课，就停止了语言方面的学习。他谆谆告诫我："一个高师中文系的青年教师，一定要语言和文学两个方面均衡发展，因为文学是语言艺术。否则，你的文学作品分析总是粗线条的、干巴巴的，体味不到文学的语言魅力，也不会感染学生。"他知道我被系里从古典文学教研室调到外国文学教研室后，敦促我要学好俄文，不要光看中文译本，若发现译文有疙疙瘩瘩、读不顺的地方时，一定要找俄文原本作品来对照。我后来就把不同译法的一位苏联诗人的诗歌作品，和俄文原本对照，结果受益匪浅：既发现了有漏译的问题，又学到了翻译的技巧。正是史振晔先生，最早向我推荐了苏联学者研究语体学、风格学的文章和学术新动向，这对我后来讲普希金的诗体小说《叶甫盖尼·奥涅金》和闻捷的诗体小说《动荡的年代》，大有裨益。对我后来教电影理论时，弄清《电影符号学》的语言学基础，帮助甚多。

从史振晔先生那里听来的教诲，我在多年文学课、影视课教学中，同样转教给学生，特别是学习成绩好、想出国深造、想考研的学生。在中文系，我是属于坚定的教学要为培养语言、文学、文章三过硬的中学语文合格教师服务的"中学派"。

高师中文系教师，一定要术业有专攻，有创新意识，有与教学能力相匹配的科研能力。这方面，张寿康先生对我帮助极大。

他要求我敢于涉足新学科，敢于开新课。我从 1983 年参加了教育部和中国电影家协会举办的高校电影课教师暑期培训班之后，当年秋后就开了"电影艺术概论"的新课，成为全国最早开设电影课的 17 所高校之一。后来又陆续开了"电影文学引论"、"中国电影发展史"、"世界电影史"等新的选修课。张寿康先生亲自主编全国第一本《文章学概论》的新教材的同时，他又勉励我先以统稿人身份发起协作编写了《电影理论基础》一书，后又支持我积极策划、参与多所院校协作编写的"大学电影课系列教材"，实际出版了《电影学原理》、《电影作品选评》、《电影论文选》、《世界电影发展史》、《电影文学引论》、《电影鉴赏学》等 6 本。后来我又主编或参与编写了《电影文艺学》、《电视剧美学》两本教材。这些影视系列教材的编写，使我在影视教学和科研方面，有了坚实的基础，开阔了学术视野，提高了科研能力，使我校居于全国普通高校开设电影课之前列。促使我后来独自编著了《影视艺术概论》和《电影美学原理》两本书，还得了奖。另外，在我参加教育部指定的十院校合编的《中国当代文学史初稿》时，由北师大刘锡庆和我负责编写当代散文部分。为此，我去请教张寿康先生，他要我一定要从中国古代、现代散文入手准备，我读了《中国历代散文选》、《古代散文选》和《中国现代文学教学参考资料·散文选》之后，又参加了我系古典文学教师合著的《中国古代散文选讲》的编写，写了"元明清散文"一章。张先生高兴地说："你现在有资格编写当代散文史了。你能写出当代散文的历史渊源，厘清中国散文的发展历史的脉络"。他还要求我认真评述当代散文作家的艺术风格、艺术流派。

我在现代文学教研室任教期间，系里派我参加"中国现代文学史教学参考资料"的编写，我主编《新诗选》，参编了《散文选》。后又参加了《中国当代文学史初稿》、《中国当代文学作品选》和"中国当代文学研究资料丛书"的编写及编选工作。这样，文学史讲授与作家作品讲授相结合，教学与科研相结合，起了相互促进的作用。我在十几年的时间里，站稳了讲坛，开好了专业课。努力为学生陆续开出了民间文学、影视理论及文学、比较文学等多门选修课程。这里我还要说一说王景山先生，他支持我建立较宽广的学术基础，但顾虑我把面铺得过宽、过杂，分散了精力，因此一再对我说："你在科研上要考虑把某一两个特定学科，钻得更深一些，努力做到在某个领域、某些课题上具有一定权威性的发言权，达到前沿水平。"给我留下深刻印象。

回顾 40 多年教师生涯，我自己在师德方面有四个"三"的体会。

第一个"三"是保有"三心"：对学生的爱心、关心和耐心。这是师德的核心。比如，"左"的思潮泛滥时，学生毕业时的"清理思想"，一些有才华又有一些缺点、错误的学生被扣上了"思想反动"的帽子。我教过的一个学生，毕业前挨了整，到了中学不让他上课，让他烧锅炉。十年动乱结束后，他报考社科院文研所古典文学硕士研究生，单位想录取他，来外调时，我说明真实情况，强调他受了迫害，他是学习基础很好的特长生。后来在邓绍基主编的 14 册的《中国文学通史》里，我看到了他写的杜甫章节。又比如，教育实习时，有的学生不会写教案，试讲过不了关。我常常亲自动手一遍遍为其修改教案，一遍遍听他试讲，直到他的实习成绩达到良好为止。有时试讲到晚上九十点钟，我也从未不耐烦过。

第二个"三"是坚守"三不"：不上没准备好的课，不答没落实的疑，不用陈旧不变的讲稿。比如，在外国文学教研室当助教时，为了上好两节晚自习的辅导课《左拉和他的〈萌芽〉》，我准备有一个月，写了 1.5 万字讲稿。又比如，在教电影美学课时，有学生问到什么是电影符号学问题。我一连查了好几本书，准备了几周，最后深入浅出地回答了他的问题，他很满意。不管上什么课，我都要修改讲稿，补充新的观点、材料、例证，根据新教学对象的需要，补充新的内容。

第三个"三"是必讲"三教"：教品德、教理论、教知识与技能。在上"民间文学概论"课，讲《白蛇传》时，除了批判代表封建势力、封建礼教的法海和尚外，还批评了许仙对白蛇娘娘的不忠实，轻信了法海的惑众妖言，还赞美了白蛇娘娘舍生忘死盗仙草，救了负心汉许仙的命。这样一讲，学生受到了触动，会在潜移默化中培养起健康的恋爱观。教理论是要用马克思主义的文学艺术理论，武装学生的头脑。如讲创作方法时，我引用了高尔基的经典论述：现实主义是按照生活固有的面目反映，浪漫主义是按照生活应有的面目反映。一字之差，确有区别。学生认为讲得言简意赅。又如，近二十多年来，我依旧讲社会现实主义、革命现实主义、革命浪漫主义，不轻易否定这些无产阶级的文艺理论命题。但又指出过去 17 年（1949～1966）中运用这些创作原则存在的偏差。对西方现代主义，我也具体评介，一分为二。在讲我国现当代新诗时，我也注意批评、抵制"不存在政治抒情诗"的近年流行的错误观点。我举了郭沫若的《凤凰涅槃》、《炉中煤》，艾青的《北方》、《黎明的通知》、《光的赞歌》、《在浪尖上》，郭小川的《甘蔗林—青纱帐》、《团泊洼的秋天》，贺敬之的《放声歌唱》、《雷锋之歌》、《中国的十月》，李瑛的《一月的哀思》，柯岩的《周总理，你在哪里》，戴望舒的《狱中题壁》、《我用残损的手掌》等许多例子，说明诗歌历来分为叙事诗和抒情诗两大类，抒情诗里又分为政治抒情诗和个人抒情诗两小类。包括新诗在内的诗歌，是处于不同社会地位、隶属不同社会集团（阶级、阶层）的诗人的创作，因此必然会与政治发生或这或那、或隐或显的联系。政治抒情诗的产生、发展，是一种客观存在的诗歌现象，我们必须科学地分析它、研究它，不能因为有的政治抒情诗有标语口号、概念化的偏向，就否定它的存在。我这样一具体分析，有些受错误思潮影响的学生，就转变了看法。爱写诗的学生，还拿诗作来让我看、改。

又如在电影课的教学中，我并不排斥西方、苏联的现代主义的著名的、有争议的影片，如对伯格曼的《野草莓》，安东尼奥尼的《放大》，卡拉托卓夫的《雁南飞》，阿仑·雷乃的《去年在马里昂巴德》等，我都介绍给学生，有的还放片子给学生看，以便让他们能用开放的眼光来看待外国电影，区分精华与糟粕，外为中用。作为例证，帮助他们理解在文艺理论课中学过的西方现代主义文艺思潮。对于《去年在马里昂巴德》这样的"三无"影片（无主题、无情节、无确定人物），我一方面承认自己不太懂，一方面又引用有的外国评论家指责的：该片"好大喜功，故弄玄虚"。学生对我的做法表示满意。

关于教知识和技能，是为了让学生学到切实有用的东西。如我上"诗歌概论"课时，不少学生说不会分析诗歌，特别怕到中学教不好新诗、外国诗；对中国古典诗词稍微好点，但仍然弄不懂平仄、格律、词谱等。于是我就花了半年多功夫，为1977、1978、1979级三届学生编写了近20万字的油印讲义，学生非常高兴，自己找地方装订成册。为了破除"诗歌神秘论"，我还让学生学会写诗，自己也写，师生交流，互相切磋，收到好的效果。

第四个"三"是力行"三为"：为学生多开新的选修课，指定选修课和必修课；为学生搞相关的课外活动；为学生的个性化发展出力。在开新课方面，除了前面讲过的，还开了"中国文化史"、"文化学概论"；"电视剧创作原理"、"电视文艺学"、"电视剧美学"；"儿童文学原理"、"大学语文"、"中国当代作家研究"、"中国古代文学史略"；"电影美学"、"电影社会学"、"戏曲与电影"等。总之，我在44年时间里，开过30多门课。

我很同意系里多位老教师的主张：大学主要靠学生自己主动

地学，教师的讲课，只能起引导入门的作用。所以，教师不仅要讲好课，还要通过相关的课外活动，引导学生主动地去学。我搞过重要作家作品的朗诵会，我有开场白，学生表演朗诵或分角色朗诵，最后我作总结。还给学生放著名影片、有争议的影片，看前作辅导提示，看后组织讨论，指导他们写影评，养成写"观片笔记"的习惯。

所谓为学生个性化发展出力，就是贯彻孔子倡导的"因材施教"、"教学相长"，留了作业，允许学生变动角度、调换作品；在作业中和考卷上，允许并鼓励学生批评我的学术观点，只要言之成理、言之有据，就给加分。鼓励学生既要胜任中学语文教学，还可以当作家、记者、评论家、编辑、影视工作者、戏剧家。我在指导学生写学年论文、毕业论文时，要他们拿读书笔记、卡片来，我称之为"衣料"，不让他们凭想当然选题，让他们"据料裁衣"，我当参谋。选题完了，让他们交粗纲、细纲，我审完后，让他们交初稿，我提具体修改意见，最后定稿，从中也培养他们的学术个性。

总之，回顾我的教师生涯，是兴奋而又愉快的。正是在为学生全心全意服务的过程中，从他们这个充满青春活力、蕴藏创造生机的可爱群体中，受到了启迪，吸取了灵感，开阔了思路，增长了本领。

每当欢送学生毕业时，我常为他们朗诵我新写的诗，或应邀在纪念册上题诗。我来引几句，作为文章的结尾：

四年的时光流逝了。
你们成了我的同行。

展翅高飞吧，
可爱的鹰隼。

奔向岗位吧，
年轻的教师。

在离别母校时，
你们依依不舍……

在送别你们时，
我们深情祝福……

我深信：
你们将有超越老师的成就。

我期待：
你们会有无限广阔的前程！

未成年人的生态道德教育和观鸟活动

高 武

　　高武，1941 年生。中共党员。
首都师范大学生物系副教授。1965
年毕业于北京师范学院生物系，留
校任教。教过普通生物学、鸟类学
等课程。主持和参与北京地区两栖、
爬行和鸟类资源的研究及北京湿地
生物多样性研究。著有：《多姿多彩的禽鸟》、《北京野鸟图鉴》、
《北京兽类志》等 20 部著作和 10 多篇学术论文。曾获北京市星
火计划科技三等奖、北京市林业局科技进步一等奖、北京市政府
科学技术进步三等奖、国家林业局保护野生动物奖等多种奖励。

一

　　环境保护问题是当今世界普遍关注的重大问题。而自觉地维
护自然的生态平衡，避免破坏，使地球和人类社会可以和谐地持
续发展，则是其最重要的一项内容。因此，人类除共同制定有关
法律、法规外，还需要建立生态道德观。

　　建立生态道德观这项工作，首先要在未成年人中进行。生态
道德教育的主要内容包括：生态保护意识的教育，节约资源意识
的教育，亲近自然意识教育以及优化环境意识教育等。

　　对未成年人进行生态道德教育的主要渠道应是学校。因此，
对于一个生物教师来说，就不仅要系统传授生物学知识，更要在

教学活动中，有意识地培养学生们的生态道德。组织学生进行生态旅游，到大自然中去，到森林和湿地去，观动物，赏植物，这是广大青少年朋友很喜欢参加的活动。他们在亲近自然过程中受到启发，能取得很好的教育效果。

而观鸟，是对未成年人进行生态道德教育最好的方式之一。多年来，我一直在参与北京市一些中小学生的观鸟活动。当青少年们怀着轻松愉悦的心情走进大自然，漫步在海边、森林、草原、农田，甚至在城市公园、城乡的居民区，在不干扰鸟正常生活的情况下，利用望远镜或直接观察、识别、欣赏鸟类优美的身姿、绚丽多彩五光十色的羽毛、聆听婉转动听的鸣唱、体察鸟类活泼可爱复杂多样的行为，他们就会爱上鸟，对自然和鸟的爱心可以影响他的成长。

下面说一说我作为观鸟小组的指导，和几位老师一起，率领着市里跨校的中小学生，在京郊观鸟的有趣活动。

二

一个5月初的清晨，我们走在松山自然保护区林间小道上。杨柳风拂面，阵阵山荆子花香扑鼻而来，枝头上北红尾鸲婉转动听地在鸣唱，大伙儿走进了春天。老师不时地介绍着周围的树木花草，介绍这里的生境特征、植被类型、适合什么鸟生活。正说着，一只黄腹山雀跃上枝头，清脆嘹亮的叫声，鲜黄的肚子，立刻吸引了人们的视线。有的同学看着这只漂亮的小鸟，高兴地喊出了声。马上有同学用手碰了他一下：小声点，别吓跑了。这个同学兴奋地压低了声说：小鸟戴着黑亮黑亮的帽子，白白的脸蛋儿，嘿！后脑勺还有一撮白毛呢！同学们都争着看。当大家漫步再往前走时，一个同学突然说，有人敲木头。老师也听见了。用手指着右前方的一棵大核桃楸树上正有一只大斑啄木鸟在凿树干。老师告诉大家：啄木鸟的嘴像木工用的凿子一样，可以把木头凿出个窟窿，掏出树皮下面的虫子。同学们紧紧盯着那只花身子、红兜肚的啄木鸟不停地围着树干转，边往上爬边凿树。正看得出神，一只长尾巴的环颈雉从一个同学的附近飞了起来，把大伙吓了一跳。

一边走一边看，老师不时在指点着什么，不知不觉太阳已经老高，师生们都感觉有点热了。大家坐在树阴下休息，老师一连串地提到许多大家看到的鸟，听到的声音，闻到花草树木的芳香，并问同学们：这里为什么树长得这么多，这么高，花花草草也那么繁盛，鸟为什么也那么多？大伙儿议论纷纷……大自然给大家留下了美好的回忆，都说以后还要到保护区来。

三

湿地的生物多样性十分丰富，是走进自然、了解自然的好去处，也是观鸟的好地方。

风和日丽的清晨，春天的阳光照在身上暖暖的，人们走在刚吐新绿的野鸭湖湿地自然保护区的草地上，蓝天、白云、远处是层层群山。在离人不远的地方，云雀站在小土包上，昂头高唱动听的歌。往前走，是宽阔的妫水河，向西南方向流入一望无际的官厅水库。人们纷纷举起望远镜，眼前一亮，好几百只大天鹅在水库里游弋，有的将头和长长的脖子伸入水中，有的甚至把半个身子都钻到水中；有的在抖动翅膀，用嘴梳理刚刚洗过的羽毛，有的低飞相互追逐……洁白的天鹅和碧水蓝天构成一幅美丽的图画。

天鹅周围还有黄色、褐色的小鸭子。老师把高倍单筒望远镜用三脚架支好，让同学们去观察。一个同学兴奋地叫着"那里有一大群黄色的鸭子"，其他同学都想尽早看到这漂亮的鸭子，因高倍镜少，老师只好让大伙排队轮着看。这时老师拿出《北京野鸟图鉴》指着图给同学们介绍："赤麻鸭因身体大部分为赤黄褐色，所以又名黄鸭。在繁殖季节，雄性黄鸭的脖子有一个明显的黑色环，大家用望远镜看看有没有带黑环的？"正在用高倍镜观察的同学抢着说："有好几只带黑环的呢！可清楚了。"老师接着介绍："黄鸭在咱北京地区是属于旅鸟，它们过了冬从南方回来，要到北方去繁殖，我们这里是它们迁徙的驿站，它们暂时在这里休息，补充营养和能量。你们注意看看黄鸭们在干什么？没看高倍镜的同学用双筒望远镜仔细看看，除了天鹅、赤麻鸭外还有别的鸟吗？"同学们不断地寻找、搜索、观察，发现在水里有黑色的、褐色的，还有的头部棕红色的，有的头绿色闪着金属光泽，有的前半身扎在水里，只有尾部露在外边。但有的身子往前一跃，一头钻进水里就不见了。啊！这么多种鸭子，数量又那么多，像天上星星似的密密麻麻。不一会儿，又有的同学发现岸边有好几种长着长脚的小鸟，有的边走边啄食水中小鱼、小虫，有的在岸边沙滩上快速奔跑，又急停下来啄食，然后又跑起来。大伙轮流用高倍镜观察，看到了十多种鸭子，还有鹬、鸻类水鸟。

不知不觉太阳已经偏西，要回家了，恋恋不舍地离开了湿地。坐在车上，老师拿起广播喇叭问着同学们都看到了什么，还有哪些疑问。同学们议论着，老师不时地回答一些问题。最后总结说，今天大家去的是北京生态环境最好的湿地之一，有河流汇入宽阔的水库，水中生长着各种水草、鱼虾和多种多样的小动物，岸边长着高高低低的各种湿生植物，有广袤的草地，又有大面积的滩涂，这里生活着蠕虫、蜘蛛等各式各样的昆虫。美丽的风光、丰富多彩的植物和数量大、种类多的动物，形成了一个和谐、相对稳定的生态系统。这里不但是鸟类宜栖的环境，也是我们人类爱来的地方。

　　这时，一位老师从背包中掏出了两张照片，一张曾经也是鸟类乐园的大兴区大有庄湿地，另一张是妫水河上游一个村庄。前一张是城市垃圾堆积填埋场，后一张是村边的水塘成了村民的垃圾坑。这两个地方都曾经是物种丰富的湿地，而现在成了苍蝇、老鼠的滋生温床。更重要的是这些垃圾经雨水浸泡、下渗，直接污染地表，甚至长期污染地下水。接着，我给大家介绍了一个实验。草履虫是一种单细胞的原生动物，培养它比较容易，找 10 克稻草剪成 3 厘米左右的段，泡入 1 升水的烧杯中，煮 20 分钟。经过一夜后，从原有的草履虫培养液中，取一吸管加入稻草液中，在比较温暖的地方培养。一星期后，就会发现在培养液中有许多像白色粉末似的草履虫在水中游，随后在杯壁上有浓厚的一层。但是再过一个星期，水又变成淡黄褐色透明的液体了。草履虫哪里去了？原来，由于草履虫大量繁殖，耗掉了所有营养物质；更重要的是，它们在生活中要排出大量的代谢废物，也就是对它们有害的物质，所以它们全部被杀死了。那么我们再回到刚才看的照片，城市和农村的居民们不断地产生着各种废弃物，都堆在我们生存的环境中，时间长了，人类不也是草履虫的下场吗？那么我们应该怎么办？只有从自我做起，节约各种资源（包括能源和水），尽量减少废物的产生，如不用或少用一次性物品，尽量少用有污染性的物品。

四

　　观鸟是对大自然和鸟类等动植物最没影响的活动。走进自然，体验自然，融于自然，离开时只留下脚印，只带走照片和美好的记忆，这是人类应有的尊重自然、爱惜生命的至情至性。

　　观鸟有着多方面的良好作用和有益影响。

　　观鸟能够增进同学们之间的友谊。在观鸟中有新的发现，相互交流，分享成就感。如新种的发现、鸟的合作（乌鸦、喜鹊等共同驱逐猛禽）、团队精神（列队飞行、休息和取食时有报警值班）等鸟类的复杂行为，处处都能给我们有益的启示。

观鸟可以得到自然美感的熏陶。苍鹰在天空翱翔、红隼在原野上空悬停、群鹤在岸边漫步、白鹭在浅水中啄鱼、成群的大天鹅在湖中游弋、云雀在草地上空边飞边鸣、大杜鹃在苇塘"布谷"声声悦耳、黄鹂在林中鸣唱……这些给人们以美的享受。古往今来有无数的文学家、诗人、音乐家、舞蹈家、画家从鸟获得灵感，创造出数不胜数的佳作。

观鸟可以训练青少年的观察能力、分析能力。在自然界，鸟在不停地活动着，有的体型较小，需认真观察，而且鸟的羽毛在不同光照条件下，会表现出不同的颜色和光泽，所以要仔细看，认真分辨，还要分析为什么，各种鸟和谐相处，各得其所。

观鸟可以培养青少年的科学态度、科学精神，将来为科学事业作贡献。有时同看一种鸟也会有争议，就必须再仔细看，查鸟类图鉴，甚至回到家里还要查阅书籍资料，搞清是什么，弄明白为什么。

观鸟还可以培养青少年的科学探究精神。在观鸟的过程中会发现许多不解的问题，就会去探究去学习，从中得到启发。

当然，我们特别重视观鸟可以增强青少年环境保护意识。鸟类各自适应某种特定的自然环境，当环境遭到破坏后，这些鸟就不会来了，再也看不到了。参加观鸟活动的青少年学生们无形中会受到生态道德教育，环保意识大大提高。他们就会自觉关注诸如干旱、荒漠化、环境污染、过度开发利用等问题，同时也会从村边的垃圾堆和在那里取食的乌鸦，联系到环境问题、鸟与人类的关系等问题，积极投入到环境保护事业中去。

园丁的奉献

——记崔一敏老师

胡 洁

崔一敏,女,1941年生。中共党员。1965年毕业于北京师范学院,留校任教,首都师范大学数学科学学院副教授。在从事数学教学与科研工作的同时,长期兼任班主任工作。研究方向:李代数,发表论文10余篇。退休后参加学校关心下一代工作委员会的工作。曾获北京市总工会授予的"爱国立功标兵"称号,北京市政府授予的优秀教学成果三等奖,曾宪梓全国高等师范院校教师奖三等奖等。

教师是阳光下最神圣的职业。女性从事这项职业更显示出其得天独厚的优势和无穷无尽的魅力。人们常把教师比作园丁,那么,师范院校的教师便是培育园丁的园丁。

学高为师,身正为范。在首都师范大学这片教育园地上,众多的女教师们将爱心化作春雨,滋润学子的心田。她们辛勤耕耘,默默奉献,以自己渊博的学识、高尚的品德,为学生开启智慧心境、陶冶健康情操,为祖国教育事业培育了一批又一批园丁。数学系的崔一敏副教授就是她们中的佼佼者。

　　教书，崔老师几十年如一日，尽职尽责，全身心地投入。教了几十年的高等代数，她有丰富的教学经验。但对每一堂课，她却总是兢兢业业，一丝不苟，从不墨守成规，而是从不同学生的不同实际出发，使用不同的教学方法。她善于因材施教，对于较容易的内容，她经常启发学生自学、自讲，发挥他们的学习主动性和积极性。学生对她的教学方法常感到耳目一新。对崔老师在专业课上讲的那些做人、做事的道理，学生们也是记忆犹新。学生的作业，她多年坚持全批全改。白天上课，晚上辅导，也从不间断。每次考试，她都要亲自将不及格学生的卷子发到学生手中，并逐个指出他们的不足与努力的方向。

　　育人，崔老师更是孜孜以求，诲人不倦。长期的教学生涯，使崔一敏体会到：一个人民教师，仅在课堂上教给学生科学知识是远远不够的。因为大学生多数是 17 至 24 岁的青年，他们正处在生理和心理逐步走向成熟的时期，对理想、信念、人生价值、个人感情有自己的思考，也有许多的彷徨与困惑。在这个时期，教师如果能及时地给以正确的引导，学生将终身受益。在校学习期间，学生的大部分时间是在课堂内外的学习生活中度过的。与学生接触最多、关系最密切的是专业课教师；对他们影响最大的也数专业课教师。所以，专业课教师当班主任，更容易把教书育人工作落到实处，使之更深入细致，更富有成效。崔老师以她的实际行动作了最好的佐证。学生们这样评价崔老师的工作："崔老师在教我们知识的同时，还教我们做人的道理，帮助我们加快了思想成熟的历程，她的谆谆教诲我们时刻铭记在心。"

　　崔一敏当班主任，每接一个新班，都要做一件辛苦事——家访。为了深入了解学生的生活环境、家庭状况，她把家访这项已被许多教师淡忘了的工作，作为班主任的常规工作来做。她多次利用寒假、暑假和其他的节假日去学生家中访问，北京市十几个区县，都留下过她那坚实的足印，都洒下了她艰辛的汗水。家访中，她和学生、家长谈学习、谈生活，也谈思想和前途。她对于学生那份真挚的爱和崇高的责任感深深地打动了学生和家长。学生家的邻居惊叹道：哪见过大学教师还家访呢？她的辛勤劳动赢得了学生的尊敬和家长的信任。

　　崔老师曾经教过这样一个特殊的班级，这个班全部是来自新疆的少数民族的学生。孩子们性情粗犷豪爽，待人正直热情，自尊心也很强。入学不久，因为种种不适应，学生们的情绪不甚稳定，班上接连发生了几起酗酒打人的事件。怎样才能避免类似问题发生，如何针对少数民族学生的特点开展工作呢？看来，促进他们与汉族学生的团结，宣传贯彻党的民族政策是解决问题的关键，加强法制教育、增强学生的法制观念是工作的入手处。崔一敏想到，少数民族的风俗习惯往往与宗教信仰有着密切联系。为了了解学生思想，贴近学生的生活，她通读了伊斯兰教圣典《古兰经》，结合新疆少数民族学生的实际，为他们安排了丰富的活动。每逢他们的民族传统节日，崔老师就带着汉族学生和其他教师送去节日问候。少数民族学生能歌善舞，崔一敏就为他们组织舞会，让学生们尽情表演欢跳。学生们寂寞，崔一敏就组织他们利用周末自己动手搞会餐，把学生们请到家里做客，组织他们与汉族学生联欢，举行球赛；有的学生想学乐器，她找来校乐团的教师指导，有的学生擅长体育，她积极支持，把他们送去参加校运动队。这些活动不仅增进了少数民族学生与汉族学生的团结、友谊，也使他们感受到民族大家庭的温暖。为了加强学生的法制观念，崔老师先是请专家给学生讲授法律知识，请北大法律系学生来座谈，后又组织学生去海淀法院旁听案件审理。将思想政治工作渗透到学生的日常生活学习之中，就能取得滴水穿石的效果。一个学期很快过去了，学生们与崔一敏建立起亲密的关系，情绪渐渐地稳定下来，生活学习都走向正轨。他们说："我们远离家乡来北京上学，老师像妈妈一样关心我们、帮助我们。我们生活得很愉快，也不想家了，并且在思想上有了很大进步。谢谢老师。"

"没有爱就没有教育"。这是崔一敏 30 多年教学生涯中最深切的体验，并将其奉为座右铭。她认为，爱是沟通师生感情的桥梁，是取得学生信任的基础，是教育成功的关键所在。只有给学生以真挚的爱，学生才能把老师当成知心朋友，有心里话才愿意对老师讲，有了困难才能请老师帮助，有思想问题才能让老师帮助化解。对学生，无论是全日制学生还是函授、业大学生；无论功课是好是差；无论是要求进步还是表现落后；也无论年级的高低，接触时间的长短，崔一敏都是一视同仁、亲切对待。每个学生都能得到崔老师阳光雨露般的关爱。在学生们眼里，崔老师既有师长的严厉，又有母亲的慈爱。初上大学，有的学生总不能适应新的生活学习环境，思想压力较大，学习成绩也受到影响。为培养学生的自信心和进取心，崔一敏多次在自己任课的班级设立"勇于进取奖"，鼓励学习上有突出进步的学生。1998 级 4 班是一个委培生集中的班级，许多学生入学时的成绩比统招生的平均分数低了七八十分，学习基础较差，思想压力大。为了树立学生的自信心，崔老师想尽了办法。当学生在教师帮助和自己的努力下，高等代数成绩由三四十分提高到八九十分时，她把鼓励他们进步的纪念品送到学生的手中，这使学生们激动不已。

一次在指导教育实习时，崔一敏遇到一位因偷窃而受过纪律处分的学生。这名学生因犯错误非常自卑，担心前途渺茫而忧心忡忡。崔一敏与他结识后，就真诚地鼓励这位学生要正视现实，汲取教训，抬起头做人。在前往实习中学的路上，她的肺腑之言震撼着学生的心灵；试讲台上，她用长辈充满爱的教诲，叮嘱教导着学生的言行。在她的帮助下，这位学生取得了教育实习的好成绩。而后，崔一敏又冒着酷暑，不顾劳累和他人的不解，到处奔走，为这名曾被污点压得抬不起头来又渴望新生活的学生联系工作，直至有单位肯于接收。这位学生后来给崔老师写信说：
"短短的六个星期使我完全彻底地信任您、崇敬您。"

给学生以无私的爱，这是崔一敏的育人信条。学生们也都为
有这样一位真正关心爱护他们的好老师而庆幸。他们说："崔老
师是以心来教学，教我们做人"，"您的言传身教决定了您的学生
怎样去教育别人"，"能做一个像您那样的老师将是我们一生的追
求"。

面对有些师范生专业思想不稳固的问题，崔一敏从来不回
避。她一方面采用走出去、请进来的方法，请一些优秀的青年教
师与学生们座谈，以他们献身教育事业的先进事迹现身说法，用
事实教育学生。这使学生感受到教师工作的伟大和幸福，是从事
其他行业的人所体会不到的。另一方面，她让学生走进社会实践
的大课堂。她带学生走访中学和工读学校，让大家了解一般中学
生和失足中学生的实际情况。让学生去中学访问自己最钦佩的教
师，体验"百年大计，教育为本"的重要。这些对转变学生思想
都起到了至关重要的作用。崔老师还利用专业课课前五分钟的时
间，让每个同学说热点，讲时事，锻炼他们的口头表达能力。崔
老师也从中了解了学生们关注的问题和思想上的困惑。

桃李不言，下自成蹊。如今，崔一敏教过的许多学生已成为
中学的骨干教师。大专班的一个学生毕业仅一年，他担任班主任
的班级就获得区级先进班集体的荣誉。就连一个曾因不想学师范
而闹情绪、旷课、受过纪律处分的"老大难"学生，也已被学校
破格申报了高级职称。在学生的进步与成功之中，崔老师看到了
自己奉献的价值。

课堂教学很辛苦，再当班主任就更辛苦。何况崔老师当时已
是年近花甲的老教师了。班主任工作具有琐碎、事务性强等特
点，需要深入细致，需要付出很多的时间和精力。用崔一敏的话
说，有时为帮助学生解决思想问题，苦思冥想，夜不能寐，就跟

写学术论文一样绞尽脑汁。崔一敏患有心脏病，家务负担又很重。她的丈夫也从事教育工作，根本没时间照顾家里，所有家务活儿基本上都要她来承担。上有瘫痪在床近十年的婆母需要伺候，下有尚在读书的两个孩子要照顾。但是，她肩上的担子究竟有多重，无论是从崔老师对学生无所不在、无微不至的关怀里，还是从她豁达坦荡、谈笑风生的举止中，都是无法察觉的。

对崔一敏的这种巨大的付出，也有人不能理解。有些人见崔老师醉心于班主任工作就好心劝她：别再干了，腾出时间多搞点科研、写论文，申报正高级职称吧。其实，崔老师又何尝不想在自己热爱的数学领域探索科学的奥秘。说做班主任不影响她的业务进修和科研水平提高，那也是假话。但崔老师有她的选择和价值取向。她说：师范院校培养的人才的综合素质的高低，直接关系到中等教育的质量。班主任工作是育人事业中的重要一环，需要我们把它当作一项事业来做！我要抓紧时间，为普教战线多培养些业务好、素质高、热爱教育事业的合格人才。崔一敏作出了忍痛割爱的抉择，坦然而又充满激情地表示：宁愿放弃申报正高级职称的机会，也要干好班主任工作，为中学多培养些称职的好教师。十几年来，崔老师就是凭着自己对人民教育事业的赤胆忠心，凭着对学生的满腔热忱，连续担任了八个班的班主任工作。

也许崔一敏在业务上没有太多的宏篇巨著可宣扬，但是，她埋头苦干、诲人不倦、甘心奉献的具体行为，正是反映了她们那一代人的精神风貌，更为今后的许多人树立了光辉的榜样。

人们常把教师比喻成蜡烛，默默地燃烧自己，无私地照亮他人。崔一敏便是无数以燃烧自己、照亮他人为崇高事业的教师中既普通又优秀的代表。人的生命有限，蜡烛的光照也有限。但在崔一敏的心中：人生不只是一支短短的蜡烛，而是一支由自己高举着的火炬，一定要让它燃烧得最最光明灿烂，然后传给下一代的人们。这是这位优秀而普通的教师的心声，也是全国师范院校教师的心声。

（作者：胡洁 首都师范大学副研究员）

用心血呵护学生成长

——记王士平老师

刘 娟

王士平，1949 年生。中共党员。首都师范大学物理系教授。1976 年毕业于北京师范学院物理系。曾任物理系主任，现任物理系分党委书记，中国科学技术史学会常务理事，兼物理学史专业委员会主任。从事自然科学史、科学哲学的教学和研究工作。主要著作：《二十世纪的科学》、《当代物理学进展》、《科学的争论》、《中国物理学史大系·近代物理学史卷》（2003 年获第六届国家图书奖）等；发表学术论文 30 余篇；参加编写《物理——普通高中课程标准实验教科书》（选修 1～2）等。

　　人的一生中会遇到很多的人，有的擦肩而过，有的却会令你感动一生。

　　早就听说物理系的王士平老师是一位没有架子、深受同学们爱戴的好老师。此次当我搜集有关"师德"方面素材的时候，更是有幸走近王老师。两个多月来的走访调查，我一次又一次地沉浸在感动中，真正感受到了一位平易近人、用心血和热情悉心呵护学生成长的好老师！

王老师和我的父辈一样，1969年响应国家号召，到陕西省宜川县云岩公社插队，1972年返城后，入当时北京师范学院学习。转眼30多年过去了，如今已是首都师范大学物理系分党委书记的他，年近60，却仍旧保持着当年革命青年的那种激情，神采奕奕。与生俱来的亲和力和人格魅力，让王老师在很长时间内都是一边从事系里的领导工作，一边从事教学工作。经历过上山下乡的他，深知良好的学习环境来之不易，所以更希望在教学科研上多投入些精力，可是面对校领导一再安排他从事院系领导工作的决定，他默默承受着这种"双肩挑"的压力，用他那超乎寻常的工作热情感染着周围的人。在走访过程中，最令我感动的还是王老师担任本科生班主任的经历，此前我怎么也想不到工作本已十分繁忙的他，还要当班主任。可王老师不但做了，而且做得是那样的投入、那样的精彩！以致他们班的很多同学都自豪地对我说："王老师是我见过的最好的老师！"

以崇高的信念鼓舞人

一个老师究竟要教给学生们什么？仅仅是知识吗？在王老师眼中，知识是没有穷尽的，一个老师除了要教给学生知识和学会学习的方法外，更重要的是要有一种"积极的生活态度"。他曾对学生们说："我作为班主任重要的职责是什么？考研的比例、入党的人数是重要的，但是最重要的是帮助你们树立永远追求知识、追求真理、追求进步的信念。"所以他十分重视理想信念教育，指导学生树立正确的世界观、人生观和价值观。

每学期开学，他都会组织学生们召开班会，让大家确立好本学期的奋斗目标，从而有针对性地进行指导。大一时，他十分注重培养学生们的集体荣誉感，并了解和关心同学们的衣食住行，嘘寒问暖，让他们尽早地适应大学生活。大二时开始着重培养学生的政治追求和不断进取的境界。他时常在班会上说："不光要做一个能低头做事的人，还要做一个能抬头看路的人。"为了让学生们能更深地理解这句话，他联系了多位老师给他们讲人生的发展和对未来的规划。请深受同学们欢迎的郭海燕老师讲"大学精神"，请艾伦教授、王福合教授和系里的教学主任钱晓陵老师讲学习方向和考研问题。每次班会、讲座之后，同学都更加精神振奋，学习工作更有了劲头。大三时，他开始强化学生们的自我教育、自我管理。从这时起，他开始有意识地引导学生以座谈会的形式进行交流，学生自己主持、自己记录、自己总结。同学们互相谈理想，谈困惑，交流心声，解决班级管理和生活学习中的困难，眼界更加开阔了，感情也更加深厚了。

王老师十分注重培养学生们的责任意识。他常常对党员、班干部讲，要有责任意识和奉献精神。学校组织无偿献血那次，起初有些同学有点害怕，担心献血会影响身体健康。有些女生更是愁眉苦脸，思想包袱很大。王老师观察到后，就先找来班干部询问情况，然后深入到每个宿舍，不厌其烦地谈社会责任、谈义务，谈献血的意义。班上同学献血之后，王老师则为每个宿舍送上了香喷喷的鸡汤，不少学生都感动得眼中噙满了泪花。期末的总结班会上，他从大学生的社会责任感角度帮助同学分析道："在大学生活中，没有多少能触及思想的事件，2003年的'非典'，算是一个；今年的献血又是一个。在这样的事情面前，我们应该采取什么样的态度？从什么角度来思考对待它？都是值得事后要深思的。我了解到，有的同学产生了一些思想活动，这是正常的。有些同学可能有些紧张，这也是可以理解的。但更重要的是事情过去了，经历了，就要提高。人的思想素质、思想境界、思想水平的提高，很重要的一个因素就是你的经历，而在你的经历中，最有价值的是那些让你睡不踏实，甚至吃饭不香的事。献血是不是就是这样一件事？在这种事出现后，你把它想明白了，你就长大一块。献血的事对我们成长有什么帮助呢？我想最主要的就是我们大学生应该懂得什么是社会责任，以及我们应该采取什么态度。我今天说这件事就是希望同学们多思考，使自己的思想逐渐成熟。"通过他的不断帮助，学生们渐渐学会思考，确立了自己的人生目标。他们班的班长曾对我说："王老师不是光注重学生的学习，更注重一个人的发展。每次和他谈完话，都会引起我很久的反思。他说的话都很有质量、很精辟。道理很简单，内容却很丰富。"

以不屈的意志教育人

一个老师对学生们影响最大莫过于一种精神，王老师经常教育学生要以一种坚强的意志和乐观的心态面对生活，态度决定一切。

从入学开始，王老师就把同学们的英语学习放在重要位置，他不但在平时提醒大家注意英语的学习，还利用各种机会为同学们提供帮助。他与教育技术系的艾伦教授一起组织同学在机房利用教育软件学习英语单词。为了鼓励更多的同学重视英语学习，他发起每天早上 6:50～7:50 在机房背单词活动，而他更是以身作则，跟大家一起执行这个计划，坚持早起背诵单词，不管风霜雪雨，而且每天几乎都是第一个到。王老师不仅把这项活动看作是对知识的学习，更把它看作是对同学们意志品质的锻炼。当有人因为贪睡没有按时参加时，他会对这些同学进行严肃的批评。同学们都对他的精神十分敬佩，好几次因下雪迟到的学生，看到王老师早已专注地坐在那里时，心里除了敬佩还有感动。

大三上学期刚开始不久，王老师了解到班里暑假前四级考试通过情况不理想，只通过了两人，累计通过率还不到一半。他心急如焚，立刻联系班里的学生干部，了解情况。虽然有各种客观原因，比如那一学期课程很多等等；但从主观上讲，大三后，去自习的同学少了，也没有以前那种学习的劲头了。玩游戏浪费时间的问题也在个别人身上逐步出现。还有同学埋怨说现在没有英语课了，学英语要完全靠自觉，要比原来付出更多的时间和精力才能通过四级。王老师组织大家以座谈会的形式进行讨论，大家讨论得很热烈，还涉及整个学风建设。有个同学就说：咱们要先从自己做起，影响周围的人，谁老不学咱们就提醒一下。讨论后，王老师作了精彩的总结，使大家信心更足了，都感到不能浪费时间，要抓紧时间学习。在接下来的四级考试中，班里一大批人都通过了。

王老师总是强调"态度"的重要性，在大三的一次班会上他曾旗帜鲜明地提出："学习态度也是生活态度，而生活态度是一个人成功的基本要素。"他说："从学习态度，可以看到你的生活态度、你的责任感。你们承担着服务社会、改造社会的责任，大学应该培养的是人才，而不是工具。人才是社会所需要的。但是如果你连学习的责任都承担不起，能让人放心把社会交给你吗？服务社会、改造社会是要付出的，同样，大学的学习也要付出。学习的付出与前者的付出相比，是微小的。但是，如果你在学习上都不能积极地付出，能做到对社会的积极付出吗？服务社会、改造社会要克服无数的困难，才能获取一点点的成功；同样，大学的学习也是要克服一些困难的。学习的困难与前者的困难相比微不足道，但是，如果连学习上的困难都不能克服的话，说不定在社会困难面前就会当了逃兵。今天对学习上的放松，可能就是对明天社会责任的放弃；今天学习的储备，就是明天工作的资本。大学要有一个好的学习态度，不仅决定你大学学习的成功，而且是你未来工作成功的重要因素。"

以科学的精神塑造人

时代的发展对教师提出了更高的要求，尤其是大学教师。王老师对我说："学校应注重学生，学生才是学校的主人。大学要强调科研精神，教师首先应有创新精神，并把这种精神传递给学生。"正是在这样一种科学发展观的指引下，王老师时刻以科学的理念指导着自己的工作。让我们来看看王老师为学生解除思想疙瘩的几个镜像：

镜像一：大一时，有一位同学的学习劲头有些不足。王老师在与她的谈话中得知：她最初的志愿不是物理学，她向往的是生物学。王老师耐心地开导她，给她讲明道理，并鼓励她将来考研究生，可以通过读研再最后决定自己的人生方向。老师的关心使她非常感动，逐渐明确了自己的奋斗目标。

镜像二：升大二之际，有一位同学由于疾病休学在家，并产生了退学的念头。王老师得知后非常重视，赶快召集班内干部开会，商量如何帮助这位同学，并采取实际行动，一方面帮助他恢复身体健康，另一方面开导他增强意志和动力。这位同学复学回来后，王老师又帮他跟教学主任沟通，最终安排他跟新生一起学习。虽然现在他已经不是这个班的同学了，可王老师把他当作自己班的学生，还经常询问他的学习、生活情况。

镜像三：有一位艺术特长生，在班上一直学习很努力，尤其上了大三之后，向系里提出希望读双学位。王老师很高兴，并且很支持他的想法，给了他很大的鼓励。那时他遇到很多困难要克服，例如他上课要在本部、北二区两个校区跑，课的安排会有冲突，有时甚至连考试都会有冲突。王老师就帮他与教学秘书和任课老师沟通、协商，这就给他提供了很大的支持。

在新年联欢会上，王老师带上自己准备的礼物，来到同学们中间，请大家猜三道和物理有关的谜语题。假期时还会布置一些趣味性极强的物理小问题，让同学们在欢乐之余，不忘对本学科的认真钻研。

为了提高大家对物理的兴趣，他还想尽办法给班里的学生安排讲座。如：请申先甲教授讲学习物理的乐趣；请中国科学院的郭树权研究员讲有趣的超导；请王福合教授讲扫描隧道显微镜（STM）；请耿天明教授结合 2002 年诺贝尔物理学奖，讲大爆炸宇宙学等。

王老师十分重视同学们读书能力的培养。他多次买书给学生看，有时每个学生宿舍都有一本书。2005 年 1 月 14 日，考完最后一门课，和以前一样，王老师把学生们留下，开个简短的班会。在总结一学期的情况后，他说，这个寒假，给大家布置个任务，每个人读一本书，读的书可以是名人传记，文学、科学著作，名著，诗歌。并写一篇读后感，二三千字左右，主要写对书的评价和你的体会和收获，写出书的基本内容，特点，最好有一个重点问题的阐述。同学中很多人是没有读书的习惯的，平日里看的书基本上都是课本。他对同学们说："人的成长不仅是实践（经历），同时包括读书，读好书也是使人成熟的一个途径。书是很重要的，我们能从中学到很多东西，读不懂没关系，懂与不懂，都是收获。我们应把读书作为一种生活。形成追求知识、追求真理、追求进步的信念要靠读书，通过读书琢磨自己的人生。毕业后，走向社会，听课这样的学习越来越少，靠自己读书来学习则越来越多，并伴随你一生。"在他的谆谆教导下，寒假结束后，同学们陆续将读书报告交到他的手里。他对我说："有些同学还不习惯这种学习方式。但我一定要坚持下去，直到他们毕业，争取再读完五本书。"而学生们则对我说，他们一开始并不是很情愿读这些书，但读完后都感到确实有很大的收获。

以高尚的道德感染人

他关心班里的每一位同学，大家都说王老师心里有本账，每个人的情况他都能如数家珍。他把每个学生都当作自己的孩子一样，悉心关怀。同学们一有困难，第一个想到的也是他。生活中他的平易近人，早已使学生们忘记了他是老师这一身份，亲切地称他为"爷爷"。就这样，他总是在最关键的时刻来到学生身边，鼓励他们，提出适当的建议，给他们打气鼓劲。

一位女同学曾给我讲述了这样一个故事。有一段时间，全家人都在为她是否应该此时出国而劳神。所有的手续办得都差不多了，外语也准备很长时间了，但总觉得这次出国的决定，也许并不是一个最佳的决定。当他们正在犹豫的时候，自然想到了王老师。于是，全家人便来到了学校。那时已经是傍晚六点多了，王老师办公室的灯还亮着，便敲门进去。王老师见他们来了就放下手上的工作，微笑着接待他们。当了解了他们此来的目的后，王老师经过认真的思考，平静地以他的经验提供着参考意见。这样，他们的心里踏实了许多，不再像之前那样焦躁不安。后来王老师又真切地说，如果是他自己的孩子他会怎样处理这件事。王老师的关心、坦诚相待和他的责任心，让她们全家都非常感动。谈完已是八点多了，可王老师却没有丝毫的不耐烦。父母一再要求请他吃顿饭，可都被王老师婉言谢绝。在他看来，为学生耽误了晚餐是再正常不过的事了。

像这样令人感动的事还很多，他在每个学生身上都倾注了心血。学生在学习上出现问题，他会把他们请到办公室促膝长谈；他会认真记录每一个学生因为考研而找他咨询的问题，并提出慎重的建议。在生活上，他更是关爱他们，外地同学丢了钱包，他主动借钱给他。"非典"时给每位同学发电子邮件，还打电话到家中一一叮嘱，了解情况，消除焦虑。每次忙完紧张的考试之后，还要请大家吃西瓜，并嘱咐他们放假时应注意的事宜。

功夫不负苦心人，在王老师的关怀下，他所带的这届学生获得了北京市优秀班集体和北京市先进团支部的光荣称号。王老师不仅关心本班学生，而且对系里的其他学生也都很关心。每次走进教学楼，他都要在学生书写的海报面前仔细端详，时常以调侃的语气对学生干部说："又有错别字喽！"每逢"五四杯"足球赛、篮球赛，你都可以看到他为物理系加油呐喊的身影，即使是大中午，他也会端着饭盆和大家一起边吃边观战。他还是物理系分党校的校长，每次上党课他都会强调党员或入党申请人要树立较高的目标，要有积极的生活态度以及认真刻苦、积极向上的精神。他是这么对大家说的，自己更是这样做的，他本人也被授予学校"德育先进工作者"称号。

王老师不仅关心学生，而且关心同事。在调查中，一位老师还告诉我，作为物理系分党委书记，王士平老师密切联系群众，关心群众的疾苦，为群众办实事，热心帮助大家积极想办法并提供有价值的参考意见，深得老师和同学们的尊重和爱戴。他对于青年教师和干部更是严格要求，认真培养，精心爱护。他敢于坚持原则，善于团结同志，具有高昂的革命干劲，饱满的工作激情。遇事总是为别人着想，豁达坦荡，淡泊名利。在评选先进时，他总是主动放弃，多次把荣誉让给别人。

这就是我眼中的王士平老师，一位用心呵护学生成长的好老师。一切为了学生，一切从学生的发展出发，带给学生终身受用的心灵启迪，我想这才是一位教师应有的本色。王老师正是用他那股永远旺盛的生命活力和那份难得的平易近人，锻造着学生们成功的人生，也演绎着自己的精彩人生。

（作者：刘娟 首都师范大学政法学院研究生）

师爱无价　师情永远

——记李洪琪、张淑华、马恩林老师

师怡爽

李洪琪，1946年生。中共党员。1982年北京师范学院分院数学系毕业，理学学士。同年留校任教，历任助教、讲师、副研究员。先后担任北京师范学院分院数学系副主任、党总支副书记、党总支书记，首都师范大学校产办主任、计算机系党总支书记。现任首都师范大学信息工程学院党委书记。先后讲授过数学分析、高等数学、常微分方程、离散数学、数值分析、组合数学等课程。

张淑华，女，1953年生。副教授。1978年毕业于北京师范大学数学系，1978至1992年，在北京师范学院分院数学系任教，1992年至今，在首都师范大学数学科学学院任教，从事代数方面的教学与科研工作，在核心刊物上发表论文多篇。多年担任班主任工作，有较丰富的学生工作经验。

马恩林，1953 年生。1978 年毕业于北京师范大学数学系。首都师范大学数学科学学院概率统计教研室副教授。长期从事概率论与数理统计方向的教学与应用研究，主讲概率论与数理统计，主持首都师范大学概率论和数理统计网络课程建设及多元统计分析课程建设。发表学术论文多篇，曾获首都师范大学"红烛礼赞"优秀教师及优秀主讲教师奖。

我叫师怡爽，是首都师范大学信息工程学院的一名教师，今年 36 岁。在我 18 岁时，被北京第 25 中学保送到原北京师院分院（后并入首都师范大学）数学系学习，毕业后留校工作，至今又是一个 18 年了。在这 18 年中，我从一个不成熟的青年学生，成长为一名党的基层干部。而伴随我成长的正是浓浓的师情，深深的师爱。

记李洪琪老师

记得那是在我上高三时的一个晴朗的下午，班主任告诉我："大学里来人了，要面试。"我一下子忐忑起来。当我怀着惴惴不安的心情推开办公室门的时候，看到的是一个魁梧的身材，一张笑容可掬的面庞。老师的微笑使我一下子轻松了许多，也就是从那时起，我认识了我的恩师——李洪琪。

李老师现任信息工程学院分党委书记，是我的直接领导，但我还是愿意称他为老师，因为，他高尚的人格、沉稳的作风、渊博的知识、虚怀若谷的胸襟、与人为善的做人原则和诙谐幽默的风度深深地影响着我。

老师常常给予我鼓励与关心。我上大学时，李老师是北京师范学院分院数学系党总支书记，他熟悉我们班的每一名同学，同学们也把他作为可敬可信的长者。我印象最深的一件事是，上大三时，有一门课期末考得不好。当时，作为学生党员、又是连年获得一等奖学金的我，一下子觉得天好像塌下来了，怎么也想不通。李老师找到我，给我讲了他自己在生产建设兵团战胜困难和压力的事情，告诉我人的一生曲曲折折，而这些曲折正是对自身的一种历练，勇敢地走过去，人就会变得坚强。在他的鼓励下，我振奋了精神，以良好的成绩通过了补考。那一学年，我虽然失去了评选一等奖学金的资格，但我收获了比金钱和荣誉更宝贵的财富。事情已经过去十余年了，但每每想起这件事，心里总是热乎乎的。我常扪心自问：现在的我，是否也能像李老师那样，用真心、诚心、爱心去对待每一个学生，在他们需要帮助时，伸出热情的双手，扶一把，送一程？

老师常常给我指导和帮助。1997年，我担任了计算机系党总支副书记，分管学生工作。当时，我只有28岁，深感责任重大，心里总觉得没底儿。老师告诫我："勤思考，多动脑，心里装得下事。"几年过后，我问老师还记不记得当年说的话，他摇摇头，但我一直把这12个字珍藏在心底。2002年，在原计算机系专业整合的基础上，信息工程学院成立了，学生规模也从原来的百余人发展到1500余人，学生工作的强度、难度也随之增大，但每当我遇到棘手的事情时，都想起老师的教诲。

2003年，北京遭"非典"袭击，面对突如其来的天灾，多数学生都非常恐慌，一时间，我的手机、座机被打"爆"了，有询问疫情的，有询问学校政策的，有想回家的，还有哭诉的。正在此时，老师的电话打进来了，第一句话就是"临危不乱，方显大将风范"。在老师的支持和直接领导下，我们迅速启动了学生干部网络，及时地召开了全体学生党员大会，提出要求，布置任务，及时稳定了全体学生的情绪。那年的"五一"前夕，老师放弃了与家人共度佳节的机会，而是与在校学生度过了一个难忘的夜晚，使学生们备受感动。在与"非典"战斗的整个过程中，老师没有休息过一天，信息工程学院没有出现一例"非典"疑似病人。

老师讲课很精彩，也很幽默，在我们学院开设"离散数学"、"数值分析"、"高等数学研究"、"组合数学"等课程。本来很枯燥的数学课，让老师一讲，就是趣味无穷、奥妙无穷。时常有学生跑到我的办公室，兴奋地告诉我，李老师又讲什么啦，是怎么讲的，接着免不了学一学老师讲课的神情。看着学生惟妙惟肖的模仿，我想这后面渗透的是老师人格魅力和知识魅力。

去年，学院安排我讲成人班的高等数学课。老师得知这个消息后，把他多年来研究高等数学教法的心得体会都传授给了我，从系统框架到各章的衔接，从知识点的引入到例题的编排，详尽之极，并嘱咐我一定要针对成人学生的特点，因材施教、按需施教。讲台上的我，俨然很有经验，其实这里面浸透着老师几十年的心血。

师恩浩荡，无以回报；师恩难忘，铭记终身！

记张淑华老师

在我的抽屉里，保存着一封珍贵的信。记得在上大学前的那个暑假里，我突然接到了一封信，字迹很漂亮，也很特别，每个字都是"卷毛儿"的。上面写道："师怡爽同学，欢迎你来到数学系学习，请你于8月20日到办公楼320室，参加我们班部分同学座谈会。祝愉快！——你的班主任张淑华"。我如约而至，见到的张老师真是人如其字，高挑的个子，白皙的皮肤，金色的披肩卷发，得体的衣着，给我留下了深刻的印象。

当年的张老师刚刚步入中年，她开朗的性格，会说话的眼睛，深得同学们的喜爱，开学不久，就成为我们班的知心大姐，同学们的心里话都愿意和她说一说。大家还时常三五成群地上她家玩，每一次都受到老师及其全家的热情款待。

忘不了去西山植树的那一周，张老师和我们同吃同住同劳动。每天清晨，我们集合好队伍，在她的带领下，走两个多小时的山路来到目的地，男生挥镐，女生用锹。实际上，很多女生根本不会用锹，老师就亲自上阵，挖得比我们快很多。工间休息，张老师给我们讲一些她像我们这个年龄时的故事，有苦也有乐。与老师的经历相比，我们真是一群生在蜜罐里又不知甜的孩子。张老师还讲一些生活的常识。几年之后，我带学生军训，学生们不会打背包，我三下五除二地帮他们打好了，学生们都竖大拇指，实际上我就是当年跟张老师学会的。有一天，我们班在山脚下举办了"青春亮丽"集体 20 岁生日晚会，会上，张老师勉励我们规划人生，制定目标。我们拥着老师，憧憬着有一天，我们会像她一样，拥有学生的爱戴。现在回想起她当年的话语，句句真切。

大三后，忽闻系里决定张老师不再担任我们班的班主任，要她去接新生班，同学们很难过。在问卷调查中，同学们都表示：极满意班主任的工作，恳请连任。老师后来还是去做了新生的班主任，我们都有些失落。

1997 年，在我们毕业六年后，不幸的消息传来，老师患了恶性肿瘤，同学们到医院、到家中探病问安，大家都祈盼着老师早日康复。所幸的是在老师笑对人生的乐观精神下，病魔被吓倒了，老师又重返她熟悉的讲台。

如今，老师被数学科学学院委派到我们信息工程学院教"线性代数"课，虽已年过 50，却依然那么热情，那么亲切，依然那么年轻，那么端庄。作为外系来上课的老师，如果上课来下课走，无可厚非。但老师不仅授课，而且关心着学生们的发展。课余，她与学生们谈论人才市场，谈论择业标准，甚至为学生们联系工作单位。有的学生在选择工作岗位时，还专门到数学科学学院听取张老师的建议。

前不久，老师走进我的办公室，很严肃地对我说："今天，我要利用课上的一些时间，讲讲大学生如何做人，虽说擦黑板是小事，但小事说明大问题。"老师说完匆匆向教室走去，看着她的背影，我的心久久不能平静。

我常劝老师多保重身体，她说："对得起学生就行。"朴素的几个字，饱含了老师对学生的爱，也体现了一名普通教师高尚的师德！

记马恩林老师

马老师是我大四时的班主任，和我们的前任班主任张老师是大学同学，都毕业于北京师范大学数学系，年龄亦相仿，所以同学们私下里总把两位老师作比较。与张老师的开朗相比，马老师显得较为严肃。我们敢把张老师称为姐姐，却不敢把马老师称作兄长，在我们眼中，马老师始终是一位让人敬畏的师长。

老师很严谨。他教我们"概率论与数理统计"，讲课时一板一眼，环环相扣，清楚明了。他还写得一笔工整的板书，令人赏心悦目，数年以后，我们同学聚会时，大家还对老师的板书赞不绝口。

老师对学生要求很严格。一次，他对我说："上次的'伽罗瓦理论'有五个人没交作业，告诉他们下次不可以了。"我当时觉得很意外，"伽罗瓦理论"是一门选修课，到大四了，选修课中有人不交作业的事，班主任还管？我把老师的"指示"传达给同学，大家都说，这个班主任真够严的。

老师也很细心。刚做我们的班主任时，班上发生了一件不愉快的事，使得一些同学间发生了比较大的矛盾和冲突，他就利用课余时间，找全班每一个同学单独谈了一次话。这使师生之间增进了了解，沟通了感情，我们觉得老师威严中带着亲和，严肃中带着慈爱。当时老师对我说的"心底无私天地宽"，使我受益终身。

工作以后，与老师见面的机会少了，但仍常常惦念着他。一次，我发短信问他是否有机会到我们学院来上课，老师以为我有什么事情要问，专门从丰台的家里赶到我们学院。见到老师，有股暖流从我的血液中淌过。

2000年，我考入北京工业大学计算机学院攻读硕士研究生，在三年的学习过程中，老师给予了我极大的帮助。我的课题需要许多概率和统计方面的知识，经常有问题请教他，无论什么时间，老师都耐心解答，帮我攻下了一个个难关。

记得老师在我的毕业留念册中录了杜甫的诗句："好雨知时节，当春乃发生。随风潜入夜，润物细无声。"当时，不很理解老师为什么录了这首诗，现在，当我也当了教师的时候，才知道什么是春雨润物。

在这个世界上，有许多情感值得赞颂：亲情、友情、爱情……但我觉得恩师们给予我的师情也是最珍贵的。从他们身上，我学到了知识，收获了自信，明确了人生的目标。也正是这份师情，这份师爱，使我懂得了教师这两个字的真正含义。而今，循着恩师的足迹，我也走在了为人师的行列里，我会像恩师一样，把自己的爱奉献给我的学生。

谨以此文献给我的恩师们，让它载着我最诚挚的祝福，祝恩师身体健康，桃李满疆！

（作者：师怡爽 首都师范大学信息工程学院实验师）

做学生的良师益友

——记管冰辛老师

高　蓉　唐其钰

管冰辛，女，1948 年生。中共党员。1982 年 1 月毕业于北京师范学院，留校工作至今，现为首都师范大学数学科学学院副教授，主要从事数学基础课教学工作，科研方向为多复变函数论。曾获学校"红烛礼赞教书育人奖"，"优秀主讲教师"、"优秀教师"称号，被学生评选为"十佳教师"之一。

管冰辛老师是数学科学学院的一名普通教师，多年来她在平凡的教学岗位始终如一地埋头苦干，不计回报，受到学生的爱戴。管冰辛老师长年担任主干基础课"数学分析"、"高等数学"课和专业选修课"数学建模"的教学工作。她的课教到哪里，就受到哪里的师生的赞扬。不仅如此，她在教学改革、班主任工作中都取得了突出的成绩。

因势利导，做学生的良师益友

管冰辛老师多次担任本科生班主任工作和基础课教学工作，

她用慈母般的胸怀关心她的每一个学生。管冰辛老师在执教过程中，不仅致力于班级整体教学水平的提高，还关注每一个学生的学习状况，发掘每一个学生的潜能与优势，在教学中做到因材施教、因势利导。在她看来，只要用心去教，就没有学不会、学不好的学生；而认真教学，则是一个老师的天职和本分。

对于基础较好的学生，管冰辛老师就在课下接触中，鼓励他们及早给自己提出更高的目标，抓紧时间充实自己。当管老师发现有的学生具有研究的潜质和具备深造的能力时，就在一二年级时便给这些学生介绍学院教师的研究方向，并且不间断地鼓励学生抓紧时间，争取考取研究生继续深造。对于基础不太好的学生或学习上存在困难的学生，管老师则注意发掘每一个学生身上的闪光点，与他们一起找原因，商量克服困难的办法，及时给予鼓励和帮助，使同学们深受感动。一位学生在学期末给管老师的信箱里留下一张书写工整隽秀的字条，写着："最初我的数学分析成绩并不好，但您没有像有的老师那样，只喜欢成绩好的学生，还夸我有潜力，这句话对我的鼓励真的很大！"有个学生曾感慨地对管老师说："您是自小学后第一个追着我改错的老师。"

在担任1995级3班教学工作时，管老师发现有一位同学一年级时学习不好，数学分析不及格，需要重修，使二年级时，管老师接任他们班上的数学分析课，发现他思想活跃，反应也快，就是基础不太牢。于是管老师就经常向他提问，对他的正确想法给予肯定，同时对涉及他不清楚的一些基础知识，课下及时给他讲解，使他克服了学习中的困难，赶上了其他同学，使二年级数学分析课没有出现不及格的。系里安排管老师讲数学建模选修课，那位同学也选修了这门课，他与另两个学生组成的竞赛组还取得了北京赛区一等奖的好成绩。

1997年9月，管老师接任1996级1班的数学分析课。一次阶段检查后，她发现有一位同学成绩不理想，就与她一起找原因，帮助她制定了一个近期目标：每天课间向老师问一个问题或讲一个习题，引导她把知识学扎实些。经过一段时间的努力，这位同学的学习有了明显的进步，期末成绩提高了 40 多分。1998年暑假，那位同学在没有学过建模课的情况下报名参加了建模训练班，她与另两个学生组队参赛，并在当年的全国大学生建模竞赛中脱颖而出，取得了北京赛区二等奖的好成绩。此后，这个同学学习数学的兴趣更高了，萌发了考研的想法，但信心不足，管老师又及时鼓励她，抓紧时间，努力学习，争取更大的成绩。

"数学分析"是数学专业最重要的基础课之一，也是难度最大的课程之一。由于高等数学和初等数学有着很大的不同，刚刚入学的大一新生很难形成数学思维，也不习惯大学数学的教学方法，这就使很多刚刚迈进大学校门的新生在数学分析课上纷纷落马，"数学分析"成为最令学生头痛的课程。为了在这门基础课中引导学生去学数学、做数学，管冰辛老师想方设法，让学生通过独立思考，培养起分析问题解决问题的能力。她在 1998 级 1班开展了"学会看书"的活动。"学会看书"就是让学生通过预习、自学、讨论、质疑等环节加深对定理的理解。在"学会看书"活动中她首先培养学生分析问题的能力，让学生对于几个难度较大的定理，开展自学并分组讨论，随后进行小组交流。同时管老师利用答疑时间组织学生讨论和质疑，在提问和论证中加深对知识的理解。为了检验学生自学的学习效果，在理解定理内容的基础上，管老师引导同学之间互相出考题，同学们在答卷、阅卷、修正的过程中进一步理解了定理。这种授课方式与常规的课堂教学相比，管冰辛老师要付出更多的时间和精力，她要把一个课堂分解为几个课堂，要把一个课时延长为几个课时，还要针对每一个学生提出的问题一一解答。"数学分析"这门令很多大学一年级的学生头疼的基础课，在管冰辛老师的精心安排下变得容易了，学生学懂了。同学们反映说，通过"学会看书"活动，掌握了学习高等数学的方法。有的学生说："这些方法能提高能力，自己很愿意参加，也有兴趣，一有时间就想去考虑它们。""有的定理较难，自己看，容易想偏，大家一起讨论，心里就不怕了。通过讨论，对定理理解就透彻了。"看到学生的进步，看到学生逐步学会了看书、思考、提问，学会了主动学习，管老师感到由衷的欣慰。

如沐春风，做学生的贴心人

管冰辛老师对学生的真诚关爱，不仅表现在学习上，还表现在思想上和生活中，学生有了想不通的问题，管老师就主动找他们聊天；学生献血了，她就买来鸡蛋和红糖，前去慰问。学生们爱戴她，称她为教书育人的优秀教师。

有一次，1998 级 1 班的一位同学患肺积水，住进了人民医院。在他病重的几天里，作为班主任的管冰辛老师，天天去看望他，有时一天要去两次。那位同学手术以后，管老师还炖鸡汤送去为他补养，他感受到慈母般的温暖。那时正是期末，又是那位同学考研的冲刺阶段，在管老师的鼓励和帮助下，他不仅顺利通过了期末考试，还以优异的成绩考上了中国人民大学的研究生，是人大该专业在全国录取的考生中的第 1 名。管老师所在班共有 15 人通过了研究生的入学考试，成绩斐然。

数学被很多人认为是枯燥乏味的，但是管老师所教的班级的同学却把听管老师的课当成一种乐趣。管老师的课堂不仅在教室，还在她的教研室甚至楼道里，因为无论学生在哪里遇到问题向她请教，她都会停下自己的事情细心为学生解答；学生遇到了困难，她就会倾心帮助。1996 级 1 班有一位同学，中学时数学成绩不错，进入大学后，由于眼睛高度近视，看不清黑板，影响了学习，心里很是苦恼。管老师知道后，不厌其烦地坚持在每次课前把每节课板书的主要内容事先写在纸上，上课前交给他，帮助他提高听课效率。

管冰辛老师已经是年近 60 岁的人了，尽管她身体很不好，教学科研任务非常繁重，但是，由于工作需要，作为一名共产党员，她依然勇挑重担，在担任 2005 级"数学分析"的教学工作和指导教学实习的同时，再一次接任了 2005 级新生班的班主任工作。学院规定新生要上三个月的晚自习，为了学生能够保证学习时间，管老师每周都要到自习室去两三次，一方面检查出勤情况，另一方面为在自习中遇到问题的学生答疑解惑。2005 年的中秋佳节，她从家里拿来月饼和水果，把 30 余名在校的学生召集在一起，与他们一起度过了一个特殊的中秋节。刚刚远离家庭的大学新生很受感动，他们虽然远离了家庭和父母，却感受到管老师母亲般的关怀和集体的温暖。2002～2003 年度，管老师在信息工程学院担任"高等数学"的教学任务。一场"非典"疫情肆虐之后，复课了，高等数学也面临着结课，学生们期盼着很久不见的管老师。教师节那天，管老师像往常一样走进课堂去上课，看见讲台上放着一束鲜花，鲜花中插着一张小纸，上面写着："一年的时间，说长不长，说短不短，就这样匆匆过去了，和您在一起的时间，我们是如此的亲密和开心。虽然和其他老师相比，您是如此的瘦小，但在我们心中，您永远是伟大的。无论世事如何变迁，您都是永远的'红烛'！"

呕心沥血，为学生成材架桥铺路

管老师除了承担数学专业基础课的教学任务之外，还教"数学建模"课。"数学建模"是近几年设立的一门新课，没有适合师范院校的教材，而且知识面很广，涉及数学模型、最优化方法、运筹学、图论、组合数学、线性规划等多种学科，任课教师要结合我校学生的实际，写出教案。为了取得好的教学效果，管老师课下把学生分成3～4人一组，以小组为单位配合课堂教学，一是组成两个小组一起讨论，一组报告，一组提问，她本人也参加这些讨论；二是要求学生自己设计小实验采集数据，进行数据拟合，建立数学模型，一组置疑，然后利用课上时间各组在全班报告，各抒己见；三是寻找一些适合学生水平的建模问题，让学生按组建立数学模型，分组报告，一人主讲，其他人协助，老师提问。通过这些做法，调动了学生主动学习和讨论的积极性，提高了学生的自学能力。

管冰辛老师的这些教学改革的探索受到了学生们的一致称赞，取得了很好的成效。同学们反映："学习建模增强了我们对数学的兴趣，真正认识到数学的魅力和它在实际中的广泛作用。""以前总以为自己学的知识与现实几乎没有什么联系，通过建模课的学习和活动才知道奇妙的世界与数学有着千丝万缕的联系，而且发现自己所学的专业知识还没有学透，很肤浅。""以前认为数学在书本上，现在感到数学在自己的头脑中，在现实中。"

几年来，管冰辛老师所指导的几个建模小组多次在全国大学生数学建模竞赛中取得好成绩，管冰辛老师本人也在北京市十年建模竞赛总结工作中被评为优秀指导教师。

在承担繁重的教学任务同时，管冰辛老师连续多年指导毕业班学生教育实习。为了让实习生顺利完成课堂教学任务，管老师仔细检查每一个学生的教案，指出教案中的不足与缺陷，利用晚上时间安排实习生试讲，在模拟课堂上锻炼实习生的教学能力。在实习过程中，管老师不顾自己身体不好，经常深入实习学校，了解实习生的情况，发现问题，及时解决。经过反复实践，使每一个实习生都能以充分的自信走上真正的讲台。

学生们爱戴管老师，就像爱戴自己的亲人一样。每逢春节、元旦、中秋节，管老师家里不断接到学生的拜年和问候电话，每逢教师节，她的办公室里弥漫着鲜花的芳香，她的办公桌堆满学生送的贺卡。教师节的礼物，有的来自数学科学学院的各个年级，有的来自外系学生，还有的来自毕业多年的学生。每届毕业生临行前，同学们都要依依不舍地向管老师告别。在 2004 届数学系毕业生拍毕业照时，因为管老师还没有到场，全体同学就坚持站在合影台阶上不照，一直等到管老师来了，一直等到管老师站到他们眼前，他们才肯让摄影师留下那历史的一瞬。

（作者：高蓉 首都师范大学数学科学学院讲师
唐其钰 首都师范大学数学科学学院高级政工师）

一位共产党员的高尚师德

——记董启明教授

田 园

董启明，1947 年 8 月生。中共党员。首都师范大学外国语学院英语教育系教授。1978 年毕业于英国中伦敦百科大学语言与法律系。兼任中国文体学研究会副会长、中国语言符号学研究会常务理事等。研究方向：英语文体学、修辞学、英语教育。著有《中级英文写作教程》、《高级英文写作教程》、《新编英语阅读》、《美语习语》等专著、

教材、译著 27 部，发表学术论文 20 余篇。曾获河北省省级优秀教师，河北省第五、六届社会科学优秀成果奖，首都师范大学优秀教材奖，首都师范大学优秀主讲教师、优秀研究生导师、优秀共产党员等奖励。

董启明同志于 1971 年加入中国共产党，1998 年由河北师范大学外语系调入首都师范大学外国语学院英语教育系，是一位有着 35 年党龄的党员和 30 年教龄的教师，已培养研究生 40 名，本科生 900 名以及成人学生 1500 名，并多次获得各种荣誉称号。但是，他从不满足自己已取得的成绩，而是不断学习新知识，刻

苦钻研业务，每年超额完成教学工作量，出色地完成教学工作，教学效果优秀。董老师说，教师是人类灵魂的工程师，教师的职业道德如何，直接影响到他一系列的教学活动和科研态度。教师的思想意识、立场、观点、道德品质等直接影响青年学生。青年学生具有一定的独立思考能力和对新知识的探索欲望，具有充沛的经历和活跃的思想，他们不肯轻易相信别人，又未形成稳定的世界观，教师的一言一行直接影响广大的青年学生世界观的形成和今后的为人处世。

几年来，董老师在英语教育系为研究生和本科生开出多门新课，包括"英语文体学"、"英语修辞与写作"、"文体与修辞"、"高级英文写作"、"新闻英语"以及"高级英文散文赏析"，均受到学生的一致好评。他为研究生开的"英语文体学"课程，被学生推荐为2004年外语学院唯一一门优秀研究生课程。他为本科生开的精读课，深入浅出，采用引导、启发式教学方法，课堂生动活泼，信息量大，学生受益匪浅。2005年他为2002级本科生开的选修课"文体与修辞"又成了热门课，因教室容量有限，不少学生没有选上，感到非常遗憾。他已指导研究生多年，经验丰富。尽管如此，他还是认真指导每一篇论文，大到论文的结构，小到每一个标点符号，董老师都认真地检查、修改。他指导的研究生论文在校外匿名评审中均一次性通过，受到校内外同行的一致好评，多篇被评为优秀论文。董老师在教学方面不但课程质量高，信息量大，而且备课非常认真。看过董老师教案的人都会为那一排排密密麻麻的文字所震撼。就拿给研究生开的"英语与文体学"课程来说，董老师总是根据学生的情况及当年文体学方面的新出版书目及学科发展动态，不断调整教案。比如在讲授新闻文体这一主题时，董老师就通过互联网获取最新的新闻资料作为分析文本，充分地体现了时效性。学生们手中拿到的都是代表这一方面的最新成果和研究材料，因此，在他的课上，研究生总能获得最新的知识，并体会到独到的科研视角。董老师不但备课认真，讲课更是如此。近年来，他积极广泛地应用多媒体手段组织课堂教学，对于细微的知识点，他不会一带而过，而是丝丝入扣地讲解，直到学生们能够领悟到文章的妙处。在这个过程中，学生提高了英语鉴赏水平，而这正是英语学习中最高的境界。"以学生为中心"的教学模式，在董老师的课堂上体现得最为淋漓尽致。在他的课上，学生可以得到大量走上讲台的机会，由于大部分同学是第一次走上讲台，不免紧张、不好意思，董老师在学生讲课的过程中认真地记录下每一个环节，稍后进行细致的点评，鼓励与诚恳的建议，使每一位走上讲台的学生都受益匪浅，由一开始不敢上讲台，到后来争先恐后地争取讲课的机会。在这一过程中有意识地锻炼和培养了自己的授课水平，而这对于师范院校的学生来说，是一笔无价的财富。

董老师很注意提高研究生的科研水平和解决问题的能力。几年来带领研究生发表论文多篇，出版教材两部，译著两本。在给研究生上的第一次文体学课上，董老师给每位学生提供了一份包含有近30本文体学方面的阅读书目，为有志于英语文体学研究的学生开启了知识的大门。他将自己的藏书借给学生们参阅，并鼓励大家开阔视野，努力撰写论文。每次开全国性或国际性的学术研讨会，他都鼓励自己的学生撰写论文，并带到会议上宣读，使他们有机会接触到本研究领域的一流学者和最新科研成果。学生们不仅仅在书上见到申丹、胡壮麟、刘世生等大家的名字，更获得了与他们面对面交流的机会。2004年他带领2003级的研究生参加了在河南开封举办的"第四届全国文体学研讨会"，研究生在会上都宣读了自己的研究论文，获得了与文体学界众多资深教授交流的宝贵机会，受益匪浅。2006年6月在清华大学召开的"首届国际文体学大会暨第五届全国文体学研讨会"上，董老师带的2004级文体学方向的5名研究生全部参加会议并宣读自己的论文。在董老师的悉心指导下，他指导的 2003 级 5 名研究生在 2005 年我校科研奖励大会上全部获奖，其中一等奖一名，这也是首都师大外国语学院唯一的一名一等奖；二等奖一名；三等奖三名。2004 级研究生在首都师大 2005 至 2006 学年度学生科研立项中获得优秀成果二等奖。

董老师还特别注意教书育人，他认为教师要热爱教育事业，忠诚教育事业，热爱学生，关心学生，并指导学生如何正确认识世界、正确认识自己、正确处理好同学之间的关系。作为教师，要把学生培养成大家都愿意接近的人，要注意培养学生的道德。曾经有一位研究生因与学校发生了一些矛盾，怕将来毕业受到影响，整天闷闷不乐，上课思想不能集中，夜间失眠，身体状况和学习成绩每况愈下。得知此情况后，董老师几次找这位同学谈话，使她解除了思想顾虑，情绪逐渐好转，课上认真听讲，课下主动参加"英语角"等各项活动，身体也逐渐恢复了健康，并积极撰写论文，参加学生科研立项，最后顺利毕业。还有两名同学因一件小事发生了矛盾，到了一个月不说话的程度，董老师就分别找她们谈话，给她们讲团结的重要性，讲如何正确看待自己、如何正确对待别人，多看自己的缺点、多看别人的优点等道理；上学期间能和同学搞好关系，工作了才能和同事搞好关系，不能因小事而影响了团结，影响了学习。通过几次做思想工作，两位同学都认识到了自己的错误，从而言归于好。

董老师还强调，虽然学习是学生的天职，但要想搞好学问，首先要有一个强健的体魄。他经常和学生交流养生之道。董老师本人就是这方面的好榜样，在校园里经常能看到他锻炼身体的身影。董老师的体育好在英语教育系是有名的，和年轻人爬山他都能勇夺桂冠。

找工作，可以说是关系学生们终身的一件大事，每到紧要关头，董老师就会给予最无私的关怀和指导。如果有的学生有试讲的机会，他会主动要求学生先讲给他听，并提出很多宝贵的意见。这样一来，大家试讲成功的几率自然有很大提高。现在他的许多学生已成为国家重点大学的英语教学骨干。每当谈起他的历届毕业生时，董老师都像在给别人讲述自己孩子的故事，言语中流露出无比自豪之情。

董老师还坚持认为：为人师，不仅要对学生负责，也要对社会负责、对科学负责。他看到当下大学教师中存在一种浮躁心态。董老师清楚地认识到，浮躁实际上是一种对科学、对社会、对学生不负责的态度。这种心态表现在科学研究上，必然不"真"，也是缺乏师德的表现。认识到这一点，董老师多年来踏踏实实地进行学术研究，每年超额、圆满完成学校规定的科研工作量，每年都有学术论文发表和教材或著作问世，如：2001 年 1 月在权威核心期刊《外语教学与研究》上发表《万维网键谈英语的文体特征》；2004 年 10 月由上海外语教育出版社出版的《文体学研究在中国的进展》中收录了他《文体分析在高年级英语精读课中的应用》及《英文公众演讲的语体分析》两篇论文；2006 年 2 月在《外语教学与翻译》上发表《文体学与高校外语课程改革》一文。2000 年 9 月由高等教育电子音像出版社出版专著《美国习语》，2002 年 1 月由外文出版社出版专著《简明英语写作指南》，2003 年由中国人民大学出版社出版 4 本《Super 分级分类英汉对照读物》，2005 年 5 月由科学出版社出版 3 本百篇系列英语泛读教材，2006 年 5 月由知识产权出版社出版学术著作《英语各类文体分析》，等等。

董老师不仅自己努力搞好科研，还带领系里的年轻教师一起做科研。2003 年 8 月由中国人民大学出版社出版的泛读教材《文学艺术篇》就是他带领系里 3 名年轻教师共同完成的。几年来他与系里负责科研的副主任一起，组织教师及研究生撰写论文，每年出版一本论文集，为年轻教师和研究生提供了一个学术交流的平台。除了撰写论文和编写教材外，他还主持国家级、北京市级等各级别的科研项目，积极参加学术交流活动，作大会发言和学术报告，并当选为"中国文体学研究会"副会长、中国语言符号学研究会常务理事、中国日报社《21世纪报》专家顾问、全国中学报刊英语阅读教学研究会副会长、中国教育家协会理事、全国外语学习研究会的专家顾问等职务。

　　这就是董老师，一位共产党员教师。他凭借高尚的师德，在教师这一平凡却又伟大的岗位上默默地奉献。人们常说，老师就像一支红烛，燃烧了自己，照亮了别人。可我想说，董老师就像是一支永远燃不尽的红烛，照亮了每一位莘莘学子的求学之路！

（作者：田园　首都师范大学外国语学院研究生）

严于治学　热心育人

——记王乃耀教授

李　君

王乃耀，1948 年生。中共党员。1977 年毕业于北京师范学院史地系历史专业，1993 年获首都师范大学历史系博士学位。现为首都师范大学历史系教授、博士生导师。世界中世纪史研究室主任。主要从事世界上古中世纪史、西欧中世纪经济史和英国史的研究。两度获首都师范大学优秀教师称号，2005 年获首都师范大学优秀共产党员称号。

王乃耀老师是首都师范大学历史系教授，博士研究生导师。现在担任历史系世界中世纪史研究室主任，同时兼任历史系研究生一年级党支部书记。

王老师虽然担负着繁重的教学和科研工作，但是他合理安排时间，把教学、科研以及党务工作都做得十分出色，充分发挥了一名党员教师的先锋模范作用。

王乃耀老师一贯严于治学，认真备课。"世界中世纪史"是一门基础课，这门课王老师虽然已经给各届学生讲授了几十遍，但他每次上课前都认真备课。对每一个教学环节都进行认真思考，精心设计。大学一年级的新生对世界古代、中世纪史感到十分陌生，不知道从何学起。有的同学说，教材看过一遍之后，脑子没有任何印象，不知书中所云。针对这种情况，王老师在准备教案时，就有的放矢，首先以时间为纵向线索，将一国或一地区的历史串线，使学生对历史事件有一个明确的时间观念。然后，又以重大事件为横向线索，将同一时期发生在不同国家的重大历史事件的特点进行深入的比较分析，使学生对历史事件有一个清晰的认识。这样的教学实践收到良好的效果，学生反映通过老师的讲授，再看教材就觉得能看进去了，能理解其中的重点和难点了。

王老师在教学过程中，不放过任何一个使学生感到困惑的问题。比如，学生对世界中世纪史的一些专用名词的一词多译感到迷惑不解。针对这个问题，王老师为了搞清楚哪种译法更规范、更符合史学界的习惯，就不厌其烦地查找工具书，以便确定最佳译名。

为了加强教学效果，王老师对直观教学十分重视。除了给学生放映相关的影视资料片外，还带领学生参观北京市天主教教堂，使学生对宗教有一个感性认识，为课堂讲授西欧宗教改革打下基础。在20世纪七八十年代，世界中世纪史教学使用的地图都是一些陈旧的地图，学生普遍反映看不清楚。当时又没有电教设备，为了解决这个问题，王老师就亲手在黑板上画地图，收到良好教学效果。

王老师多年来一直奋战在教学第一线，即使评为教授后，仍然坚持给本科生上基础课。历史系的本科生普遍反映王老师的课堂教学活泼生动，很能调动学生的学习积极性，而且王老师深入浅出的教学方法，让他们受到了很好的学术熏陶。在教学过程中，王老师则注重调动学生的学习能动性，引导学生自主学习。学生们都认为这样的教学方式很有挑战性，也很有成效。由于王老师出色的教学成绩,于1987年和1997年先后两次被评为首都师范大学优秀教师。

在搞好教学工作的同时,王老师十分注重科学研究工作,取得了突出的成绩,先后出版学术专著、教材,发表论文、译文等共计30余部(篇),而且还主持北京市教委科研项目两项,参与了国家社科基金资助的国家级科研项目两项。

王老师不但严于治学,而且还热心育人。他在教学过程中,将马克思主义、毛泽东思想、邓小平理论和"三个代表"重要思想寓于世界史知识传授过程中,例如,他在讲授西欧封建化这段历史知识时,就告诉同学们,封建社会代替奴隶社会尚且需要四百多年的时间,那么社会主义取代资本主义就需要更长的历史阶段,需要十几代,甚至几十代人的坚持不懈的努力和艰苦卓绝的斗争。在这个过渡期间将充满复杂激烈的斗争,所以,你们年轻一代任重而道远。通过这样的教学收到良好的效果,使学生们更加深刻地领会、理解党中央提出的我国现在还处于社会主义初级阶段的精辟论述。

王老师对学生要求十分严格,从不给人情分数。有一届"国家文科人才培养和科学研究基地"班的新生,入学后,有相当一部分学生学习松懈,期末考试成绩不理想。当时,历史系"基地"班刚招生不久,很受社会上的关注,如果不及格率太高,是否会影响"基地"的形象?王老师经过再三考虑,还是实事求是地给了这个班近三分之一的学生不及格。这对学生的触动很大,有些不及格的学生曾一起找到王老师,请老师"手下留情",但是,王老师坚持原则,不给学生改分,并告诫学生要以此为教训,振作精神,好好学习,迎头赶上。在王老师的教导下,那些学生认识到自己的过错,认真复习,结果全部通过补考,并在以后学习中,刻苦努力,成绩优良。

王老师除担负上述的教学科研工作外,还担任历史系研究生班主任兼党支部书记。他率领支委一班人，认真宣传和执行党的路线、方针、政策，严格教育和管理研究生党员，密切联系群众，积极教育和培养入党积极分子，成绩显著。2005年历史系研究生党支部被评为学校先进党支部，王乃耀老师也被评为优秀共产党员。

在担任研究生党支部书记期间，王老师组织研究生党员加强理论学习，保证党员在理论上保持先进性。在思想道德方面，王老师教育学生党员们要树立共产主义的远大理想，树立全心全意为人民服务的思想，树立现在刻苦学习，将来报效祖国的志向，并且注重培养学生的团队精神、集体荣誉感和责任感。

在加强理论学习的同时，王老师还亲自带领学生党员开展了一系列的社会实践活动。在参观中国抗日战争纪念馆的活动中，学生们缅怀先烈，被抗日英雄为了共产主义信念，为了祖国和人民的幸福安康舍弃自己生命的伟大精神所深深震撼。在参观天津经济开发区后，学生们看到改革开放后的大好经济形势，更加深切体会到党中央改革开放政策的正确性和英明性，更加促使学生要严格要求自己，加强自身修养，掌握各方面的技能和知识，以便将来报效祖国和人民。

此外，王老师也十分重视基层党组织建设工作，本着积极慎重发展党员的原则，带领支委一班人，对要求入党的积极分子进行教育和培养，将合乎条件的积极分子吸纳进党组织中。目前，研究生入党热情十分高涨，仅一二年级研究生写入党申请书的人就占非党员人数的90％左右。同时，党支部在发展党员时，严格遵守党员发展程序，保证党员质量，为党组织吸纳了一批又一批新生力量，增强了党组织的影响力和凝聚力。

历史系的研究生，都深知老师的教学和科研工作已经非常繁重，再兼任历史系研究生党支部书记，肯定就更辛苦了。看到老师忙碌的身影，学生经常忍不住问王老师："老师，您的教学科研工作就够重的了，为什么还要兼任这个工作呢?"因为学生都认为党支部书记不仅辛苦，而且在学生入党问题上，容易引起学生的误解。王老师就笑着说:"我1977年就入了党，至今已有近30年的党龄了。现在有机会为党组织尽一份力，累一点又有什么关系呢? 至于有些同学会误解我，也没有关系，总有一天他们会因为我曾经指出他们的不足而受益的。"这就是王老师，永远那么温和敦厚，无论考虑什么问题都以党组织和学生的利益为重。

平时，学生无论在学习上或者生活上有什么困难，王老师都十分关心，不仅热心询问，而且能帮就帮，丝毫不求回报。王老师有许多学术方面的书籍，经常借给学生阅读，学生也非常喜欢和老师进行学术和思想上的探讨。

让学生印象最为深刻的一件事情是2003年"非典"期间，王老师冒着危险去东区看望研究生。当时研究生们非常感动，说:"王老师，您是在'非典'时期第一个来看望我们的老师，太让我们感动了。"至今回忆起"非典"那段非常时期，王老师对学生的那份关心仍然深深地打动着他们。

王乃耀同志尽管只是一名普通的党员，一名普通的教师，但是他在自己的工作岗位上默默耕耘几十年，用自己的心血和汗水，为祖国培育了一批又一批的人才。从他身上，我们不仅看到了智慧之光、美德之光，更看到了他作为一名普通共产党员的党性之光，一位普通教师的师德之光。

(作者:李君 首都师范大学历史系研究生)

以身立教　为人师表

——记我的导师葛庆平

路宁宁

葛庆平，1951 年生。中共党员。首都师范大学信息工程学院副教授、硕士生导师。1984 年 4 月在日本金泽大学大学院取得工学硕士学位，曾在北京工业大学电子工程系和日本金泽大学电子电气情报学科任教，1996 年调入首都师范大学，从事计算机视觉、数字图像处理等方面的教学和科学研究工作。近三年指导学生或独立完成学术论文 20 余篇；完成软件著作权登记 3 项。曾获学校"优秀共产党员"、"优秀主讲教师"称号和"研究生科研奖励评选活动优秀导师奖"。

　　每一位学生的心目中都有自己崇敬的老师，葛庆平老师就是一位爱事业、爱学生、无私奉献、在教师岗位辛勤工作 30 多年的教师。葛老师处处为学生着想，在教学、科研和行政工作中的不断开拓，勇探新路，都是为了一个目标，就是培养能适应社会发展的优秀学生。葛老师敬业、严谨、友善和诲人不倦，树立了鲜明的人格魅力，不但本专业的学生选他的课，相关专业和外系

的学生也都争选他的课，每年毕业设计和推荐研究生，都有许多
优秀的学生争选他的研究方向。他教授和指导的学生们，在首都
师范大学教学评价网上以及百度网络贴吧中，将葛老师比喻为心
目中的良师益友和慈父，是引导进入科学殿堂的好导师。学生们
在校期间与葛老师建立了良好的师生关系，毕业就职、出国深
造、考取博士之后还与葛老师保持密切的学术及情感交流。

葛老师热爱教学，对待工作兢兢业业。每次听他的课，都有
一种如沐春风的感觉，都会有意犹未尽的求知喜悦。在每堂精彩
的课程背后，葛老师付出的心力是无法计量的。每学期新开课
时，他都翻阅最新的学术刊物，总要加进新的内容和新的体会。
葛老师在他教授的数字图像处理课上，为了提高学生学习的效
率，加深对所授内容的理解，参考国内外专业发展的趋势，摒弃
了旧的实验方案，利用 Matlab 软件精心制作了大量理论联系实
际的例题，指导学生在实验中学习，大大提高了学生的学习兴
趣，激发了学生的创新思维。葛老师对自己的要求，不仅仅满足
于把课程讲好，他追求的更高境界是，通过教学过程激发学生的
兴趣，让学生主动愉快地学习，学会课程的知识，而不是背诵课
程的内容。每门课程结束，葛老师总是认真地写出本学期的课程
总结。他对自己的评价不是讲授得如何精彩，而是学生是否真的
学会。在批改本科同学的期末试卷时，看到学生超越书本知识，
成功地进行车牌识别和进行运动模糊校正时，他激动得夜不能
寐。为了达到引导学生的目的，葛老师阅读了大量书籍，包括心
理学、如何演讲、教育统计学等等。他为所教授的每一门课的每
一章教案都精心设计了章节的目标、章节的效果、章节的要求，
并以问题带动教学，力争上课的头三句话就紧紧抓住学生。当学
生听说自己使用的 MP3 就源于本章的原理，当教学目标定位于
学生的应用和理解，当教学的效果关系学生的就业能力时，学生
学习的动力增强了，教师就可以不必过多地为课堂纪律操心，而

学生的提问和睁大的眼睛，则是对教师的评价和奖赏。葛老师笑谈"解决饭菜的色香味之前，首先要让学生肚子饿"。

葛老师注重启发式教学，秉承了孔子的"不愤不启，不悱不发。举一隅，不以三隅反，则不复也"的教学思想。他热爱学生，以欣赏的目光看待学生。在课堂上，他注意留给学生思考和发挥的空间，有意识地训练学生思考和创新。在课下答疑和实验指导中，他善于引进最新的并且符合学生本身特征的教学理念和教学手段，采用了新型的学习方法—基于问题的学习方式（PBL），他为学生设计真实性任务和问题，联系实际并有一定学术价值的题目，积极鼓励自主探究，同时要求学生在自主学习中提高分析和解决问题的能力，激发学习者的高水平思维。

葛老师注重鼓励学生，他认真批改每一份实验报告，除了指出实验报告中程序和文字的错误，还在实验报告的末尾，写下这次实验优点和弱点以及对他的期望，对有新意的报告则大加赞赏，在全班提出表扬，鼓励同学向他学习。由于上课人数上百，批改报告的工作量是不言而喻的，但葛老师却批改得这样认真、仔细。当葛老师向我描述学生的作业情况时，他禁不住拿起这些实验报告兴奋地说："学生的思维是多么活跃，能触类旁通，这真是太棒了！"他又指着学生的实验总结说："我特别注重学生的总结，如果学生提到喜欢这个实验的话，我就知道学生已经有了学习的兴趣，星星之火，可以燎原。一旦学生对知识产生了兴趣，兴趣就会变成学习的动力，你就不用逼着学生去学，而是学生自己去追求知识了，我的教学目的达到了。"看着葛老师的喜悦之情，我想起曾经和一位同学交谈葛老师的教课情况时，这位同学拿出他的实验报告让我看，葛老师的批语是："将学到的知识用到实际中去，这真是奇思妙想，希望你的这种优点继续发挥。但是如果将程序作如上变化，是否会得到更好的结果呢？你可以试一下，然后我们再交流。"这位同学说，正是由于上了葛老师的课，使得原本不爱学习的他，对计算机图像处理产生了浓厚的兴趣，并立志报考该方向的研究生。葛老师以他敬业的教学态度、渊博知识和独具特色的教学方法，赢得了学生，更赢得了学生的心。

葛老师对学生负责还表现在他态度和蔼，教学严谨。他以"躬自厚而薄责于人"、"以身立教、为人师表"的师德规范来勉励自己，他是这样想的，也是这样做的。我们研究室每位同学的论文，都要经过葛老师近乎"苛刻"的把关，才能送出去发表。葛老师对论文的修改大到逻辑错误，小到错别字，甚至标点符号，都不放过。开始时，有的同学不习惯这种教学方式，认为葛老师小题大作。葛老师不急不躁，了解到同学的想法后，在每周的例会上开诚布公地谈了自己的看法，他说："同学们都是有追求、有抱负、想做大事的人，但是再高的山都是由细土堆积而成的，再大的河海也是由细流汇聚而成。因此，再大的事也必须从小事做起，先做好每一件小事，大事才能顺利完成。美国航天飞机的坠毁，就是因为忽视了一个小小的密封圈，这正是差之毫厘，失以千里。因此，我希望同学们能以严谨的科学态度面对学习，同样也以这种态度面对生活，从日常小事中培养自己重视细节的习惯。"葛老师的一席话引起我们的思考，以葛老师为学习的榜样，以更认真的态度对待科研和生活。在我们每个人的心中，为有这样一个严谨治学的老师而感动、自豪。

为了提高学生的实际工作能力，葛老师善于思考，积极创新，探索教学改革的新途径，他提出了许多设想并逐步实施。主要包括教学中教师梯队的形成、教师自评、教师境界的提高、师生互动与互补等。葛老师为了学生的未来发展，为了学生毕业后能找到合适的工作，能与其他名牌大学竞争，葛老师反复思考，殚精竭虑为学生着想，他提出一整套科研团队的组织模式和一系列具体措施。例如每周一次的例会制度、教师定期交流制度、研究室学术报告制度、论文审查制度、毕业设计开题、试答辩制度、团队合作方式、文件管理办法、高年级与低年级"传帮带"办法、吸引优秀大四学生参加本组课题做毕业设计的方法等等。制定了本研究室的"学习研究守则","研究室纪律","研究室设备安全守则"等。为一年级研究生编写了"如何选择课题"等的多达几百条的研究生问答。这些具体措施对学生和教学质量的提高都起到积极作用。同时他还注重形成团结互助的氛围,研究小组和教学小组实行团结协作,知识共有,相互义务制度化,从而形成浓厚的学术空气和和谐的工作环境。另外,他十分重视保存详尽的教学科研文档。在葛老师的研究室,保存了历年的教案、教学日历、教学总结、本科毕业设计论文、研究生学术论文和学位论文,历年毕业设计的任务书、每周 seminar 记录、计算机源程序、可执行程序等文档、大量的师生之间的电子邮件、大量的优秀毕业论文范本等,另外还保存有收集的相关专业的外校本科、硕士和博士的优秀论文,收集的相关专业的学术论文及资料1 万件,国内外互联网相关网站 1000 件,供教师学生科研参考之用。

　　葛老师的研究团队以科研项目分组,组成由教师、研究生和本科生组成的具有不同层次的研究小组。研究小组充分利用不同层次人员的优势进行互补,坚决地贯彻团结协作共同进步的方针。研究小组还努力学习并执行项目管理、目标管理和软件工程的思想和做法。并在团队中倡导"干中学"的学习模式。在这种模式下,师生之间,不同年级的学生之间,保持一种和谐气氛,在互帮互助,科学严谨的环境中学习和研究。在葛老师的团队中,本科生提高了学习能力,自信地走向工作岗位;研究生提高了领导团队的能力和科研水平。每个学生都会在不同方面得到不同程度的提高。有不少同学发表了高水平的学术论文,连续几年研究生学位论文在匿名双盲评审中都获得双优。从葛老师团队走出的学生都有一个共同的感受，明白了团队的力量，明白如何将自己迅速融入团队，与队员积极合作，完成团队的目标。

葛老师关爱学生，他自己学识渊博，爱好广泛，博览群书，查阅文献，经常参观博物馆、展览会，参加各种学术会议。他常劝导我们要涉猎广泛，多参加社会活动、科技会议，为将来走上社会做好准备。为此还为研究室的研究生印制了名片，并带领我们参加青年软件工程师协会和北京 NET 俱乐部等。乌申斯基曾说过："没有教育者个人对受教育者的直接影响，就不可能有深入性格的真正教育。只有个性才能影响个性的发展和定型、只有性格才能养成性格。"葛老师就是这样以他的言行来影响我们的。葛老师处处为学生着想，深受学生爱戴，每一个接触他的人，都会被他的人格折服，被他的奉献精神感动。一次葛老师在指导本科生教育实习时，发现一位同学情绪反常，好几天经常自言自语，一旦站上讲台就满头大汗，如临大敌。葛老师多次和他谈心，想了许多办法都不见成效。葛老师向负责学生工作的副书记了解情况后，才知道那位同学曾经受过较大的精神刺激。葛老师就自己跑到相关的医院，从医生那里讨教解决的方法。回到学校，葛老师一方面与那位同学多次谈话，热情地鼓励他大胆尝试，帮助他编写试讲教案；另一方面与家长、实习学校领导做工作。最后，在老师、同学以及实习学校的领导的共同帮助下，那位同学终于勇敢自信地站到了讲台上，顺利完成了教育实习。提及此事，葛老师至今还祝福那位同学身体健康，事业有成。

葛老师在教学中付出如此大的心力，而这些努力的成果都是在加班加点，甚至是在假期中完成的，因为他还是我们学院主管科研的副院长，科研管理工作占据了葛老师的很多时间。而在管理方面，葛老师的工作也非常出色。几年来亲自制定或指导形成了一系列科研和研究生工作的管理文件，受到上级管理部门的肯定，为学院管理的科学化作出了贡献。他围绕学院改革、发展，围绕教学和科研，献计献策，参与学院发展规划的制定。他顾全大局，讲求协作，克服困难，勇挑重担。

葛老师在2004～2005年度讲授4门课程，指导研究生12人，学生科研立项3人，本科毕业设计9人，专业实习2人，承担各类项目5项，结题2项，发表学术论文7篇，已经收录4篇，软件登记2项。1996年进入首都师大以来，获得学校颁发的各类"优秀指导教师奖"9项，2005年度获得"优秀主讲教师"荣誉称号。他指导十余名硕士研究生，指导工作细致有序，形成梯队，互相学习，积累经验，科研水平不断提高。并且曾获首都师大研究生科研一等奖。他指导的论文曾获首都师大研究生论文一等奖。2005年，他所指导的4位研究生毕业后，有两位考取中科院计算所和自动化所博士，另两位分别和某高校及公司签约。

因为我的研究方向是教师教学评价，我不禁疑问，是什么动力促使葛老师有这种敬业态度，对学生如此无私地奉献呢？葛老师说："设身处地为学生着想，就会少了一分苛求，多了一分理解；少了一分指责，多了一分尊重。看到学生进步和成长，心里会由衷地高兴，更加体会自己的人生价值。"葛老师朴素的话中闪烁着人性的光辉，我明白了葛老师，也明白了千千万万工作在教育第一线的优秀教师的心声。

葛老师是传统的优秀教师，又是新时代具备新观念的教师，葛老师虚心向学生学习自己不懂的东西来充实自身。他曾说过，经常比喻教师的诗句"蜡炬成灰泪始干"过于悲壮，我要做一盏油灯，油灯可以照亮学生，学生的长处又可以给我添油，使油灯"可持续发展"，为教育事业贡献力量。我们敬佩这种与时俱进的教师，更欣赏和我们一起平等交流、孜孜不倦的教师。

葛老师，我们心目中的好老师。

（作者：路宁宁 首都师范大学信息工程学院研究生）

甘愿奉献的"双肩挑"教师

——记封一函老师

张燕芳

封一函，1956 年生。中共党员。首都师范大学外国语学院英语语言文学系教授，外国语学院院长，比较文学与文化研究所研究员，中国翻译协会专家会员。1980 年毕业于解放军外国语学院，1985～1988 年在北京大学学习并工作，1990 年起在北京师范学院英文系工作。1999 年获美国纽约州立大学奥斯维戈学院英美文学硕士学位，2006 年获首都师范大学文学博士学位。在外语类核心和权威核心刊物发表论文多篇，专著、译著达 250 万字。主要研究领域：翻译学、西方文论。主要代表作品：《爱德森的"〈林中之死〉的元小说特征》、《网络教室中的翻译教学》、"二十一世纪大学生书库"（译丛主编）、《都市情景英语》（教材）等。

德行，顾名思义，说的是一个人的道德和品行。德行者，以德束行，以行显德之谓也。因此，德行的核心在于一个德字。师者，传道授业解惑，然而，师者的德行，又不仅仅在于表层的传道授业解惑。至少在我看来，最能体现师者风范的老师，是能在潜移默化中教会学生如何做人的老师。因为归根到底，人要成才，必须先成人。

我的老师封一函就是这样一位老师。他不会过多地给学生剖析深奥的大道理，而是身体力行，从小事做起，用自己的实际行动感染着周围的每一个人。他总说："做人要乐于奉献。"而封老师无私奉献的动力，是对自身人格的不懈追求和对教育事业的满腔热情。

任何一个英文系的老师或学生都知道，我校英语语言文学十年来已经有了很大变化：设有英语非师范本科专业、应用英语专业、商贸英语专业（辅修）；有英语语言文学专业硕士点；可培养教育硕士（英语）；参与了我校复合专业的建设，打造了英语课程平台；建立了50多个科研和教改项目；首创了系级学科建设和专业建设的网络平台。近几届毕业生的一次性考研率已超过了20%，其中不乏考取国内外名校的优秀本科毕业生；英语专业四、八级考试最高通过率分别超过90%和80%；本科毕业生一次性就业率超过90%，远远超过同类院校的平均水平；教师的国家级和校级科研及教改立项逐年增加，科研论文每年人均一篇以上。也许多数人只看到这些闪闪发光的成绩，并不知道这些成绩的背后，是一次又一次的方案修改，是封老师一天又一天的挑灯夜战。

"人不是为自己而生存的"，这是封一函老师常挂在嘴边的话。他用实际行动为系里年轻的老师们作出了榜样，告诉大家，敬业并非单纯一味的付出，敬业的另一面是快乐。自1995年担任英文系副系主任开始，封一函老师一直担任着全职的科研、教学以及行政三项重要的工作。他一直本着自觉自愿、做就要做到最好的态度工作，一切从专业建设出发，从为学校服务出发，从为学生着想出发。英文系乃至全院的建设要占用大量精力，为此封老师牺牲了自己大量的科研时间，也损失了一些个人发展的机会，但在集体利益与个人利益发生冲突时，封老师总是选择牺牲自己的利益，为集体利益付出，从来无怨无悔。封老师往往在校结束了一天的工作后，还在家里加班加点。我很多次见到封老师的午饭就是一个汉堡包或一碗方便面，或者干脆不吃午饭。很多次我提醒他要注意饮食和休息，但他总说："一会儿要开会，来不及了。"或者"下课后约了学生来，来不及吃饭了。"还有一次，无意听到系里的老师说起封老师的一件小事：他在凌晨 2 点多打电话给同事谈工作，同事从睡梦中惊醒后问他怎么了，他才知道当时已是丑时。实话实说，作为学生，我不愿看着老师因日理万机到忘记时间，但从另一个角度看，封老师是令我感动的。因为我很清楚，如果不是他这样努力工作，英文系在专业建设上不会取得现在这样的成绩；我们不会顺利建设起自己的硕士点；如果不是他一如既往兢兢业业地工作，英文系的综合水平不会在短短几年之间提高了一个层次。

一个人难得的品质，在于他能不遗余力地去做每一件事；而更难得的，还是在这种毫无保留地工作精神中，内敛又不张扬的风格。封一函老师所做的任何事情，无论要付出多大的努力，经过多少番周折，他都不叫苦，不埋怨，一直任劳任怨，不计较个人得失。我想这样的一种低调，大概不单单来源于一个人的自信，更多的，它来源于这个人乐于奉献的胸怀。

举个简单的例子，封一函老师以往的不少同窗现在都在国外，过着在很多人看来舒适惬意的高薪生活，相比而言，封老师的生活就没有同窗那么富足。长年忙碌的工作也使他放弃了很多赚钱的机会。国家经贸部、著名外企、中央电视台等单位都曾先后多次向他提出高薪的邀请，但他都婉言谢绝了。封老师长年以来的兼职机会不胜枚举，且待遇非常丰厚，可以说，如果他不兼职行政工作，而把时间腾出来到外面兼职，那么，他房子会变大，报酬会翻番，但是他并没有这么做。他更愿意为自己的学校、自己的院系贡献力量。他常说:"作为一个社会人,应该理想化一点,纯真一点,要喜欢做一些不带有功利目的、看起来十分细微的事。这样做并不影响个人价值的体现。"封老师认为,理想、纯真、精细、思维、奉献和创新,这些都会给个人带来回报,不管是物质的还是精神的。并且在他看来,人生中的满足感来自精神上的快乐。于是,我们看到的,还是那个瘦瘦的、骑单车、住旧房子却令人由衷尊敬的老师。

我不止一次告诉自己,我的老师身上有一种东西是我必须要学到的,那就是我必须像他一样,注重培养自身的品格修养。要谦和有礼,平静,内敛,努力,踏实,坚忍,善良。在我看来,这不光是高尚人格的锤炼,更是人性的完善。我从上大学开始担任班里的团支书,研究生期间担任班长,外国语学院研究生会外联部部长、学习部部长等多项职务。事实上我的工作范围内,还谈不上奉献不奉献,因为无非是为大家做了一些我喜欢做的事情,但我仍不能避免在工作不顺利或很疲惫的时候出现不大任劳任怨的情绪。然而每每这个时候,我想到封老师的一言一行,刚刚冒出来的想怠慢工作的情绪就烟消云散了。因为封一函老师一直在用自己的行动告诉我,为自己所在的集体所付出的任何一点个人的时间和精力都是值得的;作为一个社会人,如果不具有合作和奉献精神,那就是一种自私的表现,而且是与时代精神格格不入的。必须承认,在我不断完善自己的道路上,封一函老师对我有着潜移默化的影响。

这种影响也延伸到我的专业学习中来。诚然,君子应以厚德载物,自强不息。如果一个人既德厚又自强,那么他必定会带动周围的很多人积极争取更高的追求。我的导师在读博之前已经拥有正教授的职称,同时任中国翻译协会专家会员,兼比较文学与文化研究所研究员。可以说按他的级别,根本不用再费力吃苦奔得一个博士学位。但他不这么看。他曾经对我说,他在这个年龄依然选择攻读博士学位，一是自己的专业追求，二是要为年轻的老师们做好表率，推动整个英文系这个团队的建设。试想，如果一个平常已经有着三个人工作量的封老师，一个要事业、家庭兼顾的年届50岁的封老师，一个身体状况并不是很好，有时甚至是强迫自己让身体超负荷工作的封老师，能在短短的四年内，顶着巨大的工作和学习压力拿到博士学位，那么一个二十来岁无牵无挂的学生，有什么理由不把书读好，把自己的专业知识扎扎实实地丰富起来呢？

英语专业目前仍然是热门专业，但也潜伏着危机。比如，我们从毕业生及单位的反馈中会得到这样的信息：英语专业的学生什么都会，也什么都不会。说什么都会，是因为学生的知识面比较开阔，学东西比较快；说什么都不会，是因为学生除了英语一项技能比较扎实外，没有另一门专业技术。通俗一点地举个例子，很多人认为无论读什么专业，只要是大学毕业的学生，多少都会说英语，这种观念就对英语系的毕业生形成了一定的挑战。因此，作为专业建设负责人，封一函老师就十分注重与本专业的教师一起探讨如何体现本专业的特色的问题。封老师早在10年前就开始尝试网络教室的教学，并获校级教学成果奖。他长期主讲的本科高年级翻译课程"翻译理论与实践"，是翻译研究方向的核心课程，也是本科专业的一门主干课程。我本科阶段的同学现在聚会的时候还会对封老师的翻译课念念不忘，给予了极高的评价。很多同学都说："封老师的翻译课是大学期间自己收益最大的课程。"英文系的2000级是首次实施非师范英语专业实习计划的年级。在学生实习期间，封老师放下繁重的日常工作，亲自前往众多实习单位现场考察我们的实习情况，并当面向这些单位致谢。作为研究生导师，封老师十分关心学生的发展，经常询问我们的近况并给予我们很多参与科研活动的锻炼机会。2004年12月，英文系研究生承担了我校承办的国际艺术教育研讨会亚太地区会议分会场的现场翻译工作。上场之前我们实事求是地跟封老师说："有点儿怯场。"封老师一直鼓励我们："没问题，这种机会很难得，你们需要锻炼，不光是业务，还有心态的把握，有实枪实弹的锻炼机会时，就要勇敢冲上去。"他的话给了同学们很大的信心和鼓舞。这次有难度的翻译实战，在很大程度上帮助翻译方向的同学提高了业务水平，找出了自己的差距，为以后的发展起到了促进作用。

封一函老师还常说："要从小事做起，踏踏实实从自己做起。"一直以来他也正是这么做的。如果说封一函老师辛勤的劳动，不厌其烦地修改申请方案，为外国语学院在不到半年的时间里就申请到了几百万元的建设基金是件大事，那么他平常做的小事也许就真的小到了微不足道：如他编辑的丛书中的一个标点，如外院网站建设中的一个背景颜色。很多人觉得外院的网站既实用又好看，但他们不知道的是，封老师为了网站上的每一个细节的修改，向制作商打过几十次电话。我曾经问他有没有必要这么细，容不得一丁点瑕疵。他回答我说："网站是外院的门面，既然做了，当然就要精益求精做到最好。"封老师就是这么一个人，他所说的和他所做的，绝非表面的空话大话，他是真的一个人在脚踏实地、不求回报和赞美地做着切切实实的事情。

我始终相信，内心纯净并且努力耕耘的人前途无量，这也是我一直以来的追求，因此我很庆幸自己能成为封一函老师的学生，他将是我一生中的榜样。如果有一天我也从教，我会给自己的学生讲讲我的导师，告诉他们封老师曾经对我说的话："一个人，一定要首先成为品格高尚的人，之后再成为拥有综合专业素质的人，最后才是成为拥有综合专业技能的人。"

（作者：张燕芳 首都师范大学外国语学院英文系研究生）

把平凡的工作当作不平凡的事业

——记我们的良师益友朱平平

冯海燕

朱平平，女，1963年生。中共党员。首都师范大学外国语学院分党委副书记。1987年毕业于北京师范学院历史系，留校在德育教研室任教。1989～1993年，在职攻读管理系思想政治教育专业研究生，获硕士学位。1999年至今，先后在英语系、外国语学院任分党委副书记。2004年在职攻读政法学院思想政治教育专业博士学位。2000年获得我校"红烛礼赞"优秀教师称号，2005年获得北京市"优秀德育工作者"称号。

朱平平是外国语学院分党委副书记。苗条的体态、精致的面容、时尚的衣着、温婉的语调，这是朱平平给人的第一印象，就是这样一位看起来柔弱的女性，身上却蕴含着巨大的能量。在老师们眼里，她不仅是一位精明能干、不知疲倦的好领导，而且是一位热心、热情、处处替别人着想的好朋友。在学生们眼里，她是一名富有爱心、能想敢做、和善漂亮的良师益友。

善解人意的好领导

当领导的，做到所有的人都认可不是一件容易的事，让所有人都佩服就更难了。但朱平平老师做到了，同事们无论是在工作中还是生活中，谈起她无不发自心底地称赞。

她做人的工作细致入微，她能体会离退休老师的心情，有机会就会与他们谈心、聊天；她能感受新参加工作的同志紧张的心理，会在布置工作时尽量细致、具体，可操作性强；她对经常接触的学生干部要求严格，对需要帮助的学生又耐心周到。

在管理上，她以人为本，她主抓的学生工作办公室，既有刚留校的年轻人，也有工作将近 20 年的中年骨干。对于年轻人，朱老师在给他们压担子的同时，不忘为他们未来发展谋划设计。她对年轻人说：如果你们觉得这里限制了你们的发展，你们可以有自己的想法，也可以付诸实施，唯一的要求是把手头的工作做好。对于家里有难处的同事，她不但在工作上减负，而且在生活上关心，像个邻家大姐一样关切地询问。有的同志孩子小，生病需要照顾，她总是说：安心照顾孩子，这里有我呢！人心换人心，信任和体贴换来的是学工办老师们的齐心协力，每个人都尽自己最大的努力工作着，尽心尽力，丝毫不敢懈怠。

她非常重视团队建设，强调一个团队只有整体和谐才能出成绩。她认为竞争不见得在任何时候都是有利的，有时候不恰当的竞争会破坏团结的氛围，影响人的心情，从而降低工作效率。她鼓励大家互相帮助，协作完成任务，共同享有成果。她自己身体力行，有一次她获得了 2000 元的科研奖励，她坚持要把钱平均分给大家。她说，没有大家的经验，就没有她的成果。在她的领导下，学工办就像一个大家庭，成员之间友爱、团结、互助，散发着浓浓的人文气息，争功绩、抢利益的事情从不在这里发生。

朱老师一直不承认自己是领导，在她的内心里，自己不过是在分工的时候多承担了一些工作和责任，如此而已。

沟通无极限

在朱老师身上最让人佩服的一点是善于沟通。外国语学院有6个语种、7个系，各个专业相差较大，日常管理相对独立；而且各系学生由于接触西方文化较多，形成了相对自由的性格，为人处事喜欢从不同角度出发，这样无疑与我们强调的集体主义会发生碰撞，所以外院学生的思想政治工作相对更难做一些。朱老师在担任外国语学院分党委副书记5年多来，始终能够保持着求真务实的工作作风，认真倾听来自基层组织和教师的意见，并适时地将自己的观点表达给大家。

多年以来，素质教育更多地考虑学生能力的多方位拓展和基本素质的提高，与专业联系较少。有一位教师提出：学生活动应该多考虑学生的专业特色，这样一方面可以增强活动的吸引力，另一方面也可以帮助专业学习。朱老师经过认真的调研以后，觉得该老师的意见很有道理，于是她果断地调整了工作思路，大胆设计了一系列活动，相继搞了"法国文化周"、"俄罗斯文化周"、"德国文化周"等活动，在介绍外国文化的同时，让学生重温中国传统文化，让他们比较中外文化的不同，从而强化了他们的爱国热情。事实证明，这样的活动深受学生欢迎，学生们受益匪浅，专业教师也很认同。朱老师在总结活动成果的时候说："我们要善于听取别人的意见，尤其是不同专业、不同领域的人的意见，他们能给我们带来新的思路。"正是她的这种开放心态，使得她能够不断地汲取新知识，获得新思路。

与同行沟通需要开放的心态，而与家长沟通就更需要理解和宽容。有一个学生经常旷课，成绩很差，几乎没有希望继续读下去了。在经过多次的思想工作以后，朱老师发现这个学生其实很聪明，在音乐和文学方面有着非常高的天赋，上外语学院完全是父母根据自己的喜好为他作出的选择，朱老师没有简单地劝退他，而是与他的父母长谈了一次。她说："我也是家长，也有孩子，每一个家长都希望自己的孩子将来走的路平坦宽敞，前途美好光明。但是，我们不能把自己的愿望强加给孩子，我们要做的是帮助孩子找到适合自己的路。"她详细地分析了孩子的性格特点和特长爱好，设身处地地为家长着想，建议把孩子送出国学习，并推荐了一个适合他的学校。有的老师看到家长和学生高高兴兴地办理退学手续，非常好奇，向她询问秘诀。她回答说：我们面对的是活生生的人，有感情、有思想，如果我们不用心、不用情，工作就不容易开展。学生和家长都会不满意。

正是从这样的立场出发，她总是能够站在对方的角度考虑，把工作做到对象的心坎上，让大家满意，让组织放心。

要让学生做得好，自己要做得更好

朱老师的能干也是外院师生有目共睹的，她以身作则，不怕吃苦，凡事干在前面。在大家的印象中，凡外院的大型活动或特殊时期，朱老师总是坚持在工作的第一线，文弱的身影活跃在外院的各个角落，充满活力的笑声感染着身边的每一个人。

2003年"非典"时期，学校也笼罩在恐慌的气氛之中，因为有教师感染病毒，学生们害怕被传染，纷纷离开学校跑回了家，老师们也回家等待上课通知，而朱老师一直坚守在岗位上。她一次一次召集留在学校的学生，安慰他们、鼓励他们，给他们吃"定心丸"，亲自把一箱一箱的中药、体温计、口罩等防护用具送到他们手上。为了与回家的同学保持联系，她建立了一个联系网，与其他老师一道，带领学生骨干给全院学生每人发一封信，每天给他们打一个电话，及时了解他们在家的学习、生活和身体情况，并把学校的消息传达给同学们。那段时间，她已经不想自己的安危了，每天只有一个念头，就是不能让自己的学生出事，要尽最大努力保证他们的安全。经过这一场战斗，师生之间的距离拉近了。有同学深情地说："平时没有意识到自己是有组织的，关键时候才知道自己的背后有一个强大的支撑系统。"

朱老师以极其负责的精神和认真的态度对待工作，把平凡的工作当作事业来做。外院是首都师大的一个大院系，有 1500 多名本科生，100 多名研究生，工作量很大，但她从来没有因为学生多、工作量大而降低对自己工作质量的要求。

2005 年，我院女生组成一个女子方队，参加北京市高校阅兵仪式。整个暑假学生都在操场上训练，因为天气热，一般利用早上和晚上的时间，朱老师的家正好在操场旁边，每天观看训练成为她的固定工作，一听到口号声响起，不管多早多晚，她总要跑到窗户旁去看看。教官要求严格，学生们达不到要求是常有的事，在这种时候，朱老师都要亲自守在学生们旁边。她会一次次地被学生雄壮有力的脚步声感动，一遍遍地把学生训练的感人事迹告诉给其他同学和老师。外院给参训学生制作了精美的展板，向全院学生宣传他们不怕吃苦、甘于奉献的精神，使参训学生和其他同学都深受教育和鼓舞。

大家都说，朱老师工作如此辛苦，可从来没有看到她脸上有疲惫和不耐烦的神情。了解她的人都知道，朱老师并不是铁打的，实际上，体质瘦弱的她比一般人更容易疲乏，曾因劳累过度导致尿红细胞超标，医生警告她，如果再不注意，可能会引起肾脏病变。她的干劲、她的热情完全来自于她对工作的强烈的责任心。

朱老师这样解释他的行为："要想让学生做得好，老师只能做得更好。如果老师自己都做不到，却让学生去做，那只能是天方夜谭。"在她的带领下，外院的学生在"校庆"和各种大型活动等重要工作中，都取得了骄人的成绩。她主抓的学生工作也已成为全院工作的一项重要内容，同时又渗透到教学、科研、党务、行政等各项工作中。几年来，已有许多学生管理的规章制度出台，形成具有外院特点的学生教育管理模式。

爱也是教育

朱老师对学生的关心、关爱也是大家津津乐道的。她认为：爱是教育的手段，爱也是教育的目的，爱像阳光雨露，有了爱，学生才能茁壮成长。

在外语学院，这种爱无处不在。校运会每年都在四五月份召开，按照要求，每个院系都要出一部分学生当观众，这个季节正是北京的沙尘漫扬、阳光暴晒的季节，她担心学生坚持不下来，就想了个办法，把全院学生分成不同的组，分在不同的时段坐看台，而且根据天气情况适时地给学生提供水和饮料，以保证学生有充足的体力和饱满的热情。而她自己却在学生堆里一扎就是一天，一会儿招呼大家照顾运动员，一会儿又鼓动大家给运动员加油，平时非常注重仪表的她，顾不上自己满头满脸的沙土。因为她胃不好，不能喝凉水，所以经常是一整天喝不上一口热水，到运动会结束时，嘴唇干裂、嗓子嘶哑，连话都说不出来。爱的效果令人满意，外院连年获得校运会精神文明奖。

还有一次，外院接到一个任务，要派一队学生到天安门广场参加升旗仪式，凌晨三点多钟就得出发。本来可以由年轻的老师带队，可她放心不下同学们，坚持自己带队，两点多钟就起来挨个给同学打电话，提醒他们起床，整理行装。当时已是深秋季节，北京的早晨寒气逼人，朱老师身体瘦弱，受不了寒，但是当同学们到了集合地点时，却看到裹着厚厚羽绒服的朱老师早已等候在那里。同学们说:"我们被感动了,不仅仅是英姿飒爽的军人、迎风飘扬的国旗,而且有朱老师的一片爱心。"

外语学院学生人数多,但朱老师却能叫出很多学生的名字,对于学生干部的性格特点、学习成绩、工作业绩更是了如指掌。常常有这样的场景:叫住某一个同学,提醒他学习该加把劲、工作上要讲究方法、时间分配要合理等等。学生们惊叹朱老师的记忆力,他们哪里知道,朱老师是在用心关注着他们的成长。

朱老师尊重、关爱着每一个学生。有一位来自东北建设兵团的学生,母亲重病卧床,弟弟妹妹年幼,父亲无力承担如此沉重的家庭负担,于是他打算放弃学业,外出打工。朱老师知道了这件事,看在眼里急在心里。她说:大学生失学不但是学生本人的损失,而且是一个家庭希望的破灭。为此她反复向学校有关部门说明情况,申请减免该生的学杂费。2006 年这名学生以优异的成绩顺利毕业。毕业典礼上,他眼含热泪,深情地说:"能够上首师大是我的幸运,能遇到这么好的老师是则是我的造化,浓浓的师生情谊就像一份珍贵的礼物,足够我珍藏一生。"

曾经有一个个性怪僻、不合群的学生,屡次违反学校纪律。有的同志认为这个学生个性已经形成,没有必要再白费力气了。但是朱老师没有放弃,她一遍一遍地找她谈心,开始,学生的逆反心理很强,态度蛮横,言语偏激。朱老师不急不恼,细言慢语,从她的成长环境聊到目前她所处的困境,言真意切,学生裹得严严实实的心扉终于向她敞开。

学生们感慨地说:以前想象中的大学老师都是上课来下课走,与学生没有什么私人感情的。见到了朱老师,才知道原来大学老师是这么平易近人。

让朱老师欣喜地是:她发现她的爱心得到了回报,问题学生正在回归主流,优良的学风在慢慢形成,党团组织的吸引力也在增强,学生们有心里话也喜欢跟她讲了,并且愿意接受她的意见，毕业的学生常常回来汇报工作和生活情况，他们私下里把学生工作办公室称为"家"。

新时代　新办法

朱老师清醒地认识到：新时代的大学生与十几年前甚至几年前的大学生都有很大差别。"春蚕到死丝方尽，蜡炬成灰泪始干"式的付出，远远不能满足现代大学生的需要，教育者必须要把握时代精神和时代特征，跟上时代的发展。她根据自己多年来的工作经验和现实要求，提出自己的理念：理解、尊重、引导、创新。

对学生们青春期的感情萌动，她真诚地表示理解，跟他们探讨"什么是成熟的爱情"、"如何表达爱情"等等话题。

有的女同学衣着不太得体，她寻找机会跟她们讨论穿衣哲学、服装搭配和流行趋势，不露声色地告诉她们"穿衣要分场合"。

2005年，看到有的同学在公共场所有不文明行为，朱老师想来想去，觉得大学生已经是成人，有了成熟的思维能力，如果直接找他们谈这个问题不但会收效甚微，而且有可能伤害了他们的自尊心，引起反感，从而事与愿违。朱老师琢磨了几天，最后终于想出了一个好办法，通过漫画的形式把发生在外院的十大不文明行为张贴出来，借以警示。活动搞了不久，就大有成效，以前常见的不文明行为很少看见了。

一个女生宿舍闹矛盾，矛头指向一个生活习惯不太好的同学。朱老师解决问题的时候，不是简单地批评、惩罚"非正义"者了事。她一方面做肇事同学的工作，提醒她承认自己的错误并及时改正；另一方面，对"正义"的一方，也没有放弃绝好的教育机会。告诉他们：人没有完美无缺的。我们要允许别人犯错误，也允许别人改正错误。宽容是现代大学生应该具备的素质。

给学生施展才华的最大的空间，是朱老师一贯坚持的做法，她始终相信"长江后浪推前浪"。在各类活动中，在把握大方向的前提下，尽量给学生主动权，让他们自己设计、自己操作、自己评价、自己总结推广，使同学们的潜力得到最大程度的挖掘。外院每两年一次的外语文艺汇演是学生展示学习成果和组织能力的一个大舞台，朱老师一般提前两个月就把工作布置给学生会，由他们去跟各系老师商量、组织演员、选定节目、找专业老师指导、租借服装道具、设计舞台。这是一个很大的工程，学生们在筹办的过程中会遇到各种各样的困难，有时候急得直掉眼泪，即使是这样，朱老师也不包办代替。她认为学生的创新能力是无限的，只要给他们机会，就一定会出彩。几年过来，学生们组织的汇演水平逐年提高，工作能力也大有长进。

2004年11月，在教育部举办的德育工作经验交流会上，朱老师代表工作在德育工作第一线的辅导员作了发言，表达了她对新时代大学生的认识，她说："现代大学生知识面宽、信息渠道多、性格鲜明、个性强、权力意识强、开放程度高，因此，过去的以单纯的灌输为主的工作方法已经不能适应他们的要求，甚至会适得其反，势必要尝试用新的教育和管理方法。"她的提法得到了有关领导的认同。同月，她又作为特邀评论员在中央教育电视台讲述自己的教育理念，那就是：从实际出发，看到变化，调整思路，跟上发展。

在这种理念的指导下，她的教育卓有成效，学生们积极、乐观、健康、向上，洋溢着现代大学生的蓬勃气息。

德育路上的"夸父"

朱老师的专业是"德育"，从两课教师到分党委副书记，不管工作岗位怎么变化，她一直在自己的专业领域孜孜以求，像夸父追日一样追求着自己心中的太阳。

她大量地阅读各种书籍，从教育学、心理学到管理学，从中汲取最新的知识和理论；

她积极寻求理论和实践的结合点，试图将学生工作上升到德育实践的高度。

发现学生缺乏与人交往的礼仪礼貌，她讲尊敬师长是中华民族的传统美德；

发现有的学生以自我为中心，自私狭隘，她讲宽容是现代人应该具备的品质；

发现有的学生缺乏爱心，诚信意识不够，她讲诚信关爱。

她并不是简单地把观念灌输给学生就了事，而是想方设法使德育课走出课堂，走进社会，走入学生的心中，使课堂上干巴巴的词汇内化成同学们真实的情感。

2003年，她主持设计了一个系列活动，主题是"诚信、关爱"。学生们热情很高，有的到百年老店"同仁堂"去采访，了解到"诚实经商"是同仁堂历经百年不衰的秘诀；有的到盲校去义务支教，体会到了帮助别人的乐趣；有的给贫困山区的孩子们捐献学习用品，用自己的爱心燃起孩子们求学的欲望。她就是这样，通过课外实践及学生精神面貌一点一滴的进步来验证德育效果。

时代发展对大学生党建工作提出了更高的要求，也增加了工作的难度。朱老师不断探索新的工作思路，针对当前有些大学生的政治热情不高，入党积极分子人数增长缓慢，学生党员数量不多的现状，她决定加强对党的认识的宣传教育。2003年，在她的组织下创办了学院二级党校，请了校内外的著名专家学者前来授课，如今党校已开办三期，培训学生积极分子600余人，学生党员比例也提高了两个百分点。

2000 年她获得我校"红烛礼赞"优秀教师的称号。

2004 年她组织学生党员到中华世纪坛进行申奥宣传，并在世纪钟前举行入党宣誓，此活动获得校党委优秀党日活动一等奖。

2005 年，她获得"北京市优秀德育工作者"称号。

对于朱老师来说，这些成绩不过是人生旅途中的一次新的开始。永不满足，是她不断追求的动力，她又开始攻读思想政治教育博士学位。

也许，她并没有作出什么丰功伟绩，也许，她从事的只是一份平凡的工作。但是朱平平能够把平凡工作当作不平凡的事业来做，她就像一个美丽的陀螺一样，带着清新的风，不停地转动着，舞蹈着。

（作者：冯海燕 首都师范大学外国语学院讲师）

为人师表的幸福感

朱一心

朱一心，1964 年生。中共党员。首都师范大学数学科学学院副教授。1985 年 7 月毕业于徐州师范大学数学系，获理学学士学位，留校任教。1995 年 7 月毕业于西南师范大学数学系，获理学硕士学位。1998 年 7 月毕业于北京大学数学学院，获理学博士学位。1998 年 9 月至 2000 年 10 月在武汉大学数学学院博士后流动站工作。2002 年 2 月调入首都师范大学。2005 年 7 月任数学学院副院长。2004 年获北京市科学技术二等奖，2006 年获首都师范大学"最受学生欢迎的十佳教师"称号。

作为一名普通老师，在 2006 年教师节受到学校如此隆重的表扬，我内心充满着幸福。

我出生在江南小镇的一个教师家庭，上大学时报了师范专业想当老师。大学毕业后在高校教了几年书，然后读硕士、博士，进博士后流动站。这期间陆陆续续在教书，2002 年来到首都师范大学任教，至今我作为教师已经工作了 21 年了。21 年的教师生涯使我的生活充满丰富的内涵，因而也深感幸福。

当一名老师是很辛苦的。师如红烛春蚕，燃烧生命吐尽芳华，这是人们对于老师辛勤劳动的赞美。我虽不奢求如此完美，但时常以此自勉。作为数学科学学院师范专业负责人以及后来的教学副院长，除了管理服务工作和带研究生外，我的大量精力一直花在本科生培养教育上。每学期我都担任一年级基础课程的教学工作、做一年级班主任。白天上课、处理事务，晚上辅导答疑、学习研究，临离开办公室前，在网络留言板上回答完学生的各类问题，常常已经是深夜。节假日，我与数学学院的大多数老师一样，一如既往地在办公室度过几乎每一天。今天我站在这儿，被学生评选为"最受欢迎的十佳教师"之一，我感谢同学们对我们劳动的认可，相信将来同学们会以自己的劳动成果给我们、给社会更大的回报。

当一名老师是有责任的。21岁大学毕业时，我的老师用隽永的字体在毕业纪念册上给我写了一副对联："点燃智慧火炬，其乐无穷；传布文明种子，厥功非浅。"那时我就觉得自己不是一个孩子了，是老师眼中的同事，我也有传布文明的责任。研究生毕业时，回忆自己求学的历程，想起了一句话："青山苍苍，江水泱泱，先生之恩，山高水长。"自己现在远非高山长水，然而老师的职业是高山长水。一代一代学生，一代一代社会栋梁，一代一代文明传承者，从我们身边走过。让每个学生有所长，让每个学生成为社会合格的劳动者，让每个学生成为文明的传布者，我们的事业山高水长。

当一名老师是需要学问的。学高为师，身正为范。韩愈说："师者，所以传道、授业、解惑也。"老师的道在于不断进取，钻研学问，以自己对职业的执着，带动学生的学习兴趣，并将此道传给学生，以至于学生的学生，所谓因教书而育人。徐州、重庆、北京、武汉的学习经历，那些美丽校园以及校园里的智慧大师给了我知识的滋润，使我的学习与研究能力不断提升新的台阶。我在国际著名杂志上发表过研究论文，获得过政府的科学技术奖，参加过国家精品课程的建设，这些经验也使我对本科教学的能力和兴趣日益提高。让学生带问题思考学习，培养学生研究能力和终身学习能力，使学生学会在学习中发现问题、解决问题，这是我教学的最大目标。我的问题和学生的问题常写在我办公室的黑板上，后来学生告诉我，他们的宿舍跟我的办公室一样也有块小黑板。

当一名老师是要有爱心的。上大学时老师为我向学校申请补助，理由是我穿着爸爸穿过的衣服。我常想自己的孩子是否也在有爱心的老师身边学习，因此常把学生看成自己的孩子。家长打电话说谢谢你帮助了孩子，我说你的孩子是我的学生，我希望学生能健康成长。我希望每个孩子不仅在生活上得到老师的关心，更多地在学业上得到老师的关注和帮助。老师的关心来自对每个学生学习权利的同等尊重，不同年级的学生来问我不同课程的问题，我为不同层次的学生设置不同内容的问题。任何时候学生都被允许来办公室找我讨论任何问题，学习的、生活的、管理的，我的手机号在全院学生中几乎是公用电话号，网络上还有我与学生的长篇讨论。开学返校后，学生在我办公室放了几个水果，说是家里自产的，妈妈让带给老师的。一个学生曾认真地对我说："老师，您就跟我爸一样。"网上学生留言说："我看到的，不仅仅是老师在如何教我们读书，而是藏在背后那种为人师、为人'父母'的深沉的感情。"外地学生在网上留言："朱老师您好：我仔仔细细阅读了您的留言，让我坚定了考贵校研究生的决心。我本来对首都师大不是很了解，但我觉得有您这样的老师，首都师大一定会有很大发展。"

当一名老师是快乐的。取得博士学位时，我的老师告诉我："教学是一件愉快的事情，你可以向学生传递你掌握的学识和你从事的学科，可以把你研究的成果介绍给学生们。当你的学生用眼神会意地告诉你，学生接受了你的讲课时，你心里会有很多快意。"我的一个学生在网上跟我说："朱老师，您给我们上课应该是一件快乐的事，因为我们班的每一个同学都想努力学好。"是的，得天下英才而教育之，确有其乐。当学习松懈的学生在我的督促下改变了自己的态度，当学习有困难的学生在我的帮助下取得了进步，当学有余力的学生在我的指导下进入了问题研究，我体会到作为一名老师的成功的快乐。

学生二年级了，我又该回到新的一年级带班上课，学生在网上留言："朱老师，下学期您就不教我们了，我们是何等难过!!不过，请您相信，我们一定牢记您的教诲，开创出属于自己的崭新天地！您永远是我们的老师和朋友!!!"第二天，我在信箱里发现全班同学每人一份的心愿卡，每张卡片上都写满了最真挚的话语。毕业了，西藏的学生在我的脖子上挂了一条洁白的哈达："老师，我回拉萨中学教书了，我会当一名好老师的。"每当这时，我知道我的学生也开始学会传道授业了，传治学之道、为人之道，授学问、技能、文化之业，我体会到文明薪火传承的快乐。

当一名老师使我的生活充满幸福。我的老师告诉我："当你的学生将来都成为其所从事行业的人才时，你会很满意你工作的价值。当你的一些学生已是'青出于蓝而胜于蓝'，成为拔尖人才时，你心里就更自豪了。"我相信，我的学生中也会有嘉木画栋、大树穿天；我相信，将自己的知识和品格传授给学生，胜过世界上的一切馈赠；我相信，教育的目的是提升人的生命价值，因而也提升自己的生命价值。

用良好的师德风范影响教育学生

——记李小娟老师

徐振健

李小娟，女，1965 年出生。中共党员。首都师范大学资源环境与旅游学院副教授。1986、1991 年分别获得华东师范大学学士、硕士学位，1999 年获中国科学院博士学位，2000～2002 年北京大学博士后。博士后出站后到首都师范大学工作，现为资环学院三维信息获取与应用教育部重点实验室主要负责人、硕士生导师。

李老师从事高校教师工作 17 年，在这 17 年中，她一直把作为一名高校教师当作无尚光荣的事业。她以高度的事业心和责任感默默地谱写着一位人民教师的人生历程。谈到师德，李老师语重心长地说："忠诚教育事业是教师职业道德培养的灵魂。高校是我国进行系统道德教育的重要阵地，肩负着培养国家和民族未来接班人的重任。作为一名教师，不仅要教好书，还要育好人，各个方面都要为人师表。教师是学生增长知识和思想进步的导师，教师的一言一行，都会对学生产生影响，一定要在思想政治上、道德品质上、学识学风上，全面以身作则，自觉率先垂范，这样才能为人师表。教师要做好学生的灵魂工程师，首先自己要有高尚的道德情操，才能以德治教，以德育人。"

李老师在平时的教学和生活中，积极探索，努力创新，推进教学改革，提高学生能力，关心同学生活和成长，用自己的亲身实践展示着一名高校教师高尚的思想品德。

积极进行教学改革，
注重提高学生自主学习和科学研究能力

李老师积极承担本科生、研究生"地理信息系统基础"、"地理信息系统"、"国土资源学"、"组件地理信息系统"、"空间信息科学与技术导论"等多门课程的教学。地理信息系统（GIS）是一门年轻的学科，相对其他学科，具有技术性强、发展变化快、面向应用、竞争激烈的特点。她积极进行教学改革，参加研究生、本科生"地理信息系统"2004年精品课程建设，注重学生自主学习能力和科学研究能力的培养。

目前，学生们普遍注重课外知识的学习，积极跟踪国内外最新发展趋势和前沿热点问题，探索拓展地理信息系统技术在行业中的应用和深化。在课余时间，不少同学们主动到应用部门，与用户共同探讨应用地理信息技术促进行业信息化建设。有6名同学多次深入到什刹海地区进行调查研究，并与什刹海管理处领导和工作人员座谈，介绍资环学院空间信息技术应用成果，探讨这些成果在什刹海管理中的应用。目前，在"三维什刹海建设"方面，双方已经形成了初步合作意向。有6名同学结合北京市正在开展的"地震避难应急场所建设"工作，与地震局等部门联系，积极推动地理空间信息技术在该项工作中的应用，受到应用部门的称赞。地震局计划在我校开展"地震避难应急场所"宣传，并表示要吸纳同学们一起开展此项工作。

李老师目前主持了国家自然科学基金、国土资源部等多项科研项目，如"无级比例尺GIS信息提取与表达技术研究"，"国土资源部'数字国土'示范工程研究"等，获 2004 年北京市科技进步二等奖。参加了资环学院承担的国家 863 项目"3S 在重大行业应用示范——旅游"、黄河 973 项目地理信息系统应用专题、欧空局与中国政府重大科技合作项目"龙计划"等。李老师认为："现在本科阶段，应该给同学增加一些科研活动，提高同学们的综合能力，让同学们了解本学科的重要性，以此来调动对本专业学习的热情。"结合课题研究，她积极吸纳同学们利用寒暑假时间参加科研项目，并帮助同学们积极参加学校组织的本科生科研工作，从选题、撰写立项申请书到课题的实施，都给予他们具体的指导。

目前，她担任班主任的班级有 36 人，在两期科研立项活动中，先后有 6 项课题获准立项，直接参加课题的学生有 30 人次，已结题两个项目，两篇研究论文已经被《首都师范大学学报》录用。在大学生创业创意设计大赛中，该班学生也积极参与，他们设计的"移动用户空间信息服务系统"取得了良好的成绩，代表学校参加北京市选拔赛。

为数众多的学生参加科研项目，不仅提高了学生自主学习和科研综合能力，更激发了同学学习热情，在综合能力培养上起到了很好的示范作用。从任课教师的反映以及第二学年成绩可以看到，同学们比学习、比进步，在该班已经形成了良好的班风，被评为北京市优秀团支部。

言传身教，注重培养学生的集体荣誉感和团队精神

李老师在教学和科研工作上，兢兢业业，不辞辛劳。对院系的公益工作，如学位点申报、教育部重点实验室建设、"211 工程"重点学科建设等，投入了极大的精力和热情，默默无闻，积极奉献，从来不讲报酬。这些公益工作对学生产生了良好的影

响。李小娟老师经常向学生们介绍院、系的发展和自己近期的工作，寻找和激活学生的兴趣点，带领学生一起为院系积极工作，培养学生的集体荣誉感和团队精神。在学术工作上有面有点地给学生介绍，把枯燥的地理信息系统专业知识转化为看得见摸得着的实际工作，使同学们既熟悉了业务，又增强了学习 GIS 的专业热情。李老师还结合自己实际的项目，把成功和失败的经验教训告诉大家，使同学们认识到要想学好、做好 GIS 专业，成为专家，必须付诸实践，勇于面对困难。在教育部本科教学评估、校庆筹备、"211 工程"重点学科建设中，都有他们师生共同忙碌的身影和努力的成果。

李老师在提高学生教育的实效性方面有新的思路、新的方法。在具体工作中，鼓励学生参加校、院系和班级的学生工作和公益活动，培养他们的团队精神、为人处事的能力，在公益活动中积累各方面的经验。她支持学生利用课余时间积极参加了一系列公益活动，如学校组织的"小红帽"纪律检查组，北京市"阳光大使"活动，2003 年在首师大举办的中国 GIS 日，一年一度的"环境日"，"地球日"，"为残疾学生献爱心"等活动。还记得2005 年 4 月 22 日世界地球日，李老师班里的学生积极参与，以"GIS——让我们从数字的角度认识地球"开展科普知识巡展。并精心设置了活动内容，包括"关注地球日——北京五校联合签名"（北京师范大学，首都师范大学，北京林业大学，中国农业大学、中国地质大学）、"填问卷网上抽奖"环节，此外还设立了"展示区"——通过卫星像片、航片影像和文字资料的展览来介绍 GIS 相关的科普知识；"体验区"——让同学们通过现场系统演示的方式来了解 GIS 在各领域的具体应用案例，并有答题赠送各种 TM 影像图，极大地调动了大家的积极性和参与热情；此外，还鼓励同学们参加"挑战区"——GIS 应用开发大赛，希望大家通过亲身体验来感受 GIS，并运用这门新的技术到各行各业，真正发挥它们应有的作用。此次活动，得到了老师和同学们的支持与称赞，在学校内外反响强烈。

通过这些公益活动，同学们树立了以"为社会、为学校、为院系、为同学服务为荣"的思想，锻炼了自己能力，也增添了为他人服务的意识。在第二学年的问卷调查中，不少同学都写到"自己在不断地成熟"，"以后要做得更好"。

目前，她所带的班里有70％的同学担任了社会工作，许多同学在学校学生会和社团中成为骨干。

李老师说："学生以后无论走到哪个岗位，都离不开集体。做学问是一方面，另一方面，集体荣誉感和团队精神更是必不可少的。所以作为老师，应该着力培养同学们的集体荣誉感和团队精神，用实际的行动去感化他们，培养同学们的集体荣誉感和与人合作的意识和团队合作的精神，使之真正成为对社会有用的人才。"

热爱学生，全面关心学生的健康成长

李老师以身作则，在鼓励同学们努力学习、热心公益、服务社会的同时，在政治上，也对同学们提出了明确要求。

她担任班主任工作以后，为鼓励学生积极靠拢党组织，2003年她也参加了党课学习，并递交了入党申请书。在班会上她告诉同学们："我和大家一起进步，争取早日加入党组织。在工作和学习中，我越来越认识到，中国共产党是一个优秀的集体，在这个集体当中，你可以学到很多东西，使自己的思想道德水平得到升华，所以我积极参加党课学习，向党组织靠拢。同时，我也鼓励同学们积极参加党课学习，递交入党申请书，积极加入党组织。这对同学们来说，不仅是一次政治思想上的洗礼，对树立正确的世界观、人生观和价值观也有很大的好处。"

　　她积极申请加入党组织的实践，不仅带动了大学生们的理想追求，也在学院班主任和青年教师中产生了良好的影响。目前，她们班已有15人递交了入党申请书，其中6人已被推优，3人成为预备党员。李小娟老师也入了党。

　　李老师关心家庭贫困学生，从思想、学习、生活等方面全面负责，深入细致地做好他们的思想工作，引导他们健康成长。一方面积极帮助他们多方申请补助，联系勤工俭学；一方面积极鼓励他们正确对待目前的困难，努力学习。在她的正确引导和鼓励下，班里家庭贫困的学生乐观、向上，都是很优秀的学生。他们在政治上积极要求进步，都递交了入党申请书，还有两位学生分别获得国家一等、二等奖学金。其中，两位同学以优异的成绩考上了研究生，一位同学就职于我国一个最大的软件公司。谈到她对贫困生的关心和帮助时，她脸上露出了笑容，并且说："这些学生家庭比较困难，需要更多的关心和帮助。但是他们都很努力，而且取得了不错的成绩，我感到很欣慰，就像一部电影的名字那样，我们要的是'一个都不能少'。"

　　在担任班主任工作期间，李小娟老师充分体现了敬业、创新和奉献精神。在出色完成教学和科研工作的同时，认真研究班主任工作的特点和工作方式，虚心向经验丰富的教师学习，依靠组织、依靠同事，调动和发挥学生的参与积极性，共同开展班主任工作。她坚持育人为本，为人师表。全面关心学生健康成长，逐步摸索出一套教育理念先进、适合本专业特点的班主任工作方式和方法，自觉用良好的师德风范和良好的道德行为影响教育学生，其出色的工作深受全系学生爱戴和师生的好评。

　　谈到成绩，李老师谦虚地说："其实我做得远远不够，如何把更多的学生培养成德才兼备的人才，是教师义不容辞的责任。每当看到他们一双双求知似渴的眼睛，我就觉得有一种力量在背后推着我，让我不断地努力、努力、再努力！"李老师还说："热爱学生，尊重、理解学生，以人为本，关心爱护学生，是教师正确处理与自己直接服务对象之间关系的准则。热爱学生并不是一件容易的事，让学生体会到老师对他们的爱更困难。疼爱自己的孩子是本能，而热爱别人的孩子是神圣！这种爱是教师教育学生的感情基础，学生一旦体会到这种感情，就会'亲其师'，从而'信其道'。所以，具有爱心，是教师取得教育成果的极为重要的前提，对学生爱之愈深，教育效果愈好。"

（作者：徐振健 首都师范大学资源环境与旅游学院研究生）

认真做事 平凡为人

——记白晓煌老师

张自福

白晓煌，女，1974年生。中共党员。首都师范大学大学英语教研部副教授。1997年毕业于首都师范大学英语系，留校任教，主要从事大学英语教学及英语测试方面的研究。发表论文数篇，翻译、编写书籍百余万字。2004年荣获"学生最喜爱的十佳教师"称号，2005年被评为"优秀主讲教师"、"优秀共产党员"。

有这样一位老师，在学生的眼中，她是既严格又亲切的老师；在同事的眼中，她是锐意进取的教师，是任劳任怨的教研部主任，更是可以无话不谈的朋友。她，就是首都师范大学大学英语教研部的白晓煌老师。

认真做事，工作中的"超人"

白老师做事认真。谁都看得出来，她发自真心地热爱自己的工作，她将全部身心都投入到教学工作中，积极探索新的教学方法，以适应不断转变的教学及评估观念，寻找最佳契合点，达到教学效果的最优。在实践中，她意识到以往教学中一成不变的传统教学方法已经举步维艰；传统的课堂教学模式正面临着全新的挑战。于是她开始大胆尝试，改变以往教师一言堂的授课方式，将讨论、辩论、小组活动、学生自主授课等新颖形式引入课堂，使课堂活了起来，激发了学生学习的兴趣，调动了学生的积极性，使学生从"学英语，会考试"转变为"用英语，会交流"。2002年，白老师更是将多媒体教学和网络教学引入课堂，为学生提供了一种新的学习方法，既扩展了学生的知识面，又增加了课堂的信息量，受到了学生的欢迎。不仅如此，白老师还将部分教学内容上传至学校网站（旧版）和大学英语教研部主页，为学生开辟了另一个学习英语的场所，增加了学生学习英语的选择性与互动性。正像她的一个学生在总结里写到的："现代化的教学模式，把老师和同学从传统的教学模式中解放了出来。老师在课前的设想和构思能够在课堂上完全地表达出来，我们也可以学得更系统、更有层次，学习过程很轻松，丝毫不会有枯燥的感觉。"

1999年，她和另外两位教师首先在大学英语教研部试用新教材——浙江大学版《新编大学英语》。当时，这套教材刚刚被使用，几乎没有参考资料，为了让学生更好地理解教材，达到最好的学习效果，她和另外两位老师自己动手设计了所有的教学辅助材料。她们的努力，保证了这次尝试的成功，收到了很好的效果。2002年，她参与编写了大学英语教研部词汇选修课教案，并担任该课的教学。同年，参与制作了大学英语精读课、词汇选修课两套电子版教案，现在这些教案已在全校大学英语课上使用。与此同时，面对教学，面对学生，她更迫切地希望找到更为有效的教学方法。现在，她又作为负责人之一，与外籍专家一起研究我校英语口语选修课，希望通过实验可以找到符合我校特点的、新的英语口语课教学思路和教学方法。

丰硕的成果是以辛勤的劳动为代价的，白老师始终处于超负荷的工作状态。同系内平均工作量相比，白老师平均每学期周课时均超出 3 到 4 课时。2000 年至 2002 年，她在英语系参加以同等学力申请学位课程的学习，按规定为半脱产；但系内人员紧张，在这两年半的半脱产学习期间，她的课时量仍然为每周 14节课。学习的紧张，教学工作的繁重，并没有把她压垮，她很好地协调了两者的关系，既圆满完成了教学任务，又完成了自己进修的课程。2000 年，她做了一次手术，为了不耽误学生上课，在手术后的第三天，她就坚决回到了工作岗位上，而当时离刀口愈合拆线的时间还有两周。

潜心钻研，教研上的"能人"

2002 年，白晓煌老师担任了教研部主任的工作。她深知"一枝独秀不是春，百花争艳春来到"的道理，在不断改进自身教学方法、提高教学效果的同时，还定期组织教研部的教研活动，进行各种形式的研讨，带领全体教师较好地完成了教研部的教学任务。对于年轻的教师，她更是将自己的心得体会无私地与他们进行交流。2005 年 4 月，大学英语教研部主办了北京地区大学英语听说课的观摩课。在观摩课之前，她和三位上课的老师共同讨论教案，研究教学方法，并多次走进这几位老师的课堂听课，帮助他们修改教案，直到满意为止。这次观摩课取得了很大的成功。正是因为这次观摩课的成功，大英部的一位教师在同年 8 月被邀在华北地区开设了听说课的示范课并获得好评。

在完成教学任务及行政工作的同时，白晓煌老师并没有放松自己对科研的要求。现已出版《联想英语》（独译）、《阅读与翻译 200 篇》（副主编）、《中国湖南》（独译）、《研究生英语复试听力》（副主编）等书。还主持了多项校级科研项目。

平易近人，生活中的"凡人"

　　白晓煌老师对学生的关爱表现在：一方面，从考勤、作业、课堂活动、测试等多个方面严格要求学生，帮助他们形成良好的学习习惯；一方面，又在生活中给予学生默默的关爱。她一直认为要想教好学生，一定要从爱学生入手。对于她所教的每一个班，她都希望给学生们创造一个宽松的环境。曾有学生评价，英语课是他们在大学期间上的最轻松、最享受的课。也有学生在周记里和白老师探讨问题，谈论他们在大学学习过程中所遇到的困难，白老师都给予热心的帮助和耐心的解答。直到现在，很多已经毕业的学生还与白老师保持着密切的联系。一位 1997 级中文系的学生曾这样说："白老师，做您的学生时，我只是觉得从您那里得到了很多的语言知识和技能；但当我工作以后，我发现，您所给予我的绝不仅仅如此，我从您那里更学到了如何处事，如何做人。您的处事方式和您的人格魅力会影响我一生。"

　　在白老师看来，知识的传授固然重要，然而更重要的是帮助学生塑造完整的人格。白老师的平易与亲和使她的学生们愿意和她更多地进行交流。1999 年，白老师接了一个慢班，这个班的学生高考英语成绩均低于 75 分（满分为 150 分）。上课前，有学生找到白老师，问道："老师，您有没有觉得教我们这样的班很不幸？"白老师的回答是，你们虽然英语成绩差，但是你们以同样或是更高的分数，与其他同学一样，进入了同样的学校，这证明你们在其他的科目上成绩更好。你们只是在英语学习上走了弯路，而其他的同学走了直路。只要你们找到正确的方法，付出努力，你们的英语成绩一定会有大幅度的提高。学生满意地离开了，然而白老师却没有停止思考，她意识到这些学生在学习中更大的阻力不是来自于知识本身，而是来自于学生们对自己在英语学习上的否定。于是，在第一次课上，白老师将这番话说给了全班的同学，从学生的眼中，她看到了学生的希望，看到了学生们的跃跃欲试。在日后的教学过程中，她在给这些学生补充相应的知识的同时，更加关注了学生们情绪上的变化，从细微之处去关心、爱护这些学生。由于工作安排的原因，一年后，白老师离开了这个班。在最后一节课上，很多的学生流泪了。有的学生给白老师写信时说，这一年的时间，使他第一次真正喜欢上了英语。虽然白老师不能再教他们了，但是他会把这种对英语的喜爱坚持下去。最后，这个班的很多学生通过了国家四级英语考试，还有的学生顺利地考取了研究生。在给白老师的贺卡中，学生写道：白老师，是您的鼓励伴随我一直走到今天，也是您的鼓励让我决定考研，并通过了这个考试。谢谢！每当谈及这些事情，白老师的眼中总会噙着幸福的泪水，对她来说，这是最珍贵的回报。

教研部的老师也把白老师看成无话不谈的朋友，白老师也尽自己的力量热心帮助教研部的老师。自担任教研部主任以来，她很好地协调各种关系，使教研部内工作气氛融洽，教师们相互协作。走进她所在的教研部，你总会感受到一种快乐。老师们都觉得教研部就像自己的家，轻松愉快。教研部里哪位老师家里有困难，哪位老师情绪上有波动，白老师都了如指掌。有一次，一位年轻的教师因为工作上的原因，情绪波动很大。白老师了解到这一情况后，找这位老师交谈了将近两个小时，帮助这位老师解决了问题，以崭新的面貌投入到工作之中。

优异的成绩，如潮的好评，并没有让白晓煌老师停步不前。她知道鲜花和掌声，最容易使人飘忽忘我，骄傲自满，失去前进的动力，她时刻提醒着自己。2001年，当白晓煌老师所教的班以全院最好的成绩通过四级考试后，我校校报、教务处分别与白晓煌老师联系，想专门报道此事，并宣传一下她的教学方法。白老师都婉言谢绝了。她说，一次的好成绩并不能代表什么，况且所有的老师都很尽职尽责。她将所有的成绩与荣誉归结为同事们和学生们的支持与厚爱。

如果说美丽是一种天分，亲和是一种手段，倔强是一种支撑，淡泊是一种资本的话，那么正是倔强的性格和淡泊的态度为白晓煌老师撑开了一片美丽的天空。

（作者：张自福　首都师范大学大学英语教研部副教授）

辛勤耕耘　喜有收获

——我在师德方面的点滴体会

王书香

王书香，女，1963 年生。中共
党员。中学特级教师。1986 年毕业
于北京师范学院化学系，到农村中
学任教，先后在大兴区魏善庄中学、
兴华中学任化学教师。所授课程多
次获区一、二等奖。多次获大兴区
优秀知识分子、十大青年标兵、优
秀学科带头人、优秀共产党员；北
京市优秀教师、北京市优秀青年知

识分子；全国优秀教师等称号。北京市首届市级学科带头人，北
京市 2006 年新世纪百千万人才工程市级人选（全市只有两名中
学教师）。曾任北京市人大代表。

我 1986 年毕业于北京师范学院（现首都师范大学）化学系，
取得理学士学位。毕业后，一直在一所农村中学——魏善庄中学
任初、高中化学教师，在农村中学奉献了 14 年。2000 年 9 月由
于身体原因调到县城中学。

参加工作 20 年以来，由于各级领导的支持，同志们的帮助，
再加上自己的努力，取得了一些成绩，下面我把从教以来的工作
经历和一点点体会说一说。

农村更需要教师

　　我的中小学学习生活都是在农村度过的。在小学，狭小的校园、破旧的教室给我留下了很深的印象。上了中学，校园和教室好了一点儿，但教学设备、师资条件仍然很差，我的老师都是"文革"期间推荐上师范的。所以，1979 年我们这届学生中考时，尽管老师和同学尽了最大努力，但全乡 350 名学生，只有我和两名男生考上了县重点中学。难道是农村的孩子笨吗？我一时未能找到答案。到了高中，我渐渐明白了，那时我国的经济、科技等各方面都很落后，而教育的落后是最根本的原因。所以，1982 年高考时，我第一志愿就报了北京师范学院。上大学的四年，我们的全部生活和学习费用都是国家负担的，那时我们国家还很穷，却花这么大代价来发展教育。所以从那时起，我就暗下决心，将来一定要用所学的知识报效祖国和人民。1986 年毕业时，许多同学纷纷托关系走后门，争取留在城里。我却抱着分哪算哪，农村更需要教师的想法，被分到了一所农村中学——魏善庄中学。当时，街坊四邻的叔叔、大爷听说我又分了回来，都叹气说："好不容易飞出去了，咋又飞回来了。"但解放初就入党的老父亲却说："好好教咱农村孩子，争取多出一些像你这样的，你可是千家万户的希望啊！"老父亲这句话一直激励着我。

　　刚到魏善庄中学，还真不适应，因为这所学校是在村外，四周全是庄稼地，只有几排低矮的教室。8 月份报到时，操场长满了半人深的草。夜里寂静得让人恐惧。生活苦，伙食差，早晚只有馒头和咸菜；卫生条件就更差，给我们做饭的，就是学校附近的一位老农民，在饭菜里吃出树叶、小虫子是常事。想洗澡、看电影都要骑自行车去几十里外的县城。我是来到这所学校的第二个本科生，其余都是家住附近的半农半教或代课教师，所以晚上住校的人很少，遇到刮风、下雨、打雷时，就特别害怕。生活的艰苦还是次要的，工作条件就更差了。那时，不但粉笔不能敞开供应，想给学生出一份练习题，就要用钢板、铁笔在蜡纸上一道一道地刻，一份试卷往往需要花几个晚上时间。刻好后还要在油印机上用手一张一张地推，每次印完几百张试卷，胳膊就已酸得抬不起来，浑身上下全是油墨。最可气的是，有时才印一半儿，蜡纸破了，又要重新去刻。我也曾经动摇过，但想到老父亲的话，想到农村那么多天真的孩子在等着我，我就咬咬牙坚持了下来，一干就是 14 年。

这 14 年中，我克服了种种困难，重重困难。1988 年 9 月，母亲外出把腿摔成重伤，而此时我又担任初三年级四个班的化学课，就这样每天白天上课、备课、处理作业，早晚还要往返 40 里路回家照顾母亲。由于太累，没过多长时间我也病了，我就吃了药去上课，上完课再吃药，一直持续了两个月，但没耽误四个毕业班的一节课。1989 年 5 月，为了不影响即将中考的 200 名学生，我说服爱人把结婚日期推迟到暑假，在结婚前一天，我还坚持参加了中考阅卷。1990 年年底，在怀孕后期，我腿脚浮肿，上讲台都很吃力，离预产期还有一个月时，我希望领导上能给我换个工作，但当领导对我说"你上十分钟就比别人上一节课还强"时，我就没再说什么，又坚持上课了。同事们跟我开玩笑说："你下了讲台就该上手术台了。"1991 年 5 月，我产假还未休完，为了将要毕业的学生，我带着三个月的儿子就提前上班了。1992 年 12 月，我煤气中毒昏迷了几个小时，但只休息了半天，第二天我就开始上课了，由于缺氧时间太长，每讲一句话就要长长地出一口气。别人看我上班、上课都很惊讶，其实我要是做其他工作，可能就会多休息几天，但一想到有那么多学生在等着我，我不去，他们就要上自习，所以我就只能咬牙坚持了。1995 年 5 月，与我教同轨课的林老师生病住院，校长让我把整个初三年级的化学课都接下来，为了学生，我没有犹豫，承担了六个初三毕业班的化学教学，长达一个月之久，这可能算个小小的奇迹。1995 年年底，我自己因病需要住院手术，但想到还有十几天就该放寒假了，我就去求医生推迟手术，医生很无奈，说了句："真没见过你这样的病人，为了别人不顾自己。"见医生答应了，我就边上课边进行手术前的各种检查、化验，直到放寒假才正式住进医院；寒假后开学，我又准时回到了课堂。2000 年 10 月 24 日深夜，我家厨房突然起火，烧成了一片废墟，但早上 8 点我又准时站到讲台上……我就是这样，把事业放在首位，把学生放在首位。

对学生要全心全意地爱

通过十几年的工作，我深刻地体会到："只有热爱学生的老师才是最好的"。老师只有从内心爱学生，才能满腔热血、心甘情愿地去做教书育人的工作。这几年，我教的学生，中考的化学成绩普遍高，这跟我平时热爱学生，时时处处关心他们是分不开的。

首先，我注意理解、尊重、关心、帮助学生。通过与学生接触，我发现他们人虽小，自尊心却很强，被老师在班里点名批评的人最反感。针对这一特点，我在班里从不公布测试成绩，只表扬分数高的学生。在我的课堂上，学生违反纪律时，我都是特别善意地提醒或下课找他们，这样有时可以收到意想不到的效果。1988 年刚开学，三（5）班有个别学生上课随便说话，我课下找他，他说这是老毛病了，改不掉。我就对他说："我不当众批评你，我用一个特殊的手势来提醒你，希望你在一段时间里，改掉这个坏毛病。"他看我态度很诚恳，化学课上就不随便说话了。毕业时，这个学生对我说："当初我就想试试您，如果您真敢当众批评我，我就和您来硬的，没想到您对我挺好，我也就不能再捣乱了。"

我还经常在生活上关心学生，带学生看病，给学生缝衣服，这样的事情很多。例如：在我参加工作的第一年，一天早晨在上班路上，看见三（3）班的一个女生病在路边，脸色苍白，趴在自行车上不能动；我就马上带她去卫生院，给她挂号、划价、交费、取药。带她回学校后，我又给她打水，帮她服药。正因为我能主动关心学生，帮助学生，学生都特别愿意接近我，喜欢听我讲的课，使我和学生之间形成了融洽的师生加朋友的关系。

其次，我注意事事给学生起表率作用。"教师希望学生是一种什么人，自己就应该是这样的一种人。"所以我注意从日常的一点一滴做起，努力培养、锻炼、塑造自己，不断提高各种修养水平。我要求学生不许迟到，自己首先做到，十几年如一日，每节课早进教室几分钟。我要求学生：身体有点小毛病，不要轻易请假，以免耽误功课，我自己首先做到了没有因病耽误学生的课。刚参加工作时，我有两次腰痛无法骑车，就请年已六旬的父亲用自行车把我送到学校。因为我这样做了，所以上我课的学生就很少有迟到或无故缺课的现象。

再次，努力做好差生的工作。作为老师，我能公正地去爱每一个学生，对品学兼优的学生，我热情地培养他们；但我更偏爱"双困生"，从不放弃他们，因为他们常遭白眼、挨批评，所以更需要爱，只要教育得法，他们也能成才。例如：我每年教的学生中都有部分学生认为自己笨，看元素符号、化学式像外语，学不会。每当这时，我都告诉他们："科学家和普通人刚出生时，智商并无多大的区别，只是他们勤于思考，不怕吃苦，才取得了惊人的成就。"然后我给他们耐心解释，激发他们学习化学的兴趣，正因为我用了更大的力量去做差生的工作，所以每年我教的学生中，都会有些学生四科、五科不及格，但化学却得了八九十分。

例如：1990 年中考，三（2）班近半数的学生都不止一科不及格，而化学及格率却达到了 100％，平均分高出县平均 20 分，优秀率高出县平均 40％。有一位同学，其他五科均不及格，数学只得了 17 分，化学却得了 92 分；另一位同学，四科不及格，数学得了 22 分，化学得了 92 分；还有一位同学四科不及格，化学却得了 88 分，这样的例子年年都有。

在抓好差生的同时，我也没有埋没优等生。我每年都成立一个化学课外小组，吸引那些成绩好、且对化学感兴趣的同学参加，利用休息时间对他们进行辅导，千方百计地去给他们查找资料，到条件好的学校去借实验用品，让他们做一些与生活有关的小实验，同时让他们去调查化学在农业生产中的作用等。所以我的学生在化学竞赛中取得了优异的成绩：1989 年、1990 年两次获我县个人和团体双第一；1989 年竞赛，全县有 40 所学校、400 人参加，我辅导的 12 名学生，有 9 人进入全县前 20 名，前 7 名中只有第四名不是我的学生；1990 年竞赛，我的学生又有 6 人获县一、二、三等奖。

对业务要刻苦钻研

我之所以能取得较好的成绩，还与我认真研究教法，努力抓好教学的每一个环节，不断总结经验教训，积极进行教学改革有着密切的关系。

首先，我抓好备课这个环节。具体到每一节课，我坚持做到"三备"：备教材、备学生、备语言。在备教材时，我特别注意在熟悉教材内容的基础上，研究所讲内容在教材中的位置，与前后内容的连接，准确找出所讲内容的重点、难点，并准备一些通俗易懂的例子，以使学生顺利地掌握重点，理解难点。在备学生时，我注意去了解每一位学生的性格特点、智力情况和知识水平，对不同的学生，采取不同的方法，使不同层次的学生都能发挥他们的主动性，获得足够的知识。在备语言的时候，从开始上课的第一句话，到结束课的最后一句话，怎么说，说什么，我都用心琢磨，努力使教学语言精练规范，流畅幽默，做到生动而准确地传授知识。

其次，我注意抓好讲课这个环节。兴趣是最好的老师，在讲课时，我会始终注意不断地激发学生学习化学的兴趣。例如：每年我在接新的一批学生时，都以一段民间传说故事，作为开场白，然后做两个有吸引力的实验，这样一下子就抓住了学生的注意力，使学生觉得化学神奇美妙，进而激发他们学习化学的兴趣。为了使学生能够长期保持对化学的兴趣，我就在讲课时随时穿插一些与课堂内容有关的故事或者例子。

教法上我一贯注意因材施教，1990年我所教的三个班，恰好是好、中、差三个班，所以我在每个班讲课时，分别采用不同的授课方式，在好班我尽量增大学生的活动量，让他们多动口，多动手。在差班，我采取了少讲、多练、放慢速度的办法。每个班在留作业的时候，也留不同难度的习题，这样虽然加大了我的工作量，但却能充分发挥学生的积极性，取得了良好的效果。我还注意加强直观教学，启迪学生思维，在教学中培养学生的各种能力和创新意识，鼓励学生把所学的知识进行系统整理，使知识网络化、系统化。因此，我的课得到了多位专家的高度赞扬。1990年12月，房山区教师进修学校的刘校长在听完我一节课后说：课讲得太棒了；1993年9月，黄儒兰等三位专家听了我的课和答辩后，对我的教学方法和能力给予了很高的评价，并在全市职称评定工作总结会上对我进行了表扬。

再次，我注意抓好学生的作业。批改作业时，不是简单地划一个"对"还是"不对"，而是用一个专门的本子把每次作业和试卷中，哪道题错的人多，错在什么地方等情况做详细记录，然后综合起来进行辅导。我还将每班部分差生的作业改成面批，这样就更有针对性。所以不管是什么层次的学生，都喜欢上我的化学课，普遍认为化学课好学。

此外，我还不断地总结经验教训。我第一年教初三的时候，第一章、第二章讲的速度快，造成一部分学生吃了夹生饭，给后面第五章的学习造成很大困难。第二年再讲时，我就有意识地把速度放慢，使所有的学生前三章都学得很扎实。通过第一年的工作我还发现，要使学生牢固地掌握知识，精讲是必要的，精练更是不能少。因此第二年开始，每讲完一章后，把原来的测验一次，改成先测验一次，问题纠正过来后再测验一次，这样虽然加大了工作量，但教学效果明显提高了。第二年中考，我所教的三(1)班，52名同学有50人超过了90分，3人得满分，99分的人多达14个，班平均达96分，优秀率为100％。三(2)班48人有44人超过了90分，班平均为92分，优秀率为95％。

我还积极进行教学改革，在激发学生学习兴趣、开发学生非智力因素、素质教育、创新教育、培养学生思维能力等方面进行了探索和研究，并应用于教学，取得了很好的效果。1993年在北京市第六届化学年会上向全市与会教师作了经验介绍。

作为班主任，我对学生严格要求，大胆管理，并且特别注重对学生进行养成教育和行为习惯教育，培养学生良好的行为品质和意志品质。我利用一切机会培养学生的集体意识，加强班集体的向心力和凝聚力。在班级建设上，我努力强化自我管理和自我约束机制，用"静、净、敬、竞"四字激励、提醒学生，号召学生"自信不自负，自强不自满"。由于工作方法得当，我所带的班在各项工作中都能在年级名列前茅。例如：2001年9月我接的高二（4）班，到第二学期期中考试时，年级前12名中，我班占了10名；期末考试，年级前22名中，我班占了16名，总成绩一直列6个理科班之首。2003年该班41人参加高考，39人考取本科，其中 60％同学考取重点大学，理科综合平均分达到了177分，高出市平均分 35 分，而且全校总分前 8 名我班占了 7个，理科综合前 9 名，我班占了 7 个。

十几年来，我在校内外带了近 20 名徒弟，作为他们的师傅，我要经常在教材、教法、教育科研、班主任等多方面与他们进行探讨，并经常听他们的课，在课后进行讨论。也经常有一些学校、一些学科的青年教师跟着我听课。他们中多数已成长为校级骨干，有几人还被评为区级骨干教师。我在学校连续 18 年任教研组长，在自己认真研究教学的同时，还与几个年级的化学老师在教材、教法、教育科研等诸多方面进行探索和研究，从而带出了一批又一批的老师。作为市级和区级学科带头人，每个学期我都要为全区化学教师搞专题讲座或讲观摩课，为全区青年教师进行教材分析，还曾经为我区六中、二中、卢城、孙村、榆垡、采育等多所学校的老师作教学经验介绍。1997 年以来，我还连续几年为首都师大化学系的毕业生进行毕业教育，为我市和我区教育事业的发展尽自己一份力。

要正确地看待自己

这些年，我虽然取得了一定成绩，在工作中做了一些应该做的事情，党和人民却给了我很高的荣誉：1989 年，我被评为全国优秀教师、北京市优秀教师，并荣获优秀教师奖章；1990 年获首都精神文明建设奖章；1991 年破格晋升为中学一级教师，1993年破格晋升为中学高级教师；1992 年当选为北京市人大代表；1992 年、1995 年连续两次被评为北京市优秀青年知识分子，并两次享受北京市政府奖励津贴；1997 年被评为北京市首届中学市级中青年骨干教师；2003 年被评为北京市首届市级学科带头人（大兴区唯一的一名）。2003 年又被收入北京高级专家数据库；2004 年，我又被授予首届"大兴区有突出贡献的专业技术人才"的称号，并受到区委区政府的重奖。我获得了不少荣誉，但我没有陶醉，因为我明白，自己得到的远比付出的多得多。因此，面对荣誉，我清醒地认识到自己只是个普通的人民教师；面对荣誉，我总是提醒自己，作为共产党员和人民代表要正确对待。1994 年 4 月，我区评选首届学科带头人，校领导对我说："凭你的业绩、能力和知名度，就是只评一个，也能评上，报吧！"但我想到那些中老年教师，就主动退出了评选。同年 6 月，又把给我的 3‰长工资名额让给了同事……作为市人大代表，我总是怕辜负了人民的重托。为了尽到人民代表的职责，我经常利用休息时间走访中小学，与教师座谈，听取意见，在市人大开会时提出来。1994 年，我利用开会的机会，为我县最穷的一所小学争取到了每年 1 万元的资助；1995 年，我又为一所农村中学争取到了 10 万元资助，用于改善办学条件。当我看到这所学校的老师终于用上了投影仪，终于不用再去外校印试卷时，心里真是特别高兴。

教书育人，其乐无穷

通过这些年的工作实践，我深刻地体会到，教师虽然在经济上不是最富有的，但精神上是最充实的，教师这个职业自有它的光荣与乐趣。1989 年 4 月，当我辅导的学生在全县化学竞赛中获个人和团体双第一时，我高兴得几乎落了泪。1990 年，当我的学生在化学竞赛中又一次获得全县的最好成绩时，我兴奋的心情是无法用语言来形容的。

我的讲课得到了学生的认可，学校每年都要搞评教评学活动，我所教的学生在填写"你认为什么课讲得最好"一栏时，几乎都是填写化学课。经常有学生为没能分到我所教的班，去找校长或书记要求调班。每当毕业生照相时，我就成了最忙的人，许多学生要求跟我合影，有一次我已经骑车离开了学校，几个男生又把我追回去。许多学生毕业之后经常来学校看我或来信，每到元旦，都能收到许多贺卡，有时一天就能收到十几个。正是这些朴实、纯真的农村孩子，使我两次回绝了海淀两所市重点中学的高薪聘请。

在魏善庄中学工作的 14 年，与我教同轨课的搭档换了六七个，且多数都是我带出来的徒弟，他们调到北京城里后工资翻了几倍，他们在回来看我时总是劝我："趁年轻，动一动吧！"我曾经也动摇过，可每当看到那些孩子们因化学得了高分而考上理想学校，看到那些农村家庭因为孩子有了理想的工作而变得富裕起来时，我又坚定了信念，因为人的物质需求是容易满足的，但人的精神需要是不能够用金钱买到的。

我所取得的这些成绩，与党和人民的教育、与我的母校——首都师范大学化学系对我四年的辛勤培养是分不开的，所以我在今后的工作中只有更加努力，来回报党和人民，回报社会。

改革中学英语教学　促进学生身心发展

孟雁君

孟雁君，女，1944 年生。中共党员，中国民主促进会会员。1967年毕业于北京师范学院英语系。曾在怀柔一中任英语教师，1991 年起在北京市教科院基础教育研究中心任英语教研室主任、教研员。被评为全国优秀教育工作者，荣获首届全国“五一”劳动奖章，北京市有特殊贡献的专家。曾担任多部中小学英语教材及教辅的主编或副主编；专著与合著中有多部获奖；现为国家《英语课程标准》研制组核心组成员，教育部教材审查委员会委员，北京市教育丛书编委会委员。

1967 年我从北京师范学院英语系毕业后，1968～1970 年在解放军部队锻炼。当年我分配到怀柔一中时，那里不开英语课，也没有英语教师。我教过地理、政治，代过体育课，喂过猪。1977 年恢复高考后，我才开始教英语。我为什么能很快进入角色，并找到一条能够大幅度提高学生英语成绩的有效途径呢？这完全受益于我在母校所获得的两大“基因”。

一是母校培养了我的自学能力。在师院做学生时，我看了不少课外书。图书馆是我最喜欢去的地方。我不但狼吞虎咽地博览中文书籍，也生吞活剥地啃过英文原著，简写本就不用说了。大一时我就读了馆中所有的英语简写本。正是这种广泛的阅读，为我后来的自学英语奠定了基础，使我终身受益，并渗透到我日后的英语教学中。

二是"团结、合作、拼搏"的团队意识。在大学的体育社团"航海队"活动中，使我这个喜欢独来独往的人，得到了一种从未有过的体验：在练习和比赛过程中，谁要是不与人同步，就会犯众怒。我学会了合作，学会了把自己完全融入一个集体里，自觉地、迅速地定位，并把自己变成这个集体的一个成员。这种"团结、合作、拼搏"的意识，为我的教师生涯、教育、研究，奠定了永恒的基础，是我工作中敢于拼搏、敢于创新的原因。

培育了我的母校啊，我终生感谢您！

我教的学生绝大多数都喜欢英语，即使英语成绩不好的学生也喜欢上我的英语课。一是课上有乐趣，二是课下没有作业的压力，因为我不留硬性家庭作业。

"学生太累了，生活有些单调，个性不够舒展"。这是我做教师以后对学生的突出感受。我看到，学生一天8小时，几乎都是在学校度过的。他们一天要上7～8节课，涉及4～5个学科，即使每个学科只留半小时的作业，学生在8小时之外，在家里起码还要继续埋头于作业两个小时，这样，学生一天至少有10个小时花在学习上。但据我的了解，多数学生在两个小时里根本就做不完所有的作业，他们常常要做到很晚。我常想，连大人在业余时间都会有自己的爱好作为紧张工作后的调剂，难道这些正处于身心发展时期的孩子们，他们的全部生活就是白天上课、晚上做作业吗？他们是怎样调剂自己生活的呢？后来我发现，其实很多学生都在巨大的压力下偷偷地设法愉悦自己，有的在课上，有的在课间，有的在放学以后。有的学生上课时带着"玩具"——泥弹子、绷弓子、老条子（一种树叶柄）、竹签子……什么都有。

有的甚至带上自己的"宠物"——蝈蝈、蛐蛐或荷兰鼠什么的。上课偷闲玩耍时被老师发现当然免不了一顿"臭骂"，被告诉家长以后还得再加上一顿"恶揍"。下课玩耍时常常不能随着上课铃声及时回教室，迟到以后又只好以说谎来解脱。有的学生在放学的时候不回家，几个人约好去玩，一旦被老师或家长发现就非常紧张，还没等大人问什么就支支吾吾地为自己的"非法聚会"或"逾期不归"编造理由。

　　看到这些，我心里很难过，我觉得那就好像是从大石头底下钻出来的小树，总是扭曲着生长，一辈子都不会挺拔。我认为孩子们应该认认真真地读书，光明正大地玩耍。我还发现，考试成绩差的学生里，有很多是极有生活情趣的人，他们把课下的一部分时间分配给了其他爱好。这样，和那些把全部时间用于做功课的学生来比，在考试成绩上当然就拼不过他们，于是就变成了"中等生"或"差生"。但是他们之中有的人思想活跃，情感丰富，课外知识广泛，有的还具有学校学科以外的技巧和实践经验。有一次我去一个"差生"家里做家访，我吃惊地得知，家里的所有小家具，小桌、小凳、小床头柜、小书架什么的都是他自己设计、自己制作的，一个个小巧玲珑，做工细致，就连接榫的地方都非常精确。他妈妈说，他一下课就闷到自己房子里算呀画呀的，然后就摆弄锯斧，几天就做出一个小家什，家里摆不下了就送给表哥表弟、街坊邻居，人缘极好。他妈妈还从他床底下的储藏盒里拿出一摞设计图纸，上面标得密密麻麻的数字，简直就是个专业的设计师，可是他数学考试的成绩却很低。还有一次，我到一个学习成绩特别差的学生家里做家访，刚走到胡同口，就听见一阵铿锵有力节奏欢快的口琴曲，可是当我刚刚问"陈××在家吗"的时候，这琴声就戛然而止了。我进了屋，只见炕上坐着一群孩子，似乎我的到来打断了他们听琴的雅兴。后来我才发现吹口琴的就是那个在学校整天无精打采，对什么都不感兴趣的学生。他奶奶说，他刚刚练习吹琴的时候，嘴角天天都是流着血的，结了痂又被磨破，终于"自学成材"，吹得一口好琴。可是他却是被各科老师公认的最懒的学生。还有一位学生，学习成绩中等，在班里不起眼，可是在村里却有很高的"地位"。他写得一手好毛笔字，过年的时候，全村的对联都是他编他写的，还用毛笔代村人写信，被人称作秀才。可是他的语文考试成绩却常常是在及格线上下浮动。这样的故事数不胜数，这些反差使我震惊。我认识到，在学校的学习是一个人发展的重要基础，但不应该是一个孩子生活的百分之百，学科的卷面考试分数也不应该作为评价学生的唯一依据，学生不应该是分数的奴隶。他们在课余应该有属于自己的小"自留地"，这块小"自留地"应该是受到尊重，得到"开发"，甚至应该是得到"政策保护"的。既然社会需要各种各样不同层次的人才，那么学生的各种正当特长都应该光明正大地得到发展，并应计入评价之内。我想，我改变不了我周围社会的大环境，但是我可以改变我和我的学生之间的小环境。于是我作出了我做教师以来的一个最大胆的决定：改革课堂教学，变苦学为乐学，在 45 分钟内要质量，不侵占学生的课余时间。

　　我查阅了教育心理学的有关内容，仔细研究记忆规律，认真分析教材的要点和知识能力之间的相互联系，结合我的学生的情况，重新组织每节课的教学内容，使主要学习内容在某一阶段能自然地连带扩展，滚动积累，话题内容相对完整，以支持某种交际活动。我又根据外语的学习规律，对教学各环节作了精心处理。比如，加强复习巩固环节的实效，以减轻课下的作业负担；呈现新的内容时寻找恰当的"切入点"，力求直截了当，以节约时间；为新的语言点设计特定的情景，减少讲解，以提高学生对语言的直觉理解能力；情景的设计尽量新奇有趣，以产生刺激加强初次的记忆，等等。比如，学生对过去分词作补语的理解比较困难，处理起来费时费力，效果还不理想。有一次我从报纸上看到一条奇闻，说一个女人，嗓门特别大，嚷一声，几公里以外的人都能听到。于是我就利用这条奇闻作为呈现"make sth. done"这个句型的情景，许多学生很快就造出了"… can make herself heard…"这样的句子。还有，介词后面需要跟动名词这条规则教起来容易，但学生用起来总是忘，要用很多时间去练习。正巧当时学校流传着一个故事：有一位教师十分幽默，与学生关系特别好，非常喜欢钓鱼，但他妻子常常调侃地说，他其实什么也钓不上来，不过是为了逃避做家务。于是我就用这个情景设计了一幅漫画，下面配上一个短语"… go fishing for doing nothing"，让学生猜漫画中的人是谁，学生乐得不可开交，不但对这条规则加深了印象，还做出了很多"… for doing something"的句子，结果在后来的考试中，在介词后面需要跟动名词的这个考点上，几乎没有人出错。对于非讲不可的内容，我在备课时反复斟酌，精简压缩，努力把讲授时间控制在课时的 1/3 以内，后来我做北京市教科院英语教研室主任的时候，就把这作为条例之一，写进了课堂教学管理的文件中，得到了大家的认可。同时我把所有通过实践练习就可以奏效的内容统统设计成活动，比如根据不同体裁，利用课文提供的素材演话剧、编故事、做广告、播新闻、采访、写信、写报告、做笔头摘要，听新闻、听广播、听电话作记录，等等；我还为所有需要背记的材料也都做了类似的设计，比如当时的课本每课都有一个对话，我就把所有对话都和学生一起编成带有幽默情节的短剧，这样就把枯燥的背书变成了背台词，上课就变成了演戏，有的学生还自带道具，有的还化了妆，气氛十分活跃。这样做下来，很多学生在做试卷时正确率都很高，问起原因来都说这样做"顺口"。我感到这就是大量的输入和充分的实践，使量变产生了质变的结果。由于学生有比较丰富的实践，在讲语法或词汇用法的时候就真是"心有灵犀一点通"了，又省时又省力。

　　根据学生喜欢动手，好奇心强，乐于探索的心理，我选了一些操作性强的英语说明文，如玩扑克牌、做游戏、科技小制作等，不同的组发不同的内容，小组集体阅读，读懂以后就操作，集体完成项目，然后给全班展示，同时用英语解释。由于各组内容不同，做的时候各有保密的乐趣，展示的时候有急于告诉别人的欲望，听和看的人也有求知的兴趣。大家都很快活而主动，我在一边看着，分享着他们的快乐。

　　由于课上就解决了学、用和记的问题，课下的负担就不那么重了，我留一些灵活的或可做可不做的作业，学生可以自愿地把作业放到我办公桌上，我及时批改、及时反馈，同时把答案贴在班上的壁报栏内，供其他人自觉校对，即使没有做作业的人，看看答案就等于复习一遍，也是好的。在下一课时里，我还要设计一些相关活动，刺激并巩固一下记忆，同时引出新的学习内容。这样，我做到了在 45 分钟内解决问题。

　　其实学生在课下也不是一点不接触英语。我非常重视名著小说对一个人成长的重要作用，我在当时的内部书店自费购买了很多英文的世界名著简写本或儿童读本，学生可以自愿借阅，这样就把枯燥的英语课下作业转变成了引人入胜的文学欣赏。当时我每月回北京看望一次孩子，那时的周末只有一天时间，实际上我只能在晚上与孩子亲热一会儿，而白天我往往是一整天都泡在书店里，从开门营业就钻进去，仔仔细细地给学生找书，直到人家下班才出来。我发现学生特别喜欢翻页，翻页的时候脸上就流露出一种成功的表情。所以我选的英语读物都是半页图半页字的那种，大大的字，贴切的图，有趣的内容，学生一会儿工夫就看完一页，特别有成功感。而每逢寒暑假就几乎整个假期都在给学生选读物、找资料、改编、打印、自制插图，充分准备材料以便开学使用。我开玩笑地对他们说，这是我的私人藏书和资料。如有损坏是要说出理由的，必要时要付一定的赔偿金。虽说是自愿，损坏还要赔偿，但没有人不来借书。当我第一次把这些课外书摆在讲台桌上由学生们自取时，话音刚落，我真的看见了学生们是怎样"像饥饿的人扑向面包"那样地"抢"走了所有的书，包括那些不喜欢英语的学生也没落后。结果我的那些书比图书馆的书借阅率还要高，而且始终完好无损。真可谓不是作业胜似作业。课外英语阅读，如同给这些当时还是偏僻闭塞小镇的学生们，打开了一扇一扇通向外面世界的门窗，使他们获得了很多新奇有趣的知识，受到了真善美的熏陶，开阔了思路和视野，降低了学习英语的难度，学英语真的成了多数学生的乐趣。

对于那些克制能力较差的学生，我就和他们约法一章："课上认真学习，课下尽情玩耍"，由于没有了硬性家庭作业，他们也就不好意思在课上偷闲玩耍了。又由于课堂活跃，人人参与，个个都忙得不亦乐乎，结果在我的课上也基本没有了"搞副业"的现象，师生关系也不再是监视和和被监视的一对矛盾了。对于学英语比较困难的或确实不喜欢英语的学生，我首先解除他们上课时的畏惧心理，开玩笑地说："买卖不成交情在。"同时，一方面鼓励他们参与，对他们说，听一听，看一看，总能捡上一两句。俗话说得好："熟读唐诗三百首，不会吟诗也会吟。"另一方面，由于课堂上有很多学生个体活动的时间，我就能抽出身来给这少数学生一些帮助，采取一些措施，尽量使他们课上能参与，考试能及格。在课堂上我尽量使学生头脑紧张，情绪放松。看到他们那一双双愉快坦然地直视着我的眼神，随意自如的活动场面，我由衷地高兴。

生活需要有乐趣，学习也一样。我不否定苦学，自觉的苦学是发生在少数人身上的一种理性的升华。我对自觉苦学的学生，无论成绩好坏，都不但给予精神上的鼓励，而且给以有求必应的物质支持。但对绝大多数人来说，这个过程应该是先有乐趣，乐趣产生兴趣，兴趣产生动机，动机产生动力，成功的回报加上对目标的追求才能升华为理性的苦学。在这个过程中，乐趣是启动盘，没有乐趣就没有开始。我的改革不过是企图启动所有的学生去开始。一旦开始了，一旦外在的动力转变成了内在的动力，那么结局就不是教师所能预料到的了。

我对我的这项改革的结果作了预测。我预计有三种结果：第一种，也就是最底线。我相信我对课堂教学的处理是科学的，检测和评价是及时的，学生成绩不会有跌落；但是由于没有硬性家庭作业，我的学生在卷面成绩上可能会比其他平行班差一点。但我想，他们有较宽松的课余时间和一定量的课外阅读，整体来衡量，不能算失败。第二种，如果我的学生与平行班成绩持平，那么再加上比其他班充裕的课余时间和一定量的课外阅读，我的改革就算成功了。第三种，最理想的结果，那就是我的学生的卷面成绩高于其他平行班，再加上拥有比较充裕的课余时间和一定量的课外阅读，那么我就获得了很大的成功。

由于我不是按照课本顺序讲课，进度与其他平行班不同，所以，在统一考试时，表面成绩与平行班没有明显的差别。但我还是暗自高兴，因为考卷中的进度和所包含的内容与我实际进行的都不同，有的取材于学生还没有学过的课，有的是早已学过了的内容，我的学生不但都能应付，而且成绩还不低。这说明两个问题：一是他们具有了解决新问题的能力，二是他们已经内化了所学过的东西，生成了更持久的记忆，不再需要用突击的方式去应付考试了。更使我高兴的是，绝大多数学生的心态非常好，对试卷中没有学过的内容没有明显的反感，无人抱怨。而以往经常会有学生抱怨试卷中这个没学过、那个没见过，因为他们不会利用已有的知识和能力去解决新的问题。而现在，他们能够处变不惊，应变自如了，对英语考试不再发怵，我感到我的改革成功了。

但是，我的顾虑依然存在，当时（目前也如此）高考是一张卷子定终身，一分之差就能名落孙山，毁掉一个人一辈子的前途，摧垮一个人一辈子的信心。我真的不明白，一个只会解题不会做人的人，一个除了课本对什么都无知的人，一个没有任何爱好和特长的人，一个没有生活乐趣的人，一个视野窄小、心胸狭隘、思维僵化的人将来如何面对那大千世界？可是，我总要面对今天的事实，如果因为我的改革，使我的学生付出了"一分之差"的代价，我如何对得起这些祖祖辈辈都梦想着鲤鱼跳龙门的学生们?! 我一方面改革着，一方面顾虑着。

我为学生进行的这项改革居然感动了上天，我想上天肯定是主张把课余时间留给学生的，他老人家给了我一个超值的鼓励。改革后第一轮的高考。我的学生不但用两年时间学完了五年内容（当时我县初中不开设英语），并考出了我县从来没有过的好成绩，终于摘掉了英语成绩贫困的帽子，结束了由于英语不及格而进不了大学门的历史；改革的第二轮，我的学生的英语成绩不但平均分很高，还有两个学生拿了满分。由于我的学校地处北京的远郊区，又是两年完成了三年学制的内容（当时市里的高中已经改成三年制，而我县高中仍是两年制），于是这个成绩震惊了全市，乃至全国。我到外地去的时候，途经一个镇，看到一巨大横幅："学习孟雁君，高考拿满分！"我为这巨大的误会实在感到遗憾，一路上心里都不平静，心想，不知又有多少学生将为这可遇而不可求的满分丧失宝贵的课余时间。其实，我从来都没想过让我的学生去拿满分，相反，我经常开玩笑地对学生说，在学校拿70分就可以了，留着那30分的精力去种"自留地"吧。更使我不能理解的是，多数请我作经验介绍的学校都要事先对我说："您可别说您不留作业的事。"我感到我的初衷受到了极大歪曲。我希望大家学习我，无论是学校还是家长，各自从学生的"自留地"里退出来，爱学生就要为了学生的身心发展着想，别无选择。

业精于勤　行始于思

——记刘彦弟校长

张　琪

刘彦弟，女，1955 年生。中共党员。中学高级教师。1979 年北京师范学院政法系毕业后，在首都师范大学（原北京师范学院）附属中学工作，曾任教育处副主任，党总支书记，1999 年任首都师范大学附属望京中学校长，2001 年任首都师范大学附属实验学校校长兼党总支书记。曾两次被评为首都师范大学优秀共产党员，2005 年被评为朝阳区教育系统三八红旗手。

1999 年 2 月，刘彦弟同志告别了西三环边上的首都师范大学附属中学，只身一人来到五环外的原首都师大来广营分校校址，创办首都师范大学附属望京中学，开始了她职业生涯的中又一次"创业"。当时这里还是穷乡僻壤，交通十分不便，只有半小时一趟的 415 路公交车。停办多时的校园，年久失修、杂草丛生、坑洼不平、蚊蝇肆虐。她手无分文，从借款起家。经过短短几年的努力，该校区如今已是春有花，秋有果，绿树成荫，环境幽雅的校园。同时新建南校区，地处望京产业开发区，崭新的教学楼，明亮的教室，宽敞的体育馆，别致的校园很有特色。两个校区合名首都师范大学附属实验学校（以下简称"实验学校"），已有 54 个教学班，12 个年级。2200 余名在校生，300 余名教职工，成为一校两址、远近闻名的学校。可是谁曾想过，这两处校址竟然是国家不拨一分钱，没有一个人事编制的学校呢？谁曾想过、经历两次创业、两次借款的刘彦弟，带领师生员工经历怎样的创业过程呢？

人格魅力　廉洁奉公

实验学校的教职工，来自全国 16 个省、市、自治区，他们都是有能力、有个性的老师。靠什么团结他们？凝聚他们？靠的是刘彦弟对人的关爱、对人的信任、对人的尊重。刘彦弟和善可亲，她对同志像春天一样的温暖。一位退休老教师，不小心腿骨骨折，独自一人在家静养。中秋节到了，刘彦弟派办公室老师给她送去月饼，并带去了温馨的话语。一位电工师傅的爱人分娩了，她派人送去贴身的宝宝装。一位司机师傅要回外地结婚，她送去了纪念品，并关切地询问办婚礼还缺什么。当得知一名老师的父亲病故后，她放下手中的工作，把老师请到办公室，关切地询问老母亲安置好了没有，办理丧事要不要用车，还需要什么帮助。一位老教师住院了，百忙中她抽出时间到医院探望，并送去慰问金、滋补品，再三叮嘱要好好休息。这样的亲民领导，员工们能不敬佩吗？

1999 年秋天，一位刚刚入学的初中女同学，上课专心听讲，努力学习，晚上下自习回到宿舍，想家，想妈妈，深夜大哭，因为她是第一次离开妈妈。刘校长听到哭泣声，急忙过去，把孩子搂在自己的怀里，和孩子在一个床上，安抚她入睡。此时，又有谁知道，她自己刚上小学三年级的女儿也在床上哭泣。从 1999

年建校至今 300 多个双休日，刘彦弟校长很少和家人、女儿在一起，而是和班主任、学生在一起度过的。她还有年过 80 岁的父亲和年逾古稀的母亲啊！这一切，老师们看在眼里，印在心上。她是校长，是书记，又是学生的恩师和母亲，老师们的同志和大姐，员工心中的领导和朋友。

2004 年，她随区教委代表团赴加拿大访问，回国时她给食堂工人师傅带来了巧克力，并亲手送到工人手里。工人师傅们拿着异国他乡的糖果久久不肯吃掉，有的感动得热泪盈眶。他们说"刘校长关心我们，看得起我们"。

她身先士卒，严于律己，从不特殊，在校食宿与教职员一样。她以自己对教师的关爱，以自己高尚的人格魅力，凝聚着员工的心，为师生员工营造了一个愉悦和谐的氛围，使员工们的才智得以施展，为学校的发展建功立业。

面对困境　勇于进取

附属实验学校，国家不拨一分钱，还要返还首都师大及附中几十名教职工的国拨工资，每年还要承担 30 多名大学职工子弟义务教育的任务，还要解决大学留守处 20 余名职工的岗位津贴。几百名教职员的工资，这可不是小数。不发展、不创新，学校只有死路一条。为了学校的生存，为了学校的发展，刘彦弟谋划着第二次创业。

2001 年 4 月，刘彦弟做了一次大手术，在病床上还依然思索着学校的发展。当她得知望京产业开发区内高校住宅小区要新建一所配套学校时，在出院的第二天，她就拖着术后未愈的疲惫身躯，怀揣休假证明，不顾丈夫的劝说、女儿的祈求、父母的忠告，以顽强的毅力，奔波于首都师大、市教委、朝阳区教委之间，为学校争取生存发展的空间。她深知，办学体制改革试点学校，没有规模，就没有效益，就不能养活自己，就不能发展自己。

没有车就"打的"，中午来不及吃饭，在外面买点零食充饥，她在办学的路上艰难地行进。晚上一进家门，连洗脚上床休息的劲儿都没有，就歪在沙发上睡着了。丈夫心疼地暗暗落泪，然而他又无法说服面前这位倔强的妻子。

在上级领导的关怀下，经市教委批准，2001 年 6 月首都师范大学附属望京中学更名为首都师范大学附属实验学校，承担望京花园小区配套学校的任务。小区居民乐了，孩子们不出小区就可以上学了。这所新校占地近 30 亩，建筑面积1.5万平方米，为学校的发展带来了生机。

第二次创业，从批准承接小区配套学校的任务，到 9 月 1 日正式上课，时间不足两个月，她带领新分配到校的十几名新教师，在炎炎酷暑中，没有白天，没有黑夜，没有休息日，没有一分钱加班费，完成了一所新学校的全部工作。这位被老师们称之为"刘大胆"的校长，继续举债办学，装修了音乐教室、语音教室、阶梯教室、计算机房、实验室，购置了课桌椅、办公用具，铺设了7000平方米的塑胶场地，装备了可供 600 人同时用餐的食堂。

9 月 1 日举行开学典礼，师生们喜气洋洋，校园内彩旗飘扬，操场上摆满了鲜花，家长们在校门外欣喜地张望。谁又知道刘彦弟校长为此付出了怎样的艰辛呢！

倡导"尊重"的办学理念

作为一校之长，想办好一所学校，办出一所知名的学校，就必须坚定不移地执行党的教育方针，不折不扣地推进素质教育，坚持科学发展观，尊重科学规律；同时要求校长不仅要勇于实践，更要有思想、有理念、有远见卓识。刘彦弟校长勤于学习，精心钻研教育理论，潜心研究师生的心理，她阅读了大量的书籍，创新了适合学校发展的办学理念——"尊重"，即尊重教育规律，尊重教育对象身心发展规律，尊重人才成长规律，尊重学生人格，尊重教师的知识和劳动。"尊重"的教育理念，提升了教师在办学中的地位和作用，使学校保持高起点，形成高质量和鲜明的办学特色；"尊重"的教育理念，启发了教师的教育智慧，一支师德高尚、业务精湛的教师队伍正在发展壮大；"尊重"的教育理念，在培养学生的个性、人文情感、实践能力和创新精神等方面积累了大量的鲜活的经验；"尊重"的教育理念，促进了教师观念的更新。她说，有没有明确而先进的教育理念，有没有对教育理想的孜孜追求，有没有不断改进工作的意识和能力，是一位优秀教育工作者和一个平庸的教育工作者的根本区别。她愿把自己毕生精力，献给教育事业，献给师生，献给学校。

在上级领导的关怀下，在以刘彦弟为校长兼党总支书记的领导班子领导下，附属实验学校建校六年，创造了光辉的业绩。建校六年，学校从社会集资6 000多万元，使国有资产净增值2 000万元，改善了办学条件。

务本求实　与时俱进

为推动教育思想、教育观念的转变，2003年，她组织学校教师学习袁振国先生著作《教育新理念》，并请教育专家作辅导报告，促使教师们进一步认识到，教师要用热情和生命去拥抱教育事业，使教育者和受教育者共同实现生命的价值，增进共同的幸福；教育事业为教师提供了无限发展的空间，教师要成为教育变革的主动者。通过学习，加速了教师教育观念的更新，为实施新课程标准打下了良好的思想基础。

素质教育是培养创新人才所必须坚持的。素质教育在本质上是新的教育价值观，课堂教育的主要内容是学科教育，课堂教学是素质教育的主渠道，也是教育改革的重点。她要求教师要经常"反思教学"。为此，学校多次召开了潜心关注学生、静心反思自我、一心提高教学质量的讨论会，将素质教育落实于学科教学中。她和教师一起，不断端正教育思想，不断调整办学思路，与时俱进。

目前，家长、社会有单纯追求分数、升学率，并以中、高考成绩评价学校的倾向。分数，给教师和学生带来了很大的压力。分数确实重要，刘校长也重视升学率、重视分数，但她反对只抓分数，片面追求升学率。她坚持德、智、体、美全面育人，她坚持体育是冒险的准备，冒险是发现和创造的前提。她倡导、支持艺术教育，通过音乐、舞蹈、绘画、雕塑，让学生感受艺术。几年来，学校累计投入 290 万元，修建操场、购置体育器材。此项开支占两校区固定资产总投资的 1/6，占学校教学设备总投资的 1/3。她坚持健康第一的指导思想，以提高学生终身体育意识和能力为出发点，让学生从个人实际出发，选择自己喜欢的体育项目，在校学习期间就掌握一两项体育运动技能。2000 年 9 月，组建校篮球队，24 名队员全部被市重点中学录取。2002 至 2005年连续三年，中考体育成绩及格率为 100％，优秀率 95％以上，得到了家长的好评。

培养和提升教师的科研能力，是她的工作重点。她乐于接受新事物，组织学科教师开展"友善用脑"课题研究；针对部分学生厌学的倾向，成立了以"关注学生，反思教学"为主题的研究小组；她还以"十五"青春期性教育为龙头，组织全校 30 余名教师参加课题、子课题的研究，写出了大量的有实用价值的论文，并出版了《少年性健康》（上、下册），对开展青少年青春期教育发挥了很好的作用。以科研促教学，以科研提升教师的科研能力，并使教师打破科研的神秘感，认知研究性教学，是教师能适应时代要求的重要措施。为提升教师的科研能力、授课技巧，实验学校与首都师范师大学有关单位合作，共建教师发展学校，传授新的教育理念，介绍新的教育教学动态，开拓了教师的思路，提高了教育教学等方面的专业化水平。

她还十分关注师生的心理健康。2000 年，即建校的第二年，她从海淀区聘请心理教师，开设心理咨询课，建立温馨的心理咨询室。教师、学生有心理问题找心理教师咨询，及时排解学生学习策略问题（焦虑、学习方法、自我监控）；认知自我问题（如何自我评价、如何对待别人评价、如何发展自我）；人际关系问题（亲子关系、师生关系、生生关系、与异性交往）；价值观问题（人对自然、对社会的态度、观念）等方面的心理问题。

凡事追求高起点、高标准

刘彦弟校长说："一个人追求的目标越高，他的才能就发展得越好，对社会就越有益。"凡事追求高起点、高标准，是刘校长追求事业的执着。她说，好的教育是相对的，没有最好，只有更好。学校的一切都应该是美的，校园文化建设墙壁图案、布告栏的样式，她都亲自选定。

她以身作则，给自己规定每学期听课不少于 40 节，如果少了就甘愿受罚。在她的带动下，副校长、教学处主任每学期听课都在 80 节以上，年轻教师听老教师的课，一学期有的听到 30 节以上。她坚持听课、评课，使课堂教学水平不断提高。

她虚心学习其他学校的办学经验，多次组织教师、干部到洋思中学、北京小学等学校学习。作为校长，她经常向干部、教师讲授企业先进的管理办法。她说：就教育论教育，视野、思路不会开阔。教育是一种复杂的社会现象，跳出教育看教育，从社会的发展角度看教育，即从多种角度看教育，才能看清楚教育发展是否与经济社会发展相适应。一个领导者只有站得高，看得远，才能带领一班人高瞻远瞩。她鼓励教师、干部走出去，走出校门，走出国门，开拓眼界，学习国内外先进的办学理念、办学方法。建校六年，先后有近百人次的教师、干部出国、出境学习考察，她把海尔、联想、沃尔玛、微软等国内外知名企业先进的管理理念，有机地与学校的教育教学管理结合起来，并请企业高级管理人员来学校为干部讲授 ISO9000 质量管理体系，极大地开阔了干部的眼界，提高了管理水平。

细节也往往决定成败。她组织全体干部、教师讨论，把抓细节运用到教师备课、授课，运用到学生日常生活管理上。要求抓学生行为习惯要从小事做起，直到抓出成效，把"细节决定成败"运用到教学管理上、体育竞技场上，运用到学校安全管理上，运用到食堂管理上，提高了学校的管理水平。

几分耕耘就有几分收获。实验学校建校以来在各方面获得了多项荣誉。刘彦弟校长勤于思考、辛勤耕耘，为实验学校的创立和发展，起了中流砥柱的作用。家长们、师生们企盼刘彦弟老师在教育这片沃土上迎来更多的收获。

（作者：张琪 首都师范大学附属实验学校副教授）

心愿：让山区孩子都能享受优质教育

——记张旺林校长

雷 玲

张旺林，1955 年生。中共党员。中学数学高级教师。1977 年 12 月参加工作，1991 年首都师范大学数学教育本科毕业。曾任中学数学、物理、语文、地理、历史、科技等教师，从教以来始终坚持在深山区工作，现任北京市平谷区黄松峪中学校长兼党支部书记。1991 年被评为北京市优秀教师，2004 年被评为北京市优秀教育工作者和北京市普教系统优秀共产党员，2005 年被评为北京市劳动模范。

我们面前，站着个憨厚、质朴，看起来很壮实的平谷汉子，为了实现他心中"让山区的孩子享受优质教育"的多年心愿，默默地在校园里来来回回走了近 15 年，最多的时候，一天有时候会走上七八个来回，粗略算下来，他这些年在黄松峪中学共走了 5500 多公里，这个距离，相当于从我国最南端的曾母暗沙岛步行到最北端的黑龙江漠河。他就是黄松峪中学校长张旺林。

张旺林毕业于平谷师范学校，1989 年考进了首都师大和平谷县教育局合办的数学本科班，1991 年他以优异的成绩，拿到了本科文凭。

黄松峪中学变了

1990 年以前的黄松峪中学，是一所当地老百姓谈"校"色变的中学。学校管理松散，教学质量低劣，学生不思学习。校门外经商的小商贩，常常被学校的学生顺手牵羊打劫；整个学校，竟然找不到一间有完整的窗户的教室；每年能考入中专、高中的学生寥寥无几，许多学生都转到了县城学校。

1990 年，新的领导班子艰难上任。当时的校长陈圣带领副校长张旺林及全校教职工，开始了"地毯式"家访，又分期分批找村干部、班干部谈心，学校、家庭、社会三方面全面动员，整顿校风校纪。经过近一年的努力，黄松峪中学发生了明显的变化，当年，就有学生考上了中专、高中。张旺林也是从那时起，为实现他心中"让山区的孩子享受优质教育"的心愿，开始了他整天绕着校园转的教育之旅——每天从早到晚，课堂上、学生宿舍里，到处是他忙碌的身影。此时，他的家离学校不足三里地，可他仍然一周只回家住一晚上。他的全部精力都用在了办学上。

在硬件教学条件逐渐好转的过程中，主管教学的张旺林一直在努力改善学生的受教育的软件。1991 年的一天，张旺林从报纸上看到一些学校组织学生开展小发明、小创作科技活动得奖的消息，他也开始尝试着组织学生开展一些小发明、小创作活动。由于黄松峪中学地处大山脚下，可开发的课外资源不多，但教物理的张旺林，在物理教学方面下工夫，开发科技活动资源。从建立无线电兴趣小组，到引导学生学习无线测向技术，从小发明、小创造，到成为北京市科技示范校，科技活动在黄松峪中学广泛展开。张旺林怀着"在接受教育上，农村的孩子不该比城里孩子享受得少"的期望，为这些来自贫困家庭的孩子，搭建一座触摸现代教育的桥梁。连续几年来，学生们都会在北京市各类科技比赛中取得优秀成绩。他本人也多次被评为市、区级优秀科技辅导员。目前，学校又与中国天文台合作，引进了从美国进口的天文望远镜，开设了一个天文爱好班。

由于转化学生效果明显，学校发展迅速，这所山区学校引起了各方关注。1996 年，《北京日报》对黄松峪中学进行了追踪报道。一位人大附中学生的家长，从报上看到了这条消息，被学校半封闭住校管理、转化后进生卓有成效所吸引，这位母亲找到了学校领导，将她看武侠小说入了迷而不读书的儿子转了过来。张旺林接手了这个学生，从此，每天吃、住、行，张旺林几乎全程"监护"这个学生，一年多后，孩子顺利考上了西城某职业高中。

"再有问题的孩子，到黄松峪中学也能改变。"——家长们一传十，十传百。这些年来，黄松峪中学几乎成了"问题学生"家长的求援站。北京市的城区乃至外省市，都有家长求上门来，甚至有的家长找到张旺林，下跪请求学校收下她的孩子。

1999 年 4 月，张旺林正式担任校长时，黄松峪中学已发展到十七八个班 900 多名学生，80 多位教职工。

从 2000 年开始，黄松峪中学在平谷县声名鹊起。每年初一招生，学校门庭若市。生源好了，设施却吃紧了。学校原有的住宿区和教室都人满为患，不得不采取大班教学制，平均每班学生均在 60 人以上。张旺林看在眼里，急在心上，多方奔走，筹集资金。在校领导班子的共同努力下，2001 年，又争取到一些民间资助和财政拨款，先后建成了实验楼和女生宿舍楼。

一所大山脚下的学校，尤其是在 2000 年被批准为北京市体制改革试点校后，在大家的共同努力下，发生了巨大的变化。2002 年到 2004 年里，学校自筹资金盖起一栋新楼，终于拥有现代化的教学设备，49 个教学班，2600 多名学生，164 名教职工，成了教育教学质量居于全区前茅的完全中学。

"不是我，是谁？"

十多年来，黄松峪中学的很多老师们都多次看到过这样的画面：校长张旺林的妻子抱着干净的衣物来到学校，又独自抱着一包换下来的衣物回家。

到黄松峪中学工作后，张旺林的家可以说近在咫尺：走路10分钟左右、骑自行车5分钟左右。可是，张旺林到黄松峪中学这么多年，真正回家住的时间包括寒暑假满打满算也不到4年。用他自己的话说："这么多学生住在学校，我不放心。"自他担任校长以来，每年的大年三十，都是张旺林留守学校，"我是校长，不是我，是谁？"对此，他坦然得让人没有争辩的理由。

张旺林的父亲早逝，姐姐成家后，在乡铸造厂当铸造工的姐夫给了家里很多资助。2000年，姐夫的工厂倒闭了。这时黄松峪中学正是发展的旺盛期。为了解决教师的后顾之忧，张旺林招了很多老师在农村的家属到学校当后勤人员。姐夫找到张旺林，想到学校干点儿事，挣些工资补贴家用。张旺林劝姐夫："别的忙我都能帮你，可这个忙我不能帮。如果你走我的后门到学校来工作，会给我的工作带来很大不便。"姐夫找了张旺林好几次，这件事都没得到解决。直到姐夫弥留之际，也未得到姐夫的谅解。

姐夫去世后，外甥女职高烹饪专业毕业，被招到黄松峪中学食堂做大厨。2600多人的饭菜，对20岁不到的小姑娘的确是体力上的极大挑战，何况，同行们大多数不是烹饪专业毕业的。小姑娘在学校学过其他文化课，电脑操作能力也很强，便向舅舅提出到校打字室工作。这一次，同样被舅舅拒绝了，而将打字工作留给了一位教师的下岗在家的妻子。

张旺林的儿子，高考前突发阑尾炎，住院近一个月。当父亲的张旺林却从未去医院看望一次，因为那时，他的心思全都扑在即将参加中考的800名学生身上。

结婚20多年了，张旺林从来没有好好陪过妻子和孩子。妻子的父亲是当年黄松峪村的村支书，这个老党员将漂亮的女儿许配给了他眼中"人品极好"的张旺林。这么多年来，妻子对张旺林忘我的付出，只有一句话："我不后悔，他是个好人，为我们山区的孩子做了好事。"

"能省就省吧"

学校有一辆桑塔纳轿车，司机张长松师傅清楚地记得，张旺林从前任校长手中接过这辆车后，从来没有因私使用过它。到县里或市区开会，张旺林也经常乘坐公共汽车。老师们向他提意见："您是一校之长，也得注意形象啊！"可张旺林总是不以为然，还跟老师们算了一笔账，我一个人坐8路汽车4元钱路费就够了，如果让司机单独去接我，光油钱就得十几元，再加上维修保养等等，一年下来可是不小的数目。咱们山区校急需改善办学条件，能省就省吧！

"为了学校的发展，能省就省吧！"成了张旺林的口头禅。

一次，曹福林老师在区里参加完业务学习后，跟着张旺林去给学校买打印机墨盒。东西买到后，已是中午12点多了，他的肚子早已唱起了"空城计"。这时，张旺林发话了："到学校也没有饭了，咱们就在城里吃点饭吧。"曹福林听了暗暗高兴：今天肯定能打"牙祭"了，在宾馆、饭店林立的城区里，随校长一起吃饭，最起码也得是"四菜一汤"了！可是，车开过一个又一个饭馆，最后在一家很简陋的小吃店前停下。一进门，司机张师傅就跟老板熟悉地打了个招呼，给每个人要了一碗馄饨、一小屉包子。吃饭的时候，张师傅说，每次与张校长开完会，如果回学校赶不上饭，他们都来这里吃包子。看着吃得津津有味的张旺林，曹福林感动了：张校长真为学校节省啊！吃完饭，张旺林付了钱，便走出了小吃店。怎么没有要发票呢？曹福林悄悄问张师傅。原来，张校长每次在外面吃饭，都是自己掏腰包，从来没有报销过，而且，也从来没有跟谁提过。

1999年秋，家住塔洼村的于书荣老师两岁的孩子摔伤了胳膊。由于塔洼没有出租车，于书荣只好在家焦急地等待丈夫安排完学校的工作后回来接她们母子。一会儿，学校的小车就开到了她的家门口。原来，张旺林知道情况后，立刻推掉所有的出车任务，让张师傅专程开车来接孩子上医院。车经过黄松峪中学门口时，张师傅说，张校长还有点事儿。于书荣以为张校长也要坐车去开会，正琢磨着应该坐到后车座上去，一抬头，看见张旺林已经站在车门口，对她说："为了学校的工作，让孩子受苦了。"边说边把200元钱塞进孩子的衣兜里。

学生、老师们家里有事，几乎都能享受学校的这种待遇，而张旺林自己的孩子病了，却总是妻子独自带着孩子坐公交车去看病。像这样时不时给老师和困难的学生，小到几十块钱，多到几百元甚至上千元，张旺林记不清有多少次。

现在的黄松峪中学已经新盖了学生宿舍楼、实验楼，新的教学楼也即将竣工。老师们的工作条件有了很大好转，学生们也用上了现代化的教学仪器。学校还给天文爱好班的学生从美国进口了先进的天文望远镜。为学生和老师们花钱，张旺林从来都很舍得。可是，学校的老师们都记得，当年全校唯一一栋被定为危房中的一间平房，一直是张旺林的办公室兼寝室，在这栋危房中，他一住就是七八年。2004年初，学校要盖教学楼，拆掉了这栋危房，张旺林又将原来的旧物理实验室改成了寝室和办公室。这间只有10平方米左右的小屋，大白天进去也是黑乎乎的，一年四季几乎见不到阳光，冬天凉，夏天潮。老师们知道张旺林有慢性哮喘病，都很为他担忧，他却仍然是那句话："为了学校的发展，能省就省吧！"

张旺林的最大心愿是：一定要把黄松峪中学办好，使山区孩子能在家门口上到好学校，享受到优质教育。张旺林身边的老师们一致认为，他所做的一切，都以"人民拥护不拥护，人民赞成不赞成，人民高兴不高兴，人民答应不答应"作为衡量尺度、出发点和归宿点。"一切从人民利益出发"是张旺林的最高准则，更是他做人的准则。

"一个都不能少"

1993年冬一个周日的早上，天空下着雨夹雪，为帮助一个远从塔洼村来上学却不愿好好读书的学生，张旺林骑着他那辆破得不能再破的自行车，走了近两个小时山路，到这个学生家里家访，说服他父母劝孩子读书。斗大的字不识一筐的家长感动了，对孩子说，冲着张老师这份心，你也要好好念书，才对得起老师！在张老师的反复督促下，这个学生初中毕业时考上了中等技术学校，中技毕业后，在北京市区找到一份不错的工作。这个家庭的另外两个孩子后来也通过读书走出了山区，父母在当地也成了日子过得很富裕的人家。对于农村孩子来说，读书意味着改变自己和整个家庭的命运。张旺林对此体会很深很深。

孩子变了，出息了。但由于那天雨夹雪下得很大，把张旺林淋个透湿，他受凉感冒了。由于医治不及时，他落下了哮喘的病根儿。每当工作繁重时，他那看似壮实的身体就会发出风车一样重重的、急促的喘息声。

这样苦口婆心地关心和教导，无论是不是张旺林教过的学生，都或多或少地得到过和感受过。因此，在黄松峪中学，学生们都称校长张旺林为张老师。一说起他们的张老师，他们都不由得动情动容。

在城里转了五所学校仍读不下去的一位学生，到这所学校不到一年就深有体会地说："这个校长与别的校长太不一样了，不管你成绩好坏，他和老师们都把我们当成好学生对待。"

"像父亲一样，对我们特别好！"初中的学生已经很有是非观念了，他们的评价发自内心。

张旺林简陋、朴素的办公室里有一个很温馨的小饰品，上面写着"真心祝福您"的话语。张旺林已经不记得送他这个礼物的学生的名字了。一次新初一开学时，张旺林发现一个女生因环境变化情绪有些低落，就主动多次开导她，帮助这个女孩度过了适应期。这样的例子太多太多了，每天，张旺林都要到教室里、学生宿舍里，与学生聊天沟通；任何时候，学生们都可以敲开校长室的门，找张旺林解答问题，诉说心里话。

张旺林常说："一个学生不合格，不成功，对老师和学校无所谓，但对一个学生、一个家庭是 100%。"他提出："让学生进得来，留得住。"

张旺林经常遇到这样的情况：有很多家长声泪俱下地跟他说："我的孩子没学校收了，没办法了。"听到这话，张旺林受到极大的震动，他说："我们如果不收留这样的学生，不转化这样的学生，会给家庭、社会带来多大灾难？况且每个孩子都有教育好的可能，作为教育者，我们怎能把他们拒之学校门外呢？"

他总是对老师们说："好学生到哪儿都是好学生，转变后进生才能显示我们的教育艺术。"

转变后进生，难度很大。而十多年来，张旺林在"一个都不能少"的信念支撑下，硬是带着老师们趟出了一条"没有教不好的学生"的成功之路。在黄松峪中学，从校长到老师，每个教职工都要"认领"几个后进生，将全体学生"承包"给教职工；学生出现的各种违纪行为，都与教师的评估挂钩；部分问题生、重点生由党员干部主动认领。这些措施，大大地提高了后进生的转化率。张旺林的"一个都不能少"，成了黄松峪中学教职工的团队精神。

给老师安个心灵的家

在黄松峪中学教师们的心里，张旺林是一个浸满大爱灵魂的人。仁爱、善良、无私、公正，这些词汇，他们毫不吝啬地送给自己的校长。

胡兢业是第一个从外省市学校分配来黄松峪中学的老师。1996年7月，内蒙古集宁师专毕业的胡兢业和女朋友到北京求职，听说了黄松峪中学，找到学校，希望到这所当时条件还很差的山区学校从教。他们的到来受到了学校的热情欢迎，当时还是副校长的张旺林，给予他们很多令人记忆深刻的关心和支持：在他们吃饭不方便时，找人来给他们盖厨房；当他们在教学上遇到困难时，多次在百忙中听课指导；在他们买房缺钱时，将自己的积蓄两万元拿出来借给他们……

现在，胡兢业已成为黄松峪中学的教学顶梁柱之一，多次被评为区级骨干教师，还被评为贡献突出的引进人才，2001年，他又荣获"北京市'紫禁杯'班主任"称号。

赵金凤老师是学校一位年轻、优秀的教师，为了工作，她将年幼的孩子交到离校40公里的婆母家，每周只有半天能看见孩子。张旺林知道后，不顾个别领导的反对，坚持提出让赵金凤每周五下午请假去看孩子。

张淑玲老师是2005年3月才与丈夫一起从河北唐山调到黄松峪中学的。夫妻二人在当地都是小有名气的中学高级教师。当他们听说黄松峪中学特别重视、关心老师后，尝试着给张旺林打了个电话。没想到，爱才的张旺林一听说他们两人的情况，当即表态："欢迎你们来黄松峪中学，一切调动事宜交给我来办。"就这样，二人很快从外省调进了北京。"校长为我们做的都是些特别小的事儿，但让我们非常感动。"张淑玲回忆。

一桩桩、一件件感人至深的小事，感染、影响着老师们，无论学生还是老师都知道，不管遇到多大的事儿，只要找张老师就能解决。在老师们心目中，张老师不仅是他们的校长，更是他们的贴心人。

在张旺林看来，教师队伍是学校发展的生命力。为了使全校教职工心往一处想，劲往一处使，他立足于"管理就是服务，就是为教职工提供精神上的享受、事业上成功的机会"的人文管理理念，不仅从生活上细致入微地关心、照顾老师，更在打造教师队伍专业化建设上下了很多功夫。

这些年，张旺林几乎每周都要亲自到城区接教育教学专家到学校讲课。每次，专家们讲完课，再晚，他也亲自送他们回家。每周他都会安排专车送学校的老师们去城区学习、交流。一方面是花大力气走出去、请进来，一方面是带动本校有经验的教师与年轻教师结"对子"。在浓厚的学习氛围中，黄松峪中学的教师队伍很快成长、壮大起来。在各级举办的科研论文评奖和教学大赛评比中，黄松峪中学的老师几乎每次都是本区获奖最多的。

对此，三年级组主任、原平谷三中的杨志刚老师深有体会："我认为这个学校的发展有其发展的道理，重点在于校领导班子淡化了权力意识。他们整天与老师们摸、爬、滚、打在一块，这种无间产生了巨大的凝聚力。学校的钱总是用在教师的发展、学校的建设上和学生的学习上，老师们干得心情舒畅。"

最大的心愿

张旺林的最大心愿是：一定要把黄松峪中学办好，使山区孩子能在家门口上到好学校，享受到优质教育。

为了实现这个心愿，张旺林付出了很多不为人知的汗水。

张旺林的床头有一本百翻不倦的书——苏霍姆林斯基的《给教师的100个建议》。这本书是张旺林当校长后不久买的。书的外壳还很新，里面却画满了红道道。张旺林还有厚厚一沓学习卡片。学校的教职员工都见过这些卡片，因为常常开着会，张旺林就会从书包里摸出一两张卡片，念给老师们听，并要求老师记下来，按照书中的建议去学、去做。

为了能听懂初中英语课，英语基础较差的张旺林硬是用两个月时间，将初中英语的全部内容自学了一遍。现在，他已经完全可以在听完老师的英语课后进行点评。

张旺林知道，一个好校长，必须懂得最前沿的教育理念和最先进的管理理念；一所好学校，必须有一支学习型、懂业务的干部教师队伍。他常说："学校要高质量地运转，关键在人。有一句话叫'蜀中无大将，廖化当先锋'，说的就是缺少能人猛将。人才哪里来？校长要会发现人，用好人，还要凝聚人；没有人的努力，一切美好的愿望都会灰飞烟灭。有没有像'磁石'般吸引学生的教师，有没有榜样般的'标杆'教师，有没有一生都能指导学生的'指南针'般的教师，是办好学校的关键。"

工作近30年来，张旺林从来没有为自己争过荣誉和功劳，却无数次为学校的发展争取资金，为老师和学生争取荣誉。

一次，张旺林偶然听说一位在河北投资的日商准备移资平谷，而这位日商在河北时曾资助过很多贫困学生。张旺林立刻通过各种渠道找到这位日商，请他将资助对象扩大到平谷。他的一腔爱校爱生热情打动了这位日商。到目前为止，这位日商每年都会拿出一定资金奖励黄松峪中学有成绩优异的贫困学生。

每逢上级部门组织评优评先时，是张旺林跑区教委跑得最勤的时候，一次次找到相关的部门和领导，反复汇报学校老师们的业绩和成就，为老师们不辞辛苦地争优争先。目前，黄松峪中学有特级"紫禁杯"班主任 1 名、市"紫禁杯"优秀班主任 8 名、市级师德标兵 2 人、区敬业模范 7 人。

　　每学期期末，他都要召开教师家属座谈会，在座谈会上大歌大颂老师们的功绩和贡献；每个春节，他都要组织领导班子成员给优秀教师、骨干教师拜年。成就感，吸引了黄松峪中学的老师们在这所学校愉快、勤奋地工作着。

　　2003 年，全国总工会颁发"五一"劳动奖状，北京市有 8 个单位获奖，教育系统有两个单位，一是清华大学，另一个就是平谷区黄松峪中学。

　　2004 年 4 月，平谷区教委组织了黄松峪中学办学思想研讨会——"走进黄中"活动。平谷区所有中学校长、副校长和德育、教学、教科研主任进驻黄松峪中学，听课，观摩，整整一周，最后得出结论：这里是真的在实行素质教育，这里的教育的确非同一般。

　　"不办好黄松峪中学，就对不起家乡父老和下一代，就对不起党，就不配一个共产党员的先进称号。"张旺林在黄松峪中学党支部实践"三个代表"思想工作总结会上的发言掷地有声。

　　附注：原文载于中国广播电视出版社 2005 年出版的《先锋》一书，收入本书时，由首都师大文学院陈亚丽副教授对标题及文字做了一点改动。

后　记

　　60 年前的 1947 年，我第一次站上初中一年级的讲台，教国文。50 年前的 1957 年，我到北京师范学院中文系，教中国现代文学。现在我 83 岁了，被称为老教师了。这次我勉力受命和几位老领导、老同事一起，编辑这本《师德风采录——首都师大人情真意切话师德》的书，得以多次阅读了书中 50 多位老师生动鲜活的师德风采，真是感到受益匪浅。书中老师们的师德事迹，使我感动不已。我不免遐想，如果我在 60 年前，或 50 年前，能读到这样一本书，该多好啊！

　　十年树木，百年树人。人们往往以"园丁"喻教师，园丁责在"树木"，教师责在"树人"。而教师以何"树人"，我以为首重师德。

　　师德是教师本身人格、素质的体现，它不受时空的限制，随时随地都是一种精神力量，润物无声，对学生起着潜移默化的作用。本书中的许多事例说明，在老师们的身上，不仅体现了学识的魅力，而且更体现了人格的魅力。

　　师德来自何处？我以为首先来自教师的强烈的责任心和使命感，师德是和教师为人民服务和对国家、对民族、对人民、对子孙后代负责的理想、信念分不开的。有的教师坚持四个"不变"：对共产主义的理想不变，献身教育的志愿不变，为人民服务的决心不变，"天下兴亡，匹夫有责"的理念不变。老师们认为，"教育是立国的大事"，"教师的任务是培养建设祖国的合格人才。只有培养出德才兼备、身体健康、热爱祖国、热爱社会主义、有理想、有民族自强感的一代新人，我们的祖国才能不断发展和强大，屹立于世界之林"。

随着责任心、使命感而来的是老师们的奉献精神。在本书中可以看到，许多老师把自己有限的生命全部用来报效祖国和人民，毫无保留地把自己的全部智慧、毕生精力都贡献给国家的教育事业和学术事业。他们一心教书育人，力求让学生学有兴趣，学有收获，学到知识，学会做人。他们淡泊名利，不求闻达，甘于寂寞，无怨无悔。他们无悔自己辛苦的青春，无悔自己曾经的坎坷，无悔自己从教的选择，永葆对教育的热爱，对理想的追求，鞠躬尽瘁，死而后已。他们说："如果让我作出第二次人生选择，我仍将选择教师工作。"

教育事业是面向未来的百年大计。我以为教育工作的核心应该是爱的教育。热爱祖国，热爱教育，热爱学生，这三个"热爱"是教师责任心、使命感的基础。

老师们认为，教育的出发点是爱，没有爱，就没有教育。爱是沟通师生感情的桥梁，是取得学生信任的基础，是教育成功的关键所在。本书中老师们的动人事迹说明，老师只有从内心爱学生时，才能满腔热血、心甘情愿地去做教书育人的工作。只有给学生以真挚的爱，学生才能把老师当成知心朋友，视为亲人，有心里话愿意对老师讲，心中有苦闷愿向老师倾诉，有了困难才会请老师帮助，有思想问题才会请老师帮助化解，以至找对象请老师帮助相亲，婚礼上请老师代替家长讲话……

老师们用心关注着学生们的成长，力图让他们在学习期间得到最恰当的指导。他们理解学生，尊重学生，认真倾听来自学生们的声音，学着用学生的眼光看世界，用学生的思维方式思维，站在学生的角度看问题。

有的老师从当小学老师起，然后当中学老师，然后当大学老师，然后当硕士生导师，直到任博士生导师，爱生之心，终生不渝。

"师爱无价"、"用心血呵护学生的成长"，绝非过誉。

老师的爱心温暖着学生，教育着学生，甚至可以改变学生的人生道路。学生们多少年后仍念念不忘师恩，他们把关爱自己的恩师比作"老爸"，"慈母"，"大哥"，"姐姐"。他们说："能做一个像您这样的老师，是我一生的追求。"

老师对学生有着如父、如母、如兄、如姊无微不至的慈爱、关爱，却又不是像有些父母对子女那样无原则的溺爱。"教不严，师之惰"，为师不严，就是失职。不过这个"严"，绝非神情"严厉"之"严"，而主要是"严格"之"严"，对学生敢于并善于严格要求。本书中有不少这方面的例子。

有的老师针对学生学习只从喜好与兴趣出发的情况，严肃指出："如不能全面而深厚地打好基础，恐怕只能建造空中楼阁。"有的老师针对浮夸、浮躁的学风有所滋长的情况，一再提倡创新的学风、严谨的学风、刻苦的学风。有的老师对学生是约之以理，动之以情，导之以行……这种种都显示了老师们"严慈相济"的精神。"严"也是"爱"。爱之深才责之切呀！教师的"严"有时难为学生接受，但后来学生才尝到了老师严格要求的甜头。

在多篇文章里，我看到老师严格要求学生、但同时也严格要求自己的例子。他们严于律己，严谨为人，严肃做事。他们爱岗敬业，认真负责，一丝不苟，以身作则。他们要求自己服务有真心，事业有专心，工作有恒心。他们希望学生茁壮成长，并创造条件让学生超越自己。他们认为："尺有所短，寸有所长"，"弟子不必不如师，师不必贤于弟子"。"三人行，必有吾师焉"，是应该包括自己的学生在内的。

老师们在修养上不断提高自己，在学识上不断充实自己，千方百计丰富教学内容，改进教学方法。有的老师讲的是旧课，但从不照搬过去，每次用的都是新教案，总要加进新的进展、新的体会和新的心得。在上课的前两天就开始有些紧张，吃不香，睡不熟。可是一旦走进教室，学生就会看到一个神采飞扬、口若悬河的老师。学生们说老师不是口才出众，而是用"心"备课。有的老师备课除认真备教材、备教法外，还强调要"备学生"：注意了解每一位学生的性格特点、智力水平和知识水平，对不同的学生，采取不同的方法，使不同层次的学生都能发挥他们的水平，获得足够的知识。我想，这就是因材施教。

老师愈是爱生，学生愈是尊师。对担任学校领导工作的同志来说，其师德除爱生外，更需尊师，即尊重老师，信任老师，关怀老师，力求为老师创造良好的工作和生活条件，提供进修、发展的机会。有的校长提倡"尊重"的办学理念，其中一项就是尊重教师的知识和劳动，认为教师队伍是学校发展的生命力。"校长要会发现人，用好人，还要凝聚人；……有没有像'磁石'般吸引学生的教师，有没有榜样般的'标杆'教师，有没有一生都能指导学生的'指南针'般的教师，是办好学校的关键。"

"尊师"和"重教"，两者是不可分的。

全社会都应形成尊重老师、重视教育的风气。教育之本在育人。而教书育人则是师德的首要内容。韩愈说："师者，所以传道、授业、解惑也。"育人正是"传道、授业、解惑"的综合与统一。

在多篇文章里，我们看到寓传道于授业，寓育人于解惑之中的事例。老师们认为在传授知识和解答疑难问题的教书过程中，应该有意识地对学生进行思想教育。

授世界史知识之业的老师，解学生们学习《资本论》之惑的老师，固然可以顺理成章地联系实际，联系现实，传马克思主义、社会主义之道，使学生认识当今的世界，热爱自己的祖国；即使是从事自然科学教学和研究的老师，也不是无能为力。

讲授植物分类学的老师，在介绍相关内容时，恰当地引用古典诗词加以说明，既使讲课内容生动有趣，又在美学修养和陶冶情操两个方面培养了学生的人文精神。通过对我国的植物状况的介绍，又使许多同学充满了自豪感和责任心，在无形中受到了爱国主义教育。讲授人体生理学的老师，在说明神经系统的调节作用，即"在人类，大脑皮层通过边缘系统可以压抑从祖先那里学到的行为，并改变行为"时，举抗美援朝志愿军烈士邱少云为完成潜伏任务压抑躲避伤害的本能在大火中英勇牺牲的例子，感动了学生。创建性健康教育副修专业的老师，把这个专业的教学，办成了不是纯粹的性知识教育，而是塑造健全人格的教育。性健康教育使学生们有机会认识自己，进而认识生命的意义和自身的价值。从爱父母、爱家庭，升华为爱人民、爱民族、爱祖国。

不过老师们认为，寓育人于教书之中须注意遵循两个原则：一是不搞硬性附加，而是发掘教材和教学内容固有的思想内涵；二是不喧宾夺主，而是三言两语，点到为止，力图做到"随风潜入夜，润物细无声"。

杜甫"好雨知时节，当春乃发生；随风潜入夜，润物细无声"一诗，常被引用作为对老师的赞美，所谓"身教胜于言教"。老师无意中的言行，常常产生了"此时无声胜有声"的效果，使学生铭记久远。

老师们认为：老师是学生增长知识和思想进步的导师，教师的一言一行，都会对学生产生影响，一定要在思想政治上、道德品质上、学识学风上，全面以身作则，自觉率先垂范，这样才能为人师表。他们决心做到：在做人上学生敬爱你，在讲课时学生钦佩你，在课外和生活的接触中学生愿意接近你。以崇高的信念鼓舞人，以不屈的意志教育人，以科学的精神塑造人，以高尚的道德感染人，是他们的不倦追求。他们说："教师希望学生是一种什么人，自己就应该是这样的一种人。"

有的老师在自己的研究生已成为别校的骨干教师时，仍频繁写信解答疑难，进行指导。学生深情回忆："先生的一封封书信让我终身受益。每当阅读这些信件，我都有一种冲动，宠辱皆忘，把自己融入课堂之中。……先生'为师''为学'的作风在弟子身上得以延续。"有的老师在指导博士生进行研究时，仍不惮繁杂地为一般本科生提供资料，解答疑难。他向自己的研究生解释，这个本科生是对问题感兴趣，引起了思考，应该给予鼓励和正确的引导。这位老师正是以自己的言传身教，使学生在潜移默化中学到一种治学精神和做人的态度。一个学生在作业本上，看到了老师几百字的详细批语，几十年后还感叹道："现在先生批语的详细内容已经记不清了，但最重要的东西就是什么叫敬业，什么叫尊重学生，什么是身教重于言教，什么是教师的职业道德，这些大道理在先生那里变得具体、充实了，使学生终生受益，在我从教以后也是努力这样去做的。"

由此也可以看到一种师德薪火相传的现象。

一位老师的高尚师德感染着他的学生，他对学生们说："希望你们年轻的一代，也能像蜡烛用自己的光照亮别人那样，有一分热，发一分光；在履行自己对人类事业的职责中，用忠诚和踏实的劳动，像蜡烛那样光辉灿烂地贡献自己的一生。"这些话引起学生们内心的强烈共鸣。这些学生后来成为教师了，他们说，老师为教学工作殚精竭虑、鞠躬尽瘁的精神以及他的教学思想和教学艺术，后来在我们的教学工作中，都得到了继承和发扬。他们的高尚师德又感染了自己的学生。当这些学生又成为教师时，他们深情回忆：老师把自己的心血都用在教育事业上，一定努力把我从老师身上学到的东西，用到自己的工作中，让那种诲人不倦的精神，让那种勇攀科学高峰的雄心壮志，在我们这些聆听过他的教诲的学生中传承不止，发扬光大。

老师们献身教育，无怨无悔，燃烧自己，照亮别人，被誉为红烛精神。烛，最后当然会燃尽，但它自己在燃烧时，却也可以点燃另外的烛，光仍在，热仍在。而且会有更多的光，更多的热，传下去，无止境，无绝期。对师范院校来说，这种情况特别明显。许多老师在做学生时，都曾受到他们上一代师辈的高尚师德的熏陶，而当这些学生走上教师岗位时，又以自己的优秀师德感染着下一代的学生，其影响会以几何级数增加，扩大。

可贵的是，许多老师的高尚师德甚至还延续到他们离退休之后，他们的师德事迹也许不仅会引起众多教育工作者的共鸣，成为参照，相信即使对一般读者也会有所启发。

我长期在首都师范大学任教职，深感高师院校的教师是培养园丁的园丁。具有高尚师德的老师又会培养出新一代具有高尚师德的教师，而且影响不止于一代。如果师德不彰，其负面影响也将不止于一代。临渊履冰的忧患意识，不可没有啊！

最后我想指出，这本《师德风采录》得以编成出版，是为本书供稿的各位老师辛勤劳动的成果。但由于时间和条件所限，未能对更多的优秀教师和教育工作者进行约稿或访问，我们深感遗憾。

本书的编成出版，得到了上级关工委的关心和具体指导，首都师大校党委更期待本书能以建校50多年来的师德先进事迹推动我校师德建设，这都是对我们的鞭策和鼓励。我们同时还要感谢我校各院系各单位领导对此书的支持和帮助。

本书顺利编成出版，是编委会同人的集体成果，但和正副主任的具体领导是分不开的。

要说明的是，我们的编辑水平不高，不当之处，希望得到批评指正。

王景山

2006.10.1　首都师大